D0916394

ANNE RAMPLING es el pseudónimo con que Anne Rice, siguiendo la tradición literaria de Anaïs Nin y Henry Miller, se permitió su prosa más intensa. En *Belinda*, Rice nos sumerge en una historia de amor prohibido para descubrir los oscuros recovecos de la pasión. Igual que *Historia de O* escandalizó en la década de los sesenta expresando lo que hasta ese momento se mantenía velado, Anne Rampling pone de manifiesto los deseos sexuales de nuestro tiempo.

Novelas eróticas de Anne Rice en Zeta Bolsillo

Con el pseudónimo de Anne Rampling:
Hacia el Edén
Belinda

Con el pseudónimo de A.N. Roquelaure (de próxima publicación):
El rapto de la Bella Durmiente
La liberación de la Bella Durmiente
El castigo de la Bella Durmiente

ZETA

Título original: *Exit to Eden*
Traducción: Camila Batlles
1.ª edición: septiembre 2011

© 1985 by Anne Rampling
© Ediciones B, S. A., 2011
  para el sello Zeta Bolsillo
  Consell de Cent, 425-427 - 08009 Barcelona (España)
  www.edicionesb.com

Printed in Spain
ISBN: 978-84-9872-544-5
Depósito legal: B. 22.102-2011

Impreso por LIBERDÚPLEX, S.L.U.
Ctra. BV 2249 Km 7,4 Polígono Torrentfondo
08791 - Sant Llorenç d'Hortons (Barcelona)

Hacia el Edén

ANNE RICE
con el pseudónimo de
ANNE RAMPLING

ZETA

Para Stan

1

Lisa

Me llamo Lisa.

Mido un metro setenta y cinco. Tengo el cabello largo, de color castaño oscuro. Visto con frecuencia de cuero —botas altas, chalecos suaves como un guante y faldas—, aunque también me gusta el encaje, sobre todo las prendas de blonda antigua, delicada, blanca como la nieve. Tengo la tez clara y me bronceo con facilidad, los pechos grandes y las piernas largas. Y, aunque no me considero guapa, ni nunca lo he hecho, sé que lo soy. Si no fuera así, no trabajaría como instructora en El Club.

Poseo una buena osamenta y los ojos grandes; ésa es la base de mi belleza, supongo, aparte del hecho de tener un cabello abundante, con mucho cuerpo, y una expresión dulce e incluso bondadosa, aunque puedo inspirar temor a un esclavo o una esclava en cuanto empiezo a hablar.

En El Club me llaman «la perfeccionista», lo cual

no deja de ser un cumplido en un lugar como éste, donde todo el mundo se esfuerza en hallar la perfección. Esa búsqueda forma parte del placer.

He trabajado en El Club desde que se inauguró. Contribuí a crearlo, a establecer sus principios, a admitir a sus primeros socios y a sus primeros esclavos. Yo impuse las normas y los límites. Concebí la mayor parte del equipo que se utiliza hoy en día en El Club. Incluso diseñé algunos bungalows y los jardines, la piscina que utilizamos por las mañanas y las fuentes. Decoré varias habitaciones. Sus numerosos imitadores me hacen sonreír. Nuestro establecimiento no tiene rival.

El Club es lo que es porque cree en sí mismo; ahí residen su *glamour* y su terror.

Ésta es la historia de algo que ocurrió en El Club.

Sin embargo, buena parte de la historia no sucedió allí, sino en Nueva Orleans y en la campiña que la rodea. También en Dallas. Pero eso carece de importancia.

La historia comenzó en El Club y, aunque posteriormente se desarrollara en otros escenarios, trata sobre éste.

Bienvenidos a El Club.

2

La nueva temporada

Mientras esperábamos a que nos dieran permiso para aterrizar, el gigantesco reactor sobrevolaba lentamente la isla siguiendo la ruta turística. Yo la llamo así porque permite verlo todo muy bien: las playas blancas como el azúcar, las calas y las grandes instalaciones de El Club, sus elevados muros y los frondosos jardines, el vasto complejo de edificios con techos de tejas medio ocultos por la mimosa y los pimenteros. También pueden verse los rododendros blancos y rosas, los naranjos y unos campos sembrados de amapolas y hierba.

Frente a las puertas de El Club está el puerto. Y cerca de él, el bullicioso aeropuerto y helipuerto.

Todo el mundo acudía para inaugurar la nueva temporada.

Había multitud de aviones privados, cuyo plateado fuselaje relucía bajo el sol, y media docena de yates blancos como la nieve que aguardaban anclados en las espléndidas aguas de color verde azulado del puerto.

El *Elysium* ya había atracado. Parecía un barco de juguete, envuelto en un mar de luces. ¿Quién hubiera sospechado que a bordo del barco había aproximadamente una treintena de esclavos que esperaban ser conducidos, desnudos, a tierra? Los esclavos realizan el viaje a El Club completamente vestidos, por razones obvias, pero antes de ver la isla o poner el pie en ella son obligados a desnudarse.

Sólo se les permite la entrada desnudos y en actitud servil. Sus pertenencias son almacenadas con un número de serie en un inmenso sótano hasta que abandonan la isla.

El esclavo o esclava lleva una fina pulsera de oro con su nombre y número de identificación en la muñeca derecha, aunque durante los primeros días lucen diversas inscripciones hechas con un rotulador sobre sus impresionantes cuerpos.

El avión descendió ligeramente y pasó sobre el muelle. Yo me alegré de que el pequeño espectáculo no hubiera comenzado todavía.

Eso me permitiría permanecer una hora en mi habitación antes de la inspección, saboreando una ginebra Bombay con hielo.

Me recliné en el sillón y sentí que me invadía un suave calor, una difusa excitación que brotaba del interior y cubría toda la superficie de mi piel. Los esclavos siempre se ponían deliciosamente nerviosos durante los momentos previos al aterrizaje. Era una sensación impagable. Y no era sino una muestra de lo que les ofrecía El Club.

Me sentía impaciente por llegar.

Estaba cansada de las vacaciones; los días que transcurrían en el mundo exterior me parecían curiosamente irreales.

La visita a mi familia en Berkeley había resultado

insoportable, siempre tratando de evitar las insistentes preguntas sobre lo que hacía y dónde vivía la mayor parte del año.

—¿Por qué es un secreto? ¿Qué haces, adónde vas?

Había momentos, mientras estábamos sentados, en que no oía nada de lo que decía mi padre; sólo veía que movía los labios, y cuando me hacía una pregunta yo inventaba la excusa de que tenía dolor de cabeza, angustiada por haber perdido el hilo de la conversación.

Curiosamente, los momentos más agradables eran precisamente los que odiaba de niña: cuando mi padre y yo salíamos a dar un paseo alrededor de la manzana, subiendo y bajando las cuestas, al atardecer, mientras él rezaba el rosario en silencio y nos envolvían los sonidos de las colinas de Berkeley, sin que ninguno de los dos dijera una palabra. Ahora, durante esos paseos ya no me sentía infeliz como cuando era niña, tan sólo serena, como él, e inexplicablemente triste.

Una noche, mi hermana y yo fuimos en coche a San Francisco y cenamos en un elegante restaurante de North Beach llamado Saint Pierre. Había un hombre de pie junto a la barra que me miraba insistentemente, el clásico guaperas con aspecto de abogado. Llevaba un jersey blanco y una chaqueta de ojo de perdiz, el pelo corto y deliberadamente alborotado, y su boca parecía permanentemente dispuesta a esbozar una sonrisa. Era el tipo de hombre que yo siempre había tratado de evitar, por atractiva que resultara su boca o su expresión.

—Disimula, pero te está devorando con los ojos —dijo mi hermana.

Sentí deseos de levantarme, acercarme al bar y charlar con él, darle a mi hermana las llaves del coche y decirle que la vería al día siguiente. «¿Por qué no puedo hacerlo?», pensé. Total, sólo pretendía charlar un rato con él. Estaba con un matrimonio, y era evidente que no tenía una cita.

Podría pasar una noche de sexo descafeinado, según lo llaman, en la pequeña habitación de un hotel frente al Pacífico, con un desconocido de aspecto maravillosamente normal que jamás sospecharía que se había acostado con la señorita Encaje y Cuero del más lujoso y exótico club de sexo del mundo. O quizás habríamos ido a su apartamento, pequeño y acogedor, forrado de madera y espejos, con vistas a la bahía. Él habría puesto música de Miles Davis y juntos habríamos preparado una cena rápida y exquisita.

Has perdido el juicio, Lisa. Tu especialidad son las fantasías, pero no de ese tipo.

Te conviene marcharte cuanto antes de California.

Posteriormente, las acostumbradas distracciones no sirvieron de nada, a pesar de que renové mi vestuario en Rodeo Drive, pasé una tarde de locura en Sakowitz, en Dallas, fui a Nueva York para ver *Cats* y *My One and only*, así como un par de espectáculos geniales en Off-Broadway. También visité museos, asistí a la ópera en el Metropolitan, tuve ocasión de ver varios ballets y compré un montón de libros y vídeos para entretenerme durante los próximos doce meses.

Todo eso era divertido, pero no me llenaba. Había ganado más dinero a los veintisiete años del que jamás soñé ganar en toda mi vida. De vez en cuando recordaba lo que había sentido cuando deseaba comprar todas las barras de labios doradas de Bill's Drugstore, en la avenida Shattuck, y sólo disponía de veinticinco centavos para unos chicles. Pero el hecho de gastar dinero no significaba nada. En el fondo, me dejaba agotada, nerviosa, irritable.

Exceptuando algunos momentos aislados y agridulces en Nueva York, cuando el baile y la música me hicieron sentirme extasiada, no cesaba de oír una vocecita en mi interior que me decía:

«Regresa a casa, vuelve a El Club. Porque si no das

media vuelta y regresas de inmediato, quizá desaparezca y cuando llegues allí compruebes que todo lo que ves es irreal.»

Era una sensación muy extraña. Una sensación de lo absurdo, como dicen los filósofos franceses, que me hacía sentir incómoda y a disgusto en todas partes.

Siempre había necesitado tomarme unas vacaciones, caminar por calles normales. ¿A qué se debía entonces ese nerviosismo, esa impaciencia, esa sensación de no estar en la misma onda que las personas a las que quería?

Puse fin a mis vacaciones contemplando repetidas veces el mismo vídeo en mi habitación del Adolphus, en Dallas, de una película protagonizada por el actor Robert Duvall que se titulaba *Angelo, My Love*. Trataba sobre la vida de los gitanos en Nueva York.

Angelo era un niño de unos ocho años, de ojos negros, listo como el hambre, brillante y guapísimo. La película narraba su historia y la de su familia, y Duvall había dejado que ellos improvisaran buena parte de los diálogos. La película plasmaba con gran realismo la vida de la comunidad gitana, de unos forasteros, en Nueva York.

Sin embargo, resultaba absurdo que permaneciera encerrada en una habitación a oscuras en Dallas mientras contemplaba siete veces la misma película y admiraba su exótica realidad, fascinada ante las andanzas de ese crío tan listo, valiente y generoso, inmerso en la vida hasta las cejas; ese crío que telefoneaba a su jovencísima novia y le pegaba una bronca, o se colaba en el camerino de una estrella adolescente del *country* para flirtear con ella.

¿Qué significa esto?, me preguntaba continuamente, como una chiquilla. ¿Por qué hace que sienta ganas de llorar?

Quizá se debiera a que, en el fondo, todos somos unos forasteros que tratamos de abrirnos camino a través de la selva de una normalidad que no es más que un mito.

Quizás incluso aquel hombre de aspecto tan normal que había visto en el bar del Saint Pierre, en San Francisco, fuese también un forastero —un joven abogado que escribe poesías—, el cual no se hubiera escandalizado si a la mañana siguiente, mientras nos tomábamos un café y unos croissants, le hubiera soltado: «¿A que no adivinas cómo me gano la vida? No, en realidad es una vocación, es algo muy serio... es mi vida.»

¡Qué locura! Allí sentada en la oscuridad, bebiendo vino blanco y viendo una película sobre gitanos. Luego encendí las luces y contemplé el panorama nocturno de Dallas, los resplandecientes rascacielos que se elevaban como gigantescas escaleras hasta las nubes.

Yo vivo en un paraíso terrenal, donde uno puede satisfacer todos sus caprichos más íntimos y secretos, donde jamás te sientes solo y siempre estás a salvo. En El Club es donde ha transcurrido toda mi vida adulta.

Necesitaba regresar allí, eso era todo.

Aquí estamos, sobrevolando de nuevo el edén, y casi ha llegado el momento de echar un vistazo a los nuevos esclavos.

Quería ver a esos esclavos, comprobar si alguno presentaba una interesante particularidad, algo fuera de lo común... ¡Era una romántica incorregible!

Cada año los esclavos son distintos, más inteligentes, más interesantes, más sofisticados. Cada año aumenta la fama de El Club, a medida que se inauguran otros clubes como el nuestro. Los esclavos pertenecen a todo tipo de categorías sociales y profesionales. Nunca sabes lo que vas a encontrarte, qué misterios te deparará esa carne fresca.

Pocos días antes se había celebrado una subasta muy importante, una de las tres subastas internacionales a las que merecía la pena asistir. Yo sabía que habíamos adquirido nuevos elementos, unos treinta hombres y mujeres que habían sido contratados por dos años, todos ellos físicamente perfectos, con excelentes referencias de las mejores casas en América y el extranjero.

Un esclavo no es presentado en una de esas subastas a menos que haya recibido una concienzuda instrucción, a menos que haya pasado todas las pruebas. De vez en cuando recibimos por otras vías un esclavo rebelde o inestable, un chico o una chica que, en sus juegos con las fustas y las correas de cuero, se ha dejado arrastrar casi por casualidad hasta aquí. En ese caso lo liberamos y le liquidamos lo que le debemos de inmediato. No nos gusta perder dinero, pero el esclavo no tiene la culpa.

Es asombrosa la cantidad de esos esclavos que aparecen al cabo de un año en las subastas más caras. Si son lo suficientemente hermosos y fuertes, los compramos de nuevo. Luego nos confiesan que han estado soñando con regresar a El Club.

Pero esos errores no suelen producirse en las grandes subastas.

Durante los dos días previos a la venta, los esclavos son examinados por un jurado. Deben mostrar una perfecta obediencia, agilidad y flexibilidad. Sus referencias son revisadas con minucia. El jurado pone a prueba la resistencia y el temperamento de los esclavos, que son clasificados según una serie de requisitos físicos. Uno podría realizar una adquisición muy satisfactoria únicamente a partir del amplio catálogo y las fotografías que figuran en el mismo.

Como es lógico, después nosotros realizamos de nuevo esas evaluaciones para verificar que los esclavos cumplen con las normas de El Club. Pero, en cualquier caso, la mercancía que se ofrece en esas subastas es de primer orden.

Ningún esclavo llega a la antesala de la subasta a menos que se trate de un ejemplar extraordinario, el cual es situado sobre una plataforma iluminada para ser examinado por miles de manos y ojos.

Al principio yo acudía personalmente a las grandes subastas.

Mi interés no sólo radicaba en el placer de escoger lo que me gustaba entre los novatos —aunque reciban una instrucción privada, no dejan de ser unos novatos hasta que nosotros los formamos—, sino en lo excitante que resultan esas subastas en sí mismas.

En fin de cuentas, por muy preparado que esté un esclavo la subasta supone para él o para ella un verdadero cataclismo. Se pone a temblar, a llorar, mostrando la angustiosa soledad del esclavo desnudo sobre una plataforma iluminada, una exquisita tensión y un sufrimiento que constituyen una auténtica obra de arte. Es un espectáculo tan divertido como los que proponemos a nuestros clientes en El Club.

Puedes pasearte durante horas por la inmensa y enmoquetada antesala para echar un vistazo a la mercancía. Las paredes siempre están pintadas en tonos relajantes, como el rosa o el azul pálido. La iluminación es perfecta. El champán, delicioso. Y no hay música ambiental. El único ritmo que percibes es el de los latidos de tu propio corazón.

Puedes tocar y palpar a los candidatos mientras los examinas, así como formular preguntas a los que no están amordazados. (Es lo que nosotros llamamos educar la voz. Significa que no deben hablar hasta que alguien les dirija la palabra, ni expresar ninguna preferencia o deseo.) A veces otros instructores te indican un hermoso ejemplar, que ellos mismos no pueden permitirse el lujo de adquirir. De vez en cuando se congrega un grupo de compradores en torno a un maravilloso esclavo al que obligan a adoptar diversas posturas, a cual más lasciva y reveladora, y a obedecer una docena de órdenes.

Nunca me he molestado en azotar o atar a un esclavo con correas de cuero durante la exhibición previa a la subasta. Otros sí lo hacen. Opino que unos cuantos azotes propinados en el momento de la puja revelan todo cuanto se desea saber sobre el candidato.

Siempre hay quien trata de aconsejarte: ese esclavo tiene la piel demasiado frágil, nunca sacarás provecho de él; en cambio, ese otro tiene la piel suave pero muy resistente, o es mejor comprar una esclava con los pechos pequeños.

Uno aprende mucho sobre este negocio si se mantiene alejado del champán. Pero los mejores instructores apenas revelan nada de sí mismos, ni de las desgraciadas y temblorosas criaturas a las que examinan. Un buen instructor averigua lo que desea acercándose a un esclavo y agarrándolo bruscamente del pescuezo.

Una de las cosas más divertidas es observar a los instructores procedentes de todos los rincones del mundo. Parecen dioses y diosas, apeándose de sus lujosas limusinas negras aparcadas frente a la puerta y exhibiendo el último grito en materia de moda: unos vaqueros deshilachados, una camisa de algodón abierta hasta el ombligo o una blusa de seda con un hombro al descubierto que parece a punto de caerse a pedazos. Lucen cortes de pelo imposibles y unas uñas como dagas. Luego están los fríos aristócratas, con un traje negro de tres piezas, gafas cuadradas con montura plateada y pelo corto y perfectamente peinado. Se oyen toda clase de idiomas —aunque el lenguaje internacional para los esclavos es el inglés—, y se percibe la impronta especial de una docena de nacionalidades sobre un aire de invariable autoridad. Incluso quienes muestran una expresión más dulce e inocente dejan traslucir cierto aire de autoridad.

Reconozco a un instructor en cuanto lo veo. Los he observado en numerosos lugares, desde el pequeño y sucio pabellón en el Valle de los Reyes, en Luxor, hasta la terraza del Grand Hotel Olaffson en Puerto Príncipe.

Hay ciertas pistas inconfundibles, como las correas de reloj de cuero anchas y negras y los zapatos de tacón, que nunca hallarías en una tienda normal. Y la forma en que desnudan con los ojos a todas las mujeres y hombres atractivos que hay en la sala.

Todo el mundo es un esclavo desnudo en potencia para quienes estamos en este negocio. Ostentamos una aureola de sensualidad de la que es casi imposible desprenderse. La parte posterior de la rodilla de una mujer, un brazo desnudo, la forma en que la camisa de un hombre se tensa sobre su pecho cuando se introduce las manos en los bolsillos del pantalón, el movimiento de las caderas de un camarero al agacharse para recoger una servilleta del suelo... Infinidad de detalles que observamos en todas partes y que nos producen una constante y profunda excitación. El mundo entero es un club de placer y diversión para nosotros.

También produce un placer especial ver en las subastas a los multimillonarios que tienen un instructor o instructora personal en sus mansiones o casas de campo, y que se permiten el lujo de adquirir esclavos para su disfrute personal. Esos propietarios particulares de esclavos suelen ser gente enormemente atractiva e interesante.

Recuerdo que un año vi a un chico guapísimo de dieciocho años, acompañado por dos guardaespaldas, que ojeaba el catálogo muy serio y observaba de lejos, a través de sus gafas violetas, a cada una de las víctimas, para luego acercarse a ellas y pellizcarlas en el trasero. El joven iba vestido de negro de pies a cabeza, a excepción de unos guantes de color gris perla que no se quitó durante toda la velada. Cada vez que pellizcaba a uno de los esclavos, me parecía sentir el tacto de esos guantes sobre la carne desnuda de la víctima. Los guardaespaldas lo seguían a todas partes, y su instructor particular, uno de los mejores del mundo, tampoco se apartaba de su lado. Su padre gozaba de los servicios de un instructor y dos esclavos desde hacía años, y había llegado el momento de que su hijo aprendiera también a disfrutar de ese «deporte».

Al fin el joven se decidió por un chico y una chica, ambos de complexión robusta.

Quiero dejar claro que cuando hablo de un chico o una chica no me refiero a menores de edad. El Club y las casas de subastas respetables no tratan con menores de edad, por razones obvias. A ningún instructor que se precie se le ocurriría mandarnos a un menor. Cuando se cuela algún adolescente en nuestra organización, mediante trucos o documentos falsos, lo despedimos de inmediato.

Cuando hablo de un chico o una chica me refiero a un esclavo que, al margen de la edad que tenga, parece y se comporta como un jovencito o jovencita. Hay esclavos de treinta años que parecen unos adolescentes. Así como hay esclavos que han cumplido diecinueve o veinte años y que incluso cuando trabajan, atados y humillados, conservan un aire solemne, digno, que les hace parecer mayores de lo que son.

El caso es que el joven amo de dieciocho años compró dos esclavos jóvenes y atléticos. Lo recuerdo porque superó la oferta que hice yo en nombre de El Club para la chica, una joven bronceada, rubia, que jamás derramaba una lágrima por más duro que fuera el castigo que le imponía su amo, el cual se enardecía ante su frialdad. Yo tenía mucho interés en adquirirla, y recuerdo que me irrité bastante cuando vi que era adjudicada a otro. El joven amo, al observar mi enojo, sonrió por primera vez en toda la velada.

Siempre me preocupo por esos esclavos que son adjudicados a particulares. No es que esa gente no sea de fiar. Para adquirir un esclavo en una subasta respetable o a un instructor privado respetable, tienes que ser una persona de fiar. Por otra parte, tanto tus empleados como tu casa deben ofrecer toda clase de garantías. Pero el joven o la muchacha que pasa a formar parte del grupo de dos o tres esclavos de una lujosa propiedad se siente inevitablemente solo y triste.

Lo sé porque cuando tenía dieciocho años yo era una esclava. Y por más hermoso o hermosa que sea el amo o el ama, por más fiestas que celebren, por más vigorosos y buenos que sean los instructores, hay muchos momentos en que te quedas a solas con tus pensamientos.

Al principio El Club asusta a los esclavos. Mejor dicho, les aterroriza. Pero, en cierto aspecto, El Club es como un útero. Es una comunidad inmensa donde nadie es abandonado, y las luces jamás se apagan. Nadie sufre nunca daños o perjuicios graves. Jamás se producen accidentes en El Club.

No obstante, como iba diciendo, desde hace ya un tiempo no suelo asistir a las subastas.

Estoy demasiado ocupada con otras tareas, como supervisar nuestro pequeño periódico, *La Gaceta de El Club* y atender la insaciable demanda de souvenirs y artículos novedosos que vendemos en la tienda de El Club.

Diseñamos y vendemos látigos de cuero blanco, correas, botas e incluso tazas de café con el logotipo de El Club. Esos objetos no terminan simplemente en unos dormitorios de Estados Unidos. En San Francisco y Nueva York, se venden junto a números atrasados de *La Gaceta*, a cuatro veces su precio original. Eso significa que estas mercancías han venido a representarnos a todos, lo cual hace que nos esmeremos en que sean unos artículos de primer orden.

Luego están los nuevos miembros a quienes debemos guiar a través de la propiedad durante sus primeras visitas, y presentarles a los esclavos.

Junto a todo esto, existe una importante labor de

adoctrinamiento e instrucción de los esclavos, la cual me corresponde a mí.

Un buen esclavo no sólo es un ser marcadamente sexualizado, dispuesto a satisfacer todos tus caprichos en la cama. Un buen esclavo sabe bañarte, darte un masaje, hablar contigo si lo deseas, nadar contigo en la piscina, bailar contigo, servirte una copa y hasta darte de desayunar con una cuchara. Sólo tienes que hacer una llamada desde tu habitación y al cabo de unos momentos tienes a tu disposición a un esclavo especialmente adiestrado para desempeñar el papel de amo o ama, convirtiéndote en su esclavo si así lo deseas.

No, ya no tengo tiempo para asistir a las subastas.

Además, he comprobado que es igual de interesante esperar la llegada de una nueva remesa de esclavos y elegir a los que deseo adiestrar personalmente.

Adquirimos una gran cantidad de esclavos en las grandes subastas, al menos treinta, y jamás me siento decepcionada. Desde hace dos años, tengo la suerte de poder elegir a los esclavos que me interesan antes de que lo haga otro instructor o instructora, a fin de adiestrarlos yo misma.

Parecía que llevásemos una hora sobrevolando la isla.

Yo empecé a ponerme nerviosa. Esto es como un drama existencialista, pensé. Ahí abajo está mi mundo, pero no puedo llegar a él. Quizá sea fruto de mi imaginación. ¿Por qué demonios no aterrizamos de una vez?

No quería pensar más en el guaperas que me había encontrado en el restaurante de San Francisco, ni en otra docena de tíos imponentes que había visto en Dallas o Nueva York. (¿Sería verdad que el guaperas se disponía a acercarse a nuestra mesa en el Saint Pierre cuando nos levantamos para irnos, o se lo había inventado mi hermana?) No quería pensar en una «vida normal» ni en las pequeñas cosas que me habían irritado durante la semana de vacaciones.

Mientras el avión continuaba dando vueltas sobre la isla, me sentía atrapada. No conseguía librarme de la atmósfera del tráfico de la gran ciudad, de las conversaciones intrascendentes, de las horas que había pasado con mis hermanas en California, escuchando sus interminables quejas sobre sus estudios, sus amores, sus costosos psiquiatras, las terapias de grupo, y toda esa jerga sobre «niveles de concienciación» y liberación del espíritu.

Y mi madre, criticándolo todo mientras hacía la lista para el desayuno después de la Comunión y repitiendo que lo que necesitaba la gente era ir al confesionario en lugar de acudir a un psiquiatra, haciendo gala de ese catolicismo de la vieja guardia mezclado con la fatigada expresión de su rostro y la incorregible inocencia que reflejaban sus ojillos negros.

Me sentí tentada de hablarles sobre «ese curioso balneario» que citaban siempre en las columnas de chismorreos, ese escandaloso «Club» sobre el que habían leído en *Esquire* y *Playboy*. «¿A qué no adivináis quién lo creó? ¿A que no sabéis lo que hacemos con los «niveles de concienciación» en El Club?»

¡Qué triste! Unas barreras que jamás pueden traspasarse.

Cuando tratas de explicar a las personas que quieres la verdad sobre ciertas cosas que no pueden comprender ni respetar, sólo consigues herirlas. Imaginaba la cara que habría puesto mi padre; no hubiera dicho ni una palabra. E imaginaba al guaperas, con su aspecto tan sano y normal, apresurándose a pagar el desayuno en el comedor del hotel de la costa del Pacífico, diciendo: «Bien, será mejor que te lleve a San Francisco.» No, mejor no imaginarlo.

Era preferible mentir, y mentir bien, como decía Hemingway. Decir la verdad hubiera sido tan estúpido como girarse en un ascensor atestado de gente y soltar: «Todos somos mortales; cuando la palmemos nos enterrarán bajo tierra, nos pudriremos. Así que, en cuanto salgamos de este ascensor...» ¿Qué coño importa lo que hagamos?

Casi estoy en casa, casi estoy bien.

Atravesamos la isla, mientras el sol se estrellaba sobre la superficie de la media docena de piscinas y se reflejaba en un centenar de ventanas del edificio principal. En el verde paraíso que se extendía más abajo se observaba movimiento por doquier, grupos de gente sobre el campo de criquet y la terraza del comedor, diminutas figuras que corrían por unos senderos junto a sus amos y amas, los cuales iban montados a caballo.

Al fin el comandante anunció que nos disponíamos a aterrizar, recordándonos cortésmente que nos abrocháramos los cinturones.

«Estamos a punto de llegar, Lisa.»

Noté que se había producido un sutil cambio en el aire de la pequeña cabina. Cerré los ojos, imaginando durante un momento a una treintena de esclavos tan «perfectos» que era casi imposible elegir entre ellos.

De pronto, inexplicamente, sentí deseos de llorar. Luego sucedió algo dentro de mi cabeza, como una pequeña explosión a cámara lenta, y noté cómo se diseminaban por mi mente fragmentos de pensamientos, fantasías y retazos de sueños. Pero se desintegraban tan rápidamente que era imposible analizarlos.

Percibí la imagen de un ser humano al que rajaban de arriba abajo, aunque no en un sentido literal. Más bien era como si expusieran sus entrañas a través de un rito sadomasoquista, y cuando alcanzabas y tocabas su palpitante corazón te parecía un milagro, pues jamás habías contemplado un corazón humano vivo y palpitante, pues hasta aquel momento habías creído que se trataba de un mito.

Un pensamiento bastante desagradable, que demostraba mi alterado estado psicológico.

Sentí los violentos latidos de mi corazón. He percibido y sentido el latir de centenares de corazones. Por bien adiestrados que estén los esclavos, por exquisito que sea el placer que proporcionan, dentro de un par de horas sucederá lo de siempre.

Ése es el motivo por el que anhelo regresar.

Eso es lo que se supone que deseo.

3

El viaje de ida

Me dijeron que llevara la ropa que me iba a poner cuando llegara el momento de marcharme. ¿Cómo sabía yo qué ropa me iba a poner cuando llegara ese momento? Había firmado un contrato de dos años con El Club, y ni siquiera pensaba en la hora de partir. Sólo pensaba en la llegada.

De modo que llené apresuradamente un par de maletas y me puse la «ropa indispensable» para el viaje, según me habían dicho. También cogí un neceser con lo que pudiera necesitar a bordo del avión.

Pero en el último instante metí también en la maleta mi esmoquin, pensando en que cuando finalizara mi contrato iría a Monte Carlo para jugarme hasta el último centavo que habría ganado en dos años. Era la forma ideal de gastarme los cien mil dólares que cobraría. En realidad, me parecía increíble que me pagaran por realizar ese trabajo. Más bien era yo quien debía pagarles a ellos.

También me llevé mi nuevo libro, aunque no estoy seguro de por qué lo hice. Es probable que todavía pudiera encontrarlo en algunas librerías cuando abandonara El Club, si todavía había guerra en Oriente Medio. Este tipo de libros de material gráfico suelen venderse bien, aunque no siempre.

Se me ocurrió la idea de que debía echarle un vistazo en cuanto me marchara de El Club, e incluso ojearlo en el avión durante el viaje de regreso. Convenía que recordara lo que había sido antes de ir a trabajar allí. No obstante, al cabo de dos años quizás ya no pensase que era un buen fotógrafo, y mis trabajos me parecerían una basura.

En cuanto a El Salvador —el libro que no había llegado a realizar—, ya era demasiado tarde.

Lo único que me importaba a ese respecto era librarme de la absurda sensación de que debía de estar muerto, sólo porque un cretino casi había conseguido matarme. Me parecía como un milagro que aún estuviera vivo y coleando.

La última noche fue muy extraña. Estaba cansado de esperar. Desde que había firmado el contrato no había hecho más que esperar, rechazando ofertas de la revista *Time* que en otras circunstancias me habría apresurado a aceptar, alejándome de todo el mundo que conocía. Hasta que al fin se produjo la llamada que esperaba.

Era la misma voz, cordial y educada, de un caballero «americano», o de un americano que se expresaba como un caballero inglés sin acento inglés.

Cerré la casa de Berkeley y fui a tomar una copa al bar de Max, en la plaza de la Ópera. Es agradable observar a la gente sobre aquel telón de fondo de metal, vidrio pulido y luces de neón. Algunas de las mujeres más bellas de San Francisco pasan por la plaza de la Ópera.

Se las puede ver en el restaurante italiano Modesto Lanzone, o en el bar de Max. Unas mujeres perfectamente maquilladas y peinadas, vestidas con ropa cara. Es una delicia admirarlas.

También hay una importante librería, la cual hace honor a su nombre, «Lugar Limpio y Bien Iluminado», donde pude comprar media docena de novelas de misterio de Simenon para el viaje, así como algunas obras de Ross MacDonald y Le Carré, unas lecturas escapistas de alto nivel a las que solía dedicarme en la habitación del hotel a las tres de la mañana cuando las bombas caían sobre Damasco.

Estuve a punto de llamar a casa para despedirme de nuevo, pero no lo hice, sino que cogí un taxi que me condujo a una dirección del puerto.

Parecía simplemente un almacén desierto, hasta que el taxi partió y apareció un hombre bien trajeado, uno de esos tipos anodinos que suelen encontrarse en la zona financiera de una ciudad al mediodía, vestido de gris, y que me saludó con un cálido apretón de manos.

—Usted debe de ser Elliott Slater —dijo, conduciéndome hacia el embarcadero.

Había un maravilloso yate amarrado, quieto y silencioso como un buque fantasma blanco, cuyas luces se reflejaban sobre las oscuras aguas. Subí solo la pasarela.

En aquel momento apareció otro individuo, mucho más interesante que el primero, joven, aproximadamente de mi edad, con el cabello rubio y alborotado, y la piel muy tostada. Llevaba una camisa blanca con las mangas arremangadas hasta el codo, y al sonreír exhibía una magnífica dentadura.

El joven me condujo a mi camarote y me arrebató las maletas, diciendo en tono amistoso:

—No volverá a verlas durante dos años. ¿Necesita algo para el viaje, Elliott? Todo lo que deje en el camarote, como el billetero, el pasaporte o el reloj, lo guardaremos en sus maletas.

Me quedé un poco sorprendido. Estábamos de pie en el estrecho pasillo, muy juntos, y comprendí que el joven sabía quién era yo y adónde me llevaban. No se trataba simplemente de alguien que trabajaba en el yate.

—No se preocupe por nada —dijo. Estaba situado debajo de la luz, la cual ponía de relieve las pecas que poblaban su nariz y los reflejos dorados de su cabello. Sacó un pequeño objeto del bolsillo y observé que se trataba de una cadena dorada con una placa de identificación—. Déme la muñeca derecha —dijo el joven.

Cuando noté el tacto de sus dedos al colocarme la pulsera y cerrar el broche, se me erizaron los pelos del cogote.

—Le serviremos la comida a través de esa abertura. No verá a nadie ni hablará con nadie durante la travesía, pero el médico vendrá a hacerle un chequeo. La puerta no se cerrará con llave hasta entonces.

El joven abrió la puerta del camarote, que estaba iluminado por una suave luz ambarina. El interior estaba revestido de madera oscura lacada. Las palabras del joven me habían inquietado: «La puerta no se cerrará con llave hasta entonces.» La cadenita de oro que llevaba en la muñeca me molestaba tanto como si llevara pegada una tela de araña. Leí mi nombre de pila en la placa de identificación, y debajo de él observé una especie de código de números y letras. Sentí que se me erizaba de nuevo el vello del cogote.

El camarote era bonito y confortable. Estaba dotado de unos sillones de cuero marrón, varios espejos estratégicamente colocados, una amplia litera repleta de cojines, un monitor de vídeo empotrado en la pared junto a una biblioteca de películas en disco láser, y un montón de libros: historias de Sherlock Holmes y varios clásicos del género erótico, como *Historia de O*, *Justine*, *El despertar de la Bella Durmiente*, *El castigo de la Bella* y *Romance y azotes*.

Había una cafetera con un molinillo incorporado, un

frasco lleno de café en grano, un frigorífico que contenía botellas de agua mineral francesa y refrescos americanos, un reproductor de casetes y unas barajas de naipes exquisitamente decoradas, sin estrenar. Tras echar un vistazo a todo ello, cogí un libro de Sherlock Holmes.

De improviso se abrió la puerta y me volví, sobresaltado.

Era el médico, vestido con una bata blanca y almidonada. Al entrar sonrió amablemente y depositó el inevitable maletín negro sobre la mesita. De no haber sido por la bata blanca y el maletín negro, jamás hubiera adivinado que era médico. Parecía un adolescente alto y desgarbado, con acné en la cara y el pelo corto, castaño y despeinado. Quizás era un médico residente y había librado durante veinticuatro horas. Con expresión educada pero solemne, sacó de inmediato el estetoscopio y me pidió que me quitara la camisa. Luego extrajo una carpeta del maletín y la abrió sobre la cama.

—El señor Elliott Slater —dijo, rascándose la coronilla y mirándome como para verificar que yo era quien acababa de nombrar. Luego me dio unos golpecitos en el pecho—. Veintinueve años. ¿Goza de buena salud? ¿Ningún problema importante? ¿Visita al médico periódicamente? —El joven se volvió para consultar el informe médico que contenía la carpeta—. Veo que le han realizado un minucioso chequeo —dijo—, pero de todos modos quiero hacerle unas preguntas.

Yo asentí con un movimiento de cabeza.

—Supongo que hace ejercicio regularmente. Y que no fuma. Estupendo.

Por supuesto, yo no le había explicado a mi médico particular el motivo de que quisiera que me examinara y redactara un informe sobre mi estado de salud. «Su excelente forma física le permite participar en un riguroso programa atlético de larga duración», había escrito mi médico al final del informe con una letra casi indescifrable.

—Parece que todo está en orden, señor Slater —dijo el joven médico, guardando la carpeta en el maletín—. Procure alimentarse bien, duerma todo lo que pueda y disfrute de la travesía. No verá gran cosa a través de las ventanas, pues están cubiertas con una capa transparente que hace que el paisaje quede algo difuminado. Le recomiendo que durante el viaje se abstenga de cualquier estímulo sexual privado —añadió, mirándome a los ojos—. Ya sabe a lo que me refiero...

Su consejo me sorprendió, pero traté de disimular. De modo que el joven médico sabía perfectamente de qué iba la cosa. No respondí.

—Cuando llegue a El Club, conviene que se encuentre en un estado de tensión sexual —dijo mientras se dirigía hacia la puerta, como si me recomendara que me tomara unas aspirinas—. Rendirá más. Voy a cerrar la puerta con llave, señor Slater. Ésta se abrirá automáticamente en caso de producirse una emergencia a bordo del barco, el cual está dotado de un excelente equipo salvavidas, pero aparte de eso, no se abrirá bajo ninguna circunstancia. ¿Desea hacerme alguna otra pregunta?

—Hummmm, alguna otra pregunta... —repetí, sin poder reprimir una sonrisa. Pero no se me ocurrió ninguna. Noté que mi corazón latía más acelerado que de costumbre. Miré al médico durante unos segundos y luego contesté—: No, gracias, doctor. Creo que todo ha quedado muy claro. Es duro no poder hacerme una paja, pero en realidad nunca quise que me crecieran pelos en las palmas de las manos.

El joven médico se echó a reír a carcajadas, lo cual le dio un aspecto más normal y relajado.

—Que se divierta, señor Slater —dijo, tratando de controlar su hilaridad. Luego salió y cerró la puerta con llave.

Permanecí sentado en la litera durante unos momentos, mirando fijamente la puerta. Empezaba a notar que mi miembro se ponía duro. Sin embargo, decidí acatar las reglas del juego. Sería como cuando tenía doce años y me sentía culpable cada vez que me excitaba sexualmente. Además, sabía que el médico tenía razón. Era mejor que aterrizara en El Club con todos los sistemas activados y dispuesto a entrar en acción, que con el depósito vacío.

Por otra parte, sabía que me estaban vigilando a través de los espejos. Yo les pertenecía. Me asombraba que en la placa de la pulsera no estuviera grabada la palabra «esclavo». Había firmado todos los papeles de forma voluntaria, sin ninguna coacción.

Cogí un libro de la estantería, uno de los que no eran eróticos, me tumbé cómodamente sobre los cojines de la litera y me puse a leer. James M. Cain. Era genial, pero ya lo había leído. Cogí una obra de Sherlock Holmes. Era un estupendo facsímil de una historia que había aparecido publicada en el *Strand Magazine*, acompañada por pequeñas ilustraciones en tinta. Hacía años que no veía nada semejante. Resultaba muy agradable estar de nuevo en compañía de Holmes y recordar los suficientes detalles para que la historia me interesara, pero sin estropearla; aquello constituía, como suele decirse, un entretenimiento sano y divertido. Al cabo de un rato, dejé el libro y consulté de nuevo las estanterías confiando en encontrar algo de sir Richard Burton, o el libro de Stanley sobre su encuentro con Livingstone. Pero no fue así. Yo había metido unos libros de Burton en la maleta, pero los había olvidado allí. De pronto me sentí como un prisionero. Me levanté y traté de abrir la puerta, pero estaba cerrada con llave. En vista de aquello, decidí dormir un rato.

A veces, era difícil seguir las reglas del juego.

Me duchaba con frecuencia, o me daba un baño, y hacía abdominales. Leí todos los libros de James M. Cain, *El cartero siempre llama dos veces*, *Pacto de san-*

gre y *Serenata*, y vi todas las películas en disco láser.

Había una película que me impactó. Era nueva, estaba todavía en su envoltorio original, y fue la última que abrí. Era una película sobre la vida de unos gitanos en Nueva York que se titulaba *Angelo, mi amor*. Me hubiera gustado ver una segunda y hasta una tercera entrega sobre esos gitanos, sobre ese chico llamado Angelo.

Me extrañó hallar esa película entre la colección de clásicos del cine negro protagonizados por Bogart y otros filmes tan espectaculares como deleznables, al estilo de *Flashdance*. Recogí el envoltorio de la papelera. El disco había sido enviado por correo urgente desde un videoclub de Dallas un par de días antes de que zarpáramos. ¡Qué curioso! Era como si alguien la hubiera visto y le hubiera gustado tanto que decidiera incluirla en la videoteca de los camarotes del yate. Me pregunté si habría alguien a bordo que estuviese contemplando también esa película. Pero en el camarote no penetraba ni el más leve sonido.

Dormía muchas horas. De hecho, me pasaba buena parte del tiempo durmiendo. Me pregunté si no echarían algún narcótico en la comida, la cual me servían a través de una abertura que había en la puerta. Pero no lo creo, porque al despertarme me sentía perfectamente descansado y despejado.

De vez en cuando me despertaba en plena noche, consciente de lo que estaba haciendo.

Me dirigía a El Club, ese extraño lugar donde pasaría dos años. Por más que suplicara o protestara, no me liberarían hasta al cabo de dos años. No obstante, eso era lo de menos. Lo que me preocupaba era lo que iba a pasar allí. Recuerdo que mi amo, mi instructor, mi mentor sexual secreto, Martin Halifax, no hacía más que repetirme que dos años era un plazo demasiado largo.

—Firma un contrato por seis meses, Elliott, o un año a lo sumo. No puedes hacerte una idea de lo que es El Club. Nunca has permanecido encarcelado en ningún sitio durante más de unas pocas semanas. Y eran lugares pequeños, Elliott. El Club es enorme. Hablamos de dos años.

No quería discutir con Martin. Le había dicho mil veces que deseaba perderme en ese lugar, que no quería más escapadas de quince días ni exóticos fines de semana. Quería sumergirme en El Club hasta perder la noción del tiempo, sabiendo que un día se finalizaría mi contrato y volvería a ser libre.

—Vamos, Martin, ya has visto los papeles —le dije—. Me han examinado, me han aceptado. Si no estuviera preparado física y psicológicamente, no me habrían contratado.

—Ya sé que estás preparado —contestó Martin con tristeza—, que eres capaz de afrontar cualquier prueba, por dura que sea, en El Club. Pero ¿es eso lo que realmente deseas?

—Deseo lanzarme al abismo, como suele decirse vulgarmente. Es lo que ahora trato de hacerte entender, Martin.

Casi me había aprendido de memoria las normas de El Club. Me pagarían cien mil dólares por mis servicios, y durante dos años sería propiedad de ellos, para que hicieran conmigo lo que desearan.

Me pregunté qué cobrarían a sus «huéspedes», a las personas que iban a utilizarnos, teniendo en cuenta lo que nos pagaban a nosotros.

Ahora me hallaba a bordo del yate; ya no podía volverme atrás. Oí el sonido del mar, aunque no podía verlo ni olerlo, de modo que volví a dormirme.

Lo cierto es que me sentía impaciente por llegar. Me hubiera gustado estar ya allí. Durante la noche me levanté y traté de hacer girar el pomo de la puerta para comprobar si seguía cerrada, lo cual provocó en mí unos incontrolables deseos sexuales que cristalizaron en una mezcla de dolorosos y exquisitos sueños.

Más tarde me arrepentí de mi error. ¡Correrme de esa forma, como un niño católico durante un sueño erótico!

Pensaba con frecuencia en Martin, en la forma en que había comenzado todo, en esa «vida secreta», como la llamábamos él y yo.

Había oído hablar mucho sobre La Casa, hasta que al fin pedí a alguien que me explicara de qué se trataba. Había resultado bastante complicado dar con el número de teléfono, pero muy fácil localizar la inmensa casa victoriana, a la que llegué a las nueve de una noche estival. Aparqué el coche, dejando atrás el denso tráfico que trepaba por la cuesta, y eché a andar bajo los gigantescos eucaliptos hacia la verja de hierro forjado. («Llame a la puerta del sótano».)

Olvídense de las consabidas putas vestidas con corsés negros y tacones de aguja («¿Has sido un chico malo? ¿Necesitas que te dé unos azotes?»), y de los peligrosos proxenetas con cara de niño y voz de tío duro. Aquello iba a ser un recorrido de lujo por todas las prácticas habidas y por haber del sadomasoquismo.

Pero primero se imponía una conversación civilizada.

Una habitación espaciosa, un artesonado en madera oscura, unas pequeñas lámparas que arrojaban una luz tenue como las velas sobre los cuadros y tapices que decoraban una de las paredes, unos biombos chinos, unas persianas rojas y doradas, una puerta de doble hoja lacada en rojo oscuro, unos espejos a lo largo de la pared del fondo y un amplio y confortable sillón de orejas, de cuero, en el que me hallaba sentado, con un pie apoyado en el otomán, y la sombría figura de un hombre sentado detrás de la mesa.

Allí estaba Martin, quien no tardaría en convertirse en mi amante, mi mentor, mi terapeuta, mi leal compañero en el sanctasanctórum. Alto, de cabello negro, con una voz de timbre juvenil y las sienes plateadas, un profesor de instituto de unos cincuenta años, sentado en su casa, vestido con un jersey marrón con escote en pico, el cuello de la camisa desabrochado, unos ojos pequeños pero inteligentes e inquisitivos. Unos ojos que expresaban un perpetuo asombro, como si contemplaran algo milagroso. Sobre el oscuro vello de su brazo resplandecía un reloj de oro, algo anticuado.

—¿Te molesta el olor de la pipa?

—Al contrario, me encanta.

Tabaco Balkan Sobranie, muy agradable.

Yo estaba nervioso, aunque intenté disimularlo. Examiné las paredes, los viejos paisajes, la puerta lacada en rojo, las figurillas de porcelana que se hallaban dispuestas sobre una mesa de caoba. En la estancia reinaba una atmósfera fantástica, casi sobrenatural. Sobre la repisa de mármol de la chimenea, junto a un reloj, había un jarrón de estaño que contenía un enorme ramo de flores en tonos lilas. La alfombra era de color ciruela, mullida y de tacto aterciopelado, como sólo se ve actualmente en las escalinatas de mármol de los hoteles antiguos. Percibí unos sonidos que procedían del piso de arriba. El crujido de las tablas del suelo, la apagada resonancia de una música.

—Quiero que me hables de ti, Elliott —dijo Martin con voz autoritaria pero amable, como si nada de aquello estuviera preparado ni hubiera sucedido con anterioridad—. Quiero que te relajes y me cuentes las fantasías que sueles tener. No es necesario que las describas con pelos y señales. Nosotros sabemos interpretar las fantasías de la gente. Somos expertos en eso.

Martin se reclinó en la silla mientras sus ojos recorrían el techo y el humo de la pipa ascendía en forma de una espesa nube para desvanecerse al instante. Tenía las cejas canosas.

—Si te resulta difícil describir tus fantasías en voz alta, puedes escribirlas. Te dejaré solo durante un rato para que las anotes a mano en un papel, o a máquina si lo prefieres...

—Pero yo creí que vosotros os hacíais cargo de todo, de propiciar un clima especial, un mundo...

—Así es, Elliott. Nosotros lo controlamos todo. No te preocupes. Una vez que atravieses esa puerta, comprobarás que tenemos un millar de ideas, mil formas de hacer las cosas. Pero es importante que primero charlemos un poco sobre ti, sobre tu imaginación. Es una buena forma de empezar. ¿Te apetece un cigarrillo, Elliott?

Resultaba muy violento tener que dar el primer paso. Si me acercaba a esa puerta sería como si me rindiera, como si dijera: «Sí, soy culpable, castigadme.»

—Deseo atravesar esa puerta ahora —dije, turbado.

—Dentro de unos momentos —respondió Martin esbozando una sonrisa.

A medida que me estudiaba, sus ojos parecían más grandes y su mirada se iba suavizando. Me trataba con la cordialidad que uno reserva a sus amigos, como si me conociera de toda la vida.

Un hombre como él era incapaz de herir a nadie. Tenía el rostro de un médico de familia, de un profesor de instituto que comprendía y respetaba tu obsesión con el tema, del padre perfecto...

—A primera vista, puede que no parezca el tipo adecuado para este trabajo —dije.

Qué hombre tan apuesto, pensé. Poseía una elegancia innata que no suelen tener los hombres jóvenes, por atractivos que sean.

—De estudiante era bastante rebelde —dije—. Mi familia me considera terco como una mula. No me gusta que me den órdenes. Tengo unas aficiones propias de los tipos machos, como suele decirse. No es que alardee de ello —me apresuré a añadir, sintiéndome cada vez más violento—. Me parece absurdo arriesgar el pellejo corriendo a doscientos cuarenta kilómetros por hora por el circuito de Laguna Seca, bajar sobre unos esquís por pendientes mortales o pilotar una avioneta Ultralite de cinco kilos a tanta velocidad y altura como se pueda con dos dedos de combustible...

Martin asintió con un gesto para indicarme que continuara.

—Reconozco que es algo compulsivo, estúpido. Durante dos años he trabajado como fotógrafo. En cierto modo, es tan peligroso como todo lo demás. Me he metido en unos líos tremendos. La última vez, por poco la palmo en El Salvador por no hacer caso del toque de queda, como si fuera un niñato rico de vacaciones...

En realidad no quería hablar de eso, de esos terribles segundos en los que por primera vez vi la muerte muy de cerca.

Más tarde imaginé los titulares, describiendo lo que había estado a punto de suceder: UN FOTÓGRAFO DE TIME-LIFE CAE ASESINADO POR UN ESCUADRÓN DE LA MUERTE EN EL SALVADOR. El fin de Elliott Slater, que podía haber estado escribiendo la gran novela americana en Berkeley, o esquiando en Gstaad, en lugar de dedicarse a aquello.

Habrían informado de mi muerte en un breve *flash* durante las noticias de la noche. Eso es todo.

—Ése es justamente el tipo de hombre que suele venir aquí, Elliott —dijo Martin con calma—. El tipo de hombre que no se somete a nada ni a nadie en el mundo real. Un hombre acostumbrado a ejercer su poder y que está harto de intimidar a los demás. Un hombre que viene aquí hundido y asqueado.

Sus palabras me hicieron sonreír. «Hundido y asqueado.»

—Cuéntame tus fantasías sin inhibiciones, Elliott. Es evidente que eres un hombre culto. La mayoría de los hombres que vienen aquí son cultos y educados. Poseen una imaginación muy viva, capaz de elaborar las fantasías más complejas. No escucho esas fantasías como si fuera un médico, sino como si me relataran unas historias. Como un literato, si lo prefieres. ¿Quieres una copa para que te ayude a soltarte la lengua? ¿Un whisky, vino?

—Un whisky —contesté distraídamente. No quería emborracharme—. Recuerdo una fantasía que tenía de jovencito —dije mientras Martin se levantaba y se dirigía al bar—, y me obsesionaba.

—Cuéntamela.

—Dios, me sentía como un delincuente, como una especie de lunático al alimentar esa fantasía cuando los demás se contentaban con admirar a la chica de la página central de *Playboy* y a las animadoras en los partidos de fútbol.

Johnny Walker, etiqueta negra.

Buena suerte.

Un poco de hielo.

Hasta el aroma del whisky y el hecho de sostener la copa de cristal en la mano producía su efecto.

—Cuando la gente relata sus fantasías, suele hablar sólo de lo admisible —dijo Martin, sentándose de nuevo detrás de su mesa y reclinándose hacia atrás. No se había servido una copa, se limitaba a fumarse la pipa—. Hablan sobre clichés, no sobre lo que realmente imaginan. ¿Cuántos compañeros de clase crees que tenían las mismas fantasías que tú?

—Mi fantasía era una especie de mito griego —respondí—. Imaginaba que éramos un grupo de jóvenes que nos encontrábamos en una ciudad griega, y cada pocos años nos enviaban a siete de nosotros, como en el mito de Teseo, a otra ciudad en calidad de esclavos sexuales.

Me detuve para beber un trago de whisky.

—Era una ceremonia antigua, sacrosanta —proseguí—, y un honor el que te eligieran, aunque por otro lado lo temíamos. Nos conducían al templo, donde los sacerdotes nos decían que debíamos someternos a todo cuanto nos ordenaran en la otra ciudad, y nuestros órganos sexuales eran consagrados al dios. Aquello sucedía ya desde hacía varias generaciones, pero los chicos mayores que habían atravesado esa experiencia se negaban a explicarnos lo que nos obligarían a hacer.

—Me gusta —contestó Martin—. ¿Y luego...?

—En cuanto llegábamos a la otra ciudad, nos quitaban la ropa. Luego éramos vendidos en una subasta al comprador que pujaba más alto, al cual debíamos servir durante varios años. Al parecer, traíamos suerte a los hombres ricos que nos compraban. Constituíamos símbolos de fertilidad y poder masculino, como una representación de Príapo en el jardín romano, o como una de Hermes en un portal griego.

Qué sensación tan extraña me producía contarle todo eso a otro hombre, aunque Martin me escuchaba con gran atención, sin manifestar el menor disgusto o asombro.

—Nuestros amos nos querían mucho. Pero no éramos humanos, sino unos esclavos entregados por completo a sus caprichos. —Bebí otro trago de whisky para darme ánimos. Más valía que se lo contara todo de una vez—. Nuestros amos nos azotaban, nos sometían a torturas sexuales y nos mataban de hambre. También se divertían conduciéndonos a través de la ciudad y obligándonos a permanecer ante el portal durante horas en un estado de gran tensión sexual, mientras los transeúntes nos miraban con curiosidad. El atormentarnos era un rito religioso, mientras nosotros nos tragábamos nuestro temor y nuestra humillación.

¿Era posible que le hubiera estado contando todo aquello?

—Es una fantasía estupenda —dijo Martin con tono sincero y arqueando ligeramente las cejas. Parecía pensativo—. Contiene los mejores ingredientes. No sólo tienes «permiso» para gozar de esa degradación, sino que constituye algo religioso, aceptable.

—Estoy hecho un lío, es como si mi mente fuera un circo de tres pistas —contesté, riéndome y meneando la cabeza.

—Eso nos pasa a todos los sadomasoquistas —señaló Martin—. Los «animales de circo» casi nunca nos abandonan.

—Tienen que darse las circunstancias apropiadas —respondí—. Sería impensable que nos forzaran. Sin embargo, tiene que haber cierta coacción.

Deposité el vaso sobre la mesa y Martin se levantó de inmediato para volver a llenarlo.

—Quiero decir, que tiene que existir al mismo tiempo consentimiento y coacción para que la fantasía funcione —dije, sin quitarle la vista de encima—. Tienes que sentirte humillado, debatirte entre el deseo de someterte y rebelarte. La degradación última reside en que acabas consintiendo y disfrutando.

—Sí.

—Éramos objeto de desprecio y de veneración. Éramos unos misterios. Jamás nos permitían hablar.

—Es fantástico —dijo Martin.

¿Qué era lo que había oído durante el rato que estuvimos conversando? ¿Algo diferente, distinto a todo lo que le habían contado antes, nuevo o único? Quizá lo único que había comprendido era que yo era igual a los mil hombres que habían atravesado aquella puerta.

—¿Y tu amo, el hombre que te ha comprado en la

otra ciudad griega...? —preguntó Martin—. ¿Qué aspecto tiene? ¿Qué sientes por él?

—No te rías, pero resulta que acaba enamorándose de mí. Y yo de él. Un romance entre cadenas. Al fin, el amor acaba triunfando.

Martin no rió, sino que se limitó a sonreír amablemente y dio otra calada a la pipa.

—Pero cuando se enamora de ti, no deja de azotarte o castigarte...

—No, es un ciudadano muy recto. Pero hay algo más —contesté, sintiendo que se me aceleraba el pulso. ¿Qué era lo que me impulsaba a contárselo?

—¿Sí?

Por primera vez sentí cierta inquietud, cierta confusión respecto al motivo que me había llevado hasta allí.

—En mi fantasía aparece una mujer...

—Hummmm.

—Es la esposa de mi amo, supongo. Mejor dicho, lo sé seguro. A veces me excito al pensar en ella.

—¿Y mantenéis una relación?

—No, no me apetece liarme con una mujer —contesté.

—Comprendo.

—Hay mil razones por las que uno elige a un hombre o a una mujer como compañero sexual, ¿no es cierto? No es como antes, en que era muy difícil transgredir la norma.

—Cierto, no es como antes —respondió Martin. Observé que había tardado unos segundos en contestar—. Supongo que te habrás acostado con hombres y con mujeres.

—Con un montón de hombres y de mujeres.

—Y esa mujer aparece en tu fantasía.

—Sí. Maldita sea. No sé por qué. Supongo que busco en ella comprensión, ternura. Ella cada vez se muestra más interesada en mí, el esclavo de su marido, pero no la soporto.

—¿Por qué?

—Porque aunque es tierna y cariñosa, al mismo tiempo se muestra dura, severa y cruel. Hace que me sienta cada vez más humillado. ¿Entiendes lo que quiero decir? Me siento extraño.

—Sí...

—La mujer no siempre está allí. Pero más pronto o más tarde...

—Ya.

—En realidad, ese detalle carece de importancia.

—¿Ah, sí?

—Deseo tener amantes masculinos, dominadores masculinos. Eso es lo que quería decir. Por eso estoy aquí, porque quiero mantener relaciones con hombres. He oído decir que tienes unos hombres guapísimos, los mejores...

—Sí —contestó Martin—. Creo que te gustará el álbum que te enseñaré cuando llegue el momento de que elijas.

—¿Quieres decir que yo elegiré a mis dominadores masculinos?

—Por supuesto. Es decir, si quieres. También puedes dejar que los elijamos nosotros.

—Quiero que sean hombres —dije—. Los hombres representan para mí el sexo exótico, caliente. El sexo divertido, arriesgado, la aventura.

Martin asintió con un gesto, sonriendo.

—No existe nada comparable a la sensación de estar con alguien tan duro como tú mismo. Cuando intervienen las mujeres, se añade una nota sentimental, sensiblera, romántica...

—¿A quién has amado más entre todos los hombres y mujeres con los que has estado? —preguntó Martin.

Se produjo un silencio.

—¿Qué importancia tiene eso?

—Mucha, lo sabes de sobra —respondió Martin con suavidad.

—A un hombre. Y a una mujer. En distintas épocas de mi vida. Cierra esas puertas, por favor.

—¿Los amabas con igual intensidad?

—En distintas épocas...

No habían pasado aún tres meses, y Martin y yo nos encontrábamos charlando de nuevo en la misma habitación, aunque me parecía increíble que después de lo que había sucedido arriba pudiera estar sentado en una habitación completamente vestido, hablando tranquilamente con él.

—No es necesario que me sigas pagando, Elliott —dijo Martin—. Hablaré con tres o cuatro «amos» interesados en ponerse en contacto contigo, y ellos cubrirán todos los gastos. Puedes seguir viniendo aquí, pero que paguen ellos. Cuando estés aquí, les pertenecerás.

—No. El dinero me importa un carajo, y todavía no estoy preparado para eso...

Someterme a la dominación total de otra persona, dejar que su fantasía suplantara la mía. No, todavía no. Hay que tener cuidado. Es una situación muy complicada.

Pero me hallaba en una especie de escalera de caracol que partía desde el sótano, y yo iba a trepar por ella hasta la cima.

—Me gustaría acostarme con una mujer —dije bruscamente. ¿Había dicho realmente eso?—. Quiero decir que... creo que ha llegado el momento de que me acueste con una mujer, una mujer atractiva que sepa lo que tiene que hacer. No quiero saber nada sobre ella, no quiero elegir su fotografía en un álbum. Elígela tú. Asegúrate de que es una experta, de que es capaz de controlar la situación. Me apetece ser dominado por una mujer. ¿Qué te parece?

Martin sonrió con amabilidad.

—Como dice el genio al saltar de la lámpara maravillosa: «Sí, amo. Tendrás una mujer.»

—Que sea atractiva, aunque no hace falta que sea una belleza. Y que sepa lo que debe hacer...

—Por supuesto —respondió Martin, asintiendo con paciencia—. Pero dime... —Se detuvo un momento, dio una calada a su pipa y exhaló el humo lentamente—. ¿Te gustaría encontrarte con la señora en un dormitorio victoriano? ¿En una habitación muy femenina, con visillos de encaje, un lecho de cuatro postes y ese tipo de cosas?

—¡Aaaah, Dios! ¡No puedo creer que esto me esté sucediendo a mí!

Proseguía en mi incansable ascenso por la escalera, atravesando un maravilloso sueño tras otro.

Y ahora, medio año más tarde, ¿hacia dónde me dirigía? Hacia El Club.

—Es justamente lo que quiero —dije. Me había dirigido allí en cuanto terminé de leer las normas. Había permanecido una hora en la sala de visitas, a la espera de entrevistarme con él, consultando con impaciencia mi reloj—. ¿Por qué no me habías hablado antes sobre ese lugar?

—Tienes que estar preparado para entrar en El Club, Elliott.

—Sé que estoy preparado. Un contrato por dos años, eso es lo que quiero. —Empecé a pasearme de un lado al otro de la habitación, nervioso e irritado—. ¿Cuánto tiempo crees que tardarán en admitirme? Puedo estar listo para partir pasado mañana, esta tarde.

—Es un contrato de dos años, Elliott —dijo Martin, pronunciando cada palabra con el mismo énfasis—. Quiero que te sientes, que tomes una copa. Creo que deberíamos hablar un poco sobre lo que pasó en El Salvador; lo del escuadrón de la muerte y todo lo demás.

—No lo comprendes, Martin. No pretendo huir de nada. Allí aprendí algo muy importante sobre la violencia, que no tiene que ser literal para que surta efecto.

Martin me escuchaba con mucha atención.

—Cuando un hombre va en busca de la violencia —dije—, ya sea en la guerra, en el deporte o en la aventura, quiere que ésta sea simbólica, y generalmente está convencido de que lo es. Pero de golpe llega el momento en que alguien te apunta en la cabeza con una pistola y casi mueres, literalmente. Entonces comprendes que has confundido lo literal con lo simbólico. Yo aprendí esa lección en El Salvador, Martin. No huyo de ello. Es el motivo por el que estoy aquí. El peligro me fascina, incluso me gustaría ser aniquilado por él. Pero no quiero hacerme daño, ni mucho menos morir.

—Lo comprendo —contestó Martin—. Lo has expresado perfectamente. Pero para algunos de nosotros, Elliott, el sadomasoquismo no es más que una fase, forma parte de la búsqueda de otra cosa...

—Pues será una fase de dos años que viviré en El Club. El Club es el paisaje ideal para mi búsqueda.

—No estoy seguro de ello, Elliott.

—Se parece mucho a la fantasía que tuve de jovencito, ¿no lo comprendes? Es como ser vendido a un amo griego durante unos años. Resulta perfecto...

—El tiempo no significa mucho en una fantasía —objetó Martin.

—Martin, en cuanto me hablaste de ese lugar comprendí que era el sitio ideal para mí. Ahora, si no quieres firmar los papeles, buscaré otro medio...

—No te enfades —respondió Martin, tratando de aplacarme con su encantadora sonrisa—. Firmaré los papeles. Por un plazo de dos años si eso es lo que quieres. Pero permíteme recordarte que existían varios elementos en esa fantasía que tuviste de jovencito.

—¡Esto es maravilloso! —exclamé.

—Quizás estés buscando a una persona en lugar de

un sistema —continuó Martin—. Lo único que vas a encontrar en El Club, aparte de su extraordinario esplendor, es un sistema.

—Es el sistema que deseo —contesté—. No quiero renunciar a esto. Me conformo con que sea la mitad de fantástico de como lo has descrito. ¡No me lo perdería por nada en el mundo!

Un contrato de dos años con El Club, con sus esclavos masculinos y femeninos, sus clientes masculinos y femeninos, sus instructores masculinos y femeninos. De acuerdo.

Perfecto. Es justamente lo que quiero. Estoy tan impaciente que voy a volverme loco. No puedo soportar esta excitación. Es justamente lo que quiero.

Era mejor no recordar todo eso mientras trataba de reprimir mis impulsos sexuales.

Seis días después de haber zarpado me sentía como un perro atormentado por una perra en celo, cuando de pronto se abrió la puerta del camarote.

Era por la tarde y acababa de salir del baño, recién duchado y afeitado, después de una larga siesta. Quizá lo sabían. Eso les ahorraba trabajo.

El joven rubio y tostado por el sol, con las mangas de la camisa blanca arremangadas hasta el codo, entró sonriendo y dijo:

—Arribaremos a puerto dentro de dieciocho horas. No debe decir nada a menos que le dirijan la palabra. Haga lo que le ordenen, Elliott.

El joven iba acompañado por otros dos hombres, pero no llegué a verlos, pues me obligaron a volverme, de inmediato y me sujetaron las manos a la espalda. Apenas tuve tiempo de ver un pedazo de cuero blanco con el que me vendaron los ojos. Sentí pánico, aunque traté de disimularlo. No me gustaba que me vendaran los ojos. Luego me desabrocharon y quitaron el pantalón, junto con los zapatos.

Había empezado la función. Noté que mi verga se ponía dura. Pero resultaba un infierno no ver nada.

Supuse que me amordazarían, pero no fue así. En cuanto me hubieron desnudado, me colocaron unas esposas de cuero y me obligaron a alzar los brazos. No era demasiado terrible. Era mucho peor que te ataran con cadenas.

Luego me condujeron al pasillo y, pese a estar perfectamente adiestrado, todo aquello me causó cierta impresión.

Era como si me hubieran administrado un afrodisíaco. Cuando me colgaron por las muñecas de un gancho que pendía sobre mi cabeza, lamenté haber observado las reglas durante las noches que había pasado solo en el camarote.

No sabía adónde me habían conducido, pero presentí que era una habitación grande. Noté la presencia de otras personas. Les oí emitir pequeños sonidos. Percibí unos débiles gemidos, como si uno de los esclavos estuviera a punto de romper a llorar. Por el tono de su voz, deduje que se trataba de una mujer.

De modo que había esclavos masculinos y femeninos, tal como me habían dicho. No podía imaginarme el cuadro. Los gemidos de la mujer me confundieron. Quizá me sentía impotente porque no podía protegerla. O quizá me excitaba el saber que yo sufría lo mismo que ella, pero en silencio.

Detestaba tener los ojos vendados. Me restregué la cara con el brazo, tratando de retirar la venda, pero fue inútil. Al fin, desistí.

Se me ocurrió, como se me ocurriría cientos de veces a lo largo de los meses siguientes, que a lo mejor Martin tenía razón al decir que había cometido un grave error. El adiestramiento en casa de Martin, en San

Francisco, y las breves estancias en la casa de campo, aunque en algunos momentos había sido duro, no era nada comparado con esto. Con una intensa y dulce sensación de alivio, pensé: «Es demasiado tarde, Elliott. No puedes decir "lo siento, me he equivocado, vamos a tomarnos un filete y un par de cervezas".» Me sentí aliviado porque había empezado y era imposible hacer marcha atrás. Esto era real, tal como me había advertido Martin.

Experimentaba la maravillosa sensación de haberme metido, por primera vez en mi vida, en una situación que no podía controlar. Había cometido muchas locuras a lo largo de mi vida, pero esta sensación de peligro, de violencia, era increíble. Aunque hubiera podido, no habría renunciado a ello.

Los sonidos que oía significaban que habían llegado esclavos. Oí las pisadas de unos pies descalzos y el sonido de unos tacones. Oí algunos gemidos, el crujido de una cadena y el chasquido de una hebilla de metal al rozar el gancho. Las esposas me apretaban las muñecas.

Los ruidos que oía consistían en su mayoría en pequeños suspiros y gemidos que eran emitidos por esclavos masculinos y femeninos. También percibí algunos gritos sofocados por las mordazas.

Estaba seguro que a pocos metros de donde me hallaba había un hombre, que luchaba por liberarse, pues pude oír una voz que no cesaba de amonestarlo, llamándolo por su nombre y ordenándole que obedeciera. Sin embargo, no empleaba un tono severo, sino que más bien trataba de convencerlo por las buenas, diciendo «sabes que no debes comportarte así» y cosas por el estilo. De pronto oí el restallido de un látigo seguido de un gemido. Luego oí unos azotes, que sentí tan próximos a mí como si fueran el desliz de unos dedos sobre mi piel.

Estaba temblando. Sería espantoso que me castigaran de esa forma por haberme portado mal. Aquello no era como sentirse humillado para deleite de tu amo, padecer en silencio cual exótico campeón del sufrimiento. No, me sentiría como un fracasado, como un esclavo incompetente que hubiera sido encerrado en la bodega de un barco.

Los latigazos no cesaban. Oí el restallido de una correa, seguido de gritos y alaridos. Noté movimiento a mi alrededor y de pronto la correa me golpeó los muslos y las nalgas, pero no me moví, no emití ningún sonido. Pasaron varias horas. Los brazos y las piernas me dolían. De vez en cuando me quedaba adormilado y luego me despertaba súbitamente, consciente de estar desnudo, reavivándose así mi pasión.

Una de las veces que desperté me di cuenta de que estaba retorciéndome, como si tratara de tocar otro cuerpo, devorado por el deseo. Luego sentí un latigazo.

—Ponte derecho, Elliott —dijo una voz. Avergonzado, comprendí que era el joven rubio de magnífica dentadura.

Después noté su mano, grande y fría, sobre la carne que acababa de azotar.

—Sólo faltan seis horas para llegar, y quieren que estés en forma —dijo, estrujándome con fuerza la nalga. Luego aplicó el pulgar sobre mis labios para indicarme que guardara silencio, aunque yo no me hubiera atrevido a rechistar.

Estaba empapado en sudor. No sabía si el joven ya se había alejado o seguía junto a mí. Era humillante saber que no me había comportado como un buen esclavo; sin embargo, el dolor de los azotes en los muslos y las nalgas me producía una deliciosa excitación.

Cuando me desperté de nuevo, comprendí que había anochecido.

Me lo indicó mi reloj interno y el silencio que reinaba en el barco, aunque desde el camarote tampoco había oído ningún ruido a bordo.

En cualquier caso, se trataba de un silencio más profundo.

Tuve un desagradable *flash*, una breve imagen del último fin de semana que había pasado con mi padre en Sonoma, el resplandor del fuego en la sala de billar, mi padre frente a mí, al otro lado de la mesa, preparando el taco. A través de la ventana contemplé las últimas lluvias de la temporada cayendo sobre las verdes colinas. De repente noté que algo se rebelaba en mi interior, sentí el deseo de zaherirlo. «Te crees muy sofisticado, capaz de adivinarlo todo, de comprender cada matiz, de analizar, evaluar y predecir el esquema de cada "fase" antes de que se inicie, entregándome unos tratados sobre masturbación, y unos números de *Penthouse* y *Playboy* cuando tenía catorce años, y las dos prostitutas de cien dólares que me presentaste en Las Vegas el día que cumplí los dieciséis —no una, sino dos prostitutas—; y aquel burdel, aquel maravilloso burdel lleno de niños de ojos negros y sonrientes en Tánger. Toda tu sofisticada palabrería sobre lo sano que era, sobre las absurdas ideas de mamá, la necesidad de que la palabra se haga carne de nuevo, la poesía de una visión más amplia... Pues bien, voy a decirte algo que te va a dejar acojonado. ¿Sabes lo que desea realmente tu hijo?»

—No hablarás en serio. ¡No puedes pasar dos años en ese lugar!

La última vez que había hablado con mi padre por teléfono me dijo:

—No permitiré que lo hagas. Quiero saber quiénes son esas gentes. Esta misma noche salgo para Berkeley.

—Déjalo estar, papá, es inútil. Escríbeme a las señas de Nueva York que te he enviado. Abrirán las cartas antes de dármelas, pero no importa. Y no intentes nada dramático, papá. No te molestes en contratar a ningún Philip Marlowe o Lew Archer para que me siga la pista, ¿de acuerdo?

—¿Te das cuenta de que podría hacer que te encerraran, Elliott? Podría hacer que te metieran en el manicomio estatal de Napa. ¿Por qué lo haces, Elliott?

—Vamos, papá. Lo hago por placer, la palabra hecha carne («como las prostitutas y los niños árabes»), por placer pura y simplemente, será como viajar a la luna.

«Es algo que ni yo mismo logro entender, un tormento del alma, una exploración, una negativa a vivir fuera de un mundo interior, oscuro y caliente, que existe detrás del civilizado rostro que veo en el espejo. Es algo muy antiguo, atávico.»

—Este asunto me da mucho miedo. ¿Me oyes? Lo de Oriente Medio era algo que podía comprender, aceptar. Te saqué de El Salvador dos horas después de que me llamaras. Pero esto, este club del sexo, ese lugar...

—Papá, es mucho más seguro que El Salvador. Allí no hay rifles ni bombas. Es una violencia simbólica. Supuse que un hombre tan sofisticado como tú serías el último en...

—Esta vez has ido demasiado lejos.

—¿Demasiado lejos?

«Papá, ya hemos abandonado la atmósfera de la Tierra. Vamos a alunizar.»

Sabía que había amanecido porque oí a gente que se movía a mi alrededor.

Una hora más tarde, en el barco reinaba un auténtico bullicio.

Escuché el sonido de puertas que se abrían, unas pisadas, y al cabo de unos minutos me soltaron las muñecas, me quitaron las esposas de cuero y me dijeron que colocara las manos en el pescuezo.

«Quitadme de una vez esta maldita venda de los ojos», pensé. Alguien me dio un empujón y tropecé con otro cuerpo desnudo que estaba tumbado frente a mí. Casi perdí el equilibrio, pero unas manos me sujetaron.

Estaba loco. Apenas podía resistir la tentación de arrancarme la venda de los ojos. Pero había llegado el momento y no quería hacer el idiota. El corazón me latía a toda velocidad, y me di cuenta de que tenía la mente en blanco.

De pronto noté unas manos que me tocaban y me puse tenso. Acto seguido sentí que me colocaban una correa de cuero alrededor de la base del miembro. Me levantaron las pelotas y las estiraron hacia afuera mientras me ajustaban la pequeña correa.

Cuando creía que iba a enloquecer debido a la excitación que sentí, me retiraron la venda de los ojos.

Durante unos segundos cerré los ojos para protegerme de la intensa luz. Luego divisé un estrecho pasillo sobre las cabezas y los hombros de las personas que estaban ante mí, y una escalera de metal que conducía a cubierta.

En la cubierta del yate había mucho bullicio. Oí gritos, voces y risas. Vi a un cuidador que azotaba a una esclava con su cinturón para obligarle a subir la escalera. La mujer tenía una espesa cabellera roja que se desparramaba sobre sus hombros como una nube. Su desnudez me paralizó. Luego echó a correr escaleras arriba y desapareció. No sé quién parece más desnudo sin ropa, si un hombre o una mujer. Pero al contemplar aquellas caderas redondeadas y femeninas y aquella esbelta cintura, mi excitación aumentó.

De pronto alguien me propinó un empujón seguido de un azote. Al volverme distinguí al joven rubio y atractivo durante unos segundos, antes de que me ordenara que subiera la escalera.

—Sube a cubierta, Elliott —dijo, sin dejar de sonreír y propinándome otro azote con su cinturón—. Y mantén las manos en el pescuezo.

Al llegar arriba, una voz nos ordenó «que bajásemos la vista» y no nos detuviéramos. Contemplé el mar azul y una playa blanca.

Vi la isla.

Unos frondosos árboles, no muy altos, unas rosas que trepaban por los muros encalados y unas terrazas situadas unas sobre otras, como los jardines colgantes de Babilonia, todo ello rodeado de espectaculares buganvilias, y una vegetación tropical. Vi a numerosas personas sentadas ante unas mesas en las terrazas, cientos de personas, quizá miles. «Ya estoy aquí», pensé, notando que se me formaba un nudo en la garganta.

Recordé las advertencias de Martin. ¡Qué poco podía sospechar siquiera la magnitud de aquel lugar! Me había hablado de él, pero al contemplar su belleza, sus dimensiones, quedé profundamente impresionado.

Las órdenes eran pronunciadas en tono rápido y brusco. Unos esclavos que había frente a mí echaron a correr a través de la cubierta y descendieron por la escalerilla del yate. Unos cuerpos perfectos, atléticos, con los cabellos ondeando al viento. Los movimientos ágiles y delicados de las mujeres contrastaban con los pasos rápidos y enérgicos de los hombres.

No conseguía ni aceptar ni rebelarme contra lo que estaba ocurriendo. Durante unos instantes me quedé perplejo, dudando no ya de la realidad que me circundaba, sino de todo lo que me había sucedido hasta estos momentos.

Mientras bajaba por la escalerilla junto con los otros esclavos, tuve la sensación de que toda mi confortable vida anterior había sido un espejismo, y que yo siempre había sido tal como era ahora. No puedo explicar esa sensación, pero estaba convencido de ello. Siempre había sido como era ahora.

Tenía que hacer lo que hicieran los otros, obedecer las órdenes. El joven rubio apareció de nuevo como si fuera una especie de demonio. Casi le solté un «¿Otra vez tú, cabrón?», mientras alzaba su tostado y musculoso brazo y me asestaba un suave azote con el cinturón.

—Adiós, Elliott —se despidió con tono amistoso—. Que te diviertas en El Club.

Yo le dirigí una sonrisa venenosa. Me sentía desorientado. Cuando pisé tierra firme, contemplé los muros cubiertos de enredaderas, el interminable montón de terrazas y la cúpula celeste del espléndido firmamento.

Frente a mí pude ver a otro joven energúmeno que azotaba a los esclavos mientras los conducía por un serpenteante sendero. No había más remedio que pasar junto a él y dejar que me azotara sin rechistar mientras corría para alcanzar a los otros.

El joven nos gritó para que nos diéramos prisa. Me pregunté por qué le obedecíamos, por qué era tan importante hacer lo que él nos mandara. Todos habíamos llegado allí para complacer a las miles de personas que estaban sentadas en las terrazas. ¿Acaso les divertiría ver cómo uno de nosotros tropezaba y era azotado por aquel energúmeno?

Pero no sería yo quien tropezara. «Esto es lo bueno —pensé—. Deseo complacerlos. No sólo nos comportamos como esclavos, sino que pensamos también como esclavos.»

4

Amor a primera vista

Hacía un calor sofocante. El jardín estaba tan atestado de gente que aún podía oír el murmullo de sus voces a lo largo del pasillo mientras me dirigía apresuradamente a mi habitación.

No tenía tiempo de tomarme una copa, dar un paseo por el jardín ni ver cómo los esclavos abandonaban el yate.

Se reunirían en el vestíbulo dentro de una hora, y yo ni siquiera había examinado sus informes.

En nuestros archivos conservamos los expedientes de todos los esclavos, que consisten en una descripción exhaustiva, el historial, unos comentarios y unas tomas fotográficas detalladas. La experiencia me ha enseñado a prestar tanta atención a dicho informe como al esclavo.

En cuanto abrí la puerta encontré a Diana esperándome, sin adornos, con el pelo suelto, como a mí me gusta. Algunos instructores opinan que unos cuantos adornos discretos hacen que el esclavo parezca aún más desnudo. No estoy de acuerdo.

En unas habitaciones como las nuestras, lujosamente enmoquetadas y vestidas con gruesas cortinas de terciopelo, aparte de otros muchos detalles propios de la civilización, una esclava o esclavo desnudo arde como una llama.

Entre los tonos oscuros de los muebles, los monitores de vídeo y los muebles de moderno diseño, Diana parecía un hermoso animal lleno de un infinito misterio, como sólo puede serlo el animal humano.

Si la colocas en unas habitaciones exóticamente decoradas como las mías —entre cuadros haitianos, plantas tropicales y toscas esculturas de piedra—, el resultado no puede ser más delicioso y atractivo. Hasta me parecía percibir un aroma a incienso y un sabor a humo, a la sal que contiene la carne humana.

No existe nada comparable al momento en que descubres su presencia, aunque la hayas visto mil veces en los salones y los jardines del Club, y contemplas sus turgentes pechos y el húmedo triángulo del pubis mientras aguarda mis órdenes.

Diana parece siempre una bailarina, esbelta y lánguida, su cabello blanco como la nieve desparramándose como una cascada sobre sus hombros y espalda. Su rostro, enérgico y decidido, contrasta con el resto de su persona. Es muy alta, tiene los labios gruesos y los ojos redondos, de mirada siempre alerta. Pero es su acento francés lo que más me atrae. He tratado de analizar el efecto que me produce, he tratado de habituarme a él, pero nunca deja de asombrarme.

No tenía tiempo de abrazarla y besarla. Había un montón de carpetas amontonadas sobre mi mesa, junto a la pantalla del ordenador. Todos los datos estaban almacenados en el ordenador, pero me gustaba examinar las fotografías y el historial de los esclavos. Siempre pedía que me enviaran sus expedientes, aunque en las fotos presentaran un aspecto de lo más primitivo.

—Abre las ventanas, querida —dije.

—Sí, Lisa.

Diana había dispuesto sobre una bandeja la botella de ginebra Bombay, unos vasos con hielo y un platito con unas rodajas de lima. La única ginebra que bebo sola, con hielo, es la ginebra Bombay.

Por el rabillo del ojo observé cómo Diana se movía con velocidad y agilidad felinas, extendiendo sus largas manos para tirar suavemente del cordón de las cortinas moradas.

Durante tres años ha vivido encerrada entre estas cuatro paredes, como suele decirse. Una vez al año, durante unas vacaciones de seis semanas, desaparece. Debo confesar que jamás he averiguado adónde va, ni lo que hace mientras se ausenta. Según me han contado, varios miembros del club le han ofrecido suculentos contratos cinematográficos, lujosas mansiones en lugares exóticos, e incluso le han propuesto matrimonio. Pero eso aquí ocurre con frecuencia. Precisamente por ese motivo obligamos a los esclavos a firmar un contrato de dos años y les remuneramos con generosidad por sus servicios.

Una vez vi a Diana salir del brazo de otra esclava y dirigirse hacia un avión que aguardaba en la pista de aterrizaje. Alguien me comentó que ella y otras cuatro compañeras habían alquilado un castillo en los Alpes suizos para pasar allí sus vacaciones. Diana llevaba un abrigo blanco, con el cuello y los puños de piel, y un gorro blanco también de piel. Parecía rusa, una bailarina de ballet gigantesca en comparación con las otras chicas. La vi atravesar con paso rápido la pista de aterrizaje, erguida, su boquita fruncida en un gracioso mohín, como si quisiera que la besaran.

Pero no conozco a esa Diana. Sólo conozco a la esclava desnuda y servil que me atiende día y noche. Es perfecta, suponiendo que exista la perfección, y se lo he dicho muchas veces mientras yacemos juntas en el silencio de la noche.

La luz del sol penetraba a través de los ventanales. Los pimenteros extendían sus gruesas ramas cubiertas de hojas como un velo sobre el límpido cielo estival.

Diana se arrodilló junto a mí y le acaricié los pechos, unos pechos perfectos, no excesivamente grandes. Ella permaneció de rodillas, con los talones apoyados en las nalgas, como a mí me gustaba, con la cabeza agachada y los ojos húmedos.

—Sírveme una copa —le dije mientras repasaba los expedientes—. ¿Te has portado bien durante mi ausencia?

—Sí, Lisa, he tratado de complacer a todo el mundo —respondió ella. Cogí la copa de sus manos, esperé a que la ginebra se enfriara y bebí un trago largo, dejando que el inmediato calor invadiera mi pecho.

Diana parecía una gata, pronta a saltar y arrojarme los brazos al cuello. De haberlo hecho no habría podido resistirme, pero aún no había conseguido liberarme del mal recuerdo de las vacaciones. Era como si todavía estuviera a bordo del avión, ansiosa por aterrizar mientras éste no cesaba de sobrevolar la isla.

Al fin hice un pequeño gesto indescriptible que indicaba mi consentimiento. Diana se incorporó y se abrazó contra mí. Era la encarnación de la suavidad. Me volví y la besé en los labios. De inmediato sentí que el deseo la penetraba, recorriendo sus muslos, su cuerpo desnudo. Quizá notara que yo estaba tensa. El caso es que me miró preocupada, con los labios entreabiertos, y la solté.

—No tengo tiempo —murmuré.

En realidad no era necesario que se lo dijera. Diana estaba tan bien entrenada como cualquiera de los esclavos que yo había tenido. Pero entre nosotras existía una ternura que la excitaba tanto como la frialdad que a veces mostraba hacia ella, y que invariablemente hacía que se le humedecieran los ojos.

Conecté el ordenador y tecleé de forma apresurada

las palabras «Informes preliminares» sobre el lecho de teclas blancas de plástico. Enseguida aparecieron en el monitor unas relucientes letras verdes: cincuenta esclavos nuevos. La cifra me asombró.

Sabía que habíamos comprado treinta en la subasta, pero ignoraba que hubiéramos adquirido otros veinte a través de unas ventas independientes. Todos habían firmado un contrato por dos años. De modo que nuestras nuevas normas estaban funcionando. No esperaba que dieran resultado tan pronto. Supuse que durante un tiempo seguiríamos adquiriendo esclavos bajo un contrato de seis meses o un año, a los cuales liberaríamos justo cuando alcanzaran su plenitud. Necesitábamos dos años para adiestrar a un esclavo y sacar provecho de él o de ella, pero muchos aun al cabo de ese tiempo no estaban preparados.

A continuación examiné los expedientes.

Cada carpeta contiene una fotografía del esclavo o esclava pegada al interior de la tapa. Tras echarles un rápido vistazo, descarté en el acto a diez. Todos eran muy hermosos, y sin duda alguien gozaría atormentándolos, pero no sería yo.

Luego me fijé en una mujer preciosa, con una abundante cabellera castaña y rizada y un rostro ovalado, típicamente americano.

Me aparté con suavidad de Diana, la cual me abrazó por la cintura. Sentí su delicioso peso apoyado en mí, su frente restregándose contra mi vientre, y le acaricié el pelo con la mano derecha. Noté que estaba temblando. Siempre se sentía celosa de los nuevos esclavos. Tenía los pechos ardiendo y su corazón latía aceleradamente.

—¿Me has echado de menos? —pregunté.

—Muchísimo —contestó ella.

La nueva esclava se llamaba Kitty Kantwell. Traté de memorizar su nombre. Según los datos que figuraban en su expediente, medía un metro sesenta y siete centímetros, una talla muy manejable. Poseía un coeficiente intelectual muy alto y estaba licenciada en periodismo; era una joven culta, que viajaba mucho y que había trabajado en la televisión de Los Ángeles como chica del tiempo y en un *talk show* en San Francisco como presentadora, y había sido instruida en un club privado de Bel Air por una parisina llamada Elena Gifner. Yo no conocía personalmente a Gifner, pero en varias ocasiones nos había vendido excelente material. Tras leer su historial, miré de nuevo la fotografía.

—¿Te han hecho trabajar mucho? —pregunté. Al partir dejé dicho que Diana podía trabajar. Era necesario, pues de otro modo perdería facultades.

—Sí, Lisa —contestó Diana, con voz entrecortada. Le levanté el pelo del cogote. Estaba muy caliente. Sabía que tendría el vello del pubis empapado.

La chica de cabello castaño de la fotografía era el tipo de belleza americana que aparecía en las páginas centrales de *Playboy*, la perfecta «chica del tiempo». La imaginé dando la previsión del tiempo en el noticiero de la noche, dotada de una hermosa osamenta y con ojos grandes y redondos, como Diana, pero con un aire más mundano. Tenía un rostro inteligente, inquisitivo. La típica chica americana, con pechos de animadora.

Iré a echarle un vistazo, pensé.

Bebí otro trago de ginebra y me apresuré a examinar el resto de los expedientes mientras Diana me cubría de besos.

—Estáte quieta.

De pronto me fijé en la fotografía de un hombre.

Rubio, de un metro y ochenta y ocho centímetros de estatura. Miré la fotografía, incapaz de comprender la intensidad de mi reacción ante ella, a no ser que se debiese a la expresión del rostro del hombre.

Los esclavos no suelen sonreír ante la cámara. Aparecen serios, como si se tratara de una instantánea tomada por la policía. A veces la fotografía revela toda su vulnerabilidad, el temor. Van a permanecer cautivos durante largo tiempo, sin saber lo que va a suceder, y temen haber cometido un error. Pero el hombre rubio sonreía, al menos su rostro mostraba una expresión divertida, como de niño que ha cometido una travesura.

Tenía el cabello espeso, ligeramente ondulado, con un mechón que le caía sobre la frente, y bien perfilado alrededor de las orejas y el cuello. Sus ojos, grises o quizás azules, brillaban tras unas gafas con cristales tintados en la parte superior. Exhibía una sonrisa espléndida. Vestía un jersey negro de cuello cisne y posaba con los brazos cruzados. En conjunto transmitía un aire relajado en extremo.

Di la vuelta al expediente para verlo desnudo. Me recliné hacia atrás, tomando un sorbo de ginebra, y contemplé detenidamente la fotografía.

—Fíjate —le dije a Diana, mostrándole las fotos del nuevo esclavo—. Una belleza —murmuré, golpeando con un dedo la foto de Slater. Luego le pedí que me sirviera otra copa de ginebra con hielo.

—Sí, Lisa —contestó Diana con un tono de orgullo herido tan aceptable como era posible entre nuestros esclavos. Luego me llenó el vaso con gran ceremonia, como si ese gesto tuviera una enorme importancia. La besé de nuevo.

En la fotografía en la que estaba desnudo Slater aparecía con los brazos colgando a ambos lados del cuerpo, pero su rostro denotaba la misma expresión divertida, aunque trataba de disimularlo. Puede que alguien le hubiera dicho que no debía sonreír. La fotografía transmitía un fuerte sentido de su propia identidad. Slater no se ocultaba detrás de una actitud, de una imagen falsa de sí mismo. Poseía un cuerpo perfecto, un cuerpo californiano ejercitado en un gimnasio, musculoso, aunque no en exceso, y unas poderosas pantorrillas. Estaba muy bronceado.

Elliott Slater. Berkeley, California. Veintinueve años. Instruido en San Francisco por Martin Halifax.

Qué interesante. Yo también era de Berkeley. Y Martin Halifax era el mejor instructor del mundo, aparte de uno de mis mejores amigos. Un poco loco, pero quién no lo está.

Yo había trabajado a los veinte años en la casa victoriana que tenía Martin Halifax en San Francisco. La casa constaba sólo de quince habitaciones tenuemente iluminadas y decoradas con elegancia, pero daba la impresión de ser un palacio, vasto y misterioso como El Club. Fue Martin Halifax quien había perfeccionado el solarium para los esclavos y lo equipó con una cinta rodante y una bicicleta estática sobre la que obligábamos a los esclavos, como castigo, a pedalear hasta caer rendidos. Nadie como un californiano, aunque estuviera pálido como Martin, para preocuparse de la forma física de la gente.

Martin Halifax y La Casa ya existían cuando aún no había nacido El Club. En cierto modo, Martin era tan responsable de la creación del Club como yo misma o como el hombre que lo había financiado. Fue Martin quien decidió no unirse a nosotros. No se sentía capaz de abandonar San Francisco, ni La Casa.

A continuación leí el informe redactado a mano por Martin. A Martin le encantaba escribir.

«Este esclavo es un hombre muy sofisticado, económicamente independiente, posiblemente rico y, pese a sus numerosas aficiones, obsesionado con convertirse en un esclavo.»

Además de sus numerosas aficiones, se había doctorado en literatura inglesa por la Universidad de California en Berkeley, mi vieja *alma mater*, y había obtenido el Purple Heart.[1] No poseía un coeficiente intelectual tan alto como Kitty Kantwell, pero era sin duda muy in-

---

1. Condecoración concedida a los miembros de las fuerzas armadas heridos en combate. (*N. de la T.*)

teligente. Trabajaba como fotógrafo independiente, cubriendo desde conciertos de rock y entrevistas a celebridades hasta frecuentes reportajes de guerra para *Time-Life,* además de ser autor de dos libros de fotografías: *Beirut: Veinticuatro horas* y *Los bajos fondos de San Francisco.* Era dueño de una galería de arte en el Castro District y de una librería en Berkeley. (¿Cuál de ellas? Yo las conocía todas.) Era un fanático de las situaciones peligrosas y los deportes arriesgados.

Datos tan curiosos como la expresión de su rostro.

Consulté el reloj. Los esclavos no llegarían hasta dentro de cuarenta y cinco minutos, y yo ya había establecido mis preferencias. Mis candidatos eran Kitty Kantwell y Elliott Slater, y tras examinar de nuevo la foto de Slater comprendí que me volvería loca si no conseguía ser la primera en elegir.

Pero yo siempre era la primera en elegir.

Entonces ¿a qué venía esa inquietud? ¿Al temor de que se me iba a escapar de las manos algo importante? Maldita sea. Las vacaciones habían terminado, me había bajado del avión y estaba en casa. Aparté las otras carpetas y empecé a leer el historial de Slater.

«El esclavo se presentó el 7 de agosto del año pasado para iniciar un curso de adiestramiento. —Hacía sólo nueve meses. Debía de ser un fenómeno si ya estaba preparado para trabajar en El Club. Pero Martin sabía lo que hacía—. Resuelto a someterse a los programas más intensos que le ofrezcamos, si bien se resiste a mantener una relación con un amo fuera de La Casa, aunque muchos se lo propusieran entusiasmados después de cada actividad de grupo en la que participó el esclavo.

»Es extremadamente fuerte y resistente. Es necesario aplicarle un severo castigo corporal para hacer mella en él, aunque se siente fácilmente humillado, casi hasta el punto de perder los nervios, en diversas circunstancias... El esclavo muestra cierta terquedad, aunque trata de disimularlo...»

Me detuve. Prefería averiguar ese tipo de cosas por mí misma, saboreando el exquisito placer que eso me proporcionaría. Pasé varias hojas a sabiendas de la tendencia de Martin a extenderse en los pormenores.

«El esclavo permaneció encarcelado unos días en la casa de campo de Marin County. Como es lógico, la semana de entrenamiento le pareció muy dura y solicitó ser trasladado de nuevo a San Francisco. Al cabo de cada sesión duerme sin problemas. Lee mucho durante los ratos de descanso, principalmente a los autores clásicos, algunas novelas baratas y poesía. Es muy aficionado a las historias de intriga y a los *thrillers* tipo James Bond, aunque también devora las grandes novelas rusas. —Eso era magnífico. ¿Quién se hubiera dado cuenta de ello sino Martin, el espía?—. El esclavo es un romántico. Sin embargo, hasta el momento no ha demostrado sentirse atraído por ningún amo; sólo pide lo que yo le recomiendo con vistas al futuro, diciendo que desea lo que más teme.»

Eché de nuevo un vistazo a la fotografía. Un rostro cuadrado, unos rasgos armoniosos salvo la boca, que era un poco ancha. La sonrisa podía interpretarse como una sonrisa burlona, algo despectiva, aunque esta palabra resultaba un poco fuerte. Tenía, como suele decirse, un rostro agradable, que no encajaba con la palabra «desprecio».

Puede que hace dos semanas me cruzara con él por la calle en Berkeley, o quizá lo viera en el bar de...

Tómatelo con calma, Lisa.

Has leído miles de expedientes sobre esclavos de San Francisco. Y para nosotros no existe una vida más allá de esta isla. La información que contiene este expediente, tal como sueles advertir a los instructores nuevos, está destinada a ayudarnos en la labor que desarrollamos aquí.

Seguí leyendo el historial de Slater:

«Me sorprendió que el esclavo regresara de inmediato después de una sesión de dos semanas en el campo, durante la cual fue adiestrado casi sin interrupción por varios huéspedes de fuera de la ciudad. Entre ellos, una vieja condesa ruso-prusiana enamorada del esclavo (ver notas más abajo). El esclavo dijo que si no se le permitía permanecer encarcelado durante un plazo más largo, buscaría otro lugar donde formarse. El dinero no constituía un problema. El esclavo manifestó en repetidas ocasiones que los amos jóvenes le aterraban, aunque no trata de evitarlos. Dijo que le espantaba ser humillado por alguien más débil que él.»

Pasé a la última hoja del expediente: «El esclavo me fue enviado con las más altas recomendaciones —un elemento ideal para El Club—, pero se recalcaba que era un neófito y que era preciso someterlo a una estrecha vigilancia. Aunque garantizo que está preparado física y mentalmente, debo añadir que su instrucción ha durado poco tiempo, y que aunque ha pasado las pruebas con las instructoras femeninas, dichas situaciones fueron muy estresantes para él, que sin duda teme a las mujeres más que a los hombres. El esclavo, sin embargo, se niega a hablar sobre ese tema, y afirma que está dispuesto a hacer lo que sea con tal de ser aceptado por su Club. Repito: es necesario vigilarlo. El esclavo respondió bien a las mujeres, y era evidente que se sentía profundamente excitado por ellas, pero la experiencia le produjo un intenso conflicto.»

Su rostro me desconcertaba. Observé el resto de fotografías que acompañaba su expediente. No me equivocaba. En las fotos de perfil, cuando no miraba a la cámara, Elliott Slater tenía una expresión dura, casi fría. Había algo en él, en su aspecto preocupado, que impresionaba. Luego miré de nuevo la foto en la que aparecía sonriente. Un tipo tierno y encantador.

Cerré la carpeta sin leer las notas sobre los amos y las amas que habían adiestrado al esclavo, ni otros prolijos comentarios escritos por Martin. Martin tenía vocación de novelista. O quizá estaba satisfecho con lo que era.

Permanecí sentada, observando la carpeta. De pronto la abrí y volví a examinar la fotografía de Slater.

Sentí a Diana junto a mí, su calor y su deseo. También noté otra cosa en ella, una cierta preocupación por la tensión que yo experimentaba.

—No cenaré aquí —dije—. Anda, trae el cepillo del pelo y el frasco de Chanel, quiero refrescarme la cara con colonia.

En cuando Diana se dirigió a buscar lo que le había pedido, pulsé un botón de mi mesa de trabajo.

Diana me trajo el frasco de Chanel, que guardaba en un pequeño frigorífico en el vestidor, junto con una toalla limpia.

Me pasé la toalla empapada en colonia por las mejillas y la frente mientras Diana me cepillaba el pelo. Nadie sabía cepillarme el pelo como ella.

De pronto se abrió la puerta y apareció Daniel, mi ayudante favorito.

—Me alegro de que estés de nuevo aquí, Lisa, te hemos echado de menos —dijo Daniel. Luego miró a Diana y añadió—: Richard dice que los esclavos estarán en el vestíbulo dentro de cinco minutos. Te necesita. Es un asunto especial.

¡Qué mala suerte!

—De acuerdo, Daniel —contesté, indicando a Diana que dejara de cepillarme el pelo. Me volví y la miré. Diana agachó la cabeza, dejando que su blanca cabellera cayera sobre su rostro—. Voy a estar muy ocupada —dije—, quiero que pongáis a Diana a trabajar.

Diana hizo un leve gesto de sorpresa. Los momentos en que disfrutábamos más era después de haber permanecido separadas unos días, y ambas sabíamos que a media tarde tendríamos tiempo de estar juntas.

—Ha llegado el conde Solosky, Lisa. Ha solicitado a Diana, pero le hemos dicho que no podía ser.

—El viejo conde Solosky, el que quiere convertirla en una estrella internacional, ¿no?

—Así es —respondió Daniel.

—Pues llévasela como si fuera un regalo, atada con una cinta o algo por el estilo.

Diana me dirigió una mirada de perplejidad y frunció sus adorables labios.

—Si el conde no quiere utilizar a Diana en estos momentos, puede trabajar en el bar hasta que éste cierre.

—¿Estás disgustada con ella? —preguntó Daniel.

—En absoluto. Estoy cansada debido al desfase horario del viaje. Nos hemos pasado dos horas sobrevolando la isla.

En aquel momento sonó el teléfono.

—Te necesitamos en el despacho, Lisa —dijo Richard.

—Acabo de llegar. Dame veinte minutos —respondí. Luego colgué el teléfono.

Diana y Daniel se habían retirado discretamente.

Bebí otro trago de ginebra y abrí de nuevo la carpeta que contenía el expediente de Slater.

—Elliott Slater, Berkeley, California... Instruido en San Francisco por Martin Halifax.

Berkeley, San Francisco no sólo representaban mi hogar, los lugares adonde iba para sufrir la penitencia de una vacación. No, constituían los hitos de un largo viaje que me había traído hasta esta isla, hasta esta habitación.

Recordaba vagamente, o mejor dicho evocaba, cómo había comenzado todo. Pero yo no había contado con el apoyo y la ayuda de un Martin Halifax.

Vi la habitación de hotel donde había hecho el amor por primera vez, si es que a ese encuentro ardiente y clandestino se le puede llamar hacer el amor. Recuerdo el olor a cuero, la deliciosa sensación de abandono, de pérdida del control.

No existe nada comparable a la sensación que se experimenta la primera vez. Qué extrañas fueron aquellas horas que pasé soñando con ese encuentro antes de que se produjera —un amo cruel, implacable, el drama del castigo y la sumisión, pero sin que nadie resultara lastimado—, sin atreverme a describirlo a otro ser humano. Luego conocí a Barry, guapo como los protagonistas de las novelas rosas, en la biblioteca de la Universidad de Berkeley, nada menos, a pocas manzanas de mi casa. Me preguntó sobre el libro que estaba leyendo, las sórdidas fantasías de los masoquistas descritas por sus psiquiatras, las cuales venían a demostrar... ¿qué? Que existían otras personas como yo que deseaban que las ataran, que las azotaran, que las atormentaran en nombre del amor.

En nuestra primera cita, Barry me susurró al oído que eso era lo que deseaba, que sabía hacerlo y lo hacía bien. Los fines de semana trabajaba de botones en un hotel pequeño pero elegante de San Francisco. Dijo que podíamos ir allí.

—Sólo haremos lo que tú quieras —señaló. Sus palabras consiguieron lo que no habían conseguido sus besos, que las sienes me latieran con violencia.

Mientras subíamos la escalera de mármol —no podíamos tomar el ascensor en el vestíbulo— me sentí aterrada, como si fuéramos unos delincuentes. Barry abrió la puerta de la suite, que estaba en penumbra. Era justamente lo que había soñado. Un lugar extraño, desconocido. Recuerdo la firmeza y la experiencia de Barry, su infalible sentido de la oportunidad, de los límites transgredidos suavemente, sin forzar las cosas.

El hecho de que apenas conocía a Barry hizo que el fuego de mi pasión se consumiera rápidamente.

No recuerdo su rostro. Sólo que era guapo, joven, que tenía un aspecto normal, como cualquier otro joven de Berkeley, y que yo conocía la casa, la calle donde vivía.

Pero lo más emocionante de esa relación radicaba en su carácter casi anónimo, en que éramos dos animales, en que estábamos locos, en que no sabíamos absolutamente nada el uno del otro. Una alumna de la escuela superior, demasiado seria para sus dieciséis años, y un estudiante de instituto dos años mayor que leía a Baudelaire, hacía enigmáticas comentarios sobre la sensualidad, fumaba cigarrillos Sherman de colores pastel y deseaba lo que yo deseaba y tenía un lugar donde hacerlo y una técnica plausible.

Estaba convencida de que juntos crearíamos una maravillosa música disonante. ¿Y el peligro? ¿Había sido emocionante? No, sólo una turbia corriente oculta, que sólo se disipó cuando finalizó la noche, cuando, agotada y silenciosa, salí tras él del hotel a través de una puerta lateral y lancé un suspiro aliviada de que no hubiera sucedido nada «horrible», de que Barry no estuviera loco de remate. El peligro no constituía entonces un atractivo, sino sólo el precio que yo tenía que pagar en aquellos días.

En el cálido útero de El Club nunca había que pagar ese precio... ésa era su gran cualidad, su contribución, su razón de ser. Nadie resultaba jamás herido.

Vi a Barry otras dos veces antes de que sugiriera encontrarnos con un amigo suyo, David. Aquella tarde estuvimos los tres juntos, pero ya no sentí la intimidad que había compartido con Barry, de pronto tuve la sensación de que no éramos tres participantes en pie de igualdad, y tuve miedo. Un repentino ataque de inhibición. Cuando Barry apareció un día con otro amigo, otra propuesta, me sentí traicionada.

Después lo pasé muy mal. Por las tardes me dedicaba a deambular por San Francisco escrutando los rostros que pasaban junto a mí, recorriendo los vestíbulos de los grandes hoteles, pensando que en alguna parte daría con un hombre, un hombre distinguido y experimentado, con el que iniciaría un nuevo capítulo de mi vida, alguien más inteligente, más seguro de sí mismo, más discreto.

Sentada junto al teléfono, con la columna de los mensajes personales del periódico frente a mí, me preguntaba si esa misteriosa clave encerraría lo que yo sospechaba, si tendría el valor de marcar ese número. Vivía las experiencias habituales de una chica de mi edad —el baile de fin de curso, salidas al cine— y murmuraba mentiras de vez en cuando para justificar mi apatía, mi nerviosismo, la angustiosa sensación de ser una tarada, una especie de delincuente, mientras observaba con disimulo el mostrador donde los guantes de piel yacían en una vitrina de cristal, con un aspecto levemente siniestro pese al papel de seda blanco con que estaba forrada la caja.

Sí, me gustaban aquellos guantes largos y negros... El ancho cinturón de cuero me ceñía la cintura como una exótica faja, y en cuanto pude permitirme el lujo de comprarlas empecé a lucir medias de seda negras y botas altas y ajustadas. Al fin descubrí en una librería próxima al campus de Berkeley, sorprendida e ilusionada, *La historia de O*, ese escandaloso clásico francés que otros hacía años que habían leído, envuelto en una cubierta blanca e inocente.

No, no estás sola.

Cuando fui a pagarlo creí que toda la gente que había en la tienda me miraba. Nerviosa y emocionada, me senté en el Café Méditerranée para ojearlo, sin importarme que alguien se fijara en el libro que sostenía entre las manos e hiciera algún comentario al respecto. No lo cerré hasta haberlo leído de cabo a rabo, sin dejar de mirar de vez en cuando a través de la puerta abierta a los estudiantes que se apresuraban bajo la lluvia por la avenida Telegraph, y pensé que no quería resignarme a que aquello fuera una mera fantasía, ni siquiera si...

Pero no volví a llamar a Barry. El siguiente encuentro no se produjo a través de uno de esos misteriosos anuncios personales, ni tampoco por medio de las explícitas comunicaciones entre sádicos y masoquistas que se publican en los periódicos *underground* y que tanto escandalizan a las gentes de bien. Fue a través de un breve e inocente anuncio que apareció en un pequeño periódico de barrio:

Anuncio especial. Queda abierto el plazo de inscripciones en la Academia Roissy. Sólo se admiten candidatos que estén familiarizados con nuestro programa de formación.

Roissy, el nombre de la mítica propiedad a la que habían llevado a O en la novela francesa. Era imposible interpretarlo de otro modo.

—Pero supongo que no utilizan látigos, me refiero a instrumentos peligrosos, que hagan daño... —murmuré a través del teléfono después de hablar sobre las condiciones, la entrevista en un restaurante de San Francisco, y la forma en que nos reconoceríamos.

—No, querida —respondió Jean Paul—. Nadie hace esas cosas, excepto en los libros.

Recuerdo la agonía de aquellos momentos, la impaciencia con que aguardaba esa cita, los deseos y sueños secretos...

Jean Paul tenía un aspecto típicamente europeo. Al verme, se levantó de la mesa que ocupaba en Enrico's. Vestía una chaqueta de terciopelo con las solapas muy estrechas. Se parecía a un apuesto actor francés de ojos negros que yo recordaba haber visto en una película de Visconti.

Sí, agonía es la palabra justa. Era muy joven, muy ingenua, estaba muy asustada... Sin duda en aquella época mi ángel de la guarda era un ángel pagano.

De pronto se disparó la silenciosa alarma de mi reloj mental. Richard me estaba esperando, y los ángeles paganos éramos ahora nosotros. Disponíamos de menos de media hora antes de que los nuevos esclavos aparecieran en el vestíbulo.

5

Un paseo por el lado oscuro de la vida

Supuse que el Club se reducía a aquellas terrazas que se hallaban frente al mar y que, una vez en el jardín, las grandes ramas de los árboles nos ocultarían de los innumerables ojos que nos observaban con adoración. Pero estaba equivocado.

Agaché la cabeza en un intento de recuperar el resuello, sin acabar de creerme todo lo que veía. El jardín parecía extenderse hasta el horizonte. Por doquier había mesas cubiertas con manteles de hilo que estaban ocupadas por hombres y mujeres elegantemente vestidos, atendidos por centenares de esclavos desnudos que portaban bandejas con comida y bebidas.

Los numerosos huéspedes del Club se paseaban entre las mesas del bufet, bajo el tupido follaje de los pimenteros californianos, mientras reían y conversaban en pequeños grupos frente a las numerosas terrazas del edificio principal.

Pero no fue el tamaño del jardín lo que me impresionó, ni la multitud de gente que se había congregado allí.

Fue la extraña forma en que la multitud se parecía a cualquier otra, salvo por el deslumbrante espectáculo de los esclavos desnudos.

El oro brillaba sobre los tostados brazos y cuellos de los huéspedes y el sol se reflejaba en sus gafas. Por doquier se oía el tintineo de la plata sobre la porcelana y se veía a hombres y mujeres bronceados y vestidos al estilo de Beverly Hills, que almorzaban con total normalidad, sin conceder especial atención a la legión de hombres y mujeres desnudos que les servían la comida. Junto a la verja, temblando, con la cabeza gacha, había unos cincuenta esclavos nuevos.

Resultaba tan chocante ver a los huéspedes de espaldas a nosotros, conversando animadamente, como observar sus descaradas miradas y sonrisas.

Pero todo sucedió de forma tan rápida que apenas tuve tiempo de analizar la situación.

Los nuevos esclavos permanecimos arracimados junto a la verja durante unos momentos, el tiempo justo para recuperar el resuello, cuando de pronto aparecieron unos instructores que nos ordenaron que echáramos a andar por un sendero del jardín.

Un esclavo corpulento y pelirrojo abrió el desfile, seguido por otro esclavo, ambos azuzados por los instructores, los cuales parecían algo más sofisticados que los energúmenos del yate.

Todos eran altos y corpulentos como el marinero rubio, pero iban vestidos de cuero blanco de los pies a la cabeza, incluido los ceñidos pantalones, los chalecos y las correas con las que nos conducían.

Combinaban perfectamente con los manteles de color pastel, los enormes sombreros de las señoras, adornados con flores, las bermudas blancas o caqui y los trajes de mil rayas de los hombres.

No vi a ninguna instructora femenina, aunque había

un montón de espectaculares mujeres diseminadas por el jardín, luciendo unas minifaldas que ponían de relieve sus bonitas piernas y sus elegantes sandalias de tacón alto.

La hierba, pese a su suavidad, me arañaba los pies. Estaba deslumbrado por la frondosa vegetación, el oloroso jazmín y la profusión de rosas, las aves encerradas en jaulas doradas, unos gigantescos guacamayos azules y verdes, y unas cacatúas rosas y blancas. En una inmensa y recargada jaula había docenas de monos capuchinos que parloteaban sin cesar. Lo más espectacular eran los pavos reales que se paseaban con aire altivo entre las flores y la hierba.

Es un auténtico paraíso, pensé, y nosotros somos los esclavos destinados a proporcionar placer a los huéspedes. Parecía una escena pintada en una antigua tumba egipcia, donde todos los esclavos iban desnudos y los hombres y mujeres de alcurnia vestían de modo exquisito. Estábamos allí para ser utilizados y saboreados como un apetitoso manjar o un buen vino. Habíamos penetrado en una perfecta historia de decadencia, conducidos a golpe de látigo a través de los amplios jardines del señor de la mansión.

Noté que me faltaba el resuello, pero no porque nos hubieran obligado a correr, sino debido al cúmulo de sensaciones que experimentaba, al deseo de alcanzar el paroxismo.

Los esclavos que servían a los huéspedes se movían con increíble desparpajo. Observé sus cuerpos engrasados y adornados únicamente por una pequeña joya de plata o un collar de cuero blanco. No me acostumbraba a ver tal profusión de vello púbico y pezones, aunque yo también era uno de aquellos cuerpos desnudos. Éste es el papel que me han asignado y no puedo salirme del guión, pensé.

Los instructores nos obligaron a apretar el paso, azotándonos con las correas. Los golpes empezaban a dolerme.

Sentí que una oleada de calor me atravesaba el cuerpo, excitándome y minando mis fuerzas por igual. Mientras los otros esclavos se apresuraban a situarse en el centro del sendero para zafarse de las correas, yo seguí caminando por el lateral, dejando que me azotaran cuanto quisieran.

El largo y tortuoso sendero no se acababa nunca. Al fin me di cuenta de que estábamos dando vueltas y más vueltas al jardín, que nos estaban exhibiendo. De pronto noté un pequeño estallido psíquico en el cerebro. No había forma de escaparse de esto. No podía pronunciar una palabra clave y largarme para gozar de un relajante baño y un masaje.

De hecho la situación se me había escapado totalmente de las manos, quizá por primera vez en mi vida.

Pasamos junto a una terraza llena de mesas. Los huéspedes, miembros del club, o lo que fueran, se volvieron y nos señalaron, sonriendo y haciendo comentarios. Uno de los instructores, un joven de cabello oscuro, decidió montar un espectáculo de cara a la galería y empezó a azotarnos salvajemente con la correa.

Mi razón me decía: «El trabajo de estos tipos consiste en zurrarnos hasta dejarnos sin sentido, así que más vale que no te resistas. Estamos aquí para que nos reduzcan a nada, para hacer que nos dobleguemos.» Pero no conseguía asumirlo. Empezaba a perder la perspectiva, como si me hubiera «perdido», justamente lo que le había dicho a Martin que deseaba hacer.

La escena que nos rodeaba empezaba a cobrar un aire familiar. Pasamos de nuevo junto a la piscina y la elevada valla metálica de la pista de tenis.

Tras regresar por enésima vez al punto de partida, los instructores nos condujeron hacia el centro del jardín, donde había un enorme escenario blanco rodeado de mesas. Era algo parecido a los pabellones que se ven en los parques de provincias, donde los domingos toca una pequeña orquesta, con la diferencia de que junto al escenario habían instalado una pasarela, semejante a la que se utiliza en los desfiles de moda.

Cuando vi el escenario sentí que se me helaba la sangre, o que se me encendía, según cómo se mire.

Al cabo de unos segundos los instructores nos obligaron a agruparnos bajo las mimosas, detrás del pabellón, advirtiéndonos que no debíamos tocarnos entre nosotros. A través de los altavoces sonó una voz suave y acariciadora, como la de un locutor radiofónico, que decía: «Señoras y señores, los postulantes se encuentran en el pabellón, listos para ser examinados.»

Durante unos segundos los violentos latidos de mi corazón sofocaron cualquier sonido. Luego oí una estruendosa salva de aplausos mientras los huéspedes se ponían en pie. El eco de los aplausos reverberaba entre las terrazas y se perdía en el vasto firmamento.

Noté que mis compañeros temblaban de angustia, como si todos estuviéramos conectados al mismo cable.

Una esclava alta, con una abundante cabellera rubia, oprimió sus hermosos pechos contra mi torso.

—¿Crees que van a obligarnos a desfilar uno a uno por esa pasarela? —preguntó en voz baja.

—Sí, señora, eso es justamente lo que van a hacer —respondí con voz apenas audible, sonrojándome ante lo ridículo de la situación, dos esclavos desnudos tratando de comunicarse por medio de murmullos, aterrados ante la posibilidad de que los oyeran los instructores.

—Y esto no es más que el principio —apuntó el esclavo pelirrojo que estaba a mi derecha.

—¿Por qué no podemos simplemente servirles unas copas? —preguntó la rubia casi sin mover los labios.

Uno de los instructores se volvió y la golpeó con la correa.

—¡Bestia! —soltó la rubia entre dientes.

Cuando el instructor se volvió de espaldas, me interpuse entre la rubia y él. El energúmeno siguió repartiendo azotes, sin darse cuenta de mi maniobra.

La rubia se acercó más a mí. En aquel momento se me ocurrió que las mujeres lo tenían más fácil, porque era imposible adivinar lo que sentían. En cambio, no había un solo macho que no exhibiera una ostentosa y humillante erección.

Sea como fuere, aquello iba a ser mortal. No me importaba que me esposaran o que me obligaran a correr con el resto de la pandilla, pero no estaba preparado para desfilar solo por la pasarela. «Dijiste que si no estaba preparado no me aceptarían, ¿no es cierto, Martin?»

La multitud parecía multiplicarse por la división de la célula, a medida que todos se precipitaban a ocupar las mesas que había instaladas junto al pabellón.

Sentí deseos de echar a correr. No es que pensara en ello seriamente, ya que no hubiera conseguido dar ni dos pasos, pero temía que si me obligaban a subirme al escenario me echaría atrás o saldría huyendo. Jadeaba y al mismo tiempo era como si me hubieran administrado una dosis de afrodisíaco. La rubia permanecía casi aplastada contra mí, rozándome con sus sedosos brazos y muslos. No puedo perder el control —pensé—, no puedo fallar la primera prueba.

Un joven de cabello blanco y ojos azules y fríos se paseaba por el escenario, sosteniendo un micrófono, mientras explicaba al público lo increíblemente hermosos que eran los nuevos postulantes. Llevaba un pantalón y un chaleco de cuero blanco, como los instructores, la camisa desabrochada hasta la mitad del pecho y una chaqueta de lino blanca que le confería un aire aún más tropical.

Algunos miembros del club se sentaron sobre la hierba junto a la pasarela para no perderse detalle del espectáculo. Otros permanecían de pie, bajo las mimosas.

De inmediato uno de los instructores obligó a una atractiva negra a subirse al pabellón y colocarse en el centro, sujetándole las muñecas en alto mientras ella trataba de soltarse. Era mejor que una subasta de esclavos.

—Alicia, de Alemania Occidental —anunció el tipo del micrófono mientras sonaba otra salva de aplausos.

El instructor hizo que Alicia diera una vuelta completa antes de darle un empujón para que descendiera por la pasarela.

No, pensé, quizá silbando entre dientes, no estoy preparado para esto. Deberías de compadecerte de ella en lugar de contemplar su suculento trasero y sus arreboladas mejillas. A fin de cuentas, te hallas en la misma situación.

Al fin, tras aquella breve y deliciosa agonía, la chica se giró al llegar al extremo de la pasarela y regresó junto al maestro de ceremonias, esforzándose por no echar a correr.

La multitud empezó a excitarse. Incluso algunas señoras se habían sentado delicadamente sobre la hierba.

No, es imposible. Pueden hacer conmigo lo que quieran cuando me tengan sometido, pero no pueden obligarme a eso. ¿Cuántas veces había repetido eso en casa de Martin, y cuántas veces había tenido que tragarme mi orgullo y obedecer?

«Estos lugares son muy reducidos, Elliott. El Club es enorme...» Sí, pero estoy preparado para afrontarlo. Hasta tú mismo lo dijiste.

El siguiente era un joven llamado Marco que tenía un trasero pequeño y musculoso y un rostro bellísimo. Presentaba las mejillas tan coloradas como Alicia, y una erección de campeonato. Avanzó de forma torpe por la pasarela, pero no creo que nadie se fijara en eso. La multitud se iba calentando cada vez más, como si la visión de un esclavo masculino les estimulara más que la de una hembra.

Cuando noté la mano de un instructor sobre mi hombro, me quedé inmóvil. Había cincuenta esclavos más allí. ¡Joder, tío, dame un respiro!

—¡Tienes que hacerlo! —murmuró la rubia.

—¡Ni hablar! —contesté.

—Silencio. Muévete, Elliott —dijo el instructor, propinándome un empujón.

Pero no me moví. No podía dar un paso. El maestro de ceremonias se volvió para averiguar el motivo de la tardanza. Otro instructor me asió por las muñecas mientras un tercero me empujaba hacia los escalones del escenario.

Pese a los esfuerzos de los cuidadores me planté, negándome a dar un paso. Había perdido totalmente el control.

Entonces acudieron otros dos tipos apuestos y forzudos en ayuda de los tres instructores, y entre todos consiguieron arrastrarme por la fuerza hasta el pabellón, como si éste fuera un mercado romano donde se exhibiera la mercancía.

—¡No puedo hacerlo! —grité, tratando de liberarme.

—Claro que puedes —replicó con sorna uno de los instructores—, y vas a hacerlo ahora mismo.

Me soltaron bruscamente y me empujaron hacia el maestro de ceremonias, como si supieran que me sentía demasiado avergonzado para dar media vuelta y salir corriendo.

La multitud rompió a gritar y a aplaudir con entusiasmo, como si presenciara una carrera de caballos y uno de los jinetes hubiera sido derribado de su montura. Durante unos instantes no pude ver nada excepto la luz. Pero no di un paso, sino que permanecí inmóvil e indefenso sobre la plataforma de subasta romana, como el resto de los esclavos. Al menos había conseguido eso.

—Vamos, Elliott, desfila por la pasarela —dijo el maestro de ceremonias en tono amable y lunático, tapando el micrófono con una mano.

Entre la primera fila de espectadores que estaban sentados en la hierba se levantó un coro de silbidos y gritos. Estuve a punto de retroceder, de bajar apresuradamente del escenario, pero al fin di un paso adelante y luego otro y eché a andar por la pasarela.

Me sentía completamente atontado. Más que una humillación, aquello era una ejecución; era como caminar por la plancha. Pese a estar temblando y empapado en sudor, tenía el miembro completamente duro.

Al cabo de unos instantes empecé a ver las cosas con mayor claridad y oír los aplausos y los pequeños comentarios, que consistían más bien en diferentes tonos de voz que en palabras. «El sistema en todo su glorioso esplendor.» Deliberadamente, reduje el paso. Comprendí que pertenecía a esa gente, lo cual me proporcionaba una sensación casi orgásmica. Respiré hondo y seguí avanzando.

Al llegar al extremo de la pasarela di media vuelta y retrocedí, lo cual resultaba menos comprometido. De pronto, inexplicablemente, me volví para mirar a los asistentes, los que me devoraban con los ojos. Éstos sonrieron, silbaron y asintieron en señal de aprobación. Malditos cabrones.

No hagas ninguna tontería, Elliott, me dije. Pero noté que estaba sonriendo. Me detuve, crucé los brazos y guiñé el ojo a una atractiva negra que lucía un vistoso sombrero blanco y me miraba embelesada. Los espectadores de las primeras filas de nuevo empezaron a gritar y aplaudir. No te quedes ahí parado, sonriendo y mirando al resto de los espectadores por el rabillo del ojo, tírale un beso a la morenita vestida con pantalones cortos blancos o, mejor aún, sonríe, guíñales el ojo y tírales unos besos a todas las chicas guapas.

El público no cesaba de reír y aplaudir. Todos los espectadores, hasta los que estaban de pie debajo de los árboles, me vitoreaban. Las mujeres me arrojaban besos y los hombres alzaban el puño en señal de aprobación y para darme ánimos. ¿Por qué no te das la vuelta, como hacen las modelos de alta costura, con naturalidad, lentamente, mientras les echas una ojeada?

Al pie de la pasarela vi a un grupo de tíos que me miraban con una mala leche que daba miedo, mientras el maestro de ceremonias observaba la escena boquiabierto.

—La función ha terminado, Elliott —murmuró entre dientes uno de aquellos individuos—. Vamos, baja de ahí.

Como no quería que me obligaran a bajar del escenario por la fuerza, no tuve más remedio que saludar con la mano a mis admiradores y desaparecer por el foro.

Luego agaché la cabeza y me dirigí dócilmente hacia ellos como si no los hubiera visto antes. Al cabo de dos segundos me agarraron por los brazos y me arrojaron de rodillas sobre la hierba.

—Muy bien, señor Personalidad —dijo uno de ellos, enfurecido, mientras un compañero suyo me propinaba un empujón con la rodilla.

Lo único que acerté a ver fue un par de botas blancas y alguien que me empujaba la cabeza hacia abajo, obligándome a besarlas.

Luego noté una mano que me agarraba del pelo y me estiraba la cabeza hacia atrás, y vi ante mí unos ojos castaños. El tipo era tan impresionante como sus compañeros. Deduje que eso formaba parte del dulce tormento al que nos sometían en ese lugar, que incluso los pasteleros de El Club eran capaces de hacer que te hirviera la sangre aunque no quisieras.

Pero ese tío tenía una voz que hacía que se te helara hasta el alma.

—¿Te crees muy listo, verdad Elliott? —preguntó fríamente—. Tienes un montón de trucos ocultos bajo la manga.

«Pero si no llevo mangas», pensé, pero no dije nada. No quería empeorar las cosas. No comprendía cómo me había metido en aquel lío. De hecho, no comprendía por qué había hecho aquellas idioteces sobre el escenario.

Los otros instructores se acercaron con cautela, como si yo fuera un animal peligroso, mientras el espectáculo de los esclavos continuaba ante los gritos y vítores del público.

Me resultó imposible analizar la sensación de vergüenza, de desespero, que experimentaba. Había metido la pata hasta el cuello, me había dejado llevar por el pánico y había fracasado.

Traté de adoptar una expresión dócil y sumisa, consciente de que lo peor que podía hacer era intentar justificarme.

—Ese numerito que has montado en el escenario no te ha favorecido en absoluto, Elliott —dijo el tipo de los ojos castaños—. La has cagado.

Tenía un rostro muy hermoso y una voz cavernosa, aparte de un perímetro de tórax increíble.

—¿Qué crees que el jefe de los postulantes hará contigo cuando se entere de lo que has hecho? —preguntó.

El tipo sostuvo un objeto ante mis ojos y vi que se trataba de un rotulador ancho.

Creo que mascullé un «¡mierda!» entre dientes.

—No digas una palabra si no quieres que te amordacemos —me amenazó el fornido instructor.

Noté la presión del rotulador en mi espalda y le oí deletrear las palabras a medida que las escribía: «Esclavo orgulloso.»

Luego me obligó a ponerme en pie, lo cual fue peor. Entonces sentí un latigazo en las nalgas, seguido de una serie de azotes que me hicieron ver las estrellas.

—Agacha la cabeza, Elliott —dijo el instructor—. Y mantén las manos en la espalda.

Acto seguido escribió las mismas palabras sobre mi pecho, mientras que yo hacía rechinar mis dientes para no soltar una palabrota. No comprendía por qué me resultaba tan humillante que escribiera esas palabras sobre mi cuerpo. De nuevo sentí que me invadía el pánico.

—¿Por qué no lo atamos al poste y lo azotamos? —preguntó otro de los instructores—. Eso lo ablandará y preparará para el salón de recepción.

«Tíos, que soy un novato.»

—No, se lo llevaremos vivo al jefe de los postulantes para que haga con él lo que quiera —respondió el primero.

Luego apoyó la punta del rotulador debajo de mi barbilla para obligarme a levantar la cabeza y añadió:

—No intentes nada, ojos azules. No sabes en el lío en que te has metido.

Me volví para mirar a mis compañeros, que no se atrevían a rechistar, pero el instructor me propinó un empujón y me ordenó que me estuviera quieto.

En aquellos momentos el esclavo pelirrojo desfilaba por la pasarela con la debida actitud humilde y servil, lo cual suscitó un coro de silbidos entre el público. Y la rubia me miraba como si yo fuera una especie de héroe.

¿Qué demonios me había impulsado a hacer el payaso? Todo iba bien hasta que se me ocurrió mirar a los asistentes y sonreír.

Mi cabezonería sólo había servido para enemistarme con el sistema en el que pretendía integrarme. Tenía que haberme rendido en lugar de luchar contra él como un estúpido.

«Ya sé que estás preparado, que eres capaz de afrontar cualquier prueba a la que te sometan en El Club. Pero ¿es eso lo que realmente deseas?»

Sí, joder, Martin. En cierto modo, mi torpeza había conseguido que el castigo y la humillación parecieran incluso más reales que antes.

6

Una jornada como otra cualquiera

Al entrar encontré a Richard de pie ante la ventana de su despacho, con las gafas de sol apoyadas sobre su cabello rubio rojizo, observando los nuevos esclavos que estaban en el jardín.

Al advertir mi presencia se volvió de inmediato, sonrió y se dirigió hacia mí con movimientos lentos y elegantes, los pulgares metidos en los bolsillos traseros del pantalón. Tenía los ojos hundidos, las cejas demasiado pobladas y el rostro surcado por profundas arrugas, como suelen presentar ya de jóvenes todos los tejanos debido al calor seco e intenso que hace allí. Cada vez que lo veo recuerdo el apodo que le pusimos en El Club: *el Lobo.*

—Lisa, cariño —dijo—. Te hemos echado de menos. No preguntes cuánto, no vale la pena. Dame un beso.

A sus veinticuatro años, era el administrador delegado y jefe de postulantes más joven que habíamos tenido en El Club, así como uno de los instructores más altos.

Me gusta creer que la estatura no tiene importancia, que lo que importa es la personalidad, pero cuando tienes la personalidad de Richard, la estatura añade un plus de calidad.

Richard manejaba a los esclavos con asombrosa facilidad, zurrándolos a su antojo y tratándolos con dureza, y empleaba unos gestos tan lentos y lánguidos que hacía que sus víctimas se sintieran intimidados por su poder. Pese a sus ojos hundidos, que a veces entrecerraba para ver mejor, solía mostrar una expresión encantadora, una expresión de franqueza, curiosidad y afecto hacia todos los esclavos.

Era el jefe de postulantes ideal, pues sabía explicar las cosas a la perfección. Como administrador, era el mejor. Su trabajo le entusiasmaba, siempre estaba ocupado con los asuntos del club. Se sentía muy unido a los esclavos que tenía a sus órdenes. Richard «creía» firmemente en El Club, un hecho que en esos momentos me pareció más evidente que nunca, y que me desconcertó un poco. Lo tomé del brazo y lo besé en la mejilla.

—Yo también os he echado de menos —respondí. Mi voz sonaba un poco extraña. Aún no me había recuperado del todo.

—Tenemos unos pequeños problemas, guapa —dijo Richard.

—¿Tiene que ser ahora, cuando nos están esperando? —pregunté, refiriéndome a los postulantes—. ¿No podemos dejarlo para más tarde?

—Los resolveremos enseguida, pero requieren tu toque especial —contestó Richard. Luego se dirigió hacia su mesa y me mostró un expediente que yacía en ella—. ¿Te acuerdas de Jerry McAllister? Servicios completos durante un año. Avalado por media docena de socios que están aquí hablando con él y explicándole lo que debe hacer, pero no sabe cómo empezar.

Servicios completos significaba que ese hombre había pagado la cuota máxima, o sea doscientos cincuenta mil dólares, para entrar y salir del club a su antojo. Podía haberse quedado a vivir aquí un año si hubiera querido. Pero nunca lo hacen.

El Club funciona en ese sentido como una especie de banco, basándose en el hecho de que no es probable que todos los socios se presenten la misma noche exigiendo ser atendidos por nuestros esclavos.

Me senté detrás de la mesa y examiné el expediente. Cuarenta años, millonario, de Silicon Valley, California, ordenadores personales, dueño de una inmensa propiedad en San Mateo County y de un reactor privado Lear.

—Se ha tomado varias copas con sus amigos en la terraza —dijo Richard—, y ahora está en su habitación a la espera de que alguien le eche una mano. Quiere una esclava joven, morena, de tez oscura. Le he enviado a Cynthia, pero la ha rechazado. Dice que necesita que le orienten, una demostración «práctica». Supuse que podías ir a hablar con él.

—No, si puedo evitarlo —repliqué. Luego cogí el teléfono y dije—: Localiza a Monika enseguida.

Monika era la única instructora a la cual confiaría un asunto de ese tipo. Si no estaba en El Club, tendría que ir yo misma a hablar con él. Por suerte, Monika apareció.

—Hola, Lisa. Iba a bajar al vestíbulo.

—Necesito que me hagas un favor, Monika —dije. A continuación le facilité los detalles sobre Jerry McAllister: heterosexual, fumador, bebedor moderado, probablemente aficionado a la cocaína, trabajador infatigable, etcétera—. Que le envíen a Deborah. Di al señor McAllister que regresarás después de la sesión de adoctrinamiento. Deborah se ocupará de él. Esa chica es capaz de convertir a Peter Pan en el marqués de Sade sin que medie una palabra.

—Déjalo de mi cuenta, Lisa.

—Gracias, Monika. Quince minutos. No te pierdas la sesión de adoctrinamiento. Promete a McAllister que tú y yo iremos a verle esta tarde.

Colgué el teléfono y miré a Richard.

—¿Te parece bien?

—Perfecto. Supuse que querrías ocuparte personalmente de este asunto. Podíamos haber retrasado las cosas unos minutos...

Richard me miraba con la misma expresión que Diana y Daniel.

—Estoy un poco cansada —dije antes de que me hiciera la inevitable pregunta—. El avión llegó con retraso.

Eché una ojeada a los papeles que se hallaban sobre la mesa. Había llegado de Suiza el instructor de póneys humanos, un individuo que quería vendernos a unos esclavos equipados con arneses, bocados y riendas para tirar de *rickshaws* y carros, precioso. ¿Por qué me producía jaqueca pensar en ello?

—Déjalo. Mañana iremos a ver su maravillosa cuadra —dijo Richard, sentándose en una silla frente a la mesa.

—¿De qué va esto sobre un chico que afirma que le hemos coaccionado? —pregunté, indicando un mensaje telefónico que aparecía anotado en un bloc.

—Nada, una tontería. Un jovencito muy atractivo, estilo chico persa, dijo anoche a los tipos que estaban en el yate que lo teníamos cautivo, que había sido raptado en Estambul, nada menos. Miente. Es de Nueva Orleans. De pronto le ha entrado miedo y no sabe cómo liberarse del compromiso.

—¿Estás seguro?

—Lo compramos esta mañana. Lawrence está trabajando ahora con él. Te apuesto lo que quieras a que ya le ha confesado que está asustado. Si fue raptado, debió de ocurrir en el palacio de Darío antes de la invasión de Alejandría.

Cogí el teléfono de nuevo.

No nos gusta importunar a un amo cuando está con un esclavo en su estudio particular, pero tenía que solventar ese asunto de inmediato.

El sonido del teléfono es muy suave, y resulta interesante comprobar la reacción de cada esclavo. Para algunos esclavos y amos, ese ruido rompe el clima, hace que se desconcentren. Para otros, en cambio, refuerza la sensación de sometimiento. El amo se detiene para responder al teléfono mientras el esclavo aguarda paciente a recibir nuevas órdenes e instrucciones.

Lawrence contestó en voz baja, con discreción.

—¿Sí?

—¿Cómo van las cosas?

—Lo ha confesado todo —respondió Lawrence, soltando una carcajada—. Era mentira. Le había entrado el pánico. Deberías oír la historia que se inventó. Te enviaré las cintas. —Lawrence apartó la boca del auricular para dar una orden al esclavo que estaba con él en la habitación—. Dijo que lo raptaron mientras estaba drogado, desnudo, y que lo enviaron al norte en el Orient Express. ¡El Orient Express! ¿Qué quieres que haga con él? ¿Lo envío al sótano durante tres días para que le den una buena tanda de azotes, o me encargo yo mismo de él?

—Si está tan asustado, es mejor que te encargues tú. Castígalo por haber mentido, pero no te pases. Sería contraproducente.

—Estoy de acuerdo, pero recibirá el castigo que se merece.

—Y no dejes de pasarme esa cinta. Quiero oír la historia.

Nada más colgar el auricular imaginé de pronto un glorioso escenario tan excitante como un parque de atracciones. Se me ocurrió que podíamos instalar en el jardín un pequeño tren con una máquina de vapor antigua y unos elegantes vagones, en el que enviaríamos a los esclavos a diversos puntos de los jardines de El Club. Tras ser subastados ante los huéspedes, éstos podrían mantener unas entretenidas sesiones con los esclavos en los coches-cama del tren.

No sería el Orient Express, sino el Edén Express. Era perfecto. Imaginé el nombre en letras doradas: el Edén Express. Sí, todo sería muy eduardiano a bordo del Edén Express. Y quizá cuando completáramos la expansión del Club, cuando cubriéramos toda la isla, necesitaríamos disponer de ese medio de transporte. Haríamos construir una vía férrea que se extendiera a lo largo de varios kilómetros...

De pronto vi el ferrocarril avanzando hasta el horizonte, como si la tierra y el cielo hubieran dejado de ser algo sustancial. El Edén Express se desplazaba a toda velocidad, su ojo de cíclope penetrando la oscuridad de la noche, mientras dejaba atrás este pequeño edén para dirigirse hacia lugares ignotos...

—Te estás ablandando —dijo Richard de forma inesperada.

Al menos esa fue la sensación que tuve, que todo era inesperado. Acababa de verme vestida de blanco a bordo del Edén Express.

—El año pasado habrías castigado a ese chico obligándole a cumplir trabajos forzados durante quince días.

—¿Tú crees? —contesté distraídamente.

Llevaba un sombrero y un bolso blancos. Iba vestida como la joven que recuerda el anciano en *Ciudadano Kane*, la joven que vio un día en el ferry y que jamás olvidó... «Llevaba un vestido blanco...» ¿Es eso lo que decía el anciano? Era una locura creer que alguien pudiera recordarme así. En mi maleta llevaba un vestido blanco que acababa de comprar, y una pamela blanca con unas cintas también blancas...

¿Qué tal quedarían esas prendas con mi reloj de cuero negro y mis botas altas?

—Has tomado la decisión más acertada —dijo Richard.

Lo miré, tratando de prestar más atención a lo que decía.

—De cualquier modo, todo se resolverá —continuó Richard—. Esto es lo sublime. Mientras obremos con firmeza y prudencia, todo irá bien.

—Ese chico está asustado —dije. Suponía que Richard se refería al chico.

—¿Qué hora es? —pregunté.

—Dentro de quince minutos llegarán al vestíbulo. No me digas en cuál de ellos te has fijado. Deja que te lo diga yo.

—No quiero oírlo —contesté con una sonrisa forzada.

Richard acertaba siempre. Cuando examinaba los expedientes de los esclavos sabía qué instructor elegiría a un determinado esclavo. No fallaba nunca. Los otros instructores tenían que competir entre sí para conseguir a los esclavos que querían, pelearse entre ellos. Yo tenía el privilegio de ser la primera en elegir a mis esclavos.

—Un caballero rubio llamado Elliott Slater —sentenció Richard con tono burlón.

—¿Cómo lo consigues? —pregunté, notando que me sonrojaba. Era ridículo, habíamos jugado a ese juego mil veces.

—Elliott Slater es un tipo duro —contestó Richard—. Sabe lo que se hace al venir aquí. Además, es muy guapo.

—Todos son guapísimos —dije, negándome a reconocerlo—. ¿Y esa chica de Los Ángeles, Kitty Kantwell?

—Scott se ha enamorado de ella. Estoy seguro de que tú elegirás a Elliott Slater.

Scott era un instructor fantástico, un verdadero maestro. Scott, Richard y yo formábamos lo que los otros llamaban «la Santísima Trinidad»; éramos los que dirigíamos El Club.

—Quieres decir que confías en que yo elija a Slater para no jorobar a Scott —contesté.

Scott era un artista. El esclavo que eligiera sería exhibido en la clase de los instructores como un modelo. Una experiencia única para un esclavo.

—Tonterías —protestó Richard, echándose a reír—. Scott también está enamorado de Slater. Pero conociéndote como te conoce, ha desistido. Además, Slater ha sido adiestrado en San Francisco por tu mentor, Martin Halifax. Halifax siempre nos envía a genios, filósofos, auténticos locos. ¿Qué fue lo que dijo Martin? «Devora las novelas rusas.»

—Vamos, Richard —dije en un tono desenfadado—. Martin es un romántico. Lo que nos envía son seres humanos de carne y hueso. —La conversación con Richard me estaba poniendo nerviosa. Sentí de nuevo la inquietante sensación de que iba a perderme algo importante. Y mi jaqueca iba en aumento. No debí tomarme las dos copas de ginebra.

—¡Lisa ama a Elliott! —canturreó Richard con suavidad.

—Déjalo ya —contesté bruscamente, una reacción que sorprendió a Richard tanto como a mí—. Quiero decir que no tengo nada decidido, ya veremos lo que pasa. Eres demasiado listo para mí.

—Vamos abajo —dijo Richard—. Larguémonos de aquí antes de que esos teléfonos empiecen a sonar.

—Buena idea.

Los esclavos ya debían de estar a punto de reunirse en el vestíbulo.

—Apuesto a que eliges a Slater. Si no lo haces, pierdo cien pavos.

—No es justo que me lo digas ahora —contesté sonriendo.

Scott nos esperaba en el vestíbulo. Sus ceñidos pantalones y chaleco de cuero negro se ajustaban a su cuerpo como una segunda piel.

Scott me saludó cariñosamente con un beso y me rodeó la cintura con el brazo. Los instructores le apodaban *la Pantera*, un mote muy merecido, al igual que Richard merecía el mote de *el Lobo*. Scott tenía un carácter afectuoso, le gustaba besar y abrazar a la gente. Nunca nos habíamos acostado, lo cual creaba una agradable tensión entre nosotros, una especie de coqueteo, cada vez que nos tocábamos. Uno aprendía muchas cosas sobre la sensualidad con sólo observar a Scott caminar a través de una habitación.

Le abracé con fuerza durante unos segundos. Era puro músculo, pura sexualidad.

—Se trata de cierto esclavo llamado Elliott Slater —dije—, no trates de convencerme con zalamerías. No es justo.

—Lo que Lisa desea, lo consigue —respondió Scott besándome de nuevo—. Pero quizá no tan pronto como crees.

—¿Qué quieres decir?

—Tu chico es todo un elemento. Ha montado un numerito en el pabellón que ha enloquecido al público.

—¿Qué?

—Lo que oyes. Tuvieron que llevárselo a rastras —contestó Scott echándose a reír.

—Richard —dije, volviéndome apresuradamente hacia él.

—No esperes que me muestre tan benevolente como tú, querida —contestó Richard—. Yo no me he ablandado.

7

Juicio en el salón de recepción

El corazón me dio un vuelco cuando vi que el espectáculo del pabellón estaba a punto de finalizar y se llevaban a mis compañeros en fila, de dos en dos, como un grupo de escolares desnudos.

Al fin uno de los cuidadores vino a por mí, y me ordenó que echara a andar con la cabeza agachada.

Al pasar junto a las mesas oí numerosos aplausos y comentarios. Las palabras «esclavo orgulloso» centelleaban en mi mente como unas luces de neón.

En un par de ocasiones, el cuidador me ordenó que me detuviera para proceder a una inspección. No sé cómo conseguí obedecerle, pero permanecí inmóvil, con los ojos clavados en el suelo, haciendo caso omiso de los murmullos y comentarios que oía a mi alrededor, en inglés y a veces en francés.

Los tipos simpáticos habían desaparecido.

No tardamos en llegar a un edificio de techo bajo, semioculto por unos plátanos y el denso follaje, y penetramos en un pasillo enmoquetado que daba acceso a un salón espacioso y bien iluminado.

Los esclavos ya se hallaban congregados en el salón, donde había comenzado la sesión de adoctrinamiento.

Yo me sonrojé mientras atravesábamos el salón y nos situábamos a la cabeza del grupo.

En aquellos momentos un joven alto y pelirrojo, de rostro enjuto, dirigía unas palabras a los esclavos. Al vernos, se detuvo y preguntó:

—¿Qué es esto?

—Un esclavo orgulloso, señor —respondió el cuidador con tono rencoroso—. Otros dos compañeros y yo tuvimos que obligarlo a que subiera al escenario...

—Ah, sí —le interrumpió el tipo alto y pelirrojo.

Las palabras resonaron de forma estruendosa en la sala. Los otros esclavos, que permanecían en actitud dócil y sumisa, me observaban atónitos. De nuevo traté de analizar la vergüenza que sentía, pero era una sensación agradable.

—¿Ya empieza a dar muestras de orgullo, señor Slater? —preguntó el tipo pelirrojo.

Ni siquiera había mirado la delicada cadena de oro que llevaba con mi nombre grabado en la pequeña placa. Aquello era genial. No me atreví a alzar la vista, pero vi que aquel tipo no sólo era muy alto sino también esbelto, y que lucía un bronceado como si hubiera servido largo tiempo a bordo del yate de marras.

A ambos lados había unos muros de cristal, detrás de los cuales vi a un nutrido grupo de hombres y mujeres. También observé que detrás del tipo pelirrojo se hallaban varias personas.

Todos asistían con atención a la pequeña debacle. Deduje que ese extraño grupo debía de ser el de los instructores de El Club, los pesos pesados, vestidos casi enteramente de negro.

Llevaban botas, faldas y pantalones de cuero negros, con blusa o camisa blanca. De sus cinturones colgaban unas correas negras. Martin me dijo que sólo los peces gordos de El Club lucían prendas de cuero negro. Confieso que el efecto no me dejó indiferente.

El tipo pelirrojo empezó a pasearse arriba y abajo, examinándome detenidamente. Todo en él, incluso su forma de moverse, exhalaba un aire de autoridad.

De pronto me fijé en cuatro esclavos, visiblemente nerviosos, que se hallaban a la derecha del pelirrojo, de cara a la asamblea. Algunos tenían el rostro empapado en sudor, otros estaban tan sólo colorados. Sobre sus pechos y vientres llevaban escritas unas palabras con rotulador. Todos habían recibido una buena tanda de latigazos. Éstos son de los míos, pensé, unos rebeldes como yo. La cosa empezaba mal.

La sala parecía el aula de una escuela a la antigua usanza, donde el maestro, vestido con una levita, te arrastraba al frente de la clase para azotarte delante de tus compañeros.

—Me han hablado del espectáculo que montó en el jardín, señor Slater —dijo el instructor pelirrojo—, de su vistoso desfile por la pasarela.

Escogen a esos tipos por sus voces, pensé. Éste es el típico maestro de levita sacado de una novela de Dickens. Si me disculpan, me gustaría leer un pasaje de *Robinson Crusoe...*

—Si otorgáramos un premio a la iniciativa en la nueva temporada, sin duda se lo llevaría usted.

Meneé la cabeza para dar a entencer que lo que había hecho era espantoso. Realmente espantoso.

—Pero aquí no queremos gente con iniciativa, Elliott —dijo el pelirrojo, aproximándose para intimidarme no sólo con su voz sino también con su estatura. Los hombres tan altos como él deberían ser anestesiados en cuanto nacen para cortarles diez centímetros de ambas piernas—. Usted es un esclavo, pero parece tener cierta dificultad en recordarlo. —El pelirrojo hizo una pausa para dar mayor énfasis a su discurso—. Estamos aquí para ayudarle a vencer esa dificultad, a erradicarla, por decirlo así, junto con su orgullo.

No tuve que esforzarme en asumir una expresión de pesar. Aquel tipo me estaba deshollando vivo. El silencio de la sala me ponía nervioso. Tuve de nuevo la sensación, como la había tenido en el yate, de que no existía otra realidad más allá de aquélla. Siempre había sido un chico malo, que necesitaba que le aplicaran un severo castigo, y ahora el mundo real giraba en torno a ese simple hecho.

Para colmo, una de las instructoras femeninas avanzó hacia mí. De acuerdo, sabías que esto pasaría antes o después. Conque no te queda más remedio que aguantarte. Pero la palabra indefenso empezaba a adquirir una nueva dimensión en mi mente. Vi su sombra, olí su perfume.

Fragancias y sexo, un polvorín para verificar las reacciones de los esclavos.

Vi sus botas, pequeñas y perfectamente ajustadas a sus tobillos. Oí los latidos de mi corazón, mi propia respiración. «Tranquilo, Elliott, no te dejes dominar de nuevo por el pánico.» Era alta, aunque no tanto como el maestro de escuela pelirrojo, delicada como el perfume que exhalaba, y poseía una espléndida cabellera larga y castaña que le caía como un velo sobre los hombros.

De pronto el instructor me agarró por el brazo y me obligó a volverme. En esa posición no veía a nadie, pero el hecho de permanecer de espaldas a todos hizo que se me helara la sangre.

Bajé la vista y oí un ruido metálico; el instructor se había quitado la correa que colgaba de su cinturón. Atentos a la demostración, chicos.

El tipo me asestó unos cuantos azotes en los muslos y las pantorrillas. El truco consistía en no moverse ni emitir el menor quejido. Acto seguido el instructor me obligó a volverme y a postrarme de rodillas ante él. Apoyé las manos en el suelo para no caer de bruces.

Entonces el instructor me propinó unos latigazos en el cogote con tanta violencia que tuve que morderme los labios para no soltar un alarido. Olí el cuero de sus botas y su pantalón, y de pronto, inesperadamente, le besé las botas sin que me lo hubiera ordenado nadie. Tenía la mente en blanco.

—Esto está mucho mejor —dijo el instructor—. Ahora parece que prometes, incluso demuestras tener cierto estilo.

Yo estaba aturdido.

—Levántate con las manos en el pescuezo y colócate junto a los otros esclavos que han sido castigados.

Un par de breves azotes y la nueva humillación de incorporme al grupo de esclavos que permanecían de pie, inmóviles y en silencio, frente al resto de la clase.

Observé las numerosas hileras de atractivos cuerpos, de muslos desnudos, de órganos sexuales rosáceos rodeados de lujuriantes matas de vello. Y por primera vez advertí la existencia, tras unos muros de cristal, de otras salas de observación que se hallaban en el piso superior, llenas de rostros de ambos sexos que nos miraban atentamente.

Menudo público. Y los latigazos no habían terminado. Una nueva tanda de azotes con la correa del instructor, y nuevamente la lucha conmigo mismo para no hacer el menor gesto ni emitir ningún ruido.

Me esforcé en calmarme, en alcanzar una serenidad interior, la sensación de absoluta insignificancia, de doblegarme. Las llagas me escocían.

En aquel momento de desesperación vi a la instructora que estaba a mi derecha, distinguí su rostro anguloso, surcado de luces y sombras, sus inmensos ojos castaños. Era fabulosa, absolutamente fabulosa.

Temí que el corazón me jugara una mala pasada. ¿Y qué? Los otros esclavos masculinos también habían sufrido una salvaje humillación.

—¿Cómo va el orgullo, Elliott? —preguntó el instructor, situándose delante de mí. Luego alzó la correa, sosteniéndola entre ambas manos, y la apoyo sobre mis labios.

Yo la besé, como los católicos besan el crucifijo expuesto en la iglesia el Viernes Santo. Al notar el tacto del cuero sentí una oleada de calor que se extendió por todo mi cuerpo.

Durante unos momentos, sin apartar los labios de la correa, experimenté una inmensa sensación de relajación. La cabeza me daba vueltas. Toda mi resistencia se iba desvaneciendo, disolviéndose en el calor de mi excitación.

No miré al instructor, pero creo que se dio cuenta de lo que sucedía, del profundo cambio que yo había experimentado. Tuve la sensación de haber permanecido inconsciente durante un par de segundos, cuando de pronto el instructor apartó la correa y se colocó a mi izquierda.

Luego se produjo otro momento impulsivo y temerario como el de la pasarela, cuando me volví para mirar al público. Pero esta vez miré a la instructora, y sólo durante una fracción de segundo. No creo que el tipo pelirrojo se diera cuenta de ello.

La señora tenía un rostro de impresión. Bajé la vista sin mover la cabeza.

—Voy a darte una lección de cómo alzar esa barbilla y mirar directamente a nuestros obedientes condiscípulos —dijo el instructor pelirrojo.

«Esa pandilla de buenos chicos. Estás de broma.» De todo modos, los miré exactamente como me ordenó que hiciera.

—Chicos, mirad a estos postulantes que han sido castigados —dijo. Todos los ojos se concentraron sobre la Pandilla de los Cinco.

—Ahora reanudaremos nuestras lecciones, sin dar mayor importancia a esas pequeñas interrupciones —dijo el instructor—. Y si alguno de nuestros chicos y chicas rebeldes se atreve a mover un músculo o a rechistar, nos veremos obligados a suspender de nuevo la lección.

El instructor se dirigió hacia la primera fila de postulantes y entonces pude observarlo con todo detalle. Era excepcionalmente alto, sí, con unos hombros inmensos en comparación con el tórax, que era más bien estrecho. Su espesa mata pelirroja estaba ligeramente alborotada. Llevaba una camisa de seda blanca como las de los piratas, con las mangas anchas y los puños de encaje. Era muy guapo, desde luego, aunque tenía los ojos tan hundidos que quedaban casi ocultos bajo las pobladas cejas «ardientes como brasas», según dicen los autores cursis.

—Como iba diciendo antes de esta lamentable interrupción —comenzó a decir con calma, lentamente—, todos vosotros sois, a partir de ahora, propiedad de El Club. Existís en función de sus socios: para proporcionarles placer y para que os utilicen a su antojo. Aquí no tenéis otra identidad que la de esclavo. Vuestros respectivos instructores os darán de comer, os ayudarán a entrenaros y os atenderán.

El instructor se expresaba con tono apacible, casi amistoso.

Sin embargo, vi que cada vez que se volvía hacia los esclavos, éstos, le observaban con temor. Quizá sea más duro para ellos, pensé, porque no han cometido ninguna torpeza. Quizás uno pueda pasarse dos años en este lugar sin cometer ninguna torpeza y al final morirse de un ataque cardíaco. Pero ¿qué podía ser peor que eso? El último escalón. Qué divertido.

—Pero también seréis estudiados —prosiguió el instructor—, a fin de conoceros a fondo. Los instructores, con o sin vuestra cooperación, averiguarán exactamente lo que os avergüenza, excita, debilita, o fortalece, lo que hace que trabajéis mejor. Lo único que pretenden con ello es aumentar el placer de vuestros amos, los socios de El Club.

»El hecho de que necesitéis este castigo, que lo deseéis y debáis recibirlo, por asustados y arrepentidos que os sintáis en estos momentos, el hecho de que os hayáis sometido de modo voluntario a una esclavitud, de que os ofrecierais en las subastas más importantes del mundo a través de los mejores intermediarios, todo ello constituye una de las coincidencias más interesantes y deliciosas que procura la naturaleza. A medida que os hagamos trabajar dura e implacablemente, conseguiréis lo que ansiáis en formas que ni siquiera podéis imaginar, y todos vuestros sueños más disparatados se verán cumplidos.

»Y, repito, todo se hace por vuestros amos, y por vuestros instructores que representan a vuestros amos y saben lo que éstos desean. Vuestras dotes y técnicas serán perfeccionados para complacer a vuestros amos. Es en función de vuestros amos y amas, los huéspedes, que existe El Club.

El instructor interrumpió su discurso y empezó a pasearse lentamente ante los postulantes. Estaba de espaldas a mí, con los brazos cruzados, la correa colgando del cinturón. Algunos esclavos se estremecieron. Uno de ellos, un individuo que estaba junto a mí, emitió un débil gemido.

—Os complacerá y desconcertará saber —continuó el instructor— que en este lugar seréis objeto de constante atención, que os obligaremos a trabajar de modo constante e infatigable. En estos momentos han acudido unos tres mil socios para inaugurar la nueva temporada, de modo que tres cuartas partes de las suites y los dormitorios están ocupados. Belleza, variedad, intensidad... esto es lo que los huéspedes buscan aquí, y os advierto que su apetito es insaciable. Nunca os sentiréis desatendidos por los socios de El Club.

Traté de imaginar que estaba oyendo esas palabras junto con los otros, que había conseguido pasar la prueba en el jardín y que esto formaba parte de mi adiestramiento.

—Naturalmente, cuidaremos de vuestra salud —prosiguió el pelirrojo—, os daremos de comer tres veces al día, en ocasiones con el fin de divertir a vuestros amos y amas y otras en privado; recibiréis masajes, baños, haréis ejercicio, tomaréis el sol y untaremos vuestros cuerpos con aceites aromáticos. Los castigos que recibáis jamás os causarán daño físico. Vuestra piel jamás resultará llagada, quemada ni lastimada de forma que os deje una cicatriz. Prácticamente en todas las situaciones vuestros instructores permanecerán cerca de vosotros, para ayudaros si fuera necesario. Jamás se ha producido un accidente en El Club, y procuramos impedir que eso ocurra.

»Pero tened presente que existís para procurar placer, y que los cuidados y el adiestramiento que recibáis en este lugar van destinados a tal fin. Seréis azotados, humillados y excitados sexualmente a fin de convertiros en un objeto de diversión y goce para vuestros amos y amas.

El instructor se detuvo de espaldas ante mí. De pronto extendió la mano y tocó los pechos de una diminuta esclava que no cesaba de llorar. Unos gruesos lagrimones rodaban por el delicado rostro mientras su cuerpo se arqueaba bajo las caricias del instructor, que deslizaba los dedos por su pequeño y liso vientre.

—Habéis sido presentados de modo informal en El Club —prosiguió el pelirrojo, alejándose de la esclava—. Esta noche la presentación será más espectacular; consistirá en unas actuaciones especiales en las que desempeñaréis un importante papel.

¿Se refería el instructor también a los esclavos que estábamos castigados? ¿Qué demonios pensaba hacer con nosotros?

—Con el fin de prepararos para ese acontecimiento, y que empecéis ya a entrenaros, os asignaremos a un instructor, el cual os elegirá en función de vuestras características personales para incluiros en su escudería.

»Vuestro instructor llegará a conoceros mejor que vosotros mismos; él o ella vigilará vuestro comportamiento, vuestra forma física, vuestros ejercicios y entrenamiento, conversará con los huéspedes que soliciten vuestra presencia y servicios; él o ella os instruirá, os desarrollará, os perfeccionará con la finalidad de convertiros en un esclavo competente, a la altura de El Club.

»Os advierto que si creéis que estáis entrenados, si creéis que los azotes, la correa, el instructor y el amo no os reservan ninguna sorpresa, tenéis todavía mucho que aprender en El Club.

»De hecho, os aconsejo que os preparéis para afrontar las duras pruebas que os aguardan durante los próximos meses. Es decir, preparaos para afrontar lo inesperado, y asumid que el control de vuestra mente y cuerpo, en su totalidad, pertenece a otros.

»Si estáis dispuestos a colaborar, todo resultará más fácil, pero os advierto que el programa de adiestramiento se cumplirá con o sin vuestra colaboración.

»A partir de este momento —continuó el instructor, alzando la voz mientras nos miraba a nosotros, a los esclavos castigados— es imprescindible que guardéis silencio y obedezcáis, que os sometáis totalmente a las personas que os instruyan y utilicen, y que constituyen vuestros superiores. En esta isla no existe ninguna criatura tan baja y ruin como vosotros, ni el más humilde sirviente en la cocina o el jardín. Sois unos esclavos auténticos, nos pertenecéis, y jamás debéis hacer el menor movimiento o gesto, o mostrar una reacción, en sentido negativo o positivo, que pueda interpretarse como un acto de desobediencia u orgullo.

»Vuestra ofensa más grave —dijo el instructor, volviéndose hacia los otros esclavos— sería mencionar, y ya no digamos intentar, escaparos. Todo ruego para que os liberemos será considerado una tentativa de huir y, en consecuencia, será debidamente castigado. Huelga decir que es imposible que consigáis huir de aquí. El castigo a esas ofensas significa que la duración de vuestros contratos se va a prolongar. Por ejemplo, si debéis permanecer dos años en El Club, el tiempo que permanezcáis castigados por tratar de escapar o por rebeldía no contará.

El instructor se detuvo ante mí y me observó fijamente, pero yo no hice caso y miré a la preciosa esclava negra que, aunque seguía llorando de forma desconsolada, no me quitaba los ojos de encima.

Había perdido de vista a la instructora alta de cabello castaño. ¿Dónde se habría metido? Su capacidad de moverse por aquella habitación como un ser humano normal mientras yo permanecía inmóvil, cautivo, me producía cierto terror. En aquel momento el instructor se dirigió hacia donde yo me hallaba, junto a los otros esclavos castigados. Observé el suave brillo de su camisa de seda, los delicados puños de encaje. Las piernas me dolían. Traté de mantenerme erguido mientras el instructor se paseaba arriba y abajo ante nosotros. Uno de mis compañeros soltó un gemido.

—Pero esas ofensas no son frecuentes —prosiguió el instructor—. El orgullo, como podéis comprobar, es mucho más común; la obstinación, la rebeldía, unos vicios que debemos atajar. He aquí a cinco esclavos rebeldes que han desobedecido a sus superiores antes de iniciar su adiestramiento.

De pronto, mientras el instructor nos observaba fijamente, apareció un cuidador que empujaba un artilugio de metal de aspecto siniestro. Consistía en una plataforma blanca que se movía sobre unas ruedas, con unas gruesas barras de metal a ambos extremos, las cuales sostenían una larga barra horizontal. Parecía uno de esos aparatos llamados «burritos», que se utilizan en las tiendas para trasladar prendas de un lado a otro. Pero no había sido concebido para trasladar prendas, pues las barras que tenía en los extremos de la plataforma eran muy altas y sólidas, y los ganchos fijados a la barra horizontal eran enormes.

El instructor miró la plataforma y se dirigió hacia una esclava que se encontraba a mi derecha.

—Jessica. Desobediente, temerosa, cohibida, siempre tratando de zafarse de las personas que la examinan —dijo el instructor secamente, con desprecio. Oí de nuevo un gemido—. Cinco días en la cocina, fregando platos y cacharros de rodillas. Serás el juguete de los empleados de la cocina. La experiencia te hará comprender que toda muestra de orgullo o rebeldía es absurda.

Acto seguido el instructor chasqueó los dedos mientras la esclava redoblaba sus quejas y gemidos.

Al cabo de un instante vi a la esclava boca abajo, sostenida en alto por unos cuidadores, con el pelo cayéndole sobre el rostro. Le colocaron unas esposas de cuero blanco en los tobillos y la colgaron por los pies de uno de los ganchos que había en la barra horizontal.

Eso no puede ocurrirme a mí, pensé, es imposible que me cuelguen de esa barra cabeza abajo. Sin embargo, está a punto de ocurrir. Y esta vez no debes hacer nada, tan sólo quedarte quieto y esperar. Uno de los cuidadores escribió sobre la espalda de la esclava, con grandes letras, la palabra «cocina».

Luego le tocó el turno a un esclavo.

—Eric, por su obstinación, por su negativa a obedecer las órdenes más simples del instructor. Creo que cinco días encerrado en los establos, ocupándote de limpiar y alimentar a los caballos y sirviendo de montura a los mozos de establo te sentarán bien —sentenció el instructor.

Acto seguido observé por el rabillo del ojo el espectáculo del fornido esclavo que era elevado con la misma facilidad con que habían alzado a la mujer, y colgado de la barra por los tobillos.

Los latidos de mi corazón registraban puntualmente todo cuanto sucedía a mi alrededor. Sí, señor, van a colgarte boca abajo de esa barra dentro de unos segundos. ¿Y luego, qué? ¿Cinco días sometido a un castigo denigrante? Ni hablar, ha llegado el momento de llamar a casa. Los circuitos están sobrecargados. Material defectuoso. Los fusibles están a punto de saltar.

—Eleanor, terca, independiente, orgullosa, antipática con los huéspedes.

Los cuidadores se apresuraron a amordazar a una rubia con un retal de cuero negro y se la llevaron colgando por los tobillos.

—Permanecerá cinco días en la lavandería, aprendiendo a lavar y planchar como una experta —dijo el instructor mientras sobre la espalda de Eleanor escribían la palabra «lavandería».

La cabeza me daba vueltas. Sólo quedaba un esclavo junto a mí. La cocina, los establos... ¡aaahh! No, no lo consentiré. Hay que reescribir el guión.

La instructora se había situado a mi izquierda. Percibí su perfume y oí el sonido de los pequeños tacones de sus botas.

—Gregory —anunció la instructora—, muy joven, estúpido e imprudente, una falta debida más bien a su torpeza y nerviosismo que a otra...

El esclavo gimió en tono suplicante, sin tratar de disimular la angustia.

—Cinco días de servicio junto con las criadas, manipulando el mocho y la escoba, le curarán su nerviosismo.

Permanecí solo, observando cómo el bronceado Gregory, cuyo cabello negro, corto y rizado parecía un casquete, colgaba de la barra boca abajo.

Obediente, mantuvo las manos en el pescuezo, como los demás, mientras que la desobediente Eleanor se retorcía frenéticamente pese, o debido, a los reiterados latigazos que recibía.

—Elliott —dijo el instructor, alzándome la barbilla

con la mano—. Orgulloso, terco, me temo que demasiado individualista para el gusto de sus amas y amos.

Era insoportable. Me pareció oír a ese hijo de puta soltar una pequeña carcajada.

—Quiero que me des a este esclavo, Richard —dijo la instructora que estaba situada detrás de mí.

«Se han disparado todos los sistemas de alarma. Los circuitos se están quemando. Va a producirse un incendio de órdago.»

La instructora se aproximó a mí, exhalando un delicado perfume floral. Por el rabillo de ojo vi su oscura figura, sus angulosas y estrechas caderas, sus pechos altos y puntiguados.

—Lo sé —respondió el tipo pelirrojo—, pero el castigo...

—Dámelo —insistió la mujer. El sonido de su voz semejaba la caricia de un guante de terciopelo—. Acabo de hacer una excepción en el despacho porque sabía que era lo mejor. Sabes que soy la persona más idónea para ocuparme de él.

Noté que se me erizaba todo el vello del cuerpo. El perfume que llevaba la mujer era Chanel, y lo percibí en pequeñas oleadas, como si siguiera el ritmo de su pulso.

—Hiciste esa excepción porque quisiste, Lisa. Pero soy el director de los postulantes y en este caso...

Lisa. Sentí que me estremecía, pero no me moví. El instructor me levantó de nuevo y repitió:

—Elliott.

—Tengo derecho a elegir antes que los demás, Richard —dijo la instructora tajante—. Y ya he elegido.

Se aproximó a mí hasta que noté su blusa de encaje rozarme el brazo. Yo estaba a punto de explotar. Vi su breve y ceñida falda de cuero negra, sus manos largas y delicadas. Unas manos magníficas, como las de los santos de las iglesias.

—Por supuesto que puedes llevarte a éste si lo deseas —contestó el instructor—, pero antes de iniciar su período de instrucción debe ser castigado.

El tipo seguía sosteniéndome la barbilla mientras examinaba mi rostro. Sentí su pulgar clavándose en mi mejilla. Pero volvía a tener la mente en blanco.

—Mírame, Elliott —dijo.

Cuidado, Elliott. Mira a ese tipo tan simpático. Tiene los ojos grises, hundidos, rebosantes de energía, un tanto burlones.

—Veamos qué voz tiene nuestro orgulloso y joven postulante —dijo el instructor sin apenas mover los labios, como si a medida que hablaba fuera pensando lo que iba a decir. Su rostro estaba a dos centímetros del mío—. Mírame a los ojos y dime con sinceridad que lamentas haber cometido ese error.

Elliott Slater estaba perdido.

—¿Y bien?

—Lo lamento, amo —murmuré.

No estaba mal para tratarse de alguien que había muerto hacía cinco minutos. Era como revivir la situación, y el muy cabrón debió de darse cuenta. Resultaba tan espantoso mirarlo y decir eso, como ver la oscura sombra de la mujer, oler su perfume.

El pelirrojo parpadeó levemente.

—Yo me ocuparé de él, Richard —dijo la instructora secamente.

Cerré los ojos durante unos segundos. «¿Deseo que sea ella quien gane esta discusión? ¿Qué es lo que deseo que suceda, y qué importa lo que yo desee?»

—Hagamos un trato —respondió el instructor, sin soltarme la barbilla. Me estudiaba como si fuera un animal de laboratorio—. Digamos sólo tres días de trabajo duro en los retretes y luego te cederé a Lisa, *la Perfeccionista*, para que haga contigo lo que guste.

—¡Richard! —murmuró ella. Sentí su ira como una oleada de calor.

Así que esa siniestra dama iba a ser mi instructora,

ése era el futuro que me aguardaba: tres días de trabajo en los retretes para que reflexionara, si es que todavía era capaz de ello.

—Eres un joven muy afortunado, Elliott —dijo Richard, el instructor. Yo temblaba visiblemente. Era inútil tratar de disimularlo—. *La Perfeccionista* tiene el privilegio de elegir al esclavo o esclava que más le guste antes que los otros instructores; y suele elegir a los mejores artistas de El Club. Pero en el futuro, si se enoja contigo desearás haber sido condenado a limpiar los retretes.

La instructora se situó ante mí, pero no me atreví a apartar la mirada del pelirrojo. No obstante, vi que ésta tenía un aspecto delicado y que su cabellera era más parecida a un manto que a un velo. Sus enormes ojos oscuros me contemplaban fijamente.

Había algo en ella, algo palpable, imposible de definir. No creo que las personas posean un aura ni que emitan vibraciones, pero esa mujer parecía exhalar una fuerza primitiva. Podía sentirla, como si se tratara de un sonido demasiado débil para que el cerebro lo captara de forma consciente.

Cuando el instructor repitió sus órdenes en voz alta: «Tres días de trabajo en los retretes», ella me tomó la cabeza entre ambas manos. Al tocarme sentí algo tan extraño que la miré con perplejidad. Fue como una descarga eléctrica.

Era una mujer preciosa. Tenía un rostro moldeado y sombreado de forma delicada, la boca ligeramente petulante y unos ojos que me observaban con curiosa inocencia, como ajenos a mi mirada.

Mi mente estaba de nuevo en blanco. No podía dejar que esa mujer me atormentara, que esa frágil criatura me tuviera en su poder. Mi polla estaba completamente tiesa. Era imposible que ella no lo notara. Al fin, me soltó.

De pronto vi a los energúmenos vestidos de cuero

blanco acercarse a mí, pero estaba tan aturdido que ni siquiera sentí pánico. Me levantaron en el aire y me colocaron boca abajo.

Más que pavor, me invadió una profunda sensación de asombro, como si me pareciera increíble que aquello me estuviera sucediendo a mí. No vi nada, pero de pronto sentí que me colocaban las esposas de cuero blanco en los tobillos y me colgaban del gancho.

Luego noté el rotulador sobre mi espalda. Perdí la cuenta de las palabras que escribían en mi piel; sólo sé que trataba de impedir que mi cuerpo se balanceara de un lado al otro a medida que la sangre me golpeaba las sienes.

Al cabo de unos instantes el pánico se apoderó de mí y perdí el control. Me sentí completamente indefenso, aunque nadie lo notó. El artilugio del que colgaba crujió un poco y empezó a avanzar. Fue así de simple y humillante.

Oí la voz del instructor explicando que los postulantes castigados trabajaríamos y dormiríamos en unas condiciones terriblemente incómodas, que seríamos castigados de forma severa e implacable, en esta ocasión no para el deleite de nuestro instructor o nuestro amo, y que durante los próximos días los nuevos alumnos nos visitarían para darse cuenta de las nefastas consecuencias que acarreaba la desobediencia en El Club.

Nos dirigíamos lentamente hacia la puerta. Tuve la sensación de que todo mi cuerpo estaba hinchado. El Club nos devoraba como una boca gigantesca. Pese a estar colgado boca abajo, sentí como si me trasladaran a otra dimensión. Traté de no mirar hacia atrás, de no contemplar la imagen invertida del salón de recepción.

—Ahora —dijo el pelirrojo—, los instructores e instructoras pueden proceder a elegir sus esclavos.

8

Lo que tú desees, amo

Resultaba lógico que lo enviaran al sótano. En fin de cuentas, ¿quién había establecido las normas sobre los castigos? Era lo que solían hacer en esos casos, aunque nadie había montado un numerito semejante al de Slater. Richard tenía razón.

Eran las nueve cuando al fin cerré la puerta del dormitorio.

La luz del crepúsculo se filtraba a través de las cortinas y sentí la inevitable brisa nocturna que refresca nuestra isla. ¿Por qué no podía enfriar el fuego que ardía en mi interior?

Los esclavos que me atendían en el baño eran dos de mis preferidos, Lorna y Michael, rubios, de pequeña estatura y adorables por completo. Cuando llegué ya habían empezado a encender las lámparas.

Llenaron la bañera sin preguntarme a qué temperatura quería el agua, dispusieron mi camisón y prepararon la cama. Mientras me enjabonaban el cuerpo y la cabeza empecé a sentir sueño. Después, Michael me aplicó suavemente un aceite perfumado, me secó el pelo y lo cepilló.

—Te hemos echado de menos, Lisa —murmuró Michael, besándome en el hombro.

Después de que Lorna se marchara, Michael se quedó todavía un rato para ocuparse de una docena de pequeñas tareas innecesarias. Tenía un cuerpo soberbio, un miembro muy grueso. «¿Por qué no? Pero, esta noche no.»

—Esto es todo, Mike —dije.

Michael atravesó silenciosamente la habitación y me besó de nuevo en la mejilla. Yo le abracé durante unos segundos y apoyé la cabeza en su hombro.

—Trabajas demasiado, jefa —dijo Mike, acercando la boca para que yo lo besara.

Cerré los ojos. El avión no cesaba de sobrevolar la isla. Mi hermana, sentada al otro lado de la mesa en el Saint Pierre, preguntaba: «¿Por qué no confías en nosotros, por qué no nos hablas de tu trabajo?»

—¡Ah! —exclamé, estremeciéndome. Casi me había quedado dormida—. Tengo que dormir —dije.

—Dos duermen mejor que uno.

—Eres un tesoro, Michael. Pero esta noche estoy cansada.

Yacía inmóvil y silenciosa bajo el suave y mullido edredón blanco, contemplando el dosel de encaje de algodón.

De acuerdo. Tenían que enviarlo al sótano. Era lógico.

No podía dejar de recordarlo tal como lo había visto en el salón de recepción. Era diez veces más atractivo que en las fotografías, no, cien veces. Tenía unos ojos azules maravillosos y un cuerpo de ensueño. Pero era su inquebrantable dignidad lo que me había impresionado, la forma en que lo había encajado todo sin pestañear, como Alcibíades encadenado.

No seas idiota, Lisa, tratar de dormir.

De acuerdo merecía pasarse tres días limpiando retretes. Pero ¿acaso merecía yo pasarme tres días suspirando por él y mordiéndome las uñas?

No había tenido la ocasión de estar cinco minutos a solas con Richard desde entonces para decirle lo que pensaba de él, ni cinco minutos sin imaginar a Elliott Slater de rodillas, fregando los suelos de baldosas.

Después de la escena en el salón de recepción, me había encerrado en mi despacho para resolver una serie de asuntos pendientes: pedidos, formularios médicos, facturas, diseños de nuevos productos, aprobados, archivados, solicitados, o lo que fuera... Había prometido hablar a la mañana siguiente con el instructor de póneys. Luego cenaría con los nuevos socios, como de costumbre, para responder a sus preguntas y mostrarles nuestras instalaciones. El señor Jerry McAllister estaba muy satisfecho. Todo el mundo lo estaba. Quizás incluso Elliott Slater lo estuviera. ¿Quién sabe?

La primera noche discurría viento en popa, como siempre, y a nadie le importaría el que yo desapareciera.

¿Y ahora qué?

Seguí mirando distraídamente el dosel del lecho, como si aquel breve instante en que me había quedado medio dormida en los brazos de Mike no hubiera ocurrido. Recuerdos, fragmentos del pasado que flotaban a mi alrededor, rostros que adquirían forma, voces que se disponían a hablar.

Escuché la brisa que penetraba a través de la puerta, el murmullo de las hojas.

No pienses en él. Al fin y al cabo, no lo han vendido a un comprador en el extranjero.

Tampoco debía pensar en los recuerdos. Pero ¿cómo podía evitarlo? Cuando repasas el pasado, crees que puedes cambiarlo, ponerlo en orden, comprenderlo por primera vez. Los recuerdos me habían rondado durante todo el día, al acecho en las sombras, como un enemigo dispuesto a atacarme.

Vi la autopista de San Francisco que conducía hacia el sur, el denso bosque de Monterey Cypress, las casas con tejados de cuatro aguas rodeadas por muros de piedra cubiertos de musgo y el estrecho camino de grava que serpenteaba ante nosotros mientras la verja se cerraba a nuestras espaldas. Yo iba sentada junto a Jean Paul en el asiento posterior de la limusina azul oscuro, con las manos apoyadas en el regazo. En cierto momento me estiré la falda, en un intento de ocultar púdicamente las rodillas. ¡Qué absurdo!

Jean Paul dijo con voz sosegada:

—Los primeros días son los más difíciles. Llegará un momento en que comprenderás que no puedes escapar, y te invadirá el pánico. Pero consuélate pensando que no puedes hacer nada para impedirlo. —Jean Paul se detuvo y me observó atentamente—. ¿Cómo te encuentras?

—Asustada —murmuré, y al mismo tiempo excitada. Pero las palabras se secaron en mi garganta. Deseaba decir que, aunque estuviera asustada, no quería volverme atrás. Vi una barrera y la casita del guarda. La limusina se deslizaba hacia un garaje de ladrillo con un tejado de dos aguas, del mismo estilo Tudor que la mansión que se erguía más allá de los árboles, frente a nosotros.

La oscuridad nos engulló cuando penetramos en el garaje. De pronto, aterrada, agarré la mano de Jean Paul.

—Siempre estarás al corriente de lo que pasa, ¿no es cierto? —pregunté.

—Por supuesto. ¿Hay alguna otra cosa que deseas saber o preguntar? Ahora tengo que desnudarte. No puedes entrar en la mansión hasta que estés desnuda. Y tendré que llevarme tu ropa. No trates de hablar con el amo ni con los mozos. Si lo haces, te castigarán.

—Vendrás a buscarme...

—Naturalmente, dentro de tres meses, tal como quedamos.

«Tengo que incorporarme a las clases en Berkeley dentro de tres meses.»

—Recuerda todo lo que te he enseñado, las diversas fases que atravesarás. Cuando estés muy asustada, recuerda que es una experiencia única. Sé sincera contigo misma a ese respecto, y recuerda que no puedes hacer nada. No tienes la responsabilidad de salvarte.

Salvarte. Salvar tu alma. Mi padre observando con aire de reproche los libros que yacían en la cama, las nuevas novelas, la filosofía de tres al cuarto: «Lisa, siempre has pecado de mal gusto, de falta de juicio, te atrae la peor basura que puedas encontrar en una librería, pero por primera vez, temo por tu alma inmortal.»

Sentí el roce de mis pezones, tiesos y ardientes, contra mi blusa, la fina entrepierna de mis braguitas empapada. Jean Paul se inclinó y me besó en la mejilla, apartándome el cabello de la cara. En aquellos días tenía el cabello más largo que ahora, muy espeso y fuerte.

Jean Paul me agarró las muñecas y me las colocó a la espalda. Luego cogió unas tijeras y me cortó la blusa a pedacitos, los cuales cayeron sobre la alfombra oscura del coche.

Cuando me hubo desnudado por completo, me hizo bajar de la limusina.

—Agacha la cabeza —dijo— y guarda silencio.

Noté el frío cemento bajo mis pies. La luz que se filtraba a través de la puerta abierta me deslumbraba. Jean Paul me besó de nuevo. Cuando oí arrancar el motor dentro del garaje, comprendí que iba a partir y a dejarme sola.

Un joven empleado vestido con un uniforme gris se

dirigió hacia mí, me tomó por las muñecas y me condujo hacia la puerta. El cabello me caía sobre los hombros desnudos como un manto protector. Tenía los pezones duros, y me pregunté si ese extraño, ese conocedor de los entresijos del mundo sexual secreto, había notado que mi entrepierna estaba húmeda.

—En invierno utilizamos el pasadizo cubierto —dijo. Tenía la voz de un hombre mayor. Una voz educada. Neutral—. Recorrerás casi todo el camino a pie. Cuando te acerques a la casa, debes postrarte de rodillas y mantener esa posición. Una vez dentro, permanecerás siempre de rodillas.

Bajamos por el camino de grava. Sus manos enguantadas me sujetaban con fuerza por las muñecas. Vi la intensa luz que se filtraba, difuminada, a través del grueso cristal esmerilado de las ventanas, cerradas a cal y canto. Frente a mí observé tan sólo un muro de piedra. La enredadera cubría parcialmente las ventanas. De pronto comprendí que la limusina ya debía haber alcanzado la autopista y todavía no me habían amordazado. Podía haber gritado para que me soltaran.

Pero en tal caso el joven de uniforme me habría amordazado. Estaba segura de ello. Me lo había dicho.

—No te dejes engañar por la amabilidad de los sirvientes —me murmuró el joven al oído—. Si te pillan en una posición que no sea de rodillas, si les contestas con alguna impertinencia, se apresurarán a comunicárselo a tu amo. La razón es muy sencilla: si cometes alguna falta, el amo les encargará que te castiguen, lo cual constituye un placer para ellos. Especialmente cuando se trata de una joven con una piel tan frágil; una pequeña neófita. De modo que no te dejes engañar por sus atenciones.

Al doblar la esquina observé que el suelo estaba alfombrado. Para evitar que me lastimara las rodillas, por supuesto. Al final de un largo pasillo divisé una puerta. El corazón me latía aceleradamente.

—Debes mostrar una sumisión absoluta a todos los

habitantes de la casa. Tenlo siempre presente. Ahora, póstrate de rodillas.

¿Qué más recuerdo después de eso?

La puerta abriéndose de par en par, la espaciosa y lujosa cocina, las enormes puertas del frigorífico, el reluciente acero inoxidable de los fregaderos y la cocinera, vestida con un impoluto delantal blanco que ataba alrededor de su cintura y sentada en un taburete de madera, volviéndose para mirarme.

—Qué joven tan encantadora —dijo, sonriendo. Su rostro era redondo y afable.

También recuerdo la impresión que me produjo contemplar el largo y pulido pasillo que se extendía ante mí, decorado con mesas de mármol y espejos, y los saloncitos con sus visillos de encaje y las pesadas cortinas que tamizaban el sol. Avancé desnuda a través de la imponente mansión en dirección al estudio del amo; se hallaba sentado a su mesa, y sostenía en una mano el teléfono y en la otra un lápiz.

Era la primera vez que lo veía. Sólo durante una fracción de segundo antes de que, con la cabeza gacha, el joven uniformado me obligara a avanzar hasta el centro de la alfombra persa de color azul.

Oí el sonido de unos relojes que daban la hora y el gorjeo de unos canarios; el suave rumor de sus alas rozando los barrotes de la jaula.

—Oh, sí, sí. Disculpa, tengo otra llamada. Me pondré en contacto contigo más tarde —dijo mi amo con marcado acento británico. Aristocrático y muy expresivo. Luego colgó el teléfono—. Sí, es preciosa. Enderézate, querida. Sí, me gusta mucho. Estoy seguro de que me complacerá. Acércate, guapa.

Me dirigí de rodillas al otro lado de la mesa, tal como me indicó mi amo, y observé sus zapatos, la falda de su bata de raso carmesí y la pernera oscura de su pantalón. Entonces extendió la mano para acariciarme el rostro y el pecho.

—Hummm, fantástico —dijo, articulando cada palabra con precisión y rapidez—. Mejor de lo que esperaba.

—En efecto —dijo el joven uniformado—. Y es muy obediente.

—Mírame, Lisa —dijo mi amo, chasqueando los dedos.

Tenía el rostro enjuto, los pómulos pronunciados, los ojos negros extraordinariamente centelleantes; el cabello entrecano, espeso, peinado hacia atrás. Era un hombre muy apuesto, sí. Realmente excepcional. Al igual que el timbre de su voz, sus ojos no tenían edad, mejor dicho, reflejaban una expresión pícara, casi juvenil.

—Déjala aquí. Ya te llamaré —indicó mi amo con tono autoritario pero amable—. En realidad no tengo tiempo para esto... —añadió con aire pensativo—, pero ya me las arreglaré. Sígueme, jovencita.

Mi amo abrió una puerta que daba acceso a una habitación singular, estrecha, intensamente iluminada por el sol que atravesaba los paneles de cristal emplomado. Contenía una mesa larga y pulida, de cuyas esquinas colgaban unas esposas y unos grilletes de cuero. En la pared aparecía expuesta una nutrida colección de paletas, correas, esposas y arneses. Se parecía al estudio de Jean Paul, donde éste impartía clases de «disciplina» a quienes respondían a sus discretos anuncios en los periódicos más respetables. Yo había sido bien adiestrada para ese tipo de cosas.

Pero esto es como el examen de final de curso, la primera entrevista de trabajo, el primer paso en el mundo profesional.

Me arrastré silenciosamente a cuatro patas por el parquet rosa oscuro hasta que alcancé el mullido rectángulo de una segunda alfombra persa. El corazón me latía con violencia. A mis espaldas percibí el sonido de sus pisadas.

—Levántate, querida —dijo mi amo.

Al notar unas delgadas tiras de cuero alrededor de las sienes me invadió el pánico.

—No te asustes —dijo mi amo, acariciándome el pecho izquierdo con su mano derecha. Noté el tacto sedoso de su bata sobre mi espalda—. Coloca las manos detrás, así. ¿No quieres estar guapa para tu amo? —Sus labios me rozaron la mejilla y sentí que me derretía ante aquella muestra de ternura. «Lo que tú desees, amo.»

Tenía el sexo caliente, lleno. Las finas tiras de cuero me oprimían la frente, las mejillas, la nariz. Saqué la lengua para explorar la abertura destinada a la boca.

—Tienes lengua de gatito —me murmuró mi amo al oído, pellizcándome el trasero.

Su aliento olía a colonia. Soltó una carcajada seca y profunda. Me levantó el pelo, lo enroscó en un moño que sujetó con unas horquillas y me encasquetó firmemente la máscara de cuero. Luego noté que me colocaba un corsé alrededor de la cintura, el cual me llegaba hasta las axilas. Traté de no hacer el menor ruido. Temblaba de tal forma que temí perder el control.

—Estáte quieta, amor mío. Eres una cría, una cría preciosa —dijo mi amo.

Mi amo se colocó ante mí y empezó a abrocharme el corsé sobre la curva de mi tripa y mis senos. Me apretaba tanto que creí que iba a desvanecerme. El artilugio de cuero me levantaba los pechos, y sus medias tazas apenas me cubrían los pezones.

—Estupendo —dijo mi amo, besándome en los labios a través de la delgada máscara de cuero.

Sentía una tensión insoportable. El corsé me sostenía como si mi cuerpo no tuviera peso ni energía para mantenerse por sí mismo.

—Estás maravillosa —dijo mi amo, levantándome los pezones y colocándolos suavemente sobre el corsé de cuero, estirándolos para alargarlos y endurecerlos. Sus movimientos hábiles y precisos demostraban su experiencia en estas cosas.

—Y ahora, tus brazos. ¿Qué vamos a hacer con tus hermosos brazos?

«Lo que tú desees, amo.» Estiré el cuello, estremeciéndome, tratando de mostrar, a través de la ondulación de mi cuerpo una absoluta entrega. Cada vez que respiraba el corsé se me clavaba en la piel. Entre las piernas sentía unos constantes y ávidos espasmos.

Mi amo se alejó durante unos instantes de mi limitado campo visual y regresó con unos curiosos guantes negros de cabritilla, que observé podían anudarse entre sí. Luego hizo que me volviera de espaldas y me los enfundó cuidadosamente, alisándolos sobre los dedos y muñecas y estirándolos hasta los codos. Cuando me los acabó de poner, estiró de los cordones y mis brazos se juntaron de tal forma que mis pechos sobresalieron aún más por encima del corsé.

El rostro me escocía debajo de la máscara y sentí que los ojos se me llenaban de lágrimas. Ignoraba si mis lágrimas le complacerían o enojarían. No podía moverme, estaba totalmente indefensa. Apenas podía respirar. Me tenía a su merced.

—Tranquila, tranquila —dijo mi amo. Su curioso acento inglés confería un aire exótico incluso a la sílaba más sencilla.

Me fijé en sus largas y nudosas manos, cubiertas por un ligero vello negro, cuando me mostró unas botas de tacón alto. Parecía imposible poder caminar sobre aquellos vertiginosos tacones. Mi amo las depositó en el suelo y me las puso. Sentí un escalofrío de placer al notar que sus dedos subían la cremallera hasta mis rodillas y alisaban el cuero. Era casi como si me sostuviera de puntillas, aunque con el empeine en una posición mucho más forzada.

—Magnífico. Jean Paul envió tus medidas y todo encaja a la perfección. Es muy meticuloso. Nunca se equivoca. —Mi amo me cogió el rostro entre las manos y me besó de nuevo a través de la delgadas tiras de la máscara. El deseo me abrasaba. Temí perder el equilibrio y caer al suelo.

—Pero tengo otros adornos aún más divinos para mi pequeño juguete —prosiguió mi amo, sujetándome la barbilla y mirándome a los ojos.

Yo conocía esos adornos: las pequeñas pesas redondas y negras que sujetó a mis pezones, los largos pendientes con una diminuta púa que rozaba la parte interior del oído y que, al colocármelo en las orejas, me provocaron un delicioso estremecimiento. Era imposible permanecer quieta, inmóvil.

—Ahora estás perfectamente equipada —dijo mi amo—. Veamos cómo se comporta mi encantadora jovencita. Da una vuelta por la habitación, procurando caminar con gracia. ¡Rápido! —añadió, chasqueando los dedos.

Los tacones de las botas resonaron sobre el parquet hasta que alcancé la alfombra. Mi cuerpo se estremecía de deseo, de ardor.

Mi amo me condujo hacia dos sofás de terciopelo que se hallaban a ambos lados de la chimenea. Noté el calor del fuego sobre mi piel. Un calor dulce y reconfortante.

—Arrodíllate, cariño —dijo—, y separa las piernas.

Traté de obedecer, pero las botas eran tan altas y rígidas que casi me lo impedían. Mi amo se sentó en uno de los sofás y dijo:

—Alza el vientre hacia mí. Eso, divino. Tu amo te encuentra preciosa.

Cuando mi amo enmudeció, empecé a sollozar en silencio. Las lágrimas rodaban por mis mejillas como un torrente. Me sentía aprisionada por los guantes, el corsé, las botas, como si flotara en un mundo donde la fuerza y la gravedad no significaban nada. Mi amo se inclinó y me besó los pechos, pellizcando y lamiendo los pezones, los ganchos de las pesas. Empecé a mover las caderas a un ritmo frenético, deseando arrojarme en sus brazos.

—Sí, mi amor —murmuró mi amo, besándome los labios mientras sus dedos calientes y firmes me sujetaban los pechos—. Ponte de pie —dijo, ayudándome a incorporarme—. Date la vuelta. Así. Con los tacones juntos. Me encanta contemplar tus lágrimas.

La habitación era un fantasmagórico lugar lleno de extrañas formas y luces. El resplandor del fuego se reflejaba en la mampara metálica de la chimenea, en los cuadros de las paredes, en la delgada figura del hombre moreno que se hallaba de pie ante mí, y me observaba con los brazos cruzados mientras pronunciaba sus órdenes en un susurro, suavemente.

—Date la vuelta otra vez, así, perfecto, con los tacones juntos, siempre juntos, y la barbilla levantada.

Al cabo de unos minutos mi amo me abrazó. Yo no cesaba de llorar, conmovida por el vigor de sus brazos, sus hombros, su poderoso pecho. Me estrechó con fuerza y sentí el tacto de su bata de raso sobre mi piel. Los pechos me dolían. Me besó de nuevo en los labios a través de la máscara y creí que iba a desmayarme. No podía contenerme.

¿Qué experimenté aquella primera noche cuando todo terminó y permanecí tendida junto a él, sintiendo todavía en mi piel el contacto de su cuerpo?

¿Cómo resumir los tres meses que siguieron a aquel primer encuentro? Las innumerables cenas, la violenta intimidad con aquellos huéspedes extraños y anónimos, las interminables sesiones con aquella descarada y cruel doncella y su inseparable paleta, los paseos matutinos por el jardín en primavera, el amo montando en su caballo preferido junto a mí, el mundo externo tan distante y fantástico como un cuento de hadas.

Y la inevitable humillación del castigo impuesto por los sirvientes cuando no conseguía complacer a mi amo, someterme a él, responderle de forma satisfactoria.

¿Había caído alguna vez presa del pánico? Quizá la primera mañana que vi el camino de herradura y comprendí que tendría que correr por él con las manos atadas a la espalda; o la primera vez que la cocinera me obligó a tumbarme sobre sus rodillas y me propinó una azotaina mientras yo me revolvía y lloraba de indignación. Pero no lo creo.

El pánico se apoderó de mí una mañana a finales de agosto, cuando Jean Paul empezó a pasearse arriba y abajo por la pequeña habitación encalada que estaba junto a la cocina y en la que yo dormía, repitiéndome sin cesar:

—Piensa antes de contestar. ¿Sabes lo que significa que él quiera que te quedes aquí otro medio año? ¿No comprendes a lo que vas a renunciar si rechazas esta oferta? Mírame, Lisa. ¿No lo comprendes?

Jean Paul se inclinó sobre mí y me miró a los ojos.

—No sabes la suerte que tienes de estar encarcelada aquí. ¿Crees que me resulta fácil encontrar otra casa como ésta? Es lo que necesitas, y lo sabes perfectamente. Es tu sueño. ¿Acaso quieres despertarte de este sueño? No sé si podré encontrarte otra casa como ésta cuando recuperes el juicio. Estás encerrada en una cárcel de oro.

«Corta el rollo y la poesía.»

—Me volveré loca si no me voy de aquí. No quiero quedarme. Te dije desde el principio que tenía que regresar a Berkeley cuando empezara el curso en otoño...

—Puedes inscribirte más tarde. No pasa nada si pierdes un semestre. ¿Sabes cuántas chicas estarían más que dispuestas a ocupar tu lugar...?

—Tengo que marcharme. ¿No lo comprendes? ¡No quiero vivir siempre así!

Al cabo de una hora Jean Paul y yo nos dirigíamos hacia San Francisco. Qué extraña me sentía vestida, sentada en el coche mientras contemplaba el paisaje a través de la ventanilla.

¿Qué aspecto tenía la ciudad después de tantos meses? ¿Qué sentí mientras yacía en la habitación del hotel, mirando fijamente el teléfono? Faltaban dos semanas para que se iniciaran las clases. Estaba febril; mi cuerpo se retorcía de deseo. Orgasmo. Dolor.

Aquella misma noche cogí un avión rumbo a París con el dinero que había ganado, sin llamar siquiera a casa.

Durante días me dediqué a recorrer, confusa y aturdida, los cafés de la orilla izquierda del Sena. El ruido del tráfico me lastimaba los oídos; la multitud me asustaba. Era como si durante aquellos meses hubiera permanecido encerrada en una celda insonorizada. Mi cuerpo añoraba la paleta, la correa, la polla, la enorme y agobiante atención de que era objeto en casa de mi amo. Orgasmo. Dolor.

Dos deprimentes citas con un estudiante de la Sorbona, una cena y una discusión con un viejo amigo americano, un insípido encuentro sexual con un hombre de negocios americano con el que trabé relación en el vestíbulo de un hotel.

Y el largo vuelo de regreso a casa, los alumnos en el campus, los jóvenes de mirada vidriosa, destruidos por las drogas y las ideas, que ni siquiera se fijaban en las muchachas altas y bronceadas cuyos pechos se transparentaban bajo las finas camisetas de algodón y hablaban de marihuana, sexo, revolución, los derechos de las mujeres en el mayor laboratorio social del mundo.

Una vez a solas en mi habitación del hotel Saint Francis, hice la inevitable llamada después de haber estado observando fijamente el teléfono durante horas.

—Sí —respondió Jean Paul con evidente entusiasmo—, tengo justamente lo que deseas. No es tan rico como nuestro anterior amigo, pero posee una espléndida mansión victoriana en Pacific Heights. Tu experiencia le impresionará favorablemente. Y es terriblemente estricto. ¿Cuánto duran las vacaciones navideñas? ¿Cuándo puedo pasar a recogerte?

¿Se trataba acaso de una adicción? «¡No quiero vivir siempre así! Soy una estudiante, una mujer joven. Deseo hacer tantas cosas...»

Hubo un hombre en Pacific Heights, sí, y luego una pareja, un hombre y una mujer jóvenes, ambos expertos, que tenían alquilada una habitación en Russian Hill sólo para sus esclavos. Y después otra quincena —«¡No más de quince días, Jean Paul!»— con mi primer amo, en su hermosa propiedad de Hillsborough. Lo recuerdo sentado junto a mí en el amplio lecho con dosel, apretándome la mano hasta hacerme daño mientras me decía:

—Eres una idiota al abandonarme. Jean Paul dice que no debo presionarte ni agobiarte. Pero ¿no comprendes lo que te ofrezco? Te dejaría asistir a clase por las mañanas, si eso es lo que deseas. Te daría lo que quisieras, siempre y cuando hicieras lo que yo te ordenara y te mostraras afectuosa y sumisa.

Rompí a llorar.

—Te necesito —dijo mi amo—. Necesito poseerte por completo, hacerte sentir todo cuanto eres capaz de sentir. Si tuviera menos conciencia y delicadeza no te dejaría salir de aquí. Sería muy excitante. Te vestiría para llevarte a la ópera, me sentaría junto a ti en el palco, prohibiéndote que hablaras, que hicieras el menor ademán. Luego te traería de nuevo a casa, te desnudaría y te poseería. Cada mañana, cuando regresaras de la escuela, te obligaría a correr desnuda por el jardín...

«Te obligaría, te obligaría, te obligaría.»

—Sé que esto es lo que deseas —continuó diciendo—; deseas pertenecerme, de hecho me perteneces...

Aquella noche detuve a un coche en la autopista para que me llevara a San Francisco. El conductor no cesaba de repetir: «Las chicas como tú no deberíais montaros en un coche con un extraño.»

Después de eso, me negué durante varios meses a tener relaciones con otros. «No, no puedo, no quiero. Deseo estudiar, visitar Europa. Quiero ser lo que se llama una persona normal: enamorarme, casarme, tener hijos. Sí, eso es lo que deseo... Siento que el calor me abrasa, como si estuviera en el infierno.»

Jean Paul estaba muy enfadado conmigo.

—Eres mi mejor discípula, mi obra de arte.

—No lo comprendes. Eso me estaba devorando. Si vuelvo a caer en ello, ya no podré dejarlo. ¿Es que no lo entiendes? Me estaba devorando. Me estaba volviendo loca.

—¡Pero si es lo que deseas! —murmuró Jean Paul, furioso—. No pretendas engañarme. Naciste para ser una esclava, toda tu vida necesitarás un amo.

—No vuelvas a ponerte en contacto conmigo.

¿Habían sonado unos golpes en la puerta? ¿En la puerta del jardín del Edén?

Me incorporé en la cama. Oí el remoto sonido de una conversación en el jardín y a los huéspedes que paseaban por el sendero. La oscuridad se diluyó un poco mientras contemplaba la ventana fijamente y las formas de los árboles se definían a través del cristal.

Sí, alguien llamaba a la puerta, con tal suavidad tan suavemente que por un momento creí que se trataba de una alucinación. Tuve la extraña sensación de que era Elliott Slater. Imposible. Lo habían enviado al sótano, probablemente estaba esposado de pies y manos. ¿Cómo demonios se me podía ocurrir esa idea, aun en el caso de que Slater estuviera en condiciones de subir a mi habitación?

Oprimí el pequeño botón de mi mesilla y la puerta se abrió. La luz amarilla del pasillo iluminó una figura completamente desnuda, tan perfecta como las demás, pero más menuda que la de Elliott Slater. Se trataba de Michael. La penumbra de la habitación le impedía verme.

—¿Lisa?

—¿Qué quieres, Mike? —pregunté. Estaba aturdida, como si me acabara de despertar de un profundo sueño. El pasado constituye una droga.

—Te necesitan en el despacho. Suponían que habías dejado el teléfono descolgado.

—Imposible. Jamás lo dejo descolgado. Además, es la Primera Noche...

Sin embargo, por el rabillo del ojo vi que la pequeña luz del teléfono estaba parpadeando. ¿Por qué no había sonado el timbre? Entonces recordé que al entrar en la habitación lo había desconectado.

—Richard dice que una de las chicas se ha presentado con documentos falsos —explicó Mike—. Es una menor.

—¿Cómo demonios consiguen colarse? —pregunté.

—Si yo hubiera sabido que existía este lugar cuando tenía diecisiete años, habría tratado de entrar aquí aunque fuera tirándome con paracaídas —contestó Mike. Estaba de pie junto a la puerta del armario, listo para ayudarme a vestir.

Permanecí sentada en la cama unos instantes, lamentándome de tener que bajar al despacho. Sin embargo, era mejor que sumirme de nuevo en esa especie de letargo, en esos sueños que en realidad no eran sueños.

—Ve a ver si queda una botella de vino tinto en el bar, Michael —le ordené—. Me vestiré sola.

9

Un visitante en las sombras

Había oscurecido.

Estaba apoyado sobre las puntas de los pies, la cabeza colgando hacia delante, las muñecas sujetas a un gancho, como en el yate. Por segunda noche consecutiva. Había tenido unos sueños agradables. Junto a mí había otros esclavos, y de vez en cuando se abría la puerta y entraba un cuidador para untarnos aceite en nuestros doloridos traseros y piernas. Era una sensación maravillosa. Otro cuidador, éste con menos frecuencia, pasaba para ofrecernos unos sorbos de agua.

Nos habíamos pasado toda la tarde y mitad de la noche limpiando los retretes; no los baños privados de los bungalows y las suites, sino los lavabos públicos que se hallaban en todas las plantas de los edificios de El Club contiguos a los numerosos salones y piscinas. Un auténtico trabajo de esclavos que realizábamos con fregonas y cepillos, casi siempre de rodillas. Los fornidos empleados del club que nos vigilaban, una alegre pandilla de joyas en bruto, se habían divertido de lo lindo propinándonos puntapiés y zurrándonos con las inevitables correas de cuero.

Nadie habría podido concebir algo tan divinamente degradante ni siquiera en un burdel, la sublime necesidad de someternos a todo tipo de humillaciones. Fue una sesión de ocho horas durante las cuales nos insultaron, humillaron y vapulearon hasta llevarnos casi al orgasmo, lo cual, naturalmente, nunca alcanzamos.

La oportunidad de echar un vistazo al sinfín de salones y bares —la gente guapa y privilegiada pasaba junto a nosotros sin mirarnos siquiera— incrementaba la deliciosa tortura.

Los empleados aprovechaban para meternos mano cada vez que se presentaba la ocasión, a fin de recordarnos de qué iba la cosa.

Pero lo mejor de todo, el propósito de aquel infame castigo, era dejarnos extenuados con el fin de eliminar el nerviosismo, las inhibiciones, la angustiosa sensación de que nos aguardaban unas pruebas imposibles de superar.

Sentí que mis barreras mentales caían una detrás de otra.

Yo formaba parte del sistema. Funcionaba. Me sentí agradecido por la incómoda pausa que nos permitieron hacer y acepté el hecho de que al cabo de seis horas estaría de nuevo fregando retretes mientras los distinguidos socios del club iban y venían. ¡Tres días de aquel maravilloso tormento! Y la instrucción propiamente dicha ni siquiera había comenzado.

La instrucción propiamente dicha significaba el encuentro con la dama de cabello y ojos oscuros y exquisitas manos, que se llamaba Lisa. «Elliott, has sacado una escalera real.»

Mi mente se nublaba un poco cada vez que trataba de imaginarla, de recordar su voz.

Era mejor pensar en otras cosas. Era mejor confiar en que después de aquel purgatorio de tres días dedicados a limpiar retretes estaría lo suficientemente endurecido para afrontar el infierno.

¿O acaso era el cielo?

Ahí radica el problema: son ambas cosas a la vez.

Creo que estaba medio dormido cuando percibí un sonido extraño en las sombras. Unas botas que resonaban sobre el suelo de mármol, probablemente frente a mí, frente al trocito de alfombra sobre la que estaban plantados mis doloridos pies. Pero ¿qué era? Un sonido más ligero y definido.

Abrí los ojos.

Había una silueta a mi derecha, en la oscuridad. Era alta, aunque no tanto como los hombres que trabajaban allí. Exhalaba el dulce y embriagador perfume de Chanel. No cabía la menor duda. Era ella. La mujer de mi vida.

La luz iluminaba su larga melena y se reflejaba en sus ojos.

El resto de su persona, salvo el destello de una sortija que lucía en un dedo, permanecía en la penumbra. Luego, a medida que avanzaba haca mí, la luz se reflejó en sus botas y en algo que sostenía en la mano, realzando la luminosa blancura y los diminutos botones de perlas de su blusa, su rostro se tornó visible, como si la oscuridad se estuviera diluyendo en la luz.

Si no hubiera reinado aquella oscuridad habría bajado la vista, tal como nos habían ordenado. Pero la contemplé fijamente.

Al acercarse sentí su mano pequeña y caliente sobre mi mejilla así como el tacto de algo frío en mis labios.

Aspiré la fragancia intensa y afrutada del vino, y abrí la boca. Era un clarete delicioso, a la temperatura justa. Bebí un largo trago, y cuando ella retiró la copa me pasé la lengua por los labios.

Tenía unos ojos enormes, oscuros y límpidos.

—¿Estás disfrutando de tu pequeña penitencia entre cubos y mochos? —preguntó suavemente, sin el menor atisbo de ironía.

Yo solté una carcajada.

No había sido una respuesta demasiado inteligente por mi parte. Sin embargo, ella sonrió.

Su antebrazo desnudo rozó mi cadera y su mano me acarició el trasero.

—¡Hummm! —exclamé, tensándome bruscamente. Los músculos de mis piernas no eran lo único que se había puesto rígido.

—Eres un chico malo —contestó ella, pellizcando una de las llagas que me había producido la correa. El tacto de sus dedos me provocó un espasmo, al igual que había sucedido en el salón de recepción.

Las sienes me latían con violencia.

Sus senos casi me rozaron el pecho, cuando de pronto retrocedió.

—¿Qué es lo que has aprendido aquí abajo? —preguntó.

Estuve a punto de soltar otra carcajada. Creo que ella lo notó.

—A ser totalmente obediente, señora —respondí. Lo dije con cierto tono humorístico, pero era la verdad.

Lo que ella me hacía ahora, sin embargo, era mucho peor que tener que limpiar retretes. Mi excitación se había ido alimentando a lo largo del día. La satisfacción sexual me parecía algo casi mítico. El deseo sexual formaba picos y valles, y éste era uno de los picos. De hecho, era el Everest.

—Dime algo más concreto —dijo ella—. Algo nuevo que hayas aprendido hoy. Suponiendo que exista algo nuevo.

Su voz no carecía de cualquier indicio de afectación. Tenía un tono íntimo y resultaba algo áspera. El suave aroma de Chanel. La luz que realzaba el contorno de sus labios.

Traté de reflexionar. Pero sólo era capaz de pensar en lo que estaba sucediendo en la parte inferior de mi anatomía, en la belleza y el perfume de la mujer que tenía ante mí y en el tacto de sus dedos.

Ella alzó la copa de vino y me la acercó de nuevo a los labios. Tras beber otro trago respiré hondo. Pero no me sirvió de nada.

—¿Qué es lo que has aprendido? —insistió ella con tono severo, como si se dispusiera a azotarme con una regla si no recitaba correctamente la tabla de multiplicar.

—Que tengo miedo —le contesté casi sin darme cuenta. Mi respuesta me dejó asombrado.

—Miedo —repitió ella—. ¿De los hombres que te han utilizado? ¿O de mí?

—De ambos —respondí—. No sé quién me inspira más temor.

Al instante me arrepentí de mi respuesta. Hubiera deseado rectificar, pero no pude. No comprendía qué me había impulsado a decir eso.

Parte de mi instrucción había consistido en «educar la voz», según lo denominaban Martin y sus clientes, es decir, en saber ofrecer unas respuestas rituales. Las respuestas rituales no pretenden provocar, sino ocultar lo que sientes.

—¿No han abusado de ti los de la brigada del mocho? —preguntó Lisa.

—Por supuesto, siempre que han tenido ocasión —contesté, sonrojándome—. Pero se dedicaban más al agua, al jabón y a los improperios. Apenas había tiempo para otra cosa.

¿Era yo quien estaba hablando? ¿Le hablaba a ella?

—Eres un tipo duro, ¿eh? —preguntó Lisa. No había ninguna ironía en sus palabras, sino cierta vacilación.

—Sólo si así te complace, señora. —Era una bonita respuesta ritual. Sin embargo, sonaba tremendamente sarcástica.

El corazón me latía con demasiado fuerza, demasiado celeridad.

Pero ella sonrió de nuevo, aunque no era una sonrisa amplia y espontánea.

—¿Por qué me temes? —preguntó—. ¿Nunca has sido castigado por una mujer?

—Pocas veces, señora —respondí.

Apenas podía contener mi excitación. Aquellas exquisitas criaturas en casa de Martin en aquellos sofisticados y femeninos dormitorios victorianos, que me mostraban su pericia y hacían que me volviera loco. Y aquella condesa rusa en la casa de campo que se limitaba a observar. Fue una experiencia increíble, pero no lo suficiente para enseñarme a afrontar lo que me estaba sucediendo en esos momentos.

—¿Te crees demasiado bueno para ser castigado por una mujer, Elliott? —preguntó Lisa. Una pregunta ritual.

—No si es una mujer competente —le respondí. «Maldita sea, Elliott, corta el rollo.»

Lisa se echó a reír. Trató de disimularlo, girándose un poco de lado, pero oí su breve y suave carcajada.

De pronto imaginé que la besaba, que lograba someterla con mis besos, y luego le arrancaba la blusa de encaje y botonadura de perlas. No podía imaginarla de otra forma salvo en mis brazos, mientras la besaba con fuerza y la obligaba a abrir la boca. Estupendo. Esto cada vez se pone peor.

¿Por qué me molestaba en responder? ¿Por qué no se me quedaba la mente en blanco, como cuando fui presa del pánico en el pabellón y en el salón de recepción?

—¿Tanto miedo me tienes, Elliott? —insistió ella. Mis mejillas estaban rojas como la sangre. Pero ella no lo advirtió, debido a la oscuridad—. No parece que estés tan asustado.

Vi el encaje blanco de su blusa derramándose sobre sus pechos. Contemplé la pálida piel de su largo cuello.

Su voz me tocó una fibra sensible, tan vulnerable como inexplorada.

—Estoy asustado —dije.

Se produjo un silencio.

—Quizá tengas motivos para estarlo —contestó ella, como si me confiara un importante secreto—. Me da rabia que te metieras en este lío, te arrepentirás de haberlo hecho.

Yo tragé saliva, tratando de no hacer una mueca ni sonreír con sarcasmo.

Ella se puso de puntillas y su cabello me rozó los hombros desnudos. Su perfume me inundó. Sentí sus labios sobre mi boca, una descarga de alto voltaje, el encaje de su blusa aplastado contra mi pecho. Sus húmedos labios aprisionaron los míos, produciéndome una intensa sacudida. Mi verga rozó el suave cuero de su falda. Yo le chupé los labios, obligándola a abrir la boca todavía más, y restregué mi polla contra ella. Ella me soltó y retrocedió un paso.

Me incliné hacia delante y la besé con fuerza en el cuello antes de que se apartara bruscamente.

—Basta —dijo, retrocediendo todavía más.

—Soy tu esclavo —murmuré. Lo decía en serio. Pero no pude resistir añadir—: Además, no puedo soltarme de este jodido gancho.

Durante unos segundos ella me miró entre estupefacta y furiosa mientras se frotaba la zona del cuello donde la había besado, como si le hubiera arrancado un pedazo de carne de un mordisco.

—¡Eres jodidamente incorregible! —exclamó enfurecida, aunque en su voz y en su rostro había cierta inseguridad, como si no acabara de explicarse lo que había sucedido.

—No era ésa mi intención —contesté con aire contrito. Sí, estaba en un buen lío—. De veras, vine aquí dispuesto a obedecer todas las normas. No quiero tener problemas.

—Cállate.

Un momento tenso. La sangre me sacudía con violencia las sienes y otras partes. Me pregunté si dispondrían de una cárcel donde encerrar a los tipos rebeldes como yo. Quizás obligaban a los esclavos convictos a cavar zanjas. ¿Tendría un juicio justo? ¿Declararía Lisa contra mí? ¿Enviaría Martin un telegrama implorando clemencia a los jueces? Probablemente no.

Ella se acercó con cautela, como si yo fuera una bestia salvaje. Yo mantuve los ojos clavados en el suelo.

—Voy a besarte de nuevo —murmuró ella—. No te muevas.

—Sí, señora.

Lisa se situó a mi derecha, sin dejar que su cuerpo rozara el mío, y al besarme sentí otra descarga de trescientos voltios que casi me provocó un orgasmo. Se apoyó ligeramente sobre mí mientras rodeaba mis hombros con su brazo. Noté que estaba tan caliente como yo. Cuando se apartó bruscamente, volví la cabeza. Aquello era, sin duda, un pico como el Everest.

—Te estaré esperando, Elliott —dijo ella.

—Sí, señora —contesté, incapaz de mirarla, atormentado por el sonido que producían sus pisadas al alejarse.

10

Miss Quinceañera de América

Me dirigí hacia el edificio de la administración como si me persiguieran.

Me encontraba en un estado febril. Los labios, que no cesaba de tocarme, me escocían como si él, el héroe de una historia entre adolescentes, me los hubiera mordido con saña. Todavía percibía su olor, el olor salado, limpio, de su piel.

Sí, era cien veces más guapo que en fotografía.

Pero era su forma de ser lo que me había impresionado, lo que le confería una cierta perspectiva a todo el asunto. Porque cuando sonreía y hablaba, no podía ocultar su personalidad.

Basta, Lisa.

Se trata de un joven americano sano, fogoso, que ha venido aquí para hacer de esclavo durante dos años, que sabe cómo seducir a las hembras, cómo utilizar sus ojos y su voz.

Estaba demasiado tensa. No debí tratar de interrogarlo tan pronto, no debí dejar el teléfono descolgado, y no debí dejar a todo el mundo plantado en el despacho mientras iba a hablar con él.

Fue un error bajar furtivamente al sótano para besarlo en la boca como si fuéramos dos críos sentados en el asiento posterior de un Chevrolet; aquello tenía que terminar, no podía prolongarse así durante tres días. Tres días. Su voz era como su mirada. Absolutamente «presente». Pero eso es lo que pretendemos de todos, apoderarnos de sus fantasías y convertirnos en el centro de la fantasía. ¿Qué tenía de particular que estuviera encerrado en el sótano?

A las once, las dependencias de El Club estaban todavía en plena animación, de una punta de la isla a la otra. Las luces brillaban en un centenar de ventanas cubiertas con cortinas, el insondable cielo azul oscuro aparecía iluminado por la luna llena.

Pasé frente a las puertas del casino, alfombrado con oscuras y mullidas moquetas. Procuré que nadie me viera ni me dirigiera la palabra y me dediqué a observar por el rabillo del ojo a los esclavos desnudos que navegaban airosamente entre un mar de mesas, sosteniendo en alto las bandejas mientras se apresuraban a servir a los clientes una copa de vino, licores y toda clase de bebidas de exóticos colores vistosamente decoradas.

Detrás de los gruesos paneles de cristal de los muros, tenuemente iluminados, los esclavos se retorcían como si tratasen de liberarse de sus ataduras, sus cuerpos relucientes pintados de oro o plata, su vello púbico tachonado de diminutas gemas. En el escenario, que estaba situado en un extremo de la sala, se representaba una pequeña obra: dos esclavas griegas, encadenadas y adornadas con delicados brazaletes, eran castigadas sin piedad por sus amos romanos.

En los salones privados, a cuyas mesas se hallaban sentados los socios del club junto con sus esclavos, se desarrollaban unos dramas más íntimos. Sobre la oscura y reluciente hilera de botellas del bar, unos jóvenes giraban silenciosamente sobre un carrusel con la cabeza agachada y las manos atadas, como unas estatuas de Miguel Ángel.

Vi a Scott, *la Pantera*, el oscuro y apuesto genio, el maestro de los instructores, conversando animadamente con un viejo lord inglés, uno de los socios más recientes, que ya llevaba varios meses residiendo en el club; y a Kitty Kantwell arrodillada a los pies de Scott, con los labios apoyados en la moqueta, esperando dócilmente las órdenes de su amo.

De modo que Scott había elegido a Kitty. Me alegraba por ella. Era probable que la hubiese utilizado como modelo ante los alumnos de la clase de instructores. Debí haber asistido, pues siempre se aprende algo. Menos mal que había recuperado el juicio, que volvía a ser la Lisa de siempre.

No te hagas ilusiones, guapa. Tres días en el sótano. No, lo cierto es que todo había salido mal desde mi regreso a El Club, incluso antes de que me marchara de vacaciones.

Excepto besar a Elliott Slater.

Richard, *el Lobo*, se levantó de la silla cuando entré en el despacho.

—Lamento haberte despertado, Lisa —dijo—. Traté de localizarte antes pero...

—No te preocupes. ¿Qué pasa? —pregunté.

Dos cuidadores, que presentaban un aspecto un poco mustio y desaliñado tras la larga jornada, permanecían discretamente a un lado, de pie, con los brazos cruzados.

Frente a la mesa estaba sentada una chica, cubierta con un albornoz blanco y corto, que lloraba a moco tendido y se golpeaba las rodillas con los puños.

—Miss Quinceañera de América —dijo Richard—. Los médicos dicen que no tiene más de diecisiete años.

De no ser por la disputa que habíamos mantenido

Richard y yo a propósito de Elliott, seguramente recordaría haberla visto en el salón de recepción. Tenía unos pechos voluminosos, los cuales asomaban entre las solapas del albornoz, y unas piernas largas y bien torneadas. La joven echó atrás la cabeza, sacudió su negra y rizada cabellera y me miró furiosa, con los ojos anegados en lágrimas, mientras Richard me indicaba que tomara asiento en su silla.

—¡No puedes hacerme esto! ¡Tienes que admitirme! —gritó la joven con voz clara y enérgica, sin dejar de mover la cabeza y de golpearse las rodillas con los puños.

Presentaba el rostro hinchado y los labios llagados de tanto mordérselos.

Richard me mostró el informe médico. Tenía los ojos enrojecidos, fatigados, pero sonreía como si la escena le divirtiera. Yo no tenía ganas de sonreír. La cuestión era delicada y no me apetecía hablar con ella.

—Mira —dije—, eres demasiado joven para trabajar aquí, tus papeles son falsos.

—¡Y una mierda! —replicó la chica—. Tengo veintiún años. Fui entrenada por Ari Hassler y puedo...

—¿Has hablado con Hassler? —pregunté a Richard.

—Lo niega todo. Dice que ella lo engañó —contestó Richard—. Tanto su certificado de nacimiento como su carné de conducir son falsos.

—¡No es verdad! ¡Soy suficientemente mayor para trabajar aquí! ¿Qué coño pretendes?

—Eres menor de edad y no podemos contratarte. Te marcharás de aquí esta misma noche —dije, mirando a Richard.

—No consigo sacarle la verdad —dijo Richard, bajando la voz—. Apuesto a que no es la única.

—¡Pues procura encontrar a los otros! —contesté irritada—. Somete a todo el grupo a otro examen. Si hay otros menores, quiero que los eches de inmediato.

—Por favor —dijo la joven, cerrando con pudor las solapas del albornoz—. Dejad que me quede. En los documentos figura que tengo veintinueve años, ¿de qué tenéis miedo? No me digáis que no queréis contratarme. Miradme. He visto a las otras chicas. Soy tan guapa como...

—Elige una ciudad —dije con frialdad—. Un vuelo en un avión privado a Miami y un billete de primera clase a donde te apetezca ir. Te marchas ahora mismo.

—¡Quiero quedarme! No comprendéis lo que esto significa para mí. ¿Por qué no habláis con mi cuidador? Os dirá que me he portado perfectamente. Estoy preparada para desempeñar este trabajo, he tenido el mejor instructor.

—De acuerdo, envíala a Los Ángeles.

—¡No! —gritó la chica. Se mordió los labios y su mirada se tornó algo imprecisa, como si meditara sobre la vertiente práctica del asunto. Al cabo de unos instantes dijo en voz baja—: Nueva York.

—De acuerdo, Nueva York. Dale dos noches en el Plaza y mil dólares —dije, mirando a la joven—. No lo despilfarres.

—¡Hijaputa!

—Me encantaría enseñarte un poco de educación antes de tu partida —masculle.

La chica me miró fijamente, calculando a la desesperada el próximo paso.

—Largo de aquí —dije.

—Dame una buena razón para hacerme esto —contestó la joven. Por sus regordetas mejillas se deslizaban unas lágrimas muy seductoras, pero tenía los ojos duros como piedras—. Sabes de sobra que a los socios les encantaría. ¿Qué coño os pasa? ¿Por qué queréis a una chica seis años mayor que yo?

—El mundo es cruel, guapa. Aquí no queremos gente rarita, ni menores, ni esclavos que no estén convencidos de lo que hacen. Vuelve dentro de cinco años y hablaremos. Pero no trates de engañarnos presentándote con otro nombre. Ahora, largo de aquí. Envíala cuanto antes a Miami.

—¡Te odio! ¡Puta! —gritó la chica. Uno de los cuidadores trató de llevársela por la fuerza, pero ella le clavó el codo en la barriga—. ¡No puedes hacerme esto! ¡Tengo los papeles en regla! ¡Llama a Ari! —El otro instructor se acercó y la agarró por la cintura—. ¡Lo contaré todo en el *New York Times*!

—No te molestes —contesté.

La joven trató de obligar al segundo instructor a soltarla.

—Por si lo dices en serio, tenemos a dos reporteros del *New York Times* en el bungalow H. Y en el quinto piso del edificio principal hay un tipo de la NBC.

—Te crees muy lista, ¿no? ¡Os denunciaré!

—Todo el mundo escribe artículos sobre nosotros, querida. Ve a la biblioteca y lo comprobarás. Pero me temo que cuando un esclavo decide «tirar de la manta», el artículo aparece en la última página de los periódicos sensacionalistas, junto con otras historias de ex prostitutas y estrellas porno que han hallado a Jesús. En cuanto al *Times*, olvídate. ¿No has oído la frase «todas las noticias dignas de ser publicadas»?

Los dos cuidadores se llevaron a la chica en volandas mientras ésta no dejaba de protestar y revolverse.

Una vez que se hubo cerrado la puerta, Richard y yo nos miramos.

—Ari está al teléfono.

Yo cogí el auricular.

—No lo entiendo, Lisa, te lo juro. Esa chica no puede tener dieciséis años. Si es así, es que me estoy volviendo loco.

—Acabo de verla, Ari. Miss Quinceañera de América. Corta el rollo.

—No te miento, Lisa. Es increíble. Me enseñó todo tipo de papeles. ¿La habéis puesto a prueba? Lleva dos años trabajando de camarera en un bar del Village. Es dinamita pura, Lisa, te lo aseguro. Es imposible que tenga dieciséis años. Esa chica sabe latín.

—No volveremos a comprarte mercancía, Ari —le contesté secamente.

—No puedes hacerme eso, Lisa. No lo comprendes...

—Aunque nos ofrezcas a una tía con el cuerpo de Raquel Welch y la cabeza de la Garbo.

—Esa chica es capaz de engañar a Dios. Os he vendido la mejor mercancía que existe a este lado de las Montañas Rocosas, es imposible conseguir esclavos de los estados del este...

—¿Has oído hablar de Gregory Sánchez de Nueva Orleans, o de Peter Slessinger de Dallas? Nos has vendido a una menor, Ari, a una cría de dieciséis años. Ya no podemos fiarnos de ti, Ari. Adiós.

Tras colgar el auricular, me recliné hacia atrás y levanté la vista al techo.

—He examinado los expedientes de los otros dos esclavos que nos vendió —dijo Richard, encaminándose hacia la mesa con las manos en los bolsillos—. No hay ningún problema. El chico tiene por lo menos veinte años, quizás algunos más, y la mujer veintinueve. Es mercancía de primera —añadió, ladeando la cabeza y mirándome.

Yo asentí con un gesto.

—¿Qué hacemos respecto al dinero? —preguntó Richard.

—Olvídalo —contesté—. Esa chica no verá ni un centavo de lo que le pagamos a Ari, y no quiero tener más conversaciones con él. No me gusta jugar a los policías con niños y embusteros.

—Pero es que esa chica no es una niña —observó Richard secamente, entrecerrando los ojos como solía hacer cuando hablaba en serio—. Es probable que empezara a menstruar a los once años y perdiera la virginidad, si es que todavía se utiliza esa expresión tan bárbara, a los trece. Es todo lo que afirmó que era. Debió de trabajar en las habitaciones privadas de Ari durante seis meses. Cuando la toqué tuvo un orgasmo. Seguro que cuando la azotas toda ella se estremece de placer.

—Ya conozco esos viejos argumentos. Desde Katmandú hasta Kansas, nuestro nombre significa nada de menores, ni tarados, ni cautivos ni drogas. Sólo personas adultas que se prestan voluntariamente a estos juegos.

Richard volvió la cabeza y entrecerró de nuevo los ojos con mirada distante. Las profundas arrugas de su rostro realzaban su expresión seria.

—No te pongas tan agresiva —replicó—. Yo la elegí, yo la denuncié.

—No me gusta felicitar a la gente por haber hecho lo que debían. ¿Quieres que haga una excepción y te felicite por lo que has hecho?

—¿Crees que esa norma es justa? Me refiero a que después de lo que ha hecho esa chica y lo que debe haber aprendido...

—¿Qué pretendes? ¿Convertirme en una mojigata o una socióloga? —le increpé enojada—. Permite que te recuerde, por si lo has olvidado, lo que significa este lugar. No se limita una serie habitaciones débilmente iluminadas a las que te retires el sábado por la noche para poner en práctica los ritos con los que has soñado durante toda la semana. Es una experiencia total. Es un lugar donde te sumerges en cuerpo y alma para olvidarte de la realidad que te circunda. Es tu fantasía hecha realidad.

Me detuve. Estaba furiosa. Traté de suavizar el tono de mi voz.

—Recuerda lo que representan esos años entre los dieciséis y los veintiuno —señalé.

—Ya no significan castidad y obediencia —contestó Richard.

—Son unos años muy importantes. Esa chica estaba dispuesta a darnos su juventud, pero no necesitamos que nadie nos regale nada tan valioso. Podemos avivar nuestros fuegos con una energía mucho más barata y negociable. No me importa lo dócil que sea, ni lo guapa ni lo bien entrenada que esté. ¿Qué aspecto crees que tendría al cabo de dos años de trabajar aquí?

—Comprendo —dijo Richard.

No estaba segura de que lo comprendiera. En mi voz se adivinaba un toque de histerismo. En aquel momento recordé la casa de Hillsborough, mi primer amo, la autopista que habíamos recorrido en la limusina. Las discusiones con Jean Paul. Ojalá hubiera tenido entonces a un Martin Halifax que me ayudara.

De pronto me sentí agobiada por las dimensiones y el peso de El Club. ¿Cuántos otros incidentes se producirían antes de que la nueva temporada arrancara con normalidad?

—No sé lo que me pasa —murmuré—. De vez en cuando este lugar me pone nerviosa.

—Sospecho que la adolescencia es una época complicada para todos. Supongo que todos nos arrepentimos de algo que hicimos durante esos años...

—Yo no me arrepiento de nada —respondí—. Pero no trabajaba en El Club cuando tenía dieciséis o dieciocho años. No era una situación fija. No hacía equilibrios sobre el trapecio sin una red.

Richard asintió con un movimiento de dedos.

—No se trata únicamente de los menores —dije—. Cada día aparecen más artículos sobre nosotros. En ciertos círculos somos archiconocidos. Estoy convencida de que quienquiera que desee ponerse en contacto con nosotros puede hacerlo. No quiero que nadie pueda decir que tratamos con menores, tarados o cautivos.

En realidad, era asombroso que nadie hubiera tratado de inventarse una historia de ese tipo. Todos los artículos sobre nuestra organización habían sido escritos «al margen de nosotros», es decir, sin nuestro conocimiento ni consentimiento. Jamás habían podido aportar ninguna prueba excepto unas vagas fotografías aéreas que no demostraban nada. Ningún reportero había conseguido poner los pies dentro de El Club.

Eso se debía a diversas razones. Cualquier socio cuyo nombre apareciera remotamente ligado a un artículo que apareciera publicado en la prensa era expulsado de inmediato sin reembolsarle un centavo de lo que había pagado. Las elevadas cuotas del club, junto con nuestros sistemas de investigación, eliminaban la posibilidad de que hubiera algún reportero espía entre nosotros.

Las cámaras estaban prohibidas en la isla. Nuestro sistema de vigilancia no registraba imágenes, de modo que no se podía robar nada. Y los aparatos electrónicos que estaban instalados en todos los puntos de salida destruían cualquier película o cinta magnética.

En cuanto a los esclavos, cuidadores y chóferes, junto con el resto de los empleados, ganaban unos sueldos tan fabulosos, además de disfrutar de otras ventajas, que no tenían necesidad de vender ninguna exclusiva. Disponían de abundante comida, bebida y esclavos cuando les apetecía, aparte de la playa y la piscina de los empleados. Nadie podía pagarles lo suficiente para que «hablaran», porque lo que podían revelar no era tan interesante, y si hablaban se cerraban las puertas de cualquier otro club en el mundo. Sólo unos pocos resentidos, algunos empleados que habíamos despachado, se habían atrevido a romper el silencio, pero las historias estaban mal escritas, eran sórdidas y no merecían ocupar más que la última página de un periódico sensacionalista, tal como le había indicado a la menor.

Cuando la gente escribe «al margen de ti», pueden decir lo que les parezca. Curiosamente, los artículos que habían aparecido en *Esquire* y *Playboy*, así como en otros periódicos que no se dedicaban a publicar mentiras, eran bastante rigurosos.

—No se trata de si la chica está preparada o no —dije—. Se trata de que debemos andarnos con cuidado, de no ensuciar nuestro nombre.

—Estoy de acuerdo —respondió Richard—. Pero hay demasiado dinero metido aquí para andarnos con tantos remilgos. Lo único que digo es que algunas de esas menores son tan cándidas e inocentes como yo.

—Desengáñate, no todo el mundo le tiene miedo al dinero —contesté despectivamente. Aquello se estaba poniendo feo—. Lo siento, Richard. Esta noche estoy muy alterada. Las vacaciones fueron demasiado largas. Odio regresar a casa. El mundo exterior me saca de quicio.

—Por supuesto. —respondió Richard con suavidad.

De pronto volví a experimentar una extraña sensación. Vi el rostro de Elliott Slater, sentí su boca. Entonces recordé al tipo que había visto en el bar de San Francisco, el guaperas con aire normal. Tres días encerrado en el sótano. Dios, qué cansada estaba. Ojalá pudiera dormir. Ojalá todos los recuerdos se desvanecieran de mi mente.

—Bien, esta noche ya has cumplido con tu obligación hacia los esclavos y sus amos —dijo Richard—. ¿Por qué no vas a divertirte un rato?

Comprendí que su reaccción se debía al cambio que se había operado en mi rostro. Me di cuenta de que le estaba mirando y que me sentía extraña.

—¿Que vaya a divertirme? —pregunté.

Richard asintió con un movimiento de cabeza, sin dejar de observarme. Parecía preocupado por mí.

—¿Es eso lo que acabas de decir? ¿Que vaya a divertirme un rato?

Richard guardó silencio, esperando que continuara.

—Quiero que hagas una excepción, Richard —dije—. Me refiero a Elliott Slater. Quiero que le levantes el castigo y le envíes a mi habitación mañana por la tarde.

—Hummmm, desde luego estás muy alterada, como tú misma has dicho. Tendrás a ese joven dentro de tres días.

—No —contesté—. Hace un rato soltaste tu pequeño discurso ante todo el mundo sobre la necesidad de observar las normas. Bien, ahora quiero que, en privado, hagas una excepción. Quiero a Slater mañana por la tarde. No quiero que lo toquen mañana, sino que se dé un baño y descanse. Lo quiero en mi habitación a la una de la tarde. Cursa la orden ahora mismo. Nadie tiene por qué enterarse. Los otros postulantes están demasiado ocupados, al igual que los instructores, y no seré yo quien diga nada.

Richard calló. Luego, al cabo de unos momentos, dijo:

—Muy bien. Tú eres la jefa.

—Sí, la jefa y la artífice de este lugar —dije.

—Por supuesto —respondió Richard suavemente—. Ya que insistes de este modo, mañana, después de comer, te enviaré a Slater.

Me levanté y me dirigí hacia la puerta.

—Hay algo que no funciona, ¿verdad? —preguntó Richard.

—¿Qué?

—Y no empezó durante las vacaciones —dijo Richard suavemente—, sino que viene preocupándote desde hace tiempo.

—No —contesté, meneando la cabeza—. Estoy cansada, simplemente. Asegúrate de que me envíen a Slater a la una, por favor.

—Muy bien, querida. Confío en que eso resuelva tus problemas.

11

Bienvenida a La Casa

¿Algo que no funciona, que viene preocupándote desde hace tiempo? ¿Arrepentirte de algo que hiciste durante la adolescencia? Tiene que haber un motivo para que los recuerdos te asaltaran de esa forma, ¿no es cierto?

«Confío en que eso resuelva tus problemas.»

Me detuve frente al edificio de la administración y miré las estrellas, siempre tan brillantes cuando no había nubes, como si el cielo se deslizara hacia el mar. Los farolillos chinos arrojaban un suave resplandor sobre los lechos de flores. Los lirios, bajo el oscuro encaje de las lisimaquias, aparecían blancos como la luna.

Sentí un cosquilleo en la boca, como si le estuviera besando de nuevo. Slater sólo estaba a unos pasos de donde yo me hallaba.

¿Sabes que esta noche hay tres mil socios en El Club, Slater? Es un negocio redondo.

Oí el lejano sonido de un avión en el otro lado de la

isla. Miss Quinceañera de América partía hacia Miami, regresaba a la hipocresía y a las contradicciones de la adolescencia. Lo siento y buena suerte.

Pero yo no me arrepentía de nada. Richard se equivocaba, al menos en eso. Mentiría si dijera que no había hecho lo que quería desde el principio con mis primeros amantes, así como al oponerme más tarde a los deseos de Jean Paul, negándome a continuar con aquella vida.

Algo me preocupaba, algo que no comprendía, pero siempre había tomado mis propias decisiones.

Como la noche en que Martin Halifax me había llamado por primera vez.

Claro que había oído hablar de él, del misterioso propietario de un lugar que llamaban La Casa. En un instante de completa incertidumbre casi le colgué el teléfono.

—Tengo una oferta que puede interesarte, Lisa —dijo Martin—. Algo que quizá te resulte más cómodo. Un cambio de papeles, por decirlo así.

Tenía una voz americana. Igual que los sacerdotes de nuestra niñez, cuyas voces no sonaban como las de ministros protestantes, sino como las de sacerdotes católicos irlandeses de la vieja guardia.

—¿Un cambio de papeles?

—Los mejores esclavos suelen ser los mejores amos —contestó Martin—. Me encantaría hablar contigo, Lisa, desaría que llegaras a formar parte de La Casa. Si por algún motivo no te apetece venir aquí, podemos encontrarnos donde tú quieras.

Ciertamente, el sótano de la mansión victoriana que llamaban La Casa se parecía a la biblioteca de mi padre, aunque estaba más aislado del ruido del mundo exterior y contenía objetos más costosos. En las estanterías no había ni un libro católico ni una mota de polvo.

Martin. Esa maravillosa voz pertenecía al rostro

más afable que yo jamás había visto. Sencillo, natural, extraordinariamente simpático.

—Todo empezó por una intuición, una sospecha —dijo Martin, con las manos apoyadas sobre la mesa, las yemas de los dedos rozándose, por un instante antes de cruzar los brazos—. Intuía que ahí afuera, atrapados en la tela de araña de la vida moderna, había cientos de hombres como yo, quizá miles, que deambulaban por bares y calles en busca de un lugar, pese al riesgo de contraer una enfermedad o hacer el ridículo o lo que sea, en el cual representar los pequeños dramas, esos fantásticos y temibles dramas que nos rondan por la mente.

—Sí —contesté. Creo que sonreí.

—No creo que eso tenga nada de malo. Jamás he pensado que fuera algo perverso. No. Todos llevamos dentro una cámara oscura donde florecen nuestros auténticos deseos; lo malo es que esos extraños deseos jamás ven la luz, jamás los mostramos ante nadie. Permanecen encerrados en esa oscura y solitaria cámara del alma.

—Sí —dije, inclinándome hacia delante, inesperadamente desarmada, interesada.

—Quería crear una casa muy especial —continuó Martin—, tan especial como la cámara que llevamos dentro. Una casa donde los deseos pudieran salir a la luz. Una casa limpia, cálida y segura.

¿Somos todos poetas, masoquistas? ¿Somos todos unos soñadores, unos dramaturgos? Había algo completamente inocente y sincero en su expresión. En Martin no se adivinaba la menor vulgaridad, subterfugio o el sombrío sentido del humor que acompaña a la vergüenza.

—...y a lo largo de los años he comprobado que existe una cantidad de gente como nosotros mayor de la que puedo admitir o la que puedo satisfacer aquí, que el abanico de deseos es mucho más complejo de lo que sospechaba...

Martin se detuvo y sonrió.

—Necesito una mujer, Lisa, una mujer joven, pero no una simple empleada. En La Casa no hay simples empleadas. Esa mujer debe saber lo que sentimos a fin de poder trabajar con nosotros. Esto no es un vulgar burdel, Lisa. Es un lugar de gente elegante, hermosa. Quizá creas que estoy loco por decir lo que voy a decir, pero éste es un lugar para el amor.

—Sí.

—En el amor existe comprensión, el respeto por nuestros secretos más íntimos. Existe compasión por la raíz misma del deseo.

—Lo comprendo. Lo sé.

—Acompáñame arriba, quiero enseñarte las habitaciones. No pretendemos ser unos terapeutas. Ni médicos. No hacemos preguntas sobre el porqué y el cómo. Tan sólo creemos en este refugio, en esta pequeña ciudadela creada para aquellos que han permanecido en el exilio durante toda su vida sexual. Existimos en función de quienes desean lo que podemos ofrecerles.

Las habitaciones estaban decoradas al estilo antiguo, con altos techos, luces tenues y paredes empapeladas. El solarium, el aula, el dormitorio principal y el vestidor, donde me guardaban unas zapatillas de raso, junto con la fusta, la paleta, la correa y los arneses; todo encajaba a la perfección con los daguerrotipos que aparecían expuestos en pequeños marcos dorados y ovalados sobre la mesilla, los cepillos de plata, los frascos de perfume cuyas facetas de cristal despedían destellos y las rosas frescas y húmedas rodeadas de hojas verdes que había en un jarrón de plata.

—Si la persona demuestra que vale cobrará un sueldo excelente, créeme. Esto es como pertenecer a un club...

—O una orden religiosa.

Martín emitió una carcajada suave y respetuosa.

—Así es.

Cada fin de semana dejaba atrás el presunto mundo «normal» para penetrar en esas misteriosas habitaciones, para encontrarme con esos desdichados y frágiles extraños, con ese ambiente de belleza y sensualidad que reinaba en ese lugar llamado La Casa. Mi Casa.

«Sí, sé exactamente lo que sienten, lo que debo decir, la importancia de las palabras, sé cuándo aplicar la fuerza o darles un beso tierno.»

Parecía que al fin lograba tener las cosas bajo control, tal como había anhelado siempre.

Y luego, dos años más tarde, el misterioso vuelo nocturno a Roma, Martin y yo sentados en primera clase, emborrachándonos agradablemente, y por fin el largo trayecto en limusina hasta Siena a través de la ondulada y verde campiña italiana.

Una conferencia de fin de semana con otros talentos del mundo secreto del sexo exótico: Alex, de La Casa en París, uno de los viejos protegidos de Martin, Christine, de Berlín. Del resto, sólo recuerdo, que todos eran muy refinados, inteligentes, que el vino corría en la villa que se elevaba sobre la ciudad, acompañando a suculentos platos de carne, y que algunos jóvenes muchachos italianos de ojos negros se deslizaban entre las sombras por el vestíbulo.

El señor Cross había acudido en su avión particular con cinco guardaespaldas. Tres Mercedes-Benz ascendían por al colina, hacia la villa. «¿Puede explicarme alguien a qué se debe todo esto?»

—Supongo que habrás oído hablar de él —dijo Martin.

La cadena de hoteles y el imperio de revistas eróticas —*Dreambaby*, *Xanadu*—, y la esposa de Mississippi que no comprendía de qué iba la cosa y no hacía más que pedir pizzas.

—Está forrado —dijo Martin, arqueando levemente las cejas.

¿Era posible? Nos habíamos sentado alrededor de una mesa del siglo dieciséis para hablar del tema.

Un club superelegante, que se hallase en un lugar donde las leyes no fueran un impedimento, y todos los placeres que Martin Halifax y otros como él habían ideado. Pensad en ello...

—Un auténtico refugio —dijo Alex— dotado de toda clase de lujos, exquisitos manjares, piscinas, pistas de tenis, el no va más. Y sexo. Todo tipo de sexo. Algo absolutamente terapéutico. Los médicos nos enviarán a sus pacientes.

La palabra «terapéutico» me produjo un escalofrío. Martin la detestaba.

Y la sosegada voz del señor Cross, el hombre que ocupaba la cabeza de la mesa, nuestro financiero:

—Existe una posibilidad, una isla del Caribe. Sería casi como si fuéramos a un país autónomo, con nuestras propias leyes. Pero contaríamos con la protección del Gobierno del que os he hablado. Quiero decir que no tendríamos que preocuparnos de que nadie se inmiscuyera en nuestros asuntos ni de que la mafia nos importunara. El club sería totalmente legal. Dispondríamos de nuestra propia clínica, de una fuerza policial en caso de necesitarla...

El señor Cross mencionó una cifra alucinante. Todo el mundo guardó silencio.

—Nuestros sondeos —continuó el señor Cross— indican que existen miles de personas, quizá millones, dispuestas a pagar una gran cantidad de dinero para gozar de una vacación sexual de ensueño. Sadomasoquismo, disciplina, *bondage*, como queráis llamarlo, sobre todo si está bien hecho y nadie corre ningún peligro.

—Nosotros les ofreceremos un lugar limpio, bien dirigido y lujoso —dijo Alex—. Una experiencia que no puedan disfrutar en otro sitio a ningún precio.

—Estamos hablando de crear una atmósfera de sexualidad —dijo el señor Cross—. Una atmósfera que te permita poner en práctica cualquier fantasía sexual que desees.

Martin tenía sus dudas.

—Pero hay algo que no acabas de comprender. La mayoría de personas que desean ese tipo de sexo son masoquistas. Son pasivas. Y no pueden confesárselo siquiera a sus maridos o esposas.

—Pero pueden confesárnoslo a nosotros —señaló el señor Cross.

—No —contestó Martin—. Estás hablando de gente con dinero, importante, personas que pueden permitirse el lujo de concederse ese tipo de vacaciones. ¿Qué te hace pensar que acudirán a un club como el nuestro, donde pueden encontrarse con gente a la que conocen? En La Casa nuestro mayor problema es la discreción, evitar que un cliente se tope con otro. La gente siente vergüenza de tener sus inclinaciones masoquistas.

—Pero podemos hacer que resulte atrayente —tercié yo.

Silencio. La idea me gustaba. Era fantástica.

—Pero ¿cómo? —preguntó Alex—. ¿Qué clase de empleados debemos contratar, cómo debemos dirigirlo, cómo debemos «venderlo» al público, por decirlo así?

—Queremos que acuda gente famosa, rica, personas que no quieren que nadie se burle de sus deseos masoquistas, del hecho de que les guste que les aten y les azoten. De acuerdo. El truco está en crear una situación en la que no se sientan obligados a reconocer que son masoquistas, que el hecho de ser socio de El Club no signifique que lo sean. Los socios que acudan a la isla serán «amos» y «amas», cuyos caprichos serán satisfechos en público y privado por un personal de esclavos masculinos y femeninos perfectamente adiestrados. Serán huéspedes de Kubla Jan en Xanadú, donde podrán gozar contemplando a jóvenes bailarines, y al harén, a menos que deseen retirarse a una habitación privada, insonorizada, y pedir que les enviemos a un esclavo o esclava que sepa hacer ejecutar el papel de «amo» o «ama» con habilidad y elegancia.

El señor Cross sonrió.

—Dicho de otro modo, todos los socios serán dominantes.

—Auténticos machos —apostilló Alex, alzando las cejas y soltando una breve y seca carcajada.

—Exactamente —respondí—. Así es como lo venderemos en todo el mundo. Ven a El Club y vivirás como un sultán, serás el señor de tus dominios. El hecho de ser visto en El Club no significa nada más que te gusta gozar de nuestros pequeños espectáculos, de la piscina, del sol, de que te sirvan y satisfagan todos tus caprichos.

—Puede que funcione —dijo Martin—. Sí, es un enfoque estupendo.

—Pero ¿y los esclavos? —preguntó entonces el señor Cross—. ¿Dónde encontraremos al personal adecuado?

—No es problema —respondió Alex—. Estamos hablando de una clase de personas distintas a la mayoría, que proceden de todos los estratos sociales, los «solteros» que viven en toda gran ciudad, las mujeres jóvenes que follan por deporte y los chicos que no se atreven a confesar sus deseos.

—Sí —dijo Martin—. Jóvenes atractivos aspirantes a estrellas de cine, a prostitutas de lujo o bailarines en un espectáculo de Las Vegas o Broadway. Ofréceles pensión completa en el paraíso y un buen sueldo a cambio de poner en práctica sus fantasías más increíbles, y acudirán en masa.

—Creo que debemos ir construyéndolo lentamente, paso a paso, si queremos tener éxito —dije yo—. Tiene que ser un lugar limpio, bien estructurado. Nada sórdido y vulgar. Ese tipo de sexo tiene sus ritos, sus límites y sus normas.

—Por supuesto, por eso contábamos contigo, Lisa —respondió el señor Cross—. Podíamos instalar un pequeño puerto deportivo...

Fíjate en lo que has conseguido cinco años más tarde. Esta noche hay tres mil socios en la isla.

Y los imitadores, los «centros de recreo» en México e Italia, y los elegantes clubes de Amsterdam y Copenhague, o el de Berlín, donde todos los socios son esclavos y los empleados hacen de amos, y el inmenso «balneario» en el sur de California, nuestro competidor más importante. Las inevitables casas de subasta y los instructores particulares. Y esa misteriosa legión que siempre ha existido, los propietarios privados de esclavos.

¿Era inevitable? ¿Era el momento adecuado para fundar un club de esas características? De no haber sido nosotros los primeros, ¿lo habrían creado otros, organizándolo de forma discreta y eficaz, convirtiéndolo en un éxito como el nuestro?

¿Qué más da? ¿Acaso eran inevitables los taparrabos de las tribus primitivas, los *castrati*, los pelucones empolvados del Ancien Régime, los pies vendados de la China imperial, la persecución de las brujas, las Cruzadas, la Inquisición? Pones algo en marcha, adquiere ímpetu y ya está.

Por lo que a mí respecta, era algo que a lo largo de los años se había convertido en una obsesión.

Reuniones, bosquejos, discusiones, inspección de los edificios, elección de los tejidos, los colores de los muros, la forma de las piscinas. Contratar a médicos, enfermeras, adiestrar a los mejores esclavos para que fueran dominantes, para que supieran manejar a los socios masoquistas que ni siquiera sabían lo que querían. Organizar, rectificar, ampliar. Primero dos edificios, luego tres, después una serie de instalaciones que se extendían de una punta a la otra de la isla. Motivos, ideas, cuotas, contratos, acuerdos.

Y la exaltante sensación de ver tus fantasías, tus sueños más secretos, convertidos en realidad, pero a una escala impensable.

Siempre se me ocurrían cosas más placenteras y divertidas que lo que mis amos me hacían. Cosas más complejas. La fantasía no tiene fin. Todo en la vida es una variación de determinados temas. Ahora veía a otros sumergirse en mis fantasías, asombrarse por ellas, aportando ciertos matices y cambios. La llama arde cada vez con mayor intensidad.

¿Qué lugar ocupa la pasión en mi vida?

¿La pasión? ¿Qué es eso?

Jamás volví a tener un amo. De algún modo, había renunciado a esa intimidad, aunque no sé muy bien por qué. ¿Quizá porque me gustase más representar el papel de ama, porque ya no me bastaban los estímulos anteriores, sino que sólo me satisfacía la divina sensación de saber lo que mis esclavos, mis amantes, sentían? Yo los poseía por completo. Los sometía gracias a mis conocimientos y a mi técnica. Me pertenecían en cuerpo y alma.

En cuanto al amor, nunca lo había conocido. Al menos, no de forma convencional. Pero ¿qué significa el amor, aparte del amor que siento por cada uno de ellos en estos momentos?

En el oscuro refugio de mi lecho con dosel había gozado de los mejores esclavos masculinos, unos cuerpos increíbles.

En El Club transcurren exactamente treinta segundos entre desear y obtener.

Azotándolos hasta someterlos por completo, ordenándoles que follaran como a mí me gustaba, asombrada ante el calor, la potencia, la fuerza de aquellos extraordinarios cuerpos masculinos que obedecían todas mis órdenes, que me pertenecían.

Más tarde registraba sus reacciones en mi ordenador para aprender a manipularlos con mayor habilidad.

Y las esclavas femeninas, con sus manos sedosas y su ávida lengua. Leslie, Cocoa, la hermosa Diana, a la que tengo un tanto abandonada actualmente, mi amor, quien se acurruca junto a mí en la oscuridad, la misma oscuridad que se extiende de un extremo al otro del mundo, suave y esponjosa.

Es medianoche en el edén. Pero ¿se trata realmente del Edén? A lo lejos oigo el sonido de un reloj antiguo, que da las doce campanadas.

Faltan doce horas para que me reúna con Elliott Slater. Pero ¿qué tiene de particular ese hombre rubio de ojos azules? ¿Acaso no es como los otros?

12

Algodón blanco

Los pasillos eran un laberinto. Pasé junto a varias salas y habitaciones de El Club sin apenas fijarme en ellas. Sólo sabía que aquella mujer sostenía el extremo de la cuerda que tiraba de mí. Me había sacado del infierno y ahora me conducían hacia ella.

Me había despertado entre ensoñaciones marcadas por el deseo. Era inútil fingir lo contrario. Durante toda la mañana, se me había representado su rostro en unas imágenes, unos fragmentos del sueño en los que podía sentir el encaje de su blusa contra mi pecho, el tacto casi eléctrico de su boca.

¿Quién demonios era ella en realidad? ¿De qué iba?

Luego había sucedido algo insólito. Habíamos empezado a limpiar los lavabos al amanecer, pero los empleados no me habían insultado ni azotado con la correa.

Debía de ser cosa suya. Pero ¿por qué? Era demasiado fácil pensar en eso pese a encontrarme fregando retretes de rodillas. Era demasiado fácil pensar en ella.

Mientras hacíamos una pausa para comer en el austero y pequeño refectorio —de rodillas, por supuesto—, se me ocurrió que nada estaba saliendo como había imaginado.

Pese a lo que me había dicho Martin, suponía que se producirían largos períodos de aburrimiento, la inevitable ineficiencia que haría que se diluyera todo.

Desde luego no me había aburrido, ni había participado todavía en los placeres que ofrecía El Club. Y ahora sentía ese nefasto deseo por ella, esa imprevisible reacción a su perfume, su persona, su piel.

Tenía que controlar esos deseos. Ella debía de haber entrenado a mil esclavos como yo, y probablemente ninguno de ellos le importase un carajo, del mismo modo que a mí me importaban un carajo los «amos y amas» que me habían adiestrado en La Casa bajo la atenta mirada de Martin.

Para ser sincero, tampoco me importaba nada Martin. Me gustaba, por supuesto, quizás incluso le amaba; y me excitaba al pensar en él. Pero respecto al sexo, el maravilloso ritual sadomasoquista, me importaba bien poco quién lo realizara, sólo que se ejecutara en la forma más estética.

Y ahora me sentía ligado mentalmente a ella. Ella se había apoderado de mi mente, de mis pensamientos. Era como si de pronto se hubiera materializado la figura oscura que existía en mi imaginación. Eso no me gustaba nada.

A medida que se volvía más intenso el dolor que sentía en las manos y las rodillas, aumentaban las pulsiones de deseo, la excitación, la sensación de ser un auténtico esclavo, de que bajo el dominio de ella corría peligro.

Luego, cuando me condujeron al baño, comprendí que iban a llevarme junto a ella. Tras una refrescante ducha me aplicaron un masaje que me dejó como nuevo. Así era como vivían los tíos listos.

Al ver tantos cuerpos desnudos y bronceados sobre las mesas de masaje y a los esclavos encargados de los baños, una legión de pequeños faunos y ninfas que correteaban entre las fucsias y los helechos, mi excitación se incrementó de modo alarmante. «Ya puedes hablar si lo deseas, Elliott», dijeron, mostrando una sonrisa de anuncio de pasta dentífrica.

¿Por qué temía preguntar qué estaba pasando? ¿Por qué había esperado a que el pequeño Ganímedes, que masajeaba mis doloridos músculos con dedos de acero, dijera: «Vas a ver a la jefa, Elliott, así que procura dormir un rato»?

En aquellos momentos me encontraba medio adormilado, pero sus palabras hicieron que me espabilara en el acto.

—¿La jefa? —pregunté.

—Así es —contestó el masajista—. Es la directora de El Club. Prácticamente lo creó ella. Y es tu instructora. Te deseo suerte.

—La jefa —murmuré, sintiendo como si una ristra de petardos hiciera explosión dentro de mi cabeza.

—Cierra los ojos —dijo Ganímedes—. Más vale que descanses un rato.

Creo que me quedé dormido de puro agotamiento, porque de repente comprobé que estaba contemplando el cristal emplomado del techo mientras el cuidador decía:

—Vamos, Elliott, no debemos hacer esperar a la Perfeccionista.

No, por supuesto que no.

De modo que mientras atravesaba el laberinto se iban consumiendo los últimos momentos de «mi vida antes de Lisa».

Al fin nos detuvimos en un pasillo pintado de blanco, frente a una puerta maciza de doble hoja. Silencio. Tranquilo. Eres demasiado equilibrado para sufrir un ataque psicótico.

El cuidador chasqueó los dedos.

—Pasa, Elliott, y espera de rodillas, sin hacer el menor ruido.

La puerta se cerró a mi paso. El cuidador había desaparecido, y yo me sentí presa del pánico.

Me hallaba en una habitación enorme, decorada en tonos azules con algunas pinceladas de un color más intenso. La iluminación no era eléctrica, sino que procedía del sol que se filtraba a través de las cortinas azules y violetas que cubrían los ventanales de la terraza.

El suelo estaba cubierto por kilómetros de moqueta bermellón, y en las paredes colgaban unos gigantescos cuadros de Renoir y Seurat al lado de pinturas haitianas, unas brillantes obras de arte que representaban el cielo y las verdes colinas de Haití, las cuales servían de marco a unas tostadas y esbeltas figuras que trabajaban, jugaban o bailaban.

Había unas máscaras africanas de rostro alargado y otras hindúes pintadas de verde y rojo. Entre las palmeras y helechos asomaban de vez en cuando unas airosas esculturas africanas de madera y piedra. A mi izquierda, con el cabezal contra la pared, había un inmenso lecho de bronce que estaba cubierto con un dosel.

Me recordó a una gigantesca jaula dorada. La obra artesanal estaba cubierta con unos cortinajes de encaje blanco que lo envolvían todo en una diáfana nube. Sobre la decorativa colcha de algodón blanco había un montón de almohadones ribeteados de encaje. El lecho constituía una especie de refugio, algo que a los hombres con imaginación les encantaría crear, pero no saben hacerlo, y siempre dejan que sean las mujeres de su vida quienes lo organicen.

Me vi caminando hacia él. Vestía un esmoquin negro y sostenía un ramo de flores en la mano, concretamente unas margaritas, y al acercarme al lecho me incliné y besé a la joven que se hallaba acostada en él.

Era un lecho que inspiraba ese tipo de imágenes románticas. Pero no había ninguna joven acostada en él. Ni en ninguna otra parte de la habitación.

Me detuve unos instantes para disfrutar del intenso carácter de la habitación, del modo en que sugería lo prohibido incluso en este lugar prohibido. El leve movimiento de las ramas de los árboles más allá de los visillos floreados evocaba una especie de danza.

De pronto me sentí mareado, desorientado. Era como si se hubiera abierto una trampa y yo hubiera caído en una cámara secreta. La habitación me turbaba, aunque no sabía por qué: el montón de objetos de plata dispuestos ante el espejo circular del tocador, las cajas, los frascos de perfume, los cepillos. Una zapatilla de raso negro, con tacón alto, junto a un sillón. Aquella cascada de encaje blanco como la nieve.

Me senté en el suelo y eché un vistazo a mi alrededor, lamentando que mi rostro, así como otras zonas de mi cuerpo, estuviera ardiendo. Conocía los sofisticados y femeninos dormitorios de estilo victoriano que había en casa de Martin, pero éste era diferente, menos artificial, un tanto alucinante. No era un mero escenario donde representar las fantasías más disparatadas, sino un lugar real.

Había muchos libros. La pared del fondo estaba cubierta de estanterías llenas de libros con las tapas ajadas, como si alguien los hubiera leído varias veces. Había libros de bolsillo junto a tomos de tapa dura, algunos de los cuales habían sido reparados con cinta adhesiva.

Eché un vistazo a nada en concreto y a todo en general; una cadena de cuero blanca que pendía del techo y que estaba rematada por unas esposas de cuero, la zapatilla de raso negro que yacía sobre la moqueta.

Cuando se abrió una puerta, suavemente, con un

clic casi inaudible, sentí que se me erizaban los pelos del cogote.

Ella acababa de salir del baño; percibí el perfumado vapor de la estancia, uno de esos intensos aromas florales, muy agradable, y otro aroma, limpio, fosco, que se mezclaba con el perfume: el olor de su persona.

Atravesó la habitación sin hacer el menor ruido. Llevaba unas zapatillas de raso blanco de tacón alto, como la zapatilla negra que yacía junto al sillón. Iba vestida únicamente con un body ribeteado de encaje que le llegaba a medio muslo. Por desgracia, era de algodón.

Un cuerpo envuelto en nailon me deja frío, pero contemplarlo a través de una sutil prenda de algodón me vuelve loco.

Sus pechos se transparentaban debajo del body y su cabello se desparramaba sobre los hombros a modo de una especie de velo virginal. A través del body vi el oscuro triángulo de su pubis.

De nuevo noté que de su persona emanaba una poderosa fuerza. La belleza no justificaba por sí sola el efecto de su presencia, ni siquiera en esa habitación alucinante, aunque era muy bella.

No debí haber tomado asiento sin su permiso. También sabía que al mirarla de frente, directamente, estaba violando las normas del juego, pero no me importó.

Cuando la miré, con mi cabeza ligeramente ladeada, y contemplé su pequeño rostro anguloso y sus grandes ojos castaños de mirada un poco triste, la sensación de su fuerza se intensificó.

Tenía una boca increíblemente sensual. Llevaba los labios pintados de un carmín brillante y transparente, de forma que el rojo de su boca parecía natural, y los delicados huesos de sus hombros resultaban, curiosamente, tan excitantes como la generosa curva de sus pechos.

Pero la corriente eléctrica que emanaba de ella no era la suma de todos los espléndidos detalles físicos. No. Era como si exhalara un calor invisible, como si debajo del sutil body y de las zapatillas de raso su cuerpo se abrasara. No había humo, pero yo sabía que estaba ardiendo. Poseía una cualidad casi sobrehumana. Me recordaba a un mundo antiguo. La palabra «lujuria».

Bajé la mirada deliberadamente. Me arrastré a gatas hacia ella y me detuve al alcanzar sus pies. Sentí la fuerza, el calor que despedía. Besé los dedos desnudos de sus pies, su empeine con la tira de raso, y sentí de nuevo aquella extraña sensación, como una descarga eléctrica que me producía un cosquilleo en los labios.

—Levántate —dijo ella con suavidad—. Y mantén las manos a la espalda.

Obedecí, levantándome tan despacio como pude sin romper el movimiento. Sabía que estaba rojo como un tomate, pero no se debía a la vieja y ritualizada emoción. Permanecí de pie ante ella, y aunque no volví a mirarla, la vi perfectamente; vi el canalillo que formaban sus pechos y los círculos rosados de sus pezones debajo del body blanco.

Ella alzó las manos y casi retrocedí al sentir sus dedos entre mi cabello. Me agarró la cabeza con fuerza y me masajeó el cuero cabelludo, provocándome unos escalofríos que me recorrieron la espalda. Luego me tocó el rostro despacio, como si estuviera ciega, palpando mis labios y mis dientes.

Las yemas de sus dedos ardían, como si tuviera fiebre. A medida que me palpaba el rostro emitía unos sonidos parecidos al ronroneo de un gato, sin despegar los labios.

—Me perteneces —dijo con un murmullo casi inaudible.

—Sí, señora —respondí.

Impotente, observé cómo sus dedos me acariciaban

las tetillas, las pellizcaban, jugueteaban con ellas. Mi cuerpo se tensó. Noté la erección del miembro.

—Eres mío —repitió ella.

Me sentí tentado a responder, pero no dije nada. Abrí la boca y la cerré sin pronunciar palabra, contemplando fijamente sus pechos. Aspiré de nuevo su olor, limpio y dulce. No puedo soportarlo, pensé, tengo que poseerla ahora mismo. Está utilizando una nueva arma que desconozco. No puedo dejar que me atormente de esta forma, en este silencioso dormitorio, no lo resisto.

—Retrocede hasta el centro de la habitación —me ordenó secamente, avanzando unos pasos mientras seguía jugueteando con mis tetillas, pellizcándolas con tal brusquedad que apreté los dientes para no soltar un grito de dolor.

—Es una zona muy sensible, ¿verdad? —dijo ella.

Nuestras miradas se cruzaron de nuevo. Ella entreabrió los labios y dejó a la vista su blanca dentadura.

Casi le rogué, casi dije: «¡Basta, por favor!» El corazón me latía acelerado, como si hubiera estado corriendo. Sentí deseos de echar a correr o de retroceder —no lo sabía exactamente—, de destruir su poder. Pero no tenía la más remota posibilidad de huir de ella.

Se puso de puntillas. Vi que sostenía algo sobre mí y al levantar la vista comprobé que se trataba de las esposas de cuero blancas, dotadas de unas hebillas, que colgaba de la cadena de cuero blanco.

Me había olvidado de esos artilugios, lo cual era un grave error. Pero qué más daba.

—Levanta las manos —dijo ella—. No demasiado. Justo por encima de la cabeza, para que pueda alcanzarlas. Así. Perfecto.

Oí cómo me estremecía. Una pequeña sinfonía de sonidos causados por el tremendo estrés al que estaba sometido. Creo que incluso meneé la cabeza.

Ella me colocó las tiras de cuero alrededor de las muñecas y las abrochó. Mientras yo permanecía de pie, con las muñecas cruzadas y atadas, inmóvil como si me sujetaran seis hombres, ella retrocedió hasta la pared y pulsó un botón que hizo que la cadena de cuero se elevara silenciosamente hacia el techo, estirándome con fuerza de los brazos.

—Es muy resistente —dijo ella, avanzando airosamente hacia mí sobre sus elevados tacones—. ¿Quieres intentar soltarte? —me preguntó.

Al caminar, el body se deslizó hacia arriba y dejó a la vista el pequeño nido de vello que asomaba bajo las braguitas de algodón.

Yo sacudí la cabeza en un gesto de negación. Sabía que iba a tocarme de nuevo. La tensión era insoportable.

—Eres un descarado, Elliott —dijo ella, casi rozándome con sus senos. Luego apoyó las manos en mi pecho y añadió—: Cuando te dirijas a mí debes decir «no, señora» o «sí, señora».

—Sí, señora —respondí. Estaba empapado en sudor.

Ella empezó a acariciarme el vientre, hurgándome el ombligo con el índice. Me resultaba imposible permanecer quieto. De pronto, bajó la mano y me tocó la polla.

Yo traté de apartarme. Ella me agarró del cuello con la mano izquierda y con la derecha empezó a pellizcarme el escroto con fuerza, clavándome las uñas. Yo traté de no hacer una mueca de dolor.

—Bésame, Elliott —dijo.

Me volví hacia ella y me besó en la boca, introduciendo la lengua entre mis labios para hacer que los separara. Sentí de nuevo una descarga eléctrica. La besé con fuerza, como si quisiera devorarla. La besé como si la tuviera suspendida de un anzuelo. Así podía sujetarla, aunque me tenía indefenso. Podía alzarla del suelo mediante la fuerza de la corriente que había entre los dos, obligarla a hacer mi voluntad. Cuando a través de este delirio sentí sus pechos contra mi costado, comprendí que lo había conseguido, que la tenía en mi poder. Sus besos eran húmedos, sensuales y dulces. Sus uñas me arañaban el escroto, pero el dolor se mezclaba con la fuerza que emanaba de mi cuerpo y penetraba en el suyo. Ella se alzó de puntillas y se apoyó en mi costado, agarrándome con la mano izquierda por el cuello mientras yo seguía besándola apasionadamente, metiéndole la lengua en la boca, moviendo las muñecas desesperadamente para liberarme de las esposas de cuero que me tenían preso.

Al cabo de unos momentos ella se separó y yo cerré los ojos.

—¡Dios! —murmuré.

Luego sentí sus labios chupándome la axila, tirando del vello con fuerza. Solté un gemido. Ella me agarró las pelotas con la mano derecha y empezó a masajearlas suavemente, muy suavemente, mientras seguía chupándome la axila. Creí que iba a volverme loco. Todos los músculos de mi cuerpo estaban en tensión. De pronto me mordió el sobaco y luego lo lamió. Yo reprimí un grito de dolor.

Me puse rígido y mis dientes rechinaron. Noté que sus labios se relajaban, soltándome las pelotas, y al cabo de un instante me agarró por el pene y empezó a acariciarlo con movimientos ascendentes.

—No lo resisto... No puedo... —murmuré entre dientes.

Retrocedí un poco, tratando de no correrme, y ella me soltó el miembro. Luego me cogió la cabeza con ambas manos y me besó con fuerza, hurgando en mi boca con la lengua.

—Es peor la tortura del placer que ser azotado, ¿verdad? —preguntó suavemente.

Yo me aparté de ella y acto seguido la besé por todo el rostro, chupándole las mejillas y los párpados. Luego me volví hacia ella y restregué mi polla contra el delgado body de algodón. El tacto de su sexo a través del tejido me provocó un exquisito placer.

—¡No! —dijo ella, retrocediendo apresuradamente. Luego soltó una risa siniestra y me golpeó la polla con la palma de la mano—. No debes hacer eso hasta que yo te lo indique —añadió, golpeándome de nuevo el miembro.

—Basta, por favor —murmuré. Con cada golpe que me atizaba, mi verga se ponía más tiesa y dura.

—¿Quieres que te amordace?

—Sí. Hazlo con las tetas o la lengua —dije.

Estaba temblando y, casi sin darme cuenta, empecé a tirar de la cadena de cuero que me sujetaba, como si pretendiera liberarme.

Ella soltó otra sonora carcajada.

—Eres un chico muy malo —dijo, golpeando, arañando y pellizcándome el glande.

«Sí, soy un chico muy malo», deseaba contestar, pero me lo tragué. Apreté la frente contra el antebrazo, tratando de apartarme de ella. Pero ella me cogió la cara entre las manos y me obligó a mirarla.

—Me deseas, ¿no es cierto?

—Me gustaría follarte hasta dejarte hecha una mierda —murmuré, besándola con avidez y restregando mi miembro contra su vientre.

Ella se apartó bruscamente y me golpeó otra vez la polla con la palma de la mano.

Luego retrocedió en silencio.

Se detuvo a un par de metros de donde me encontraba y me miró fijamente, con una mano apoyada en el tocador, el cabello colgándole sobre el rostro, cubriendo parcialmente sus pechos. Tenía un aspecto húmedo y frágil, las mejillas teñidas de rojo, al igual que los pechos y el cuello. Yo no recordaba haberme sentido jamás tan excitado como en aquellos momentos. Si alguna vez alguien me había atormentado como lo estaba haciendo ella, se había borrado de mi mente.

Creo que la odiaba. Sin embargo, de forma disimulada, la estaba devorando con los ojos, observando sus muslos rosas, sus pies calzados con las zapatillas de raso blanco de tacón de aguja, sus opulentos pechos apenas cubiertos por el encaje de algodón, incluso la forma en que se limpió la boca con el dorso de la mano.

De pronto cogió algo del tocador. A primera vista parecía un par de cuernos forrados de un material del color de la piel humana. Luego comprobé que se trataba de un consolador en forma de dos penes unidos en su base por un solo escroto. Tenían un aspecto tan natural que cuando ella presionó el suave y amplio escroto, como un niño que estrujara un juguete de goma, los dos penes se movieron como impulsados por un resorte.

Ella se acercó a mí, sosteniendo el consolador con ambas manos como si fuera una ofrenda. Era un artilugio muy ingenioso. Ambas pollas mostraban un aspecto reluciente, como si estuvieran engrasadas, con la punta perfectamente diseñada. Parecía como si el escroto contuviera un líquido que, cuando ella oprimiera los penes de una determinada forma, saldría por las pequeñas aberturas que se hallaban en la punta de los mismos.

—¿No te ha follado nunca una mujer, Elliott? —preguntó ella, retirándose el cabello de la cara. Tenía el rostro húmedo, los ojos vidriosos.

Yo emití un leve sonido de protesta, incapaz de dominar mi nerviosismo.

—No me hagas eso... —respondí.

Ella soltó otra carcajada y cogió un pequeño taburete cuyo asiento estaba forrado de tela y acolchado, que había junto al tocador. A continuación lo colocó detrás de mí.

Yo me volví mientras observaba el taburete como si se tratara de un cuchillo.

—No me provoques —dijo ella secamente. Luego alzó la mano y me asestó un bofetón.

Yo aparté la cara, tratando de disimular una mueca de dolor.

—Sí, haces bien en temerme —murmuró ella.

—No te temo, guapa —respondí. Ella me atizó otra bofetada, más fuerte que la anterior.

—¿Quieres que te azote, que te dé unos buenos latigazos?

No respondí, pero no podía dejar de jadear ni impedir que mi cuerpo temblara con violencia.

Luego sentí sus labios sobre mi mejilla, justo donde me había abofeteado, mientras sus dedos me acariciaban el cuello. Fue un beso ingenuo, casi infantil, pero me provocó un intenso estremecimiento y mi pene se puso aún más rígido.

—¿Me quieres, Elliott?

Era como si de repente se hubiera roto una membrana protectora. Estaba alucinando, incapaz de reaccionar. Noté que tenía los ojos húmedos.

—Abre los ojos y mírame —me ordenó ella.

Se encaramó sobre el taburete y sostuvo el doble falo en la mano izquierda, a escasos centímetros de mis ojos, mientras que con la derecha se subía el body.

Vi su oscuro y rizado pubis, la piel sonrosada de sus genitales, los delicados labios asomando púdicamente entre el vello. Ella introdujo un extremo del falo en su vagina, moviendo el cuerpo de forma ondulante para acogerlo, mientras sostenía el otro extremo de forma que parecía una mujer dotada de un pene.

Era una imagen chocante: su delicado cuerpo y la reluciente verga que sobresalía entre el vello púbico, contrastando con su frágil rostro y sus labios rojos y húmedos. Luego alzó las manos y me clavó los pulgares en las axilas.

—Vuélvete de espaldas —murmuró, su rostro a escasos centímetros del mío.

Yo emití unos débiles gemidos de protesta. No podía moverme. Sin embargo, hice lo que me ordenaba.

Al sentir cómo la punta del pene me embestía por detrás me tensé, e hice un intento de apartarme.

—No te muevas, Elliott —murmuró ella—. No me obligues a forzarte. Luego noté una deliciosa sensación a medida que el engrasado falo me penetraba, violándome con suavidad.

Ella empezó a moverse; con aquella diminuta y ardiente boca me provocó un intenso placer que me recorrió todo el cuerpo. ¡Dios! Hubiera preferido que me violara salvajemente en lugar de follarme de aquella manera. Manipulaba el falo artificial como si fuera una prolongación de su cuerpo, restregando el suave escroto de goma contra mis nalgas, junto con su cálido vientre y sus cálidos muslos.

Separé las piernas. Sentí como si me atravesara, como si me ensartara con el falo, cuyo roce en mi ano me producía un increíble placer. En aquellos momentos la odiaba, y al mismo tiempo me encantaba lo que me estaba haciendo. No podía evitarlo.

Ella me abrazó, oprimiendo sus pechos contra mi espalda, jugueteando con mis tetillas, estrujándolas, pellizcándolas.

—Te odio, so puta —murmuré.

—Lo sé —contestó ella.

No cabía duda de que sabía lo que se hacía, moviéndose de aquel modo rítmico, cada vez más deprisa. Noté que iba a correrme y solté una palabrota. Pero ella siguió moviéndose, embistiéndome con fuerza, empujándome con su vientre y sus caderas, estirándome las tetillas, besando y lamiéndome la espalda.

La excitación de los dos iba en aumento. Empecé a gemir, a balbucear, pensando que era imposible que se corriera de aquella manera, restregándose contra mí, haciendo que yo me corriera al mismo tiempo que ella. Sus movimientos eran cada vez más violentos y, de pronto, soltó un grito de placer y se puso rígida. El calor de sus pechos me abrasaba la espalda, su cabello me rozaba el hombro, sus manos me agarraban con fuerza, como si temiera caerse si me soltaba.

Me quedé inmóvil, cegado por el deseo y la rabia. Me sentí impotente, incapaz de acceder a ella, mientras me penetraba por detrás. De pronto sacó el falo suavemente, produciéndome un intenso cosquilleo, y dejé de notar el suave y cálido peso de su cuerpo sobre mí.

Luego, de forma totalmente inesperada, desabrochó las hebillas que me sujetaban las muñecas y me liberó las manos.

Al volver la cabeza vi que se hallaba de pie junto al lecho, su silueta enmarcada por el dosel de encaje blanco. Ya no sostenía el falo. El body apenas le cubría el sexo. Tenía las mejillas arreboladas, los ojos húmedos y brillantes, el pelo revuelto.

Imaginé que le arrancaba el body, que la agarraba del pelo con la mano izquierda y le estiraba la cabeza hacia atrás...

Ella se volvió de espaldas, dejando que uno de los tirantes del body se deslizara sobre el hombro. Luego apartó las cortinas de algodón y se encaramó sobre la cama, mostrándome el trasero y sus pequeños y rosados labios vaginales. Acto seguido se volvió de nuevo hacia mí y se sentó en la cama con las piernas juntas, en un púdico gesto, dejando que su cabello le cayera sobre la cara.

—Acércate —dijo.

Yo me abalancé sobre ella.

La levanté con el brazo derecho y la instalé sobre el nido de almohadones mientras la penetraba tan salvajemente como ella había hecho conmigo, ensartándola, moviéndome con furia.

Su rostro y su cuello se tiñeron de rojo mientras me miraba con un falso aire de tragedia y dolor. Yacía con los brazos extendidos, como una muñeca de trapo, enmarcada por la cascada de volantes de encaje blanco.

Tenía la vagina tan estrecha y tan húmeda que me

asombró, casi como una virgen, haciendo que me volviera loco. Le arranqué el body y lo arrojé al suelo. En cierto momento, en medio de aquella locura noté que ella controlaba de nuevo la situación, que me manipulaba a su antojo mientras movía su estrecha vagina y oprimía su sexo y sus pechos contra mí, convirtiéndome en su prisionero, su esclavo. Pero no quería correrme hasta que lo hiciera ella, hasta que la sintiera estremecerse entre mis brazos. Le levanté el culo con la mano izquierda y la penetré con más fuerza, apoyando todo el peso de mi cuerpo sobre el suyo, besándola furiosamente y obligándola a mantener la cabeza quieta. De pronto, mientras la tenía en mi poder y seguía cubriéndola de besos y moviéndome dentro de ella, noté que se corría. Fue como un estallido. Su rostro y cuello enrojecieron aún más y su corazón se detuvo cuando experimentó la «pequeña muerte», mientras no cesaba de gemir como un animal. Seguí moviéndome, eyaculando dentro de ella, follándola con tal furia como jamás había follado a nadie, macho o hembra, chapero, puta o mero fantasma de mi imaginación.

13

Cuero y perfume

Traté de mantenerme despierto, pero era inútil. Me quedé adormilado, despertándome a ratos y sintiendo una extraña ansiedad mientras observaba su suave perfil enmarcado por las vaporosas cortinas de algodón. Era una mujer preciosa, con un rostro perfecto, tan peligrosa dormida como despierta.

¿Cómo podía dormir así de tranquila después de aquella experiencia? ¿Cómo podía estar segura de que no la agarraría de los cabellos y la arrastraría por toda la habitación? Sentí un deseo casi irrefrenable de besarla y follarla de nuevo, pero al mismo tiempo deseaba largarme de aquella habitación. La estreché contra mi pecho, abandonándome a la inevitable sensación de sopor, acariciándole los pechos y el sexo con suavidad. Al cabo de unos minutos noté que me sumía en un profundo sueño.

Cuando me desperté la habitación estaba a oscuras y oí que ella pronunciaba mi nombre. Mi pequeña alarma mental se disparó de nuevo. Si me obligaba a marcharme, si me alejaba de su lado, me volvería loco.

En el tocador había una lámpara encendida que proyectaba una luz amarillenta sobre los rasgos duros y angulosos de las esculturas, las máscaras y los postes de bronce del lecho. Yo yacía boca arriba sobre las suaves sábanas de algodón. La colcha y los almohadones habían desaparecido, y las cortinas estaban recogidas. El tacto del cuero alrededor de mis muñecas hizo que me espabilara del todo. Al abrir los ojos la vi inclinada sobre mí, con las rodillas apoyadas en mi costado, mientras ajustaba las hebillas de las esposas.

«Va a azotarme —pensé—. No ha terminado de atormentarme.» Ese pensamiento me excitó de nuevo. A fin de cuentas, yo me lo había buscado, al decirle aquellas cosas, al provocarla. Era preferible que me preparara, pues iba a ser duro. ¿Acaso creía que por el mero hecho de habérmela cepillado iba a evitar que me azotara?

Tiré un poco de las correas que me sujetaban para comprobar su resistencia y comprendí que no lograría soltarme. Al cabo de unos momentos ella me ató el pie izquierdo al poste de la cama. Luego el derecho. Todo eso ya lo había vivido antes, no era lo peor que podía pasarme. De hecho, era la postura más cómoda para ser azotado. Entonces, ¿a qué venía ese ataque de pánico? ¿Acaso se debía a que era ella quien iba a azotarme? ¿A que nunca había sido azotado por una mujer a la que había poseído como la había poseído a ella? ¡Maravilloso! Pese a la situación en la que me encontraba, se me ocurrió una frase que parecía sacada de una película mala de cristianos y romanos, una escena en la que un esclavo le dice a su decadente amo patricio: «Azótame, pero no me arrojes de tu lado.»

Yo me revolví, tirando de las correas sujetas a los

postes del lecho, restregando mi polla contra las sábanas, pero fue inútil.

Ella permanecía de pie, a mi derecha, observándome fijamente.

Estaba de espaldas a la lámpara. Su piel parecía casi incandescente en las sombras, como si el calor que abrasaba su cuerpo se hubiera transmutado en luz.

Recordé su cuerpo debajo del mío, su dureza y su suavidad, y que iba a azotarme. De pronto se me ocurrió decir algo para romper la tensión. Pero no me atrevía. Además, no sabía exactamente lo que quería decir. Ella sostenía una correa de cuero negra en la mano y comprendí que iba a dolerme. ¿Qué le importaba a ella lo que yo pudiera decir? ¿Qué coño pretendía decirle?

Iba vestida de cuero negro de los pies a la cabeza, como suelen vestirse los instructores, salvo que ella lucía una blusa de encaje. Estaba muy atractiva y elegante con su chaleco, su falda ceñida y sus botas de tacón alto anudadas hasta la rodilla. Si la hubiera visto sentada en la terraza de un café con ese aspecto, me habría corrido en los calzoncillos.

De hecho, casi me estaba corriendo sobre la sábana de algodón.

Ella se dirigió hacia mí, con la correa en su mano derecha.

Ahora voy a pagar mi descaro no sólo por lo que le he dicho, sino por haberla poseído. Estaba cagado de miedo. Al fin y al cabo, los latigazos siempre duelen. Por mucho que a uno le guste y disfrute con ello. Supuse que ella era una experta en ese arte; por algo era la jefa.

Se acercó y se inclinó sobre mí para besarme en la mejilla. Los encajes de su blusa me rozaron el hombro. Aspiré su perfume y sentí el tacto sedoso de su pelo. Me moví un poco y pensé: «No puedo correrme como un chiquillo simplemente porque me haya besado, sería ridículo.»

—Te crees muy listo, ¿verdad? —preguntó ella en voz baja, con un tono casi acariciador—. Tienes una respuesta para todo. Y no estás bajo mi control, ni bajo el tuyo.

Estuve a punto de decir: «Por supuesto que estoy bajo tu control, te besaré los pies si me lo ordenas», pero guardé silencio.

Ella volvió a besarme, suavemente, haciendo que se me erizara el vello del cuerpo. Noté de nuevo el sabor de sus labios, el aroma de su cuerpo.

—Voy a enseñarte un par de lecciones —dijo— sobre la forma en que un esclavo debe hablar y responder en El Club.

—Soy un alumno muy aplicado —contesté, apartando la cara.

¿Qué demonios pretendía? ¿Empeorar la situación? Estaba muy excitado, no soportaba verla de esa forma, con aquel chaleco que le marcaba las tetas y el vertiginoso escote de su blusa.

—Espero que tengas razón —dijo ella, riendo suavemente—. De lo contrario, te azotaré hasta desollarte vivo.

Sus labios rozaron de nuevo los míos y luego se posaron sobre mi cuello para lamerlo con avidez.

—¿Qué es esto? ¿Has vuelto a ponerte caliente? —preguntó ella—. ¿Sabes lo que te haré como te corras sobre la sábana? ¿A que no lo adivinas?

Yo no me atreví a contestar.

—Mientras te esté azotando —continuó ella con la misma dulzura, apartando un mechón que me caía sobre la frente— quiero que me respondas con el debido respeto cada vez que me dirija a ti, conque procura reprimir tus poderosos y orgullosos impulsos, te diga lo que te diga. ¿Has comprendido?

—Sí, señora —contesté, volviéndome rápidamente y besándola en la boca antes de que pudiera apartarse.

Mi gesto la ablandó. Se arrodilló junto al lecho y me

besó con ternura, provocando otra descarga eléctrica, otro estallido de deseo y pasión.

—Lisa —murmuré casi sin darme cuenta.

Ella permaneció quieta, junto a mí, mirándome. En aquel momento comprendí por qué aquello me producía tal angustia. Hasta entonces todas las mujeres y los hombres que me habían azotado o sometido en mi imaginación llevaban una máscara. No importaba quiénes fueran, siempre y cuando pronunciaran la frase oportuna y se comportaran como es debido. Pero ella no llevaba máscara. La fantasía no ocultaba su identidad.

—Me das mucho miedo —murmuré. Yo mismo me quedé asombrado ante mi inesperada confesión. Hablaba en voz tan baja que no sabía si ella me habría oído—. Me refiero a que... esto es difícil, es...

Su expresión se modificó levemente. ¡Dios, qué hermosa era! Su rostro se dulcificó, como si me ofreciera su auténtica personalidad en lugar de la máscara que mostraba ante el mundo.

—Bien —dijo, frunciendo los labios como si fuera a darme un beso, pero no me besó. Luego se apartó lentamente y preguntó—: ¿Estás listo para que te azote?

Yo asentí con un suspiro de resignación.

—No he oído tu respuesta.

—Sí, señora.

Ella meneó la cabeza mientras me estudiaba. Me pasé la lengua por los labios, sin apartar la vista de su boca. Ella me miró con expresión preocupada durante unos segundos y luego bajó los ojos, sus bonitos ojos sombreados por unas pestañas largas y espesas.

—Me gusta cómo pronuncias el nombre de Lisa —dijo con aire pensativo—. Pero prefiero que digas «sí, Lisa».

—Sí, Lisa —respondí con diligencia. Estaba temblando. Así era como me comportaba siempre con Martin. «Sí, Martin, no, Martin.»

—Buen chico —dijo ella.

Luego se colocó a los pies de la cama. En cuanto empezó a azotarme, me di cuenta de que manipulaba la correa con tanta fuerza y pericia como un hombre. Cada golpe que me propinaba conseguía el efecto que ella perseguía.

Se puso manos a la obra, distribuyendo los azotes de forma que el dolor progresara de forma lenta y voluptuosa, como el goce que me había procurado con el consolador. Noté que mi resistencia se venía abajo, una sensación de placer que hacía que se debilitaran mis defensas. De haberme azotado con mayor brutalidad, de forma más rápida y ruidosa, el efecto habría sido muy distinto.

Al cabo de un rato empezó a azotarme con más fuerza. Los músculos de mi cuerpo se tensaron, como si me dispusiera a saltar del lecho. Era incapaz de permanecer inmóvil. Traté de resistir, como hacía siempre, pero resultaba inútil. Me dolía todo el cuerpo. Ella seguía azotándome implacablemente, sin olvidar un solo rincón de mi cuerpo, mientras mi excitación iba en aumento por más que tratara de contenerla. La correa me mordía la piel. De repente se produjo un instante mágico —un instante que no siempre se produce—, en el que comprendí que había perdido el control y experimenté de forma simultánea y con la misma intensidad una serie de sensaciones.

—Sabes que me perteneces —dijo ella.

—Sí, Lisa —contesté de forma natural, espontánea.

—Y que estás aquí para complacerme.

—Sí, Lisa.

—Y que se acabaron las impertinencias.

—Sí, Lisa.

—Y que no volverás a comportarte con el descaro con que te has comportado esta tarde.

—No, Lisa.

Al fin no pude más y comencé a gemir sin disimulo. Respondía a sus preguntas sin apenas despegar los labios, con los dientes apretados. Pensé de nuevo en su sexo, en sus piernas separadas y en su cálida vagina abrazada en mi pene. Deseaba verla. Deseaba decirle cosas para las que no existían palabras. Pero no me atreví a decir nada, excepto las respuestas que ella me exigía, mientras oía la lluvia de golpes que acompañaban a cada una de sus preguntas. Estaba dispuesto a hacer lo que ella me pidiera.

Al cabo de un rato se detuvo.

Luego se acercó a mí y me quitó las esposas con movimientos rápidos y delicados. Sentí que la piel me escocía, tenía todo el cuerpo magullado. Me levanté de la cama torpemente y caí de rodillas delante de ella, agotado, como si hubiera corrido una maratón. Los músculos me dolían debido la tensión a la que había estado sometido.

Deseaba abrazarla, poseerla.

Apoyé la frente en el suelo, desesperado, como si estuviera borracho, drogado.

Besé el suave cuero de sus botas. Le agarré el tobillo izquierdo y restregué mi cara contra él. No existía nada en el mundo que me importara, excepto ella. Sentía un cúmulo de sensaciones: el deseo de poseerla, el temor que me inspiraba, el placer de ser azotado por ella, o simplemente de abrazarla.

—No —dijo ella.

Yo retiré la mano pero seguí besándole la bota, invadido por oleadas de dolor y deseo.

—¿Te ha gustado la forma en que te he azotado? —preguntó ella.

—Sí, Lisa —contesté, soltando una breve carcajada. Si supieras—... Me ha gustado mucho... —cómo deseo devorarte. Cómo... ¿qué?

—¿Te han azotado alguna vez mejor que yo? —insistió ella, rozándome la mejilla con la correa para obligarme a alzar la vista.

Durante unos momentos no alcancé a verla con claridad, como si su silueta se hubiera desdibujado. Luego vi su rostro, húmedo debido al esfuerzo, sus labios rojos y brillantes, sus ojos inocentes y llenos de una vaga curiosidad. Era una expresión parecida a la de Martin, una expresión de perpetuo asombro, de afán de averiguarlo todo.

—Te he hecho una pregunta —dijo ella con tono impaciente—. ¿Te han azotado alguna vez mejor que yo? Responde.

—Me han azotado durante más tiempo y de forma más escandalosa —murmuré, dedicándole una sonrisa irónica—. Y más fuerte, pero no mejor que tú, Lisa.

Ella se inclinó y me besó. Al sentir el tacto húmedo de sus labios temí correrme de nuevo, no conseguí dominarme. Jamás me habían besado como lo hacía ella.

Traté de incorporarme. Deseaba abrazarla, estrecharla contra mi pecho. Pero se apartó rápidamente y me dejó de rodillas en el suelo, temblando, sintiendo otra vez aquel extraño cosquilleo en mi cuerpo y en mi boca.

—Podría haberte arrancado la piel —dijo—. Pero sólo quería calentarte un poco. Esta noche quiero que hagas algunas cosas por mí.

Alcé la cabeza y la miré, temiendo que me ordenara que bajara la vista.

—¿Me permites...? —le pregunté con timidez—. ¿Permites que tu esclavo te pida un pequeño favor?

Ella me observó fríamente durante unos momentos.

—De acuerdo —contestó.

—Deja que vuelva a besarte, Lisa, siquiera una vez más.

Ella me miró asombrada, pero al fin consintió. Yo la abracé, y entonces sentí que su calor me penetraba de forma brutal y lírica al mismo tiempo. Yo no era sino un animal que deseaba poseerla, eso era todo.

—Suéltame, Elliott —me ordenó con voz severa, pero sin retirarse. Al fin se apartó de mala gana, como si hubiera sido yo quien se lo hubiera ordenado a ella.

Agaché la cabeza con docilidad.

—Ha llegado el momento de que te dé algunas lecciones sobre obediencia y modales —dijo ella. Su voz sonaba un poco débil, desconcertada—. Levántate.

—Sí, Lisa.

—Coloca las manos a la espalda, enlazadas a la altura de la cintura.

Yo obedecí mientras pensaba con temor: «Va a suceder algo malo, es mejor que te largues cuanto antes. Pero le perteneces, eres suyo. No pienses en otra cosa. Eres suyo.» Un pensamiento me rondaba la mente con insistencia, algo sobre el hecho de que cada uno de nosotros buscábamos nuestro peor tormento. El mío era desearla, morir por ella mientras ella me castigaba, no sólo debido al castigo en sí, sino al deseo, a la obsesión. Pero aún había algo más.

Ella caminó a mi alrededor dibujando un pequeño círculo que hizo que cada nervio de mi cuerpo se tensara. Mostraba un aspecto espléndido calzada con aquellas botas de tacón alto, las cuales ponían de relieve sus esbeltas pantorrillas, y la breve falda de cuero que se ceñía a su pequeño trasero y a sus caderas.

Me pellizcó el rostro con suavidad.

—Me gusta el modo en que te sonrojas —dijo con tono sincero—. Y las magulladuras te favorecen. No te desfiguran. Tienes un aspecto estupendo.

Sentí ese leve estremecimiento al que los franceses denominan *frisson*. La miré a los ojos, pero no me atreví a pedirle que me dejara besarla de nuevo. Estaba seguro de que se negaría.

—Agacha la cabeza, ojos azules —dijo ella, aunque sin ningún matiz de reproche—. No te amordazaré, tienes una boca demasiado bonita. Pero si cometes el más mínimo error, si vuelves a comportarte con el descaro de antes, te colocaré unos arneses y un bocado, ¿has comprendido?

—Sí, señora —respondí, dirigiéndole una mirada agridulce.

Ella se echó a reír y, emitiendo una de sus características carcajadas profundas, me besó en la mejilla. Yo la miré con una expresión más sutil que una sonrisa. Era como si coqueteara con ella disimuladamente. «Bésame otra vez», pero no lo hizo.

—Ahora echa a caminar delante de mí —me ordenó—, un poco a la derecha. Repito, como vuelvas a contestarme de forma descarada te amordazaré y te obligaré a postrarte de rodillas. ¿De acuerdo?

—Sí, señora.

14

El recinto deportivo

Resultaba angustioso hallarse fuera del cálido refugio de su dormitorio, inmerso de nuevo en el trasiego de El Club. La oscilante luz de los candelabros y el vocerío de la gente que se encontraba reunida en el jardín me infundían un temor irracional, atávico.

El número de huéspedes que se hallaban desperdigados a nuestro alrededor parecía mayor que a primeras horas de la tarde. Mantuve la cabeza agachada, sintiendo un zumbido a mi alrededor mientras me abría paso de forma lenta y pausada a través de las inevitables miradas de la gente.

Seguí el sendero del jardín, azuzado por Lisa, quien me indicaba cuándo debía doblar a la izquierda o a la derecha.

Pasamos frente a las mesas del bufet y las piscinas y tomamos un pequeño sendero que atravesaba el jardín principal y conducía hacia un edificio bajo que estaba rematado por una cúpula de cristal. Los muros aparecían cubiertos de enredaderas, y la brillante cúpula iluminada resplandecía como una enorme burbuja. A lo lejos oí el sonido de voces y risas.

—Éste es el recinto, Elliott —dijo ella—. ¿Sabes lo que significa?

—No, Lisa —contesté con voz sorprendentemente sosegada. «Pero suena espantoso.» Estaba empapado en sudor. Las marcas que me había dejado la correa me escocían.

—Eres aficionado al deporte, ¿no es cierto? —preguntó ella, obligándome a apretar el paso.

Cuando llegamos al extraño edificio, un joven cuidador pelirrojo de melena más bien larga y amable sonrisa se apresuró a abrirnos la puerta, a través de la cual se oía un estrépito ensordecedor.

—Buenas noches, Lisa —dijo con voz estentórea—. Esta noche tenemos un lleno total. Se alegrarán de ver a este nuevo esclavo.

La luz parecía menos intensa en el interior del edificio, pero es posible que se debiera al efecto producido por la cantidad de gente que había y el humo. El olor a tabaco se mezclaba con el aroma característico de la cerveza.

Sólo había un puñado de mujeres, aunque era un lugar inmenso, una especie de invernadero gigantesco con una larga barra de bar que recorría los curvados muros. Los instructores pasaban junto a nosotros acompañados por unos esclavos masculinos desnudos, algunos maniatados, otros que caminaban como yo, y otros extenuados y cubiertos de sudor y polvo.

A nuestro alrededor se podía oír al menos una docena de lenguas distintas. Noté la mirada de la gente, que me observaba con curiosidad, escrutándome, y capté algunos fragmentos de conversación en francés, alemán, árabe y griego. Todos los hombres iban bien vestidos, como era natural, con ropa deportiva cara, y exhibían una serie de detalles que indicaban dinero y poder.

Pero lo terrible eran los gritos que se oían a cierta distancia de nosotros, semejantes a las exclamaciones de un público que animara a unos competidores con sus risas, sus burlas y sus abucheos cuando éstos fallaban. Sentí deseos de largarme rápidamente.

Lisa se abrió paso entre la muralla de hombres. Ante mí vi una avenida que estaba bordeada de árboles y cuyo suelo de arena blanca se extendía a lo largo de un centenar de metros. A izquierda y derecha había unas decorativas fuentes, unos bancos y unas esclavas desnudas, todas ellas atractivas en extremo, que se encargaban de remover la arena, vaciar los ceniceros y recoger los vasos y las latas vacías de cerveza.

La avenida, de tamaño reducido, estaba flanqueada por unas construcciones encaladas y decoradas con unas ristras de luces que colgaban en sus fachadas. Entre ellas había unas zonas valladas y unos grupos de hombres apostados en la cerca que impedían la visión de lo que sucedía en el interior. Los huéspedes entraban y salían. Cientos de personas se paseaban sobre la arena blanca, con la camisa desabrochada hasta la cintura, una copa en la mano, echando de vez en cuando un vistazo a su alrededor.

Yo retrocedí de forma instintiva, fingiendo que me apartaba para dejar paso a dos individuos que deambulaban en traje de baño. Lisa me pellizcó el brazo. Abrí la boca para protestar: «No estoy preparado para esto», pero no dije nada.

Allí había un importante gentío. Sentí un ataque de claustrofobia al verme rodeado de tantos pantalones, botas y chaquetas. Pero Lisa me sujetó del brazo con fuerza y me empujó hacia la primera de las casetas blancas y alargadas.

El interior se hallaba en penumbra, y durante un momento me sentí desorientado. Los muros y el techo aparecían cubiertos de espejos, el suelo estaba entarimado, y unas pequeñas y decorativas luces de neón iluminaban el escenario. Entonces me di cuenta de que se trataba de un típico parque de atracciones. Los espectadores pagaban cierta cantidad para lanzar varios aros de goma negros con el fin de ensartarlos en un saliente. Pero aquí los salientes consistían en las cabezas de unos esclavos masculinos que, arrodillados sobre una cinta deslizante, desfilaban a gran velocidad a través del escenario.

Los huéspedes reían a carcajadas ante aquel burdo espectáculo que consistía en ensartar una serie de aros de goma alrededor del cuello de la víctima antes de que ésta desapareciera por un lado del escenario. Pese a su sencillez, el juego tenía algo de siniestro: la sumisión de las víctimas arrodilladas, la forma en que sus cuerpos, cubiertos de aceite, se convertían en meros objetos a medida que posaban ante el público.

Contemplé el pequeño escenario, las cabezas inclinadas de los esclavos, los aros que pendían de sus cuellos. No quería permanecer allí. Me sentía incapaz. Tenía que existir algún medio de escapar. Sin pensármelo dos veces, retrocedí para situarme detrás de Lisa y la besé en la cabeza.

—Fuera —dijo ella, empujándome hacia la puerta—. Y no te molestes en disculparte. Si hubiera querido que te subieras al escenario, te hubiera obligado a hacerlo. Pero no es eso lo que quiero.

Al salir cerré los ojos durante unos segundos, cegado por las luces de la avenida. Luego Lisa me condujo hacia otra caseta que estaba ubicada a la derecha.

Era una construcción mucho mayor, decorada también en estilo *high tech* y dotada de una barra de bar y una barandilla metálica que recorría todo el muro, de unos nueve metros de profundidad. Esta vez no se trataba de aros, sino de pelotas de plástico de diferentes colores y del tamaño de una pelota de tenis, que eran lanzadas contra unos blancos móviles pintados en brillantes colorines sobre los traseros de las víctimas masculinas; éstas, con las manos atadas sobre la cabeza, intentaban esquivar las pelotas moviéndose sin cesar. Cuando las pelotas alcanzaban el blanco quedaban adheridas a éste, y entonces los esclavos se movían como si bailaran el mambo para librarse de ellas. Era un espectáculo deliciosamente humillante y nada doloroso. Ni siquiera tenía que ver los rostros de los esclavos para comprender que estaban encantados con lo que hacían. Cada músculo de sus cuerpos vibraba de emoción y entusiasmo.

Unas gruesas gotas de sudor me rodaron por la cara. Sacudí la cabeza. Era imposible, totalmente imposible. Por el rabillo del ojo vi que Lisa me observaba, y adopté una expresión neutral.

Las dos casetas que visitamos a continuación eran parecidas a las anteriores; en ellas, los esclavos eran obligados a correr sobre unos carriles ovalados para zafarse de las pelotas y los aros. En la quinta caseta los esclavos aparecían suspendidos boca abajo de un carrusel, y no era necesario que ellos mismos se revolvieran ni se retorciesen.

Me pregunté si era eso lo que hacían con ellos cuando se cansaban de los otros juegos, me refiero a colgarlos del carrusel. Unas víctimas voluntarias. Y éste era un entretenimiento habitual en El Club, no un castigo como enviarte al sótano.

Cualquier recuerdo de un mundo sensato en el que estas cosas no ocurrían era, en el mejor de los casos, precario. Nos habíamos introducido en un cuadro de El Bosco, lleno de pinceladas plateadas y rojizas, y mi única posibilidad de escapar era la señora que me había conducido hasta allí.

Pero ¿deseaba realmente huir de allí? Por supuesto que no. Mejor dicho, no en esos momentos. Jamás, en ninguna de mis fantasías sexuales, se me había ocurrido nada parecido. Me sentía al mismo tiempo aterrado y secretamente atraído por ello pero, como reza el viejo poema de Gellett Burgess *La vaca púrpura*: «Prefiero mirar que participar.» Avancé como un sonámbulo a través del resplandor de las luces. Me sentía aturdido, ofuscado. Incluso el ruido parecía traspasarme. El olor dulzón del humo hacía que me sintiera ligeramente mareado, y las manos que me tocaban o exploraban de vez en cuando estimulaban el temor y el deseo que no podía ocultar.

Unas esclavas desnudas aparecían y desaparecían como llamitas rosadas entre los grupos de hombres, ofreciéndoles un cóctel o una copa de champán o vino blanco.

—¿No es cierto que somos unos genios del sexo exótico? —murmuró Lisa de pronto.

Sus palabras me desconcertaron, pero la expresión de su rostro me resultó aún más sorprendente. Contemplaba el gentío con la misma mirada perdida y desorientada que yo, como si ambos lleváramos varias horas deambulando entre las casetas de una feria local.

—Sí, ya lo creo —contesté. Mi voz sonaba tan extraña como la suya. Estaba empapado en sudor.

—¿Te gusta? —preguntó ella sin ninguna ironía. Parecía como si hubiera olvidado quiénes éramos ambos en realidad.

—Sí, me gusta —respondí. La inocencia que expresaba su rostro y su voz me producían una enorme e íntima satisfacción. Cuando me miró le guiñé un ojo. Ella apartó la vista, pero casi podría jurar que se sonrojó.

De pronto se me ocurrió agarrarla, inclinarla hacia atrás y besarla apasionadamente, como Rodolfo Valentino en *El caíd*. Hubiera resultado muy divertido en medio de aquella marea de sexo tan exótico, o al menos así me lo parecía. Pero no me atreví.

Temía que me matara si le hacía eso, o que me obligara a participar en uno de esos excitantes juegos.

Cuando echamos a andar de nuevo, observé de reojo el movimiento de sus pechos bajo el encaje de su elegante blusa y el ceñido chaleco de cuero que resaltaba sus curvas. Aquello era el cielo y el infierno.

Ella me condujo hacia uno de los pequeños claros, y supuse que quería mostrarme todas las diversiones antes de elegir la que me impactaría más.

Cuando contemplé el jueguecito que se desarrolaba en el claro, comprendí que no lograría disimular lo que sentía.

Se trataba de una carrera. Los hombres estaba situados alrededor de la valla, con los pies apoyados sobre la cerca como si presenciaran un rodeo, y animaban a los esclavos desnudos que corrían a cuatro patas por unas pistas perfectamente señalizadas.

Sin embargo, aquello no era sólo una competición de velocidad; los esclavos tenían que recoger además con los dientes unas pelotas de cuero negras que los espectadores les iban lanzando de una en una a la pista mientras los azuzaban con unas correas de cuero.

Al parecer, el juego consistía en reunir cinco pelotas, pues vi que izaban al ganador por los brazos después de que éste hubiera depositado la quinta pelota a los pies de su amo. Tenía el rostro congestionado, empapado en sudor. El público le aplaudía y vitoreaba. Unos ayudantes lo sacaron de inmediato del claro, envuelto en una toalla blanca, pero los otros, jadeantes y temblorosos debido al esfuerzo, fueron azotados y obligados a ocupar de nuevo sus respectivos lugares para la siguiente carrera.

El castigo consistía en correr hasta ganar.

Tal y como me figuraba, los esclavos lo estaban pasando estupendamente, disfrutaban compitiendo entre sí. Se colocaron de rodillas en el punto de salida, dispuestos a comenzar de nuevo, observándose de reojo, concentrados.

Yo di un paso atrás y procuré disimular lo que sentía. ¿Nos asomamos a ver qué hacen en el otro claro, en la siguiente caseta? Todavía hay muchas cosas que ver,

¿no? Creo que me iré a casa a leer el *New York Times*. El estruendo era ensordecedor.

—Esto es muy duro para ti, ¿verdad? —preguntó ella sin dejar de observarme atentamente con sus grandes ojos castaños.

Noté que todo mi ser se fundía, salvo lo que nunca se funde, por supuesto. Se me ocurrieron varias respuestas, a cual más descarada, pero me callé. Me sentía deliciosamente sometido a ella. En un impulso, la besé en la mejilla.

Ella se apartó, chasqueó los dedos e hizo un pequeño gesto para indicarme que la siguiera.

—No vuelvas a hacer eso —dijo, furiosa. Tenía las mejillas coloradas.

Me condujo por una avenida que estaba atestada de gente, sin volverse para comprobar si la seguía. Me dije a mí mismo que no deseaba acercarme a ver lo que se hacía en los otros claros, pero no me pude resistir. Más carreras, de distinta duración y recorrido. Sin embargo, resultaba más divertido contemplar el rítmico contoneo del precioso trasero de Lisa bajo su estrecha falda de cuero, su larga melena que casi le alcanzaba el dobladillo de la falda, los pequeños pliegues de carne que se le formaban en la parte posterior de sus rodillas.

Al llegar a un punto donde la avenida se bifurcaba en dos senderos, vi un numeroso grupo de gente ante un pequeño escenario iluminado. Sobre él se hallaban unos ocho o diez esclavos desnudos que llevaban una toalla blanca colgada del hombro.

Los esclavos, de espesas y alborotadas cabelleras, músculos relucientes y provocativas sonrisas, animaban al público con pequeños ademanes y gestos de cabeza.

Enseguida comprendí lo que sucedía. Los cuidadores vendían a los esclavos para las carreras y los juegos que se desarrollaban en las casetas; éstos, por su parte, sonreían satisfechos e intentaban captar la atención de los espectadores. Mientras observaba el espectáculo vendieron a dos esclavos, tras una puja entre tres compradores. Los cuidadores hicieron subir al escenario a otros dos esclavos más que aguardaban encerrados en un pequeño corral, y la subasta se reanudó entre aplausos y risas. Los gritos y amenazas que proferían algunos espectadores, del estilo «¡Haré que te tragues esa sonrisa!», o «¿Quieres correr para mí?», reforzaban el clima jovial y festivo.

Lisa me agarró del brazo y me atrajo hacia ella. La presión de sus dedos sobre mi piel hizo que me excitara. Con disimulo, eché un par de vistazos a sus pechos, que asomaban bajo el escote de su blusa. Casi se le podían ver los pezones.

—¿Cuál te parece más atractivo, más sensual? —me preguntó Lisa, ladeando la cabeza como si fuéramos una pareja normal y corriente que asistía a una exhibición de perros de raza. La sensación de estar sometido por completo a ella aumentaba por momentos, lo cual avivaba mi excitación—. Medita la respuesta y contesta con sinceridad —dijo—. Eso me ayudará a conocerte mejor.

—No lo sé —contesté irritado. La idea de que ella se propusiera adquirir a uno de aquellos tíos cachas me enfurecía.

—Concéntrate en lo que te pido —dijo ella fríamente. De improviso, alzó la mano y me apartó un mechón de la frente, pero mostraba una expresión dura, amenazadora—. Elige el que te parezca más guapo, al que te gustaría follarte si yo te lo permitiera. Y no me mientas. No se te ocurra intentar engañarme.

Yo me sentí deprimido. Estaba celoso. Al mirar a aquellos hombres experimenté una mezcla de sensaciones que me desconcertó. Todos eran muy jóvenes, atléticos, y parecían tan orgullosos de sus magulladuras y moratones en el trasero como de los músculos de sus piernas y brazos.

—Creo que el que está en ese extremo, el rubio, es fantástico —dijo Lisa.

—No —repliqué, sacudiendo la cabeza con energía—. No hay ninguno en el escenario que pueda compararse con el tipo moreno que está en el corral.

Resultaba especial, incluso en un lugar lleno de atractivos jóvenes. Era un fauno joven de cabello negro, con el pecho liso y reluciente, que parecía salido de un bosque salvaje. Sólo le faltaban unas orejas puntiagudas. Tenía el pelo rizado y corto a los lados y algo más largo en la nuca; el cuello y los hombros, perfectamente modelados y musculosos. Su pene, en estado de semierección, era casi del tamaño de una botella de cerveza. Parecía medio hombre medio demonio, sobre todo cuando me miró a los ojos sonriendo y frunciendo las cejas durante un instante, en un gesto burlón.

—¿Es el que más te gusta? —preguntó Lisa, observándolo con admiración mientras era conducido hacia la parte delantera del corral, con las manos a la espalda, los ojos clavados en nosotros y la polla tiesa.

Imaginé que me lo tiraba mientras ella contemplaba la escena, pero me sentí confundido. Eso había sido lo peor en casa de Martin, tirarme a alguien delante de otras personas. Era más fácil ser azotado, humillado de mil formas distintas, que joder delante de otros. Al mirar al joven noté que mi temperatura subía. Era como si me liberara de un tabú.

Lisa le hizo una indicación al cuidador, semejante a los sutiles gestos que hacen los compradores en las subastas. De inmediato, el cuidador le indicó al esclavo que pasara al pequeño escenario, bajara los escalones del mismo y se acercara a nosotros.

Visto de cerca, era impresionante. Tenía la piel olivácea y tostada por el sol, y cada centímetro de su anatomía estaba duro. Al aproximarse a nosotros bajó la vista de forma respetuosa, apoyó las manos en el cogote y se postró sobre una rodilla para besar la bota de Lisa con sorprendente gracia. Incluso su cogote resultaba seductor. El esclavo me echó un apresurado vistazo. Yo miré a Lisa, atormentado al mismo tiempo por el deseo de poseerlo y el desprecio que me inspiraba, tratando de descifrar lo que ella pensaba sobre él.

Cuando el esclavo se levantó, Lisa cogió la toalla que llevaba colgada al hombro y se la arrojó al cuidador. Luego le indicó al joven fauno que nos siguiera.

Al cabo de unos minutos llegamos a un claro que estaba lleno de gente vociferante, una especie de ring donde el numeroso público se hallaba sentado en unas graderías, formando un semicírculo.

Lisa avanzó entre la multitud, indicándonos al esclavo y a mí que la siguiéramos. Cuando alcanzamos la barandilla que rodeaba el ring, la multitud se arracimó de inmediato en torno a nosotros.

Dos esclavos con aspecto relajado y sexualmente preparados entraron a cuatro patas en el ring. Los espectadores empezaron a contar con voz monótona: uno, dos, tres, cuatro, cinco... a medida que los esclavos describían unos círculos y se examinaban mutuamente, como unos luchadores. Los esclavos se observaron entre sí detenidamente, sus cuerpos relucientes bajo una espesa capa de aceite. Uno tenía la piel tostada y el pelo castaño, el otro, rubio platino, lucía unos largos mechones que le caían sobre los ojos.

Pero ¿en qué consistía exactamente el juego? ¿En derribar simplemente al adversario o en violarlo?

El esclavo de pelo castaño se abalanzó furioso contra el rubio, tratando de montarlo. Sí, se trataba de violar al otro contendiente. Pero la espesa capa de aceite le permitió al rubio escurrirse de entre las manos del otro. Acto seguido se giró con rapidez y se precipitó sobre el moreno, pero tampoco consiguió atraparlo. Ambos contendientes se enzarzaron en una dura lucha en la que trataban inútilmente de agarrar al otro por una pierna o un brazo. Los espectadores iban ya por el ciento catorce, ciento quince... La pelea se endureció, y al fin el esclavo castaño logró montarse sobre su rival y sujetarle por el cuello con el brazo. Pero era más bajo que el esclavo rubio y, por más que trató de penetrarlo, no lo consiguió. De pronto, cuando el público cantó el ciento veinte, el rubio se dio la vuelta y consiguió liberarse de su adversario.

No hubo ningún vencedor. El público los abucheó.

—¿Es necesario que te diga lo que debes hacer? —preguntó Lisa, volviéndose hacia mí.

Luego le hizo un gesto al cuidador para indicarle que se aproximara. El fauno de piel tostada me sonrió con sorna.

—En mi opinión, esto está ya muy visto —contesté. Sentí como si la cabeza me fuera a explotar.

—A nadie le interesa tu opinión —dijo ella—. A propósito, has elegido a un campeón, de modo que más vale que te esmeres.

El público empezó a gritar y a aplaudir mientras el cuidador nos conducía a un lado del ring para embadurnarnos de aceite. El perverso fauno me estudió detenidamente, sonriendo de forma despectiva. Estaba listo para empezar. Oí a los espectadores discutir y cruzar apuestas en las graderías.

La ira que sentía dio paso a otra emoción más salvaje. Machácalo, me dije, jode a ese cabrón. Yo también estaba listo.

Lisa había dicho que era un campeón. Probablemente lo había hecho centenares de veces. Un gladiador, a cuyo lado yo parecía un novato. A medida que pasaban los minutos se iba apoderando de mí un deseo brutal, como si de pronto se abriera en mi interior una puerta que siempre había permanecido cerrada.

—Recuerda —dijo el cuidador—, debes mantenerte siempre de rodillas, y no puedes golpearlo. No pierdas el tiempo intentando defenderte. Ve a por él. Anda.

Y tras esas palabras me empujó hacia el ring.

El público empezó a contar.

El joven fauno empezó a moverse ante mí, mirándome con furia bajo sus espesas y oscuras cejas. El aceite relucía sobre sus manos y sus mejillas. Era más corpulento que yo, pero tenía los músculos algo tensos, lo cual lo situaba en desventaja.

De pronto el fauno se abalanzó hacia mí, pero yo me volví de improviso hacia la derecha y lo vi aterrizar en el suelo. El truco consistía en montarlo de inmediato, sin perder ni un segundo. Me precipité sobre él antes de que pudiera recobrarse, y entonces se invirtieron los papeles. Logré situarme sobre él, sujetándolo por el cuello con el brazo izquierdo y reforzando la llave con el derecho. Pero su cuerpo se escurría debajo del mío, mientras trataba inútilmente de arañarme las manos. Lo oí rugir y blasfemar.

Estaba resuelto a no dejarlo escapar. Era una pelea sin cuartel, como las reyertas callejeras que había presenciado, como las violaciones en masa, algo en lo que jamás imaginé que me vería envuelto. El cabrón lo tenía merecido. Empecé a moverme sobre él como si ya lo hubiera penetrado, sujetándolo con fuerza. Lo tenía inmovilizado, no conseguía librarse de mí y estaba perdiendo fuerzas. Desesperado, trató de agarrarme por los brazos y las manos, pero no pudo. El público rugía de satisfacción. Lo tenía en mi poder. El fauno sacudió la cabeza con furia y trató de colocarse boca arriba, pero yo lo aplastaba con todo mi peso y estaba decidido a poseerlo. Al cabo de unos segundos lo penetré, sujetándolo con ambas manos. No tenía la menor posibilidad de huir.

Los espectadores dejaron de contar al llegar a ciento once para estallar en aplausos. Los espasmódicos movimientos del fauno en su intento de liberarse no hicieron más que intensificar mi placer. Al fin me corrí dentro de él, salvajemente, aplastándole la cara contra el suelo.

Después de ducharme para quitarme el aceite, me dejaron descansar un rato. Me senté en la hierba con los brazos apoyados sobre las rodillas y la cabeza entre los brazos. En realidad, no me sentía cansado.

Estaba pensando. ¿Por qué había decidido Lisa que yo participara en aquel juego? El resultado era todo lo contrario a una humillación. El espectáculo había sido brillante, y la lección única. Una violación sin remordimientos. ¿No deberían experimentar todos los hombres eso una vez en su vida? ¿Su capacidad de utilizar a otro ser humano de esa forma, pero en una situación en que no se produjera ningún daño moral o físico?

Era un jueguecito al que habría podido aficionarme con gran facilidad de no haber estado obsesionado con ella. ¿Por qué había elegido Lisa aquel juego? El hecho de darme la oportunidad de dominar al otro no dejaba de ser arriesgado. ¿O acaso lo había hecho adrede, con la idea de que cuanta más confianza adquiriera más dura sería la caída?

Cuando alcé la vista la vi apoyada contra una de las higueras, observándome con la cabeza ladeada y los pulgares metidos en los bolsillos de su falda de napa. Tenía una expresión muy rara. Sus ojos parecían más grandes que de costumbre, su labio inferior muy incitante y su rostro suave y juvenil.

Sentí el curioso deseo de hablar con ella, de explicarle algo, el mismo deseo que había experimentado en su dormitorio, unido a una profunda angustia. Pero ¿qué le importaba a ella lo que yo sintiera? Esa mujer no tenía ningún interés en conocerme, en averiguar cómo era. Sólo pretendía utilizarme, y ésa era la razón por la que yo estaba allí.

Nos miramos fijamente, indiferentes al estrépito del ring donde se estaba representando de nuevo el mismo drama. Volvía a sentir miedo de ella, el mismo que había sentido durante horas ante la incertidumbre que iba a pasar.

Cuando me indicó que me acercara, advertí que mi miembro se ponía rígido. Tuve el presentimiento de que no iba a seguir haciéndose la dura.

Me levanté y me dirigí hacia ella, nervioso y excitado.

—Eres un buen luchador —dijo ella con calma—. Puedes hacer cosas que muchos esclavos son incapaces de hacer. Pero creo que ha llegado el momento de volver a azotarte, ¿no crees?

Clavé la vista en sus botas, admirando la forma en que ceñían sus esbeltos tobillos. Confiaba en que regresaríamos a su habitación. Podía soportarlo todo siempre y cuando estuviera a solas con ella. El simple hecho de pensar en ello... Sabía que esperaba una respuesta de mí, pero no conseguí articular palabra.

—Los esclavos rubios lo exteriorizan todo. No tienes más que mirarles la cara para saber lo que sienten —dijo ella, acariciándome la mejilla con un dedo—. ¿Te han azotado alguna vez mientras permanecías atado a un poste? —preguntó—. ¿Delante de un público numeroso y enardecido?

De modo que se trataba de eso.

—¿Sí o no?

—No, señora —respondí secamente, con una pequeña sonrisa. Jamás. Ni ante un público numeroso ni escaso. ¡Dios! No quería que me azotaran delante de esa gente, en ese lugar. Tenía que pensar en alguna forma de evitarlo que no fuesen las súplicas. Pero no pude decir nada.

Detrás de Lisa apareció un cuidador, un tipo con las muñecas cubiertas de vello que sostenía la correa de rigor.

—Llévalo al poste de flagelación —dijo ella—. Deja que camine con las manos libres. Me gusta más así. Pero espósalo de manos y pies para azotarlo.

Me quedé paralizado, como si el corazón me hubiera dejado de latir. Comprendí que si me negaba a acompañarlo, aquel hijo de puta llamaría a sus ayudantes para que me llevasen a rastras.

No podía permitir que sucediera algo así.

—Lisa... —murmuré, moviendo ligeramente la cabeza.

Ella extendió la mano —al aspirar su perfume acudió a mi mente la imagen de su habitación, las sábanas, su cuerpo desnudo debajo del mío— y me acarició cariñosamente el cogote.

—Tranquilo. Vamos, Elliott —dijo, masajeándome los músculos del cuello—, sé que eres capaz de soportarlo. Hazlo por mí.

—Eres cruel —murmuré entre dientes mientras volvía la cabeza.

—Exacto —contestó ella.

15

El poste de flagelación

Por primera vez, vi que estaba asustado. El buen humor se había esfumado de su rostro. Tampoco mostraba una expresión de ira, como unos minutos antes del combate de lucha libre. No, era otra cosa. No le gustaba la idea de ser esposado y azotado delante de unos espectadores. Por fin había conseguido tocarle la fibra sensible.

Cómo se reiría si supiera lo asustada que estaba yo ante la perspectiva de decepcionarlo, de no estar a la altura de sus expectativas.

Esa idiotez de que los esclavos sólo existían para complacer a sus amos y amas no era más que eso, una idiotez. En El Club estábamos obligados a ofrecer a todo el mundo lo que deseaba. El buen funcionamiento del sistema dependía de que todos se sintieran satisfechos. ¿Qué demonios me pasaba? ¿Por qué no conseguía someterlo y humillarlo, darle lo que él había venido a buscar?

Pero la sesión de azotes ante un público le había impresionado. Perfecto.

Le dije al cuidador que lo apartara de mí, porque en aquellos momentos no deseaba ver su rostro. Tenía que desligarme de él. Tenía que recuperar el control de mis emociones.

Cuando te dedicas a instruir esclavos aprendes a estar pendiente de todo: el más leve cambio de expresión, una alteración en el ritmo respiratorio, las pequeñas señales de angustia, que varían enormemente de un castigo a otro, de un método a otro. Lo ideal es que te dejes arrastrar por la situación, que te apasiones. Sin embargo, al final aprendes a hacerlo tan bien que no es necesario que te mantengas siempre al rojo vivo. A veces experimentas una excitación tan intensa y sostenida que no llegas a darte cuenta de su magnitud hasta que todo ha terminado.

En aquellos momentos no sólo lo estaba observando, sino que me sentía hipnotizada por él. Era una tortura no poder contemplarlo cada segundo, no poder tocar su piel, su cabello. Deseaba provocar de nuevo su rebeldía, su sorprendente insolencia, su prepotencia.

No podía soportar la idea de conquistarlo y, sin embargo, estaba segura de que eso era lo que él había venido a buscar y esperaba de mí.

Dejé que el cuidador y él se alejaran unos pasos, sorprendida de que él no cesara de mirar a su alrededor. El cuidador le tiró del brazo en un par de ocasiones, pero él apenas hizo caso. Por su postura, por la rigidez de sus hombros, comprendí que estaba muy tenso.

La parte racional de mi persona, esa parte que era puramente profesional, trataba de descifrar qué diantres pasaba entre los dos, por qué había perdido el control.

De acuerdo. Es mil veces más guapo que en las fotografías de su expediente. Olvídate de la impresión que te causó al verlas. Tiene el cabello más espeso, un poco alborotado, lo cual suaviza el perfil de su cabeza. Y cuando no sonríe muestra una expresión un tanto cruel, una dureza que no se ha inventado, sino que más bien procura disimular. No le entusiasma ser duro. Pero lo acepta. Vale, eso me gusta.

Y sus ojos azules, sí, unos ojos increíbles, maravillosos a la luz del sol, de las velas y de la luz eléctrica, tanto si sonríe como si aparece pensativo, solemne. Su cuerpo es el cuerpo que deberían tener todos los hombres. No es necesario añadir más.

Añadamos unos dedos largos, unas manos estrechas, unas uñas perfectamente cuidadas —algo insólito entre esclavos—, su porte, el timbre profundo de su voz, la forma en que hace casi todo lo que le ordeno, y tenemos al típico macho con mayúsculas: dotado de una elegancia innata, el tipo de mandíbula cuadrada, aparece sentado junto al fuego en un albergue de montaña en el anuncio de cigarrillos, aspirando el humo de un Marlboro como si con ello estuviera recargando sus baterías, un hombre a quien le gusta tanto Mozart como Billie Holliday y es un buen catador de vinos franceses.

Bien, eso lo tengo claro. Reconozco que nunca había conocido a un esclavo como él. El hombre ideal, un hombre de ensueño, pero jamás había soñado con un hombre como él. «Se lee las novelas rusas de cabo a rabo.»

Pero ¿y el resto? ¿Su mirada, su sonrisa íntima y confidencial, la forma en que me dijo que yo le daba miedo, sus desplantes —nadie se había atrevido a hacer eso conmigo—, la extraordinaria energía que emana de los circuitos cuando nos tocamos?

Nunca me enamoré de un compañero de escuela, nunca creí eso de que algunos tipos «besan» mejor que otros. Pero este tío sabe besar como nadie. Besa como imagino que se besan los hombres, con rudeza, voluptuosidad y al mismo tiempo afecto, como sólo pueden hacerlo dos seres iguales, cuando existe el mismo potencial de aceleración y cumplimiento del deseo. Me gustaría sentarme en el asiento trasero de un Chevrolet y pasarme horas besándolo. Sólo que los tíos no se besan en los asientos traseros de los coches.

¿Qué demonios me pasa?

Habíamos llegado al poste de flagelación. Él estaba cada vez más tenso.

Unos reflectores proyectaban un haz de luz blanca sobre un escenario con tres plataformas de cemento circulares. Cada esclavo era atado por el cuello al poste, que le llegaba casi a la barbilla. A un lado había una hilera de esclavos maniatados que esperaban su turno, sólo dos de ellos tenían los ojos vendados y uno estaba amordazado.

El público estaba formado por los huéspedes habituales de las nueve de la noche, los que se toman cinco o seis copas porque luego no tienen que conducir, los que se sientan cómodamente en las mesas de las terrazas, los que no pretenden ocultar que les pone cachondos ver cómo azotan a unos esclavos. No necesitan presenciar jueguecitos y carreras; les parece una solemne estupidez. Tampoco les importa que el número del poste de flagelación sea en un cincuenta por ciento *show* y ruido.

Como de costumbre, frente al escenario se había congregado un centenar de huéspedes con una copa en la mano.

El cuidador, un joven de gestos bruscos al que no conocía, condujo a Elliott a un lado del escenario, pero éste no dejaba de volver la cabeza para mirar a los esclavos que estaban atados a los postes, y el cuidador le propinó un azote con la correa.

Me acerqué al escenario. Deseaba colocarle yo misma las esposas, pero los cuidadores lo hacen con mayor rapidez. Son expertos. Me acerqué en la medida justa para que mi presencia no constituyera un estorbo.

Elliott me miró durante unos segundos. Vi que le bailaba un pequeño músculo en la mejilla, y que estaba colorado como un tomate.

El cuidador le puso una gruesa tira de cuero blanco alrededor del pecho y luego le colocó las muñecas a la espalda, sujetas a la tira. Elliott se puso muy nervioso. Miró al público y vi que tenía los ojos vidriosos.

Alargué en un par de ocasiones la mano para tocarlo, pero me contuve, procurando que nadie se diera cuenta. Al fin no pude más y le acaricié el pelo. Elliott clavó la vista en el poste, sin dignarse a mirarme, y esbozó una mueca de desprecio.

Cuando el cuidador le colocó un collar de cuero blanco, creí que iba a oponer resistencia. Casi lo hizo.

—Tranquilo —dije.

Es un collar precioso, forrado de piel muy suave, que te obliga a alzar la barbilla airosamente, pero que te hace sentir cincuenta veces más indefenso. Elliott apretó los dientes.

—Te han azotado otras veces... —dije, acariciándole la espalda.

Yo no estaba disfrutando con aquel espectáculo, y a él le ponía negro no poder bajar la cabeza para mirarme. Apenas podía moverla.

—Véndale los ojos —le indiqué al cuidador.

Elliott no se lo esperaba. Parecía aterrado. El cuidador le colocó bruscamente una venda de cuero alrededor de los ojos y abrochó la hebilla. Elliott se puso rígido. Observé las almohadillas de la cara interior de la tira de cuero blanco y recordé lo que se siente cuando te oprimen los párpados. Como siempre, la parte inferior del rostro del esclavo resulta irresistible. Elliott no cesaba de mover los labios, al tiempo que se los mordía y lamía.

Se estremeció, tragó saliva y cambió ligeramente de postura.

Me alcé de puntillas y le besé la mejilla. Él se apartó

un poco. Estaba visiblemente angustiado. Su cuerpo parecía haberse hinchado bajo las ataduras que lo sujetaban al poste, no dejaba de mover las muñecas para soltarse y en sus labios se dibujaba una amarga sonrisa. Pero en el fondo aquello le ponía cachondo. Tenía el miembro duro, no podía disimularlo, por más que tratara de apartarse de mí con desprecio.

Lo besé por segunda vez y sentí una descarga eléctrica. Luego le di un beso en la boca. Él trató de apartarse, enfurecido, pero no lo consiguió, y al rozar sus labios sentí de nuevo una descarga de energía, una vibración que me recorrió todo el cuerpo.

Él apretó los labios. Estaba perdiendo el control. Sacudió la cabeza, como si no soportara tener los ojos vendados. Sobre la tira de cuero blanca que le cubría los ojos caían unos mechones rubios que le daban un aire juvenil, vulnerable, como si estuviera herido y le hubieran tenido que poner un vendaje.

—Lisa —murmuró, sin apenas despegar los labios—. Quítame la venda de los ojos. Y el collar. Lo demás puedo soportarlo.

Elliott empezó a mover las manos con desespero, en un intento de soltarse, y el cuidador le propinó una patada para obligarlo a separar las piernas.

—Tranquilo —dije, besándolo de nuevo y oprimiendo mi cuerpo contra el suyo—. No es la primera vez que te vendan los ojos. Estoy segura de que puedes soportarlo.

—Esta vez, no. Aquí, no —contestó en un murmullo casi inaudible—. Quítamelo, Lisa. No lo soporto.

Luego guardó silencio, como si estuviera contando hasta diez para dominar sus nervios. Tenía el rostro empapado en sudor.

—Te colocaré a la cabeza de la fila —dije— para que te azoten antes que a tus compañeros. No será mucho peor que lo que yo te hice en mi dormitorio.

—Sólo que aquí hay doscientas personas que contemplan el espectáculo —murmuró entre dientes—, mientras que yo no puedo verlas a ellas.

—Si no te callas te amordazaré.

Mi advertencia le hizo cerrar la boca al instante. No estaba dispuesto a permitir que le amordazara. Inmóvil, silencioso, era evidente que se estaba viniendo abajo. Cuando lo rodeé con un brazo no se apartó. Al contrario, se volvió hacia mí y entonces me alcé otra vez de puntillas y me besó el pelo.

Sentí una oleada de deseo tan intensa que apenas podía soportarlo. Indiqué al cuidador que ordenara a los flageladores que se prepararan, y procuré disimular lo que sentía en aquellos momentos. No quería hacerlo, pero eso es lo que él había venido a buscar, lo que deseaba, y yo no podía negárselo. Pero ¿qué diantres nos estaba pasando?

De pronto odié aquel espectáculo artificioso y al mismo tiempo excitante, la sensación de lo prohibido, el placer de verlo indefenso... Él sentía lo mismo; estaba muerto de miedo, pero procuraba dominarse.

Es una experiencia única, Elliott, lo mejorcito que ofrecemos en El Club, lo que has venido a buscar aquí.

—Tu único deseo es complacerme —le murmuré al oído. Eso era lo que correspondía que dijera su ama. Haz bien tu papel, como si fueran a darte un Oscar—. Dime que eso es lo que deseas. Quiero oírlo.

Pero el cuidador había acudido en su busca. Había llegado el momento. Ataron a otros dos esclavos a unos postes, a la izquierda de Elliott. Él sería el primero.

Lo entregué al cuidador y fui a sentarme en la última fila de las gradas.

Desde allí divisaba todo el recinto «deportivo», las avenidas, las fuentes, las casetas y la multitud que paseaba por los senderos y se detenía frente al escenario donde se hallaban situados los postes de flagelación.

El cuidador arrastró a Elliott de una anilla de metal que pendía del collar que éste llevaba puesto. A continuación enganchó la anilla al poste y colocó unas tiras de cuero alrededor de los tobillos de Elliott para inmovilizarlo. Ahora no tenía más remedio que mantenerse erguido, con las manos atadas a la espalda, y aguantar los azotes que le propinaran. Mostraba un aire noble. Como Erroll Flynn en *El capitán Blood*, cuando cae en manos del enemigo. Parecía el encadenado héroe de las películas de acción. Sentí una punzada de deseo tan intensa que temí perder el conocimiento.

Los flageladores cogieron las correas, dispuestos a iniciar la función.

Los otros esclavos se lo tomaron con resignación y deportividad, pero Elliott estaba tenso, tembloroso, y se esforzaba por no derrumbarse ante la mirada de todo el mundo.

Una docena de huéspedes se aproximaron a Elliott, atraídos por su aire trágico, y empezaron a burlarse de él. Me pregunté cuántos de aquellos imbéciles comprendían la angustia que sentía Elliott en aquellos momentos.

El ruido y el ritmo de las correas resultaba hipnotizador. A medida que pasaban los minutos, Elliott se iba poniendo más nervioso.

Era evidente que aunque aquello le excitaba, no le acababa de convencer.

En cuanto terminó, indiqué al cuidador que lo condujera al pie de las graderías, esposado y con los ojos vendados.

Estaba tan sudoroso y congestionado como si acabara de salir de una sauna. Tenía el pelo chorreando y respiraba con dificultad.

Cuando hice que se volviera para examinar su piel, no opuso la menor resistencia.

Estaba más atractivo que nunca, silencioso, mientras se pasaba la lengua por los labios, sólo el color y los tensos músculos de su rostro revelaban la angustia que sentía.

Lo conduje suavemente por el sendero, abriéndome paso entre la multitud. Elliott caminaba con torpeza, nervioso por llevar aún los ojos vendados. Cada vez que lo tocaba pegaba un salto. Pero no iba a rogarme que le quitara la venda de los ojos. No dijo una palabra. Atravesamos el atestado recinto y salimos al jardín.

16

Separados por un muro

Elliott aún no se había calmado cuando llegamos a mi habitación, pero no había dicho una palabra. Las lámparas de las mesillas estaban encendidas, habían cambiado las sábanas y la cama estaba preparada.

Lo conduje hasta el centro de la habitación y le indiqué que permaneciera allí quieto. Luego retrocedí y lo observé en silencio.

Advertí sus lágrimas debajo de la venda que le cubría los ojos. Trató de tragárselas, como suelen hacer los hombres, entre unos leves gemidos que más bien daban la impresión de fuerza que de debilidad. Su miembro estaba todavía duro.

Atravesé la puerta de doble hoja, preguntándome si el hecho de tener los ojos vendados hacía que aguzara el oído al tiempo que contemplaba su perfil, la exquisita imagen del esclavo esposado en medio de los elegantes muebles que decoraban la habitación. La tira de cuero blanco que le cubría los ojos contrastaba con el encendido color de su piel y confería a su cabello un aspecto más espeso y alborotado.

Me senté en silencio ante mi mesa de trabajo. La cabeza me dolía, mejor dicho, más que dolor era como si me zumbaran los oídos. Lo deseaba de tal forma que me sentía paralizada, atontada. Cogí su expediente y miré la fotografía en blanco y negro en la que aparecía con un jersey de cuello cisne y unas gafas de aviador con cristales tintados, sonriendo a la cámara. Luego cerré la carpeta y la devolví a su lugar.

Apoyé el codo en el borde de la mesa y me mordí los nudillos, hasta que sentí un fuerte dolor y me detuve. Luego me levanté y me desnudé con rapidez e impaciencia, casi arrancándome la ropa para después dejarla caer al suelo.

Una vez desnuda, regresé al dormitorio. Me detuve ante Elliott y lo miré de nuevo, alzándole la barbilla para ver su rostro a la luz de la lámpara. Deslicé los pulgares por su labio inferior y le acaricié las mejillas.

Tenía la piel sedosa, un tipo de piel que sólo tienen los hombres, no suave como la de una mujer, sino sedosa. La sensación de que era mío, de que podía hacer con él lo que quisiera, era muy fuerte; sin embargo, no era la misma que había experimentado en otras ocasiones. Notaba que nos encontrábamos separados por un muro, aunque no era él quien lo había levantado, sino las circunstancias. Podía azotarlo cuanto quisiera, obligarlo a arrastrarse ante mí, a obedecer, pero seguiríamos separados por un muro.

Elliott estaba todavía muy agitado, casi desesperado. El hecho de que yo lo tocara acrecentaba su nerviosismo. Desabroché la tira que sujetaba sus brazos y manos, y antes de que pudiera soltarse le quité el collar y lo arrojé al suelo.

Cuando las ataduras de cuero cayeron al suelo Elliott se estremeció y emitió un suspiro de alivio; la tensión se concentró entonces en su pene. Tras frotarse las muñecas durante unos segundos levantó una mano como si quisiera arrancarse la venda que le cubría los ojos, pero no la tocó siquiera. Luego extendió ambas manos hacia mí.

Yo me sobresalté. Me agarró por los brazos con fuerza y me atrajo hacia él. Acto seguido, al advertir que estaba desnuda, me palpó las caderas y los pechos, emitiendo una pequeña exclamación de sorpresa. Antes de que pudiera impedirlo, me estrechó contra su pecho. Me besó de aquella forma tan increíble, restregando su verga contra mi sexo, y de pronto me levantó en el aire.

Yo me apresuré a retirarle la tira de cuero que le tapaba los ojos. Sus ojos parecían sobrenaturales, un espectáculo de luz y color azul incomparable a cualquier otra parte de su cuerpo, unas maravillosas órbitas vivas, llenas de reflejos. Estoy perdiendo el juicio, pensé. Me estoy volviendo loca.

Pero no pude ver nada más. Elliott me besó de nuevo y ambos caímos de rodillas sobre el suelo. Estaba tan excitada que casi perdí el conocimiento; las luces bailaban a mi alrededor, las paredes se disolvían. Elliott me tumbó sobre la moqueta y me penetró con unos movimientos rápidos y enérgicos, sin darme tiempo a reaccionar. Gemí dentro de su boca y luego dejé de respirar. Mi cuerpo se puso rígido mientras me sacudían oleadas de placer, una tras otra, hasta que sentí deseos de gritar, temiendo que si aquel momento se prolongaba me moriría. Mientras Elliott seguía moviéndose con furia dentro de mí —imaginé su miembro, hinchado y turgente— noté de pronto que me corría, que me abría por completo, que mi flujo se derramaba sobre él, al tiempo que también él alcanzaba el orgasmo y eyaculaba salvajemente, intensificando así mi placer hasta llevarme al éxtasis y hacerme gritar: «¡No, no, no! ¡Dios! ¡Mierda! ¡No! ¡Basta!», para, al fin, rota, hecha pedazos, dejar de oponer resistencia.

Tras una larga pausa, intenté apartarlo un poco. Me

encantaba sentir su peso sobre mi cuerpo, su cabeza sobre mi hombro, la fragancia del sol que emanaba de su pelo. Apoyé las manos en su pecho y traté de desplazarlo ligeramente un poco, pero no lo conseguí. Luego permanecí tendida, inmóvil.

Cuando abrí los ojos vi un resplandor casi informe. Poco a poco distinguí la cama, las lámparas y mis máscaras flotando por las paredes, mis verdaderos rostros.

Él estaba sentado junto a mí, con una rodilla apoyada contra mi muslo.

Estaba inmóvil, con el pelo alborotado, el rostro todavía húmedo y rojo, la boca fruncida en un rictus algo duro. Tenía los ojos grandes y soñadores, llenos de lo que él veía. Me miraba fijamente. Era como despertarse a orillas de un río en un lugar donde crees que estás completamente sola, y de pronto descubres a este hombre extraordinario sentado junto a ti, a esa maravilla, mirándote como si fuera la primera vez que ve una hembra.

No parecía loco ni peligroso ni ingobernable, pero sí totalmente imprevisible, como de costumbre.

Me incorporé despacio y me puse en pie. Él no me quitaba los ojos de encima, pero no se movió.

Me dirigí al tocador, cogí mi bata de la silla y me la puse, pensando en cuán extraña era aquella prenda, una especie de funda de algodón y encaje que me ponía para protegerme de él. Después pulsé el timbre para llamar al cuidador; Elliott cambió de expresión.

Me miró primero con temor y luego con desesperación. Nuestras miradas se cruzaron y observé que tenía los ojos ligeramente húmedos. Noté que se me había formado un nudo en la garganta. Todo está a punto de terminarse, pensé. Pero ¿qué significaba eso? ¿Por qué se me ocurren esas cosas, cuando ni siquiera sé lo que significan? Él clavó la vista en un punto que se hallaba a mi izquierda, como si estuviera reflexionando, incapaz de tomar una decisión.

Daniel, el encargado de mi habitación, apareció casi de inmediato.

Al entrar se quedó pasmado al ver a aquel esclavo sentado junto a mí sin las esposas puestas, tranquilamente, haciendo caso omiso de nuestra presencia.

Elliott se incorporó poco a poco, sin dejar de mirarme, pensativo, respetando vagamente el hecho de que Daniel y yo nos encontrábamos allí.

Daniel dio un suspiro de alivio, pero seguía perplejo.

—Llévatelo —dije—. Dale un baño, un masaje, aplícale la lámpara para aliviarle las molestias. —Me detuve y me froté la parte posterior de la cabeza. Tenía que idear un programa para él, alejarlo de mi lado para no volverme loca. Pero, sobre todo, no darle lo que él había venido buscando—. Bien. Por la mañana clases con los otros postulantes. Comunica a Dana que Elliott se incorporará a su clase de ejercicios a las ocho, y dile a Emmett que se lo enviaremos a las nueve para que le dé unas lecciones de cómo servir unos refrescos a los huéspedes. Llamaré a Scott para preguntarle si quiere emplearlo como modelo en su clase de las diez.

No, no, Scott, no. Se enamorará de Scott. Pero tengo que hacer algo, tengo que... De acuerdo. Dejaré que Scott lo utilice en su clase para una demostración, será toda una experiencia. Scott no le defraudará.

—Por la tarde puede descansar, luego quiero que atienda las mesas o trabaje en el bar. Todo el mundo puede mirarlo, pero sin tocar.

¿Qué más? No se me ocurría nada. Va a enamorarse de Scott.

—Si se comporta mal, azótalo. Pero no quiero que nadie, ni siquiera Scott, le ponga una mano encima. Me refiero a que...

Me estaba ahogando.

—Quiero que descanse entre las cuatro y las seis, y a las seis en punto tráelo de nuevo aquí.

—Sí, señora —respondió Daniel. Se sentía incómodo. Estaba preocupado.

—¿Qué demonios te pasa? —pregunté—. ¿Es que todo el mundo se ha vuelto loco?

—Discúlpame —contestó Daniel, tomando a Elliott del brazo.

—¡Llévatelo de aquí! —grité.

Elliott me miró. Basta, deja de mirarme. En aquel momento tuve la terrible y angustiosa sensación de que le había fallado, de que por primera vez en mi «vida secreta» no había proporcionado a un cliente lo que éste deseaba. Sentí un intenso dolor en las sienes, como si hubiera recibido una descarga eléctrica, y me volví de espaldas de forma apresurada.

17

Obsesión: Veinticuatro horas

Estaba incorporada en el lecho y los observaba como si fueran unos objetos vivos en lugar de dos sucias maletas de lona con las llaves en las cerraduras, y el severo portafolios que yacía sobre ellas. Estuve a punto de ocultarlos en el armario, o debajo de los faldones de encaje del lecho.

Eran las doce del mediodía. El desayuno estaba frío, ni siquiera lo había probado. Me hallaba reclinada sobre los almohadones, en camisón, bebiendo una segunda taza de café. No había dormido ni cuatro horas en toda la noche. Intenté conciliar el sueño entre las diez y las once de la mañana, cuando sabía que él ya se encontraba en la clase del alto, moreno y guapo Scott, porque no podía soportar la idea. Pero los celos no favorecen el sueño; hacen que permanezcas despierta, con los ojos como platos.

Sin embargo, no me sentía mal. Eso era algo que acababa de comprender.

De hecho, me sentía mejor de lo que me había sentido en años. Era una sensación que no recordaba haber experimentado antes. ¿O sí? Se me ocurrió que la lengua inglesa carece de las suficientes palabras para describir la sensación de excitación. Necesitamos por lo menos veinte para describir los matices de la sensación sexual y ese tipo de excitación, esa sensación de pérdida del control, de caer en una obsesión, esa explosiva mezcla de éxtasis y culpabilidad. Sí, la palabra es «obsesión».

Ahí estaban sus maletas, que no me había sido fácil conseguir.

No bastaba con decir: «Soy Lisa y quiero que enviéis las pertenencias de Elliott Slater a mi habitación.» No es frecuente pedir que te envíen la ropa y objetos personales de un esclavo, ni el portafolios. Esos objetos son estrictamente confidenciales, pertenecen a la persona en la que se convierte el esclavo una vez que se marcha del club.

¿Y quién había establecido esas normas? Yo misma.

Pero al fin, utilizando una mezcla de mentiras y lógica, lo había conseguido. Tenía mis motivos y no había por qué dar explicaciones a nadie. En cuanto Elliott llegó a la isla deshicieron su equipaje, realizaron un inventario de todas sus pertenencias y colgaron la ropa en unas bolsas de plástico con bolas antipolilla, así que ¿dónde está el gran secreto? Tengo motivos personales y urgentes para solicitar que me envíen las pertenencias del señor Elliott Slater. Firmaré conforme me hago cargo de todos sus objetos personales, incluido el dinero y los documentos. Meted todas sus cosas en las maletas y enviadlas a mi habitación.

Volví a sentir una oleada de deseo tan intensa, como un vendaval que lo arrasa todo. Deseaba poseerlo de nuevo. Me abracé la cintura y me incliné hacia delante, tensa, esperando que pasara. De golpe recordé mis primeros años en la escuela secundaria, cuando empecé a experimentar esos arrebatos de deseo sexual. En aquella época eran unas sensaciones puramente físicas, y no existía ninguna perspectiva de poder satisfacerlas ni de hacer el amor con un chico. Recuerdo que me sentía incómoda, como si ocultara un secreto que me convertía en un fenómeno de feria.

Sin embargo, era fantástico volver a sentir aquellos ardores juveniles, y al mismo tiempo aterrador. Esta vez, esa obsesión que me devoraba en cuerpo y alma se hallaba ligada a otro ser humano, a Elliott Slater. Si lo analizaba fríamente, comprendía que podía hundirme en algo muy parecido a la desesperación.

Me levanté de la cama y, sin hacer ruido, me dirigí hacia donde estaban las maletas. Sucias y abolladas, con los cantos de cuero pelados, pesaban tanto que apenas podía moverlas. Giré la llave en la cerradura de la maleta que tenía a mi izquierda y desabroché las tiras de cuero que la sujetaban.

El interior ofrecía un aspecto muy distinto. La ropa, perfectamente doblada y colocada, exhalaba un leve aroma masculino. Había una bonita chaqueta de terciopelo con coderas de piel, otra de mezclilla, dos elegantes trajes de tres piezas de Brooks Brothers, unas camisas azules limpias y planchadas que permanecían en sus fundas de plástico, unos jerséis de cuello alto confeccionados con material sobrante del Ejército, dos viejas cazadoras de color caqui cuyos bolsillos contenían unos pasajes de avión y tickets de parking, unos zapatos con cordones de Church, unos mocasines Bally y unos vaqueros caros. Sin duda, el señor Slater viajaba en primera clase.

Me senté en la moqueta, con las piernas cruzadas. Acaricié la chaqueta de terciopelo y aspiré el perfume de la de mezclilla. Las fibras de los jerséis aún estaban impregnadas de restos de colonia. Había mucho color gris, marrón y plata; tonos neutros, excepto el azul de las camisas de trabajo. Todo estaba inmaculado, salvo las cazadoras de color caqui, que tenían un aspecto bastante *grunge*. Abrí un pequeño estuche que contenía un elegante Rolex. Debería estar en el portafolios. En una bolsa de la maleta había una agenda, y entre la ropa interior encontré un cuaderno con tapas azules que era... sí, un diario. No, ciérralo, ya has ido demasiado lejos. No obstante, antes de cerrarlo observé que el propietario tenía una letra perfectamente legible que no utilizaba bolígrafo, sino una pluma estilográfica con tinta negra.

Retiré la mano como si hubiera tocado un objeto ardiendo. Al observar su letra sentí una extraña sensación en el estómago. Luego cogí el portafolios y lo abrí.

En el pasaporte, expedido hacía un año, aparecía una excelente fotografía de un sonriente señor Slater. ¿Por qué no iba a sonreír? Había recorrido Irán, Líbano, Marruecos y media Europa, además de Egipto, Sudáfrica, El Salvador, Nicaragua y Brasil, todo en el espacio de doce meses.

Había también diez tarjetas de crédito que expirarían antes de que él abandonara El Club, salvo la tarjeta oro de American Express, y cinco mil dólares —cinco mil, lo conté dos veces— en efectivo.

El permiso de conducir, expedido en California, mostraba el mismo apuesto rostro de irreprimible sonrisa en la mejor fotografía que yo jamás había visto en un carné. Un billetero de cuero. La dirección de una casa en las colinas de Berkeley en el *campus* que se hallaba al norte, a unas cinco manzanas de la casa en la que me había criado y donde mi padre aún residía. Conocía muy bien aquella zona.

Ahí no había apartamentos de estudiantes, sino unas modernas casas de madera de secoya castigadas por la intemperie, unos viejos chalets de piedra con el tejado de dos aguas y ventanas romboidales, así como alguna que otra mansión semejante a una gigantesca roca adherida al precipicio, todas ellas semiocultas por el denso bosque que engullía las serpenteantes aceras y calles. De modo que el señor Slater vivía allí.

Encogí las rodillas y me pasé la mano por el pelo. Me sentía culpable, como si él hubiera aparecido de pronto y me hubiera dicho: «No toques esas cosas. Mi cuerpo te pertenece. Pero esos objetos no.» Aunque, en realidad, el único objeto personal era el diario. ¿Por qué llevaba en la maleta unos ejemplares de sus libros? ¿Acaso para recordar quién era una vez transcurridos los dos años de estancia en El Club? O quizá porque siempre los llevaba consigo.

Me acerqué a la segunda maleta y la abrí.

Contenía otra serie de elegantes prendas masculinas: un estupendo esmoquin negro envuelto en plástico, cinco camisas de vestir, unas excelentes botas vaqueras, probablemente de piel de serpiente y hechas a medida, además de una gabardina Burberry, unos jerséis de cachemir, unas bufandas a cuadros escoceses, todo ello muy británico, unos guantes de conducir forrados de piel y un sensacional abrigo de auténtico pelo de camello.

Pasemos a los detalles importantes, por decirlo así: dos recibos rotos y arrugados de un taller de reparaciones entre las páginas de una guía de los mejores centros de esquí del mundo —así que el señor Slater conduce, o conducía, un Porsche de quince años, es decir, el viejo modelo que parecía una bañera al revés y que nadie podía confundir con ningún otro coche— y dos ejemplares en rústica, con las esquinas de las páginas dobladas y numerosas anotaciones en los márgenes de los viajes de sir Richard Burton por Arabia; por último, un flamante ejemplar de *Beirut: Veinticuatro horas* aún con la funda de plástico de la editorial, en la que una pegatina anunciaba que había obtenido un premio literario. Lástima que la funda de plástico estuviera sellada.

Miré la contracubierta. El inefable Elliott, con el cabello agitado por el viento, jersey de cuello alto y una cazadora, ofrecía un aspecto oportunamente desvalido —señoras y señores, este hombre ha presenciado numerosos desastres, ha arriesgado su vida para tomar estas fotografías— mientras sonreía con aire melancólico. Experimenté de nuevo una curiosa sensación en el estómago, como si mi novio de la escuela secundaria acabara de pasar frente a la puerta de la clase.

Ya que había llegado hasta allí, no iba a echarme atrás por un poco de plástico. Al fin y al cabo, no iba a estropear el libro. Sintiéndome como una ladrona, rompí la dichosa funda de plástico, me levanté y me dirigí hacia la cama para tomarme otra taza de café y ojear el libro.

Beirut, una ciudad arrasada por años y años de guerra tribal. Era un material impactante. Un reportaje fotográfico sobrecogedor, aunque el encuadre de cada imagen —la yuxtaposición de lo antiguo y moderno, la muerte y la tecnología, el caos y la reflexión— era tan genial que te procuraba ese placer que sólo el arte puede proporcionar.

Slater tenía un ojo infalible para captar la elocuencia de un rostro, unas figuras en movimiento. Utilizaba el juego de luces y sombras como si se tratase de una pintura. La técnica de laboratorio era perfecta y probablemente las copias en blanco y negro las hacía él mismo. Las fotos en color conferían a la suciedad y la sangre un aspecto tan real como la textura de una escultura moderna cuyo tema central fuera el de la guerra.

Empecé a leer el texto, escrito también por él. Constituía mucho más que unos simples pies de fotos. Redactado con claridad y sencillez, equivalía casi a una historia paralela en la que lo personal estaba supeditado a la fuerza de lo que el autor había presenciado y registrado con su cámara.

Dejé el libro para servirme otra taza de café. De modo que Elliott era un buen fotógrafo y sabía escribir. Pero ¿qué opinión tenía de sí mismo? ¿Por qué había venido aquí? ¿Qué le había llevado a tomar la decisión de permanecer dos años encarcelado en un lugar como El Club?

¿Y qué hacía yo registrando sus cosas? ¿Por qué me hacía esto a mí misma?

Tras tomar otro sorbo de café, me levanté de la cama y di una vuelta por la habitación.

Lo que sentía en esos momentos no era excitación, sino una desagradable inquietud. Me dije que podía hacerlo llamar cuando quisiera, pero no habría sido justo, ni para él ni para mí. Sin embargo, no podía soportar aquella situación.

Me acerqué a la mesita de noche y descolgué el teléfono.

—¿Puedes ponerme con Scott? Esperaré —dije.

La una menos cuarto. Scott se estaría tomando el whisky con el que solía dar por concluido su almuerzo.

—Hola, Lisa, pensaba llamarte dentro de un rato.

—¿Por qué?

—Para agradecerte el pequeño regalo que me enviaste esta mañana. Me ha encantado. No esperaba echarle mano tan pronto. ¿Es que acaso querías quitártelo de encima? No puedo creer que te haya decepcionado. ¿Te encuentras bien?

—No me hagas tantas preguntas a la vez, Scott, y deja que yo te haga la primera. ¿Cómo ha ido todo?

—Lo utilicé como modelo en la clase de instructores, ya sabes, para que aprendan a interpretar las reacciones de un esclavo y averiguar sus puntos débiles. Se puso a cien. Creí que iba a volverse loco cuando los alumnos empezaron a examinarlo, pero no llegó a perder el control. En una escala de diez a uno, le daría un quince. ¿Por qué me lo has pasado tan pronto?

—¿Le has enseñado alguna cosa nueva?

—Hummmm..., que tenía una mayor capacidad de resistencia de lo que él mismo creía. Es duro soportar que te examinen y hagan comentarios sobre ti como si fueras un conejillo de Indias. No se lo esperaba, pero se comportó con gran naturalidad.

—¿Has averiguado algo interesante sobre él?

—Sí, que no vive una fantasía; está completamente despierto.

Yo no dije nada.

—Ya sabes a qué me refiero —prosiguió Scott—. Es demasiado sofisticado para imaginar que se «merece» todo esto, que «nació para ser un esclavo» o que se ha perdido en un mundo «más noble y moral» que el mundo auténtico, todas esas historias que suelen inventarse los esclavos. Él sabe dónde se encuentra y lo que está haciendo. Es sincero consigo mismo. Nunca me había encontrado con un esclavo como él. A veces crees que se derrumbará, pero nunca lo hace. ¿Por qué me lo has cedido? No has contestado a mi pregunta.

—De acuerdo, vale, de acuerdo.

Tras estas palabras, colgué el teléfono y contemplé las maletas abiertas y el ejemplar de *Beirut: Veinticuatro horas* que yacía sobre la cama. «No vive una fantasía; está completamente despierto.»

Regresé junto a las maletas y cogí los dos volúmenes sucios y desgastados de la obra de Burton *Mi peregrinación a Medina y La Meca*. Yo la había leído hacía años, cuando estudiaba en Berkeley. Burton, el impenitente viajero, disfrazado para entrar en la ciudad prohibida de La Meca; Burton, el pionero sexual obsesionado con las costumbres sexuales de unos pueblos radicalmente distintos a la burguesía inglesa de la que él procedía. ¿Qué significado tenía su obra para Elliott? No quería leer las notas de Elliott. Sería como leer su diario.

Era evidente que había estudiado esos libros a fondo, puesto que algunos párrafos aparecían subrayados o marcados con un círculo rojo. Ambos tomos estaban muy manoseados. Volví a meterlos en la maleta, junto con *Beirut: Veinticuatro horas*.

Me moría de ganas de hacer que me lo enviasen. Pero no podía, debía contener mis deseos.

Empecé a pasearme otra vez por la habitación, tratando de sentir otra emoción o sensación que no fuera deseo sexual o pequeños espasmos de celos debidos a los detalles que se le habían escapado a Scott, algo menos angustioso que esta obsesión.

Me pregunté de nuevo por qué un hombre capaz de crear algo como *Beirut: Veinticuatro horas* había decidido venir a El Club. ¿Acaso para escapar de algo tan horroroso como Beirut?

Existen miles de razones por las que un esclavo acude a un lugar como El Club. Durante los primeros tiempos, la mayoría de nuestros huéspedes estaba integrada por seres marginados, relativamente cultos, casi artistas y muy creativos, cuyas carreras no lograban absorber sus exóticas energías. El sadomasoquismo representaba para ellos un universo cultural ajeno a sus monótonas ocupaciones y fallidos intentos de entrar en el mundo de la música, el teatro u otra profesión artística.

En la actualidad, nuestros huéspedes eran gente más culta, que rondaban la treintena y gozaban de la libertad que les proporcionaba una prolongada adolescencia. Todos ellos se mostraban más que dispuestos a explorar sus deseos en El Club, con el talante de quien se inscribe durante dos años en la Sorbona, se somete al psicoanálisis freudiano o se va a vivir a un monasterio budista en California.

En general, se trataba de personas que se habían perdido en lo que hacían porque todavía no habían adquirido una identidad propia. La vida de Elliott Slater, en cambio, iba viento en popa.

¿Cuáles eran sus motivos para venir aquí? ¿Se había sentido quizás atraído por el sadomasoquismo hasta el punto de convertirse en un adicto a estas prácticas sexuales y perder el contacto con el mundo exterior y las posibilidades que éste le ofrecía, los libros que podía escribir, las fotografías que podía tomar, los reportajes que podía realizar en cualquier parte del mundo?

El abismo que separaba a nuestro pequeño universo de la descarnada realidad de Beirut me había causado una profunda impresión.

Sin embargo, el libro no era descarnado, sino una obra de arte. También este lugar era una obra de arte. Se me ocurrió que los motivos que habían traído a Elliott hasta aquí no tenían nada que ver con el deseo de escapar o renunciar a lo que era. Quizá tuvieran más que ver con el peregrinaje de Burton, su búsqueda y sus obsesiones.

¿Qué siente un individuo que ha aterrizado en Beirut en plena guerra, donde puede morir asesinado por un proyectil o una bomba terrorista, al llegar luego aquí, donde sabe que no van a lastimarlo —al contrario, lo cuidarán y mimarán—, pero dispuesto a someterse a unas humillaciones y bajezas que la mayoría de seres humanos no soportarían?

¿Qué había escrito Martin en el expediente de Elliott?: «El esclavo afirma que desea explorar lo que más teme.»

Sí. Seguramente esto representaba una odisea sexual para Elliott, un acto deliberado de violencia contra sí mismo, el deseo de sumergirse en las cosas que más temía en un lugar donde no resultaría herido.

Se me ocurrió la idea de que Elliott se había disfrazado de esclavo al igual que Burton se había disfrazado de árabe para penetrar en la ciudad prohibida. Su disfraz era la desnudez, y yo había hallado su identidad en sus pertenencias, en su ropa.

No dejaba de ser una idea un tanto aventurada, puesto que Elliott parecía representar el papel de esclavo a la perfección. Estaba totalmente sincronizado con nosotros. Era a mí a quien se le habían cruzado los cables. Yo era quien se había inventado esas absurdas historias sobre él. Decididamente, estaba chiflada. Por su bien, era mejor que lo dejara tranquilo.

Me serví otra taza de café y me di otra vuelta por la habitación.

¿Cómo es que no le parecíamos obscenos después del sufrimiento que había presenciado en Beirut? ¿Cómo es que nuestro paraíso sexual no se le antojaba el lugar más repugnante y decadente del mundo? ¿Cómo podía tomarse esto en serio después de haber realizado un reportaje tan impactante de la guerra?

Dejé la taza y me llevé las manos a las sienes. Era como si las ideas me hirieran.

Pensé, como había pensado durante mis vacaciones en California y durante el vuelo de regreso, que había algo en mi vida que no funcionaba, que no comprendía pero que amenazaba con hacerme perder el control de la situación.

«El Club: Veinticuatro horas.» Quizás ambas cosas tuvieran para él idéntico significado. Pero no podía tomar unas fotografías para ilustrar el reportaje.

En aquellos momentos, creo que por primera vez desde su fundación, comprendí que odiaba El Club. Sí, lo odiaba profundamente. Sentí el deseo irracional de derribar los muros que me rodeaban, de destrozar el techo, de huir de allí. «Hace tiempo que hay algo que no funciona.»

El teléfono empezó a sonar. Durante unos momentos me limité a contemplarlo fijamente, pensando que alguien debería cogerlo antes de darme cuenta de que ese alguien era yo.

De golpe temí que fuera Scott para decirme que Elliott se había derrumbado.

De mala gana, descolgué el auricular.

—Lisa, ¿has olvidado nuestra cita? —preguntó Richard.

—¿Nuestra qué?

—Nuestra cita con el instructor de póneys de Suiza. Ya sabes, nuestro amigo de la elegante cuadra...

—Mierda.

—Ese tipo tiene algo realmente interesante, algo maravilloso, deberías...

—Ocúpate tú, Richard —respondí, disponiéndome a colgar el teléfono.

—Le he dicho al señor Cross que no te encuentras bien, que necesitas descansar. Pero insiste en hablar contigo. Quiere mostrarte a sus esclavos-póneys, comentar contigo su proyecto para que des tu aprobación.

—Dile al señor Cross que tengo mucha fiebre. Tú mismo puedes probar los póneys. Dile que me parece una idea genial.

Colgué el teléfono, lo desconecté y lo escondí debajo de la cama.

Luego seguí examinando el contenido de las maletas. Cogí el jersey de cuello alto plateado que había desdoblado antes y lo oprimí contra mi rostro, aspirando el delicioso aroma a colonia. Me quité el camisón y la bata y me lo puse. Era como si llevara puesta su piel; sentí su tacto en mis brazos y mis pechos, y aspiré oliendo su perfume.

18

Recordando a Lisa

Tras repetidas visitas a los baños del edén y su coro de ángeles, comprendí que nadie iba a contarme gran cosa sobre ella.

De todo modos, conseguí sonsacarle al masajista, un tipo con unos dedos que parecían de hierro, que había una preciosa esclava llamada Diana que estaba desesperada porque la jefa, *la Perfeccionista*, hacía ya días que no solicitaba sus servicios.

—¿Dónde nació? ¿Que clase de chistes le gustan? Algo debes de saber sobre ella que no sea material reservado. Vamos, cuéntamelo.

Me entretenía haciendo inventarios sobre sus objetos personales, sus esculturas, sus libros.

—¿Dónde adquirió esos cuadros, esas máscaras?

—Pareces un disco rayado, Elliott —protestó el masajista, retorciendo y pellizcando mi piel como si fuera arcilla—. Olvídala. Los esclavos masculinos no suelen acercarse a ella. Piensa en todos los maravillosos hombres y mujeres para los que te está adiestrando.

—¿Qué insinúas? ¿Que los hombres no le gustan? ¿Que ella y esa esclava llamada Diana tienen...?

—No le des más vueltas. A ella no le gusta nadie, pero es una experta en manejar a la gente, ¿comprendes?

Sin embargo, nadie mostraba reparo en afirmar una y otra vez que ella era la verdadera artífice de El Club.

Ella había ideado prácticamente todos los juegos; el recinto deportivo era idea suya, y en estos momentos tenía otros sofisticados proyectos entre manos.

Recordaba su expresión de la noche anterior, cuando nos encontrábamos en el recinto deportivo y de pronto soltó: «¿A que somos unos genios del sexo exótico?» Sí, era un verdadero genio, pero yo empezaba a tener ciertas sospechas sobre ella. ¿Qué le parecía lo que había conseguido? En cualquier caso, no creo que su hazaña le impresionara ni una décima parte de lo que me impresionaba a mí. Debí agarrarla y besarla con la misma pasión que Rodolfo Valentino mostraba en *El caíd*.

Era una locura imaginar que podía conseguir que me amara, que sintiera algo... Me comportaba como un adolescente enamorado.

¿Qué demonios había dicho Martin sobre el hecho de que el sadomasoquismo era la búsqueda de algo? «Es posible que estés buscando a una persona, Elliott, en lugar de un sistema. Pero lo que hallarás en El Club es un sistema.»

No necesitaba que Martin me previniera del riesgo de caer en una trampa.

Escucha lo que te dice el señor de los dedos de hierro. Lo que has venido a buscar aquí es el sistema. Demuéstrale a Martin que estaba equivocado.

Durante todo el día había estado pendiente de verla aparecer. Por suerte, no había asistido a la clase de Scott, esa siniestra cámara de tortura, pues su presencia no habría hecho más que empeorar la situación; por otra parte, me habría gustado que estuviera allí. Luego, mientras servía unas copas a los huéspedes, intentando disfrutar de los pellizcos y cumplidos que me dedicaban, no dejaba de verla en todas partes.

Anoche, al contemplarla de pie ante mí, cubierta con una bata transparente mientras me mostraba su sonrosada, suave y húmeda piel y el cuidador nos miraba perplejo, me había sentido confundido y desorientado. Deseaba abrazarla y pedirle que me dejara quedar un rato para charlar con ella...

En aquellos momentos me hubiera gustado hablar con Martin, pedirle consejo. Estaba hecho un lío. Necesitaba ayuda. Algo peligroso estaba pasando por mi cabeza, la idea de que podía conseguir que ella me amara. Ah, el maldito orgullo.

De vez en cuando se me ocurría la idea de hacer algo que la disgustara, con el fin de que me enviara de nuevo al sótano.

Pero era demasiado tarde.

Durante la clase de los instructores, de la que por poco salí huyendo para impedir que aquellos tipos me manosearan, temí que me enviaran de nuevo al sótano, que me alejaran de ella. Más tarde sufrí un pequeño *shock* cuando Scott, el instructor, un tipo moreno de aspecto felino, me preguntó en voz baja:

—¿Estás pensando en ella, Elliott? ¿Sueñas con ella? ¿Qué crees que hará si le presento un informe negativo sobre ti?

Me encuentro en un aprieto, Martin, y lo peor es que es demasiado tarde para remediarlo.

19

¡Vístete!

Las seis, y no oí las campanadas de un reloj en toda la isla. Tan sólo percibí los violentos latidos de mi corazón. El cuidador consultó su reloj y me dijo que entrara y esperara junto a la puerta.

Por encima de cualquier otra cosa, deseaba saborear el momento en que la viera aparecer, frenar mis ímpetus para contemplarla y escuchar lo que decía mi mente.

Yo sostengo la tesis de que después de un período de ausencia descubres, en el momento en que aparece la otra persona, lo que realmente sientes por ella. Te das cuenta de cosas que antes no sabías.

Puede que comprobara que no estaba tan chiflado por ella, que la encontrara menos peligrosa, menos atractiva. Quizás empezaría a mirar a las otras; quién sabe, quizá me fijaría en Scott.

La puerta se cerró detrás de mí. El cuidador se esfumó. La habitación ofrecía un aspecto acogedor bajo la suave luz eléctrica; el firmamento, a través de los visillos de encaje, aparecía ligeramente plomizo. Era un lugar de ensueño. Un nido de amor.

Oí un ruido, tan tenue que no estaba seguro de haberlo oído, y volví la cabeza hacia la puerta del saloncito.

Ella estaba allí de pie, y yo estaba enamorado de ella. Eso fue lo que comprendí al verla aparecer. Entonces se me ocurrió el maravilloso pensamiento de que ella trataba de hacer que me volviera loco.

Vestía un traje de tres piezas de corte masculino en terciopelo lila, tan oscuro que los pliegues presentaban un tono gris plomizo. Debajo del cuello de la camisa lucía un pañuelo de seda rosa. Tenía el pelo recogido en un moño y llevaba un sombrero de fieltro también de color lila con una cinta de seda gris marengo. Parecía la protagonista de una película de gángsters de los años cuarenta. El ala del sombrero, que le cubría un ojo, destacaba sus pómulos y la boca roja y brillante.

El deseo que sentía por ella era tan absoluto, que apenas pude contenerme. Deseaba sepultar el rostro en su vientre, revolcarme con ella por la alfombra. Las palabras «enamorado de ella» se confundían con el intenso deseo que experimentaba.

Vi sus ojos claramente, noté la fuerza que emanaba de ellos y observé su cuello desnudo, su oreja. El traje le proporcionaba un aire delicado, frágil.

—Acércate —dijo ella— y date la vuelta despacio. Quiero examinarte. No te apresures.

El pantalón se adaptaba tan bien a sus formas que deduje que estaba hecho a medida, y bajo el chaleco se adivinaba la forma de sus pechos.

Yo obedecí. Me pregunté si le habrían dado detalles sobre la pequeña aventura que había vivido en la clase de los instructores. Noté que se aproximaba a mí, como si su persona incidiera en el aire que la rodeaba, intuí su perfume antes de llegar a olerlo, sentí de nuevo su fuerza al distinguir su sombra angulosa por el rabillo del ojo.

Incliné la cabeza y la miré de arriba abajo, deliberadamente, absorbiendo su presencia. Bajo las perneras del pantalón asomaban las puntas rosas y brillantes de unos zapatos de tacón alto; el tiro del pantalón le quedaba tan ajustado que debía de sentir las costuras entre las piernas.

Al verla mover la mano creí que no podría resistirlo. Tiene que tocarme, pensé. Tengo que tocarla. Rodolfo Valentino, *el caíd*, va a raptarla para llevársela a su tienda del desierto. Pero ninguno de los dos hizo el menor movimiento.

—Sígueme —dijo, chasqueando los dedos ligeramente. La luz se reflejó durante unos instantes en sus uñas. Luego se volvió y atravesó la puerta.

Allí estaba el saloncito que había vislumbrado la noche anterior. La observé caminar ante mí, moviendo sus finas caderas, y deseé acariciarle el cuello. Parecía un maniquí vestido con un traje pantalón. Un hombre pequeño, una criatura sobrenatural, un ser que no era una mujer y, sin embargo, poseía la fragilidad, ternura y suavidad de una mujer.

Vi una amplia mesa, una escultura africana en un rincón y una espléndida pintura haitiana que plasmaba seis escenas diferentes de la época colonial francesa. Pensé que ya tendría ocasión de admirar más tarde aquel cuadro, cuando ella no estuviera ante mí para deslumbrarme; pensé en las miles de veces que estaría en esta habitación besándole los pies, las pantorrillas, su sexo, que yo deseaba ver y tocar pero que en aquellos momentos se hallaba oprimido por el pantalón. No había más toque femenino en aquella habitación que su atractivo traje de terciopelo malva. Ella se volvió hacia mí y dirigió la vista a la izquierda.

Yo me volví para ver lo que estaba mirando.

—Esas maletas son mías —dije.

Martin me había dicho que guardaban nuestras pertenencias bajo llave, porque si uno no dispone de su ropa y sus papeles no puede huir de El Club. Dijo que ni siquiera conservaban la ropa en la isla, sino en un lugar especial. Recuerdo que al decirme eso imaginé que la guardaban en la caja fuerte de un banco.

Sin embargo ahí estaban mis maletas, abiertas. Vi mi pasaporte y mi billetero sobre la ropa. Resultaba casi embarazoso mirar esos objetos tan personales, tan propios del mundo exterior.

—Quiero ver qué aspecto tienes vestido —dijo ella.

Yo la miré en un intento de descifrar lo que quería decir con aquello. Pensé que sería humillante vestirme delante de ella. Sin embargo, no dejaría de ser divertido; otro aspecto de lo que ella llamaba «sexo exótico». Advertí que estaba temblando, aunque no de forma visible.

—Quiero verte vestido con estas prendas —dijo mientras se inclinaba para coger un jersey gris de cuello cisne—. Te gusta el gris, ¿verdad?, y también los colores alegres. Si viviéramos juntos en el mundo exterior, si fueras mi esclavo y me pertenecieras, te obligaría a vestir con colores alegres. Pero ahora ponte esto.

Cogí el jersey y me lo metí por la cabeza torpemente, como si fuera la primera vez que hacía ese gesto. Al notar el tacto del tejido sobre mi piel experimenté una sensación increíble. Entonces la desnudez de la parte inferior de mi cuerpo me pareció algo grotesco y mi polla, un elemento que debía ocultar. Me sentía como un centauro en una viñeta pornográfica.

Lisa me entregó un pantalón marrón antes de que tuviera tiempo de arremangarme un poco la camisa. Al ponerme el pantalón sentí el tacto ligeramente áspero del tejido sobre mi trasero, apretándome la verga y las pelotas. Introduje la mano en la bragueta para colocar bien el pene, que ostentaba una dolorosa erección. Ella no me quitaba la vista de encima y yo sonreí con timidez.

—Abróchate la bragueta —dijo Lisa—, y no te corras.

—Sí, señora —respondí—. Me pregunto si Adán y Eva se sintieron así de ridículos en el Edén la primera vez que se vistieron.

Cuando cogí el cinturón que me entregó Lisa, me pareció extraño ser yo quien sostuviera por una vez una correa de cuero en las manos. No debí haberle contestado de esa forma. Supongo que el hecho de vestirme me había devuelto la confianza en mí mismo. De todos modos, era una escena aún más extraña que el espectáculo del recinto deportivo y el poste de flagelación, o que todo lo que había presenciado en este lugar.

—Has vuelto a sonrojarte —dijo ella—. Te sienta bien. Cuando te pones colorado tu cabello parece aún más rubio.

Yo hice un pequeño gesto de falsa modestia.

Lisa me entregó unos calcetines y los mocasines marrones Bally, los cuales no me gustaban demasiado, pero me los puse.

Era una sensación curiosa, incluso la leve diferencia de estatura, el cuero bajo la planta de los pies, el suave tacto de las prendas sobre mi piel, como una funda que me aprisionaba, como si en lugar de vestirme me hubiera puesto unos arneses y unas esposas.

Lisa me dio la chaqueta de lana marrón.

—No, ésa no... —dije.

Ella dudó unos instantes y me miró como si se hubiera quedado en blanco.

—Resulta demasiado relamido: la chaqueta y los pantalones, y los zapatos a juego. No me pondría eso.

—Entonces ¿cuál quieres?

—Dame la de mezclilla, si no te importa.

—Por supuesto que no —contestó Lisa.

¡Cuánta amabilidad! Colgó de nuevo la chaqueta marrón y sacó la de mezclilla de la maleta. Me encantan las chaquetas con cinturón. Hubiera preferido ponerme una de mis sucias cazadoras caqui, pero supuse que a Lisa no le gustaría.

—¿Estás satisfecho? —preguntó Lisa, de nuevo con un tono duro, sarcástico.

—No hasta que me haya peinado —contesté—. Es como un acto reflejo, sabes: después de ponerme la chaqueta siempre me paso el peine por el pelo.

El culo me escocía debido al roce del pantalón. Sentí como si mi polla fuera a estallar. Tenía todos los músculos en tensión. Cuando ella introdujo la mano en el bolsillo trasero de su pantalón, como un hombre, y sacó un peine de plástico negro, moviendo sus preciosas caderas, creí que iba a correrme dentro de los mismísimos pantalones.

—Te puedes mirar ahí —dijo, señalando un pequeño espejo que se hallaba entre las dos puertas que conducían al pasillo.

Ahí estaba Elliott Slater, con el peine en la mano y el mismo aspecto que tenía hacía dos millones de años en San Francisco cuando se fue al cine la penúltima noche que le quedaba como hombre libre.

Cuando terminé de peinarme bajé la vista y le devolví el peine, dejando que mis dedos rozaran los suyos durante unos segundos; luego la miré a los ojos. Ella retrocedió, sobresaltada. Al comprender lo que había hecho se puso rígida, como si quisiera recuperar el control, negar que estaba un poco asustada.

—¿Qué pasa? —pregunté.

—Silencio. Date una vuelta por la habitación para que pueda verte bien.

Eché a andar despacio, de espaldas a ella, sintiendo que todo me apretaba, rozaba y escocía. Luego di media vuelta y me dirigí hacia ella, aproximándome hasta que levantó la mano para detenerme.

—¡Para! —dijo bruscamente.

—Quiero besarte —susurré, como si la habitación estuviera llena de gente.

—Cállate —contestó ella, nerviosa, al tiempo que retrocedía un poco.

—¿Me tienes miedo porque estoy vestido? —pregunté.

—Tu voz ha cambiado, y ahora te expresas y comportas de forma distinta —respondió Lisa.

—¿Qué esperabas?

—Tienes que representar ambos papeles como es debido, pero sin dejar jamás de obedecerme, tanto si estás vestido como desnudo —contestó ella enojada, sacudiendo el índice—. Como sueltes una impertinencia, pulsaré diez timbres y te pasarás la noche corriendo por el recinto deportivo.

—Sí, señora —contesté, sin poder reprimir una pequeña sonrisa. Me encogí de hombros y bajé de nuevo la vista, en un intento de demostrarle que quería complacerla. Como se atreviera a pulsar uno de esos timbres...

Ella se volvió de espaldas, y entonces me pasó por la mente la imagen de un joven e inexperto matador que se volviera por primera vez de espaldas a un toro.

Luego sus pasos describieron un pequeño círculo. Cuando se detuvo y me miró, me llevé la mano a los labios y le lancé un beso. Ella me miró atónita.

—He hecho algo de lo que me arrepiento —dijo inesperadamente mientras apoyaba la mano izquierda en la cadera y me miraba a los ojos. Era evidente que se sentía incómoda—. Encontré ese libro en tu maleta y le quité la funda de plástico para hojearlo.

—Bien —respondí. No te hagas ilusiones, me dije, tu libro no le interesa—. Me gustaría regalártelo, si quieres.

Ella no contestó, sino que siguió estudiándome durante unos momentos. La luz iluminaba su rostro y ponía de relieve el nerviosismo y la excitación que experimentaba en aquellos momentos. Luego se dirigió a la mesa y cogió el libro.

Quedé algo desconcertado al verlo —Elliott el fotógrafo, Elliott el corresponsal de guerra—, pero menos de lo que había imaginado.

—¿Quieres firmarlo? —preguntó Lisa al tiempo que me tendía una pluma estilográfica.

Cogí la pluma intentando, sin conseguirlo, no prolongar el contacto con su mano, y me senté en el sofá. No puedo firmar libros de pie.

Me movía como si llevara puesto el piloto automático, como si no supiera qué escribir. Al fin puse:

Para Lisa.
Creo que estoy enamorado de ti,
Elliott.

Después de contemplar durante unos instantes las palabras que había escrito, le devolví el libro. Tenía la sensación de haber cometido una monumental estupidez de la que iba a arrepentirme durante el resto de mis días.

Lisa abrió el libro y cuando leyó la dedicatoria se quedó atónita. Maravillosamente sorprendida.

Yo continuaba sentado en el sofá. Apoyé el brazo izquierdo en el respaldo con el propósito de parecer muy relajado, pero mi polla batía con fuerza, como si quisiera salir de la bragueta.

Sentí un cúmulo de sensaciones que me aturdían: el loco deseo de poseerla, el amor que me inspiraba, la felicidad de saber que había leído mi libro y que se había sonrojado, y que tenía miedo.

Creo que si en aquellos momentos hubiera empezado a tocar en medio de la habitación una banda militar, no lo habría oído. Lo único que oía era los latidos de mi corazón y el golpeteo de la sangre en las sienes.

Lisa cerró el libro. Tenía la mirada perdida, como si estuviera en trance. Durante unos segundos no la reconocí. Me refiero a que fue uno de esos momentos del absurdo en que las personas no sólo nos parecen ajenas a nuestra realidad, sino unos animales extraños. Vi todos los elementos de su persona como si acabara de ser inventada y yo no supiera lo que era, si un hombre, una mujer o una criatura de otra especie.

Me quedé mirándola, sin mover un músculo, hasta que me temí que fuera a echarse a llorar. De pronto sentí deseos de levantarme y abrazarla, o decirle algo tranquilizador, pero no podía moverme. Entonces el hechizo se rompió. Ella adquirió de nuevo un aspecto de mujer, suave y vulnerable, enfundada en aquel traje masculino. Sabía cosas sobre mí que nadie conocía, que ninguna otra mujer había descubierto, y tuve la sensación de que me disolvía en ella. Puede que fuera yo, allí sentado en el sofá como un pasmarote, quien estuviera a punto de romper a llorar.

Pensé que si forzaba un poco la situación llegaría a comprender lo que estaba ocurriendo, pero temí derrumbarme emocionalmente.

Ella se pasó la lengua por los labios lentamente, con la mirada todavía perdida. Luego estrechó el libro contra su pecho y preguntó:

—¿Por qué estabas tan asustado? Me refiero anoche, en el recinto deportivo, cuando te vendaron los ojos.

Me quedé pasmado, como si me hubieran arrojado un cubo de agua helada. Pero eso no aplacó mis ardores. Pese a estar vestido me sentía desnudo, y con las intenciones de un peligroso violador.

—No me gustó la sensación de estar vendado —respondí con tono inexpresivo. Desde luego no era el tipo de conversación que uno mantiene mientras almuerza con una amiga, aunque ambos íbamos vestidos como si nos encontráramos en el restaurante más elegante de la ciudad. Me pregunté qué sentiría al arrancarle aquellas prendas masculinas—. Quería ver lo que pasaba a mi alrededor —añadí, encogiéndome de hombros—. Es lógico, ¿no?

Pero ¿qué había de lógico en todo aquello?

—A algunos les excita —respondió ella. Su voz sonó lejana, como si hablara en sueños.

Observé que tenía los ojos redondos. La mayoría de las mujeres hermosas poseen ojos rasgados, pero los suyos eran redondos. Ese rasgo, combinado con sus labios abultados y sensuales, le confería un aire casi tosco, aunque tenía una figura esbelta y perfectamente modelada.

—A veces, llevar los ojos vendados puede... facilitar las cosas —dijo Lisa—. Permite que te rindas.

—Ya me he rendido ante ti —contesté. Yo dejé que me los vendaras, pensé, porque creo que estoy enamorado de ti.

Ella dio un paso atrás y se detuvo, estrechando el libro con fuerza contra su pecho, como si fuera un bebé. Luego se dirigió a la mesa y levantó el auricular.

Me levanté de forma apresurada. Aquello era una locura. Resultaba imposible que me echara de allí en esos momentos. Si lo intentaba, era capaz de arrancarle el jodido teléfono de las manos. Lisa dijo algo por teléfono que no alcancé a entender.

—Dispónte a despegar dentro de cinco minutos. Diles que el resto del equipaje ya está preparado.

Luego colgó el auricular y me miró. Abrió la boca como si fuese a decir algo, pero se calló.

—Guarda el pasaporte y el billetero en el bolsillo, y coge lo que necesites llevarte.

—¿Estás de broma? —repliqué. Pero me pareció tan fantástico como si alguien me hubiera dicho: «Prepárate, que nos vamos a la Luna.»

Al cabo de unos momentos se abrió la puerta y aparecieron dos empleados vestidos con ropa normal, no de cuero, para recoger las maletas.

Me puse el reloj, guardé el billetero en el bolsillo del pantalón y el pasaporte en el de la chaqueta. Al ver mi diario en el fondo de la maleta miré a Lisa y lo cogí. Acto seguido saqué de la maleta una bolsa de viaje que llevaba siempre conmigo, metí el diario en la bolsa y me la colgué del hombro.

—¿Qué demonios está pasando? —pregunté a Lisa.

—Apresúrate —respondió.

Los dos empleados salieron cargados con las maletas.

Lisa los siguió. Todavía sostenía el libro en la mano.

Salí apresuradamente tras ella y la alcancé a mitad del pasillo.

—Pero ¿adónde vamos? —inquirí—. No entiendo nada.

—No digas una palabra hasta que hayamos salido —contestó ella en voz baja.

Atravesó el césped y los parterres de flores con paso decidido y un leve contoneo de caderas. Los empleados cargaron las maletas en un carrito eléctrico que nos aguardaba en el sendero. Ambos ocuparon el asiento delantero y Lisa me indicó que me sentara detrás.

—¿Quieres decirme qué coño está pasando? —pregunté mientras tomaba asiento junto a ella.

Apreté mi pierna contra la suya. El vehículo arrancó de repente y ella cayó sobre mí, apoyando la mano en mi muslo. Entonces me di cuenta de lo menuda que era; parecía un pajarito sentado junto a mí. El ala del sombrero me impedía ver su rostro.

—Contéstame, Lisa, ¿a qué viene todo esto?

—De acuerdo, escúchame —contestó.

Pero de pronto se detuvo, me miró enojada y apretó el libro contra su pecho. El carrito eléctrico circulaba a unos treinta kilómetros por hora frente a los atestados jardines y la piscina.

—No tienes que acompañarme si no lo deseas —dijo Lisa al cabo de unos minutos. La voz le temblaba un poco—. Comprendo que es una lata tener que desnudarte y vestirte continuamente, de modo que si lo prefieres puedes regresar ahora mismo a mi habitación. Te desnudas, pulsas el botón para llamar a los cuidadores y éstos te conducirán junto a Scott, Dana u otro instructor. Yo les telefonearé desde la verja. Si quieres a Scott, te lo cedo. Es el mejor. Está muy impresionado contigo. Quería elegirte, pero yo me adelanté a él. Por otra parte, si quieres venir conmigo, acompañarme, estupendo. Llegaremos a Nueva Orleans dentro de una hora y media. No es ningún misterio. Simplemente vamos a hacer algo que me apetece hacer. Regresaremos cuando yo lo decida.

—Hummmm, gambas a la criolla y café con achicoria —murmuré. Sí, estaba decidido a ir a la Luna, a Venus y a Marte.

—Listillo —contestó ella—. ¿No prefieres cangrejo estofado y una cerveza?

Me eché a reír. No podía remediarlo; cuanto más solemne se ponía ella, más gracia me hacía.

—Bueno, decídete de una vez —dijo Lisa.

El carrito se detuvo al llegar a una verja junto a una caseta de cristal que estaba iluminada. Nos hallábamos entre dos escáners electrónicos. Frente a nosotros había otra verja más alta.

—Hay que tomarse el tiempo necesario para meditar una decisión importante —contesté al tiempo que soltaba una carcajada.

—Puedes regresar andando —dijo ella. Estaba visiblemente alterada. Sus ojos centelleaban bajo el ala del sombrero—. Nadie sospechará que tratabas de huir o que robaste tu ropa. Llamaré desde la caseta.

—¿Te has vuelto loca? Me voy contigo a Nueva Orleans —contesté, inclinándome para besarla.

—¡Adelante! —ordenó Lisa al conductor, apartándome de un codazo en el pecho.

El avión era un gigantesco reactor que nos aguardaba con los motores en marcha. Lisa saltó del coche antes de que nos detuviéramos y empezó a subir por la escalerilla. Yo corrí tras ella —creo que se movía con más rapidez que ninguna otra mujer que yo haya conocido—, mientras los empleados nos seguían con las maletas.

El lujoso interior del aparato estaba tapizado en marrón y dorado. En el salón había unos ocho sillones dispuestos en semicírculo.

El dormitorio estaba situado al fondo, y en la parte delantera había una sala de billar con un enorme monitor de televisión.

En el salón había dos hombres de mediana edad que vestían impecables trajes oscuros, tomándose una copa y charlando en español.

Ambos hicieron ademán de levantarse cuando nos vieron aparecer, pero Lisa les indicó que permanecieran sentados.

Sin darme tiempo a protestar, Lisa se sentó en el sillón que estaba situado entre los dos hombres y las ventanillas, obligándome así a ocupar el asiento que había frente a ella, el único que quedaba libre.

—Listos para despegar —dijo una voz a través de los altavoces—. Llamada para Lisa por la línea uno.

La lucecita del teléfono de la mesa que había junto a ella empezó a parpadear. Lisa oprimió el botón del intercomunicador y dijo:

—De acuerdo, estamos preparados. Abróchese el cinturón, señor Slater.

Luego se volvió hacia la ventanilla.

—Dicen que es urgente, Lisa —insistió la voz a través de los altavoces—. Coge la llamada por la línea uno.

—¿Le apetece una copa, señor? —me preguntó la azafata, inclinándose sobre mí.

Los dos latinoamericanos, porque estoy seguro de que eran latinoamericanos, se volvieron un poco para situarse de frente y continuaron charlando en voz alta. Sus voces sofocaban el ruido de los motores.

—Sí —contesté bruscamente, mirando irritado a

los dos tipos que estaban sentados junto a Lisa—. Dos dedos de whisky escocés con un poco de hielo.

—Les llamaré más tarde —respondió Lisa a través del intercomunicador—. Vámonos.

Entonces se volvió de nuevo hacia la ventanilla y se bajó el ala del sombrero.

20

Libres

Cuando aterrizamos, me sentía tan furioso que hubiera sido capaz de asesinar a alguien. También estaba un poco borracho. Lisa se negó a abandonar el asiento de la ventanilla, junto a los dos imbéciles argentinos, y casi destrocé la mesa de billar jugando contra mí mismo mientras la azafata, una chica monísima a la que sentí deseos de violar, iba llevándome la copa.

En la gigantesca pantalla se proyectaba *La Poupée*, una fantástica película francesa surrealista que a mí me había encantado y estaba protagonizada por un actor checo que también me encantaba, sin que nadie le prestara la menor atención.

En cuanto aterrizamos en el aeropuerto de Nueva Orleans —naturalmente estaba lloviendo, como siempre—, los dos argentinos se esfumaron y Lisa y yo subimos a una inmensa limusina plateada que nos condujo a la ciudad.

Lisa se sentó en medio del asiento de terciopelo gris

y contempló la pantalla, apagada, del pequeño televisor que había frente a ella, con las rodillas juntas, abrazada a mi libro como si fuera un oso de peluche. Yo le rodeé los hombros con un brazo y le quité el sombrero.

—Llegaremos al hotel dentro de veinte minutos, así que estáte quieto —dijo. Tenía un aspecto terrible y al mismo tiempo muy atractivo, como si asistiera a un funeral.

—No quiero estarme quieto —respondí mientras la besaba en la boca y la acariciaba, palpándole el cuerpo a través del grueso tejido del pantalón y las mangas de la chaqueta, desabrochándole el chaleco y tocándole los pechos.

Ella se volvió, oprimió los pechos contra mí y entonces sentí aquella tremenda descarga eléctrica, aquel calor que me aturdía. Me levanté, la alcé por los brazos y ambos nos tumbamos en el asiento del coche. Empecé a desabrocharle con furia los botones del pantalón y la camisa, procurando no lastimarla. Entonces me di cuenta de lo difícil que resulta desabrochar una camisa de hombre a una mujer o acariciarle los pechos a través de ella.

—Deténte —dijo ella, apartando la cara.

Tenía los ojos cerrados y jadeaba como si hubiera estado corriendo y hubiera dado un traspié. Traté de levantarme un poco para no apoyar todo mi peso sobre ella, y le besé los pómulos, el cabello y los ojos.

—Bésame —dije, obligándola a volver el rostro hacia mí y sintiendo otra vez una descarga tan intensa que creí que iba a correrme en los pantalones.

Me incorporé e intenté atraerla hacia mí, pero ella se refugió en el rincón del asiento. El moño se le había deshecho y el pelo le caía hasta la cintura.

—Mira lo que has hecho —se limitó a murmurar.

—Esto es como cuando follábamos en la escuela secundaria —me quejé. Contemplé el decadente paisaje de Louisiana, las enredaderas que cubrían los cables telefónicos, los destartalados moteles sumergidos en un mar de hierbajos, los oxidados chiringuitos de comida rápida. Cada emblema de la América moderna parecía aquí un signo de la colonización, los restos de aquel proyecto que había fracasado una y otra vez.

Ya casi habíamos llegado a la ciudad, y a mí me encantan los núcleos urbanos. Lisa sacó el cepillo del neceser y empezó a cepillarse el pelo de forma enérgica, con la cara arrebolada, arrancándose las horquillas que aún tenía prendidas en el cabello. Me encantaba verlo desparramarse sobre sus hombros como un manto.

Empecé a besarla de nuevo. Esta vez se dejó caer contra el respaldo del asiento, arrastrándome con ella. Durante unos minutos nos revolcamos de un lado a otro, mientras la besaba salvajemente y devoraba el interior de su boca.

Lisa besaba como ninguna otra mujer. No sabría explicar exactamente en qué consistía la diferencia. Besaba como si acabara de descubrir el arte de besar, como si hubiera llegado de otro planeta donde esa práctica no existía. Cuando cerró los ojos y dejó que la besara en el cuello, me detuve.

—Tengo ganas de romperte —dije entre dientes—. Quiero hacerte pedazos, penetrarte.

—Sí —respondió ella mientras trataba de abrocharse la camisa y el chaleco.

Circulábamos por la avenida Tulane en aquella silenciosa e irreal limusina que parecía atravesar el mundo exterior sin ser vista. Al llegar a Jeff Davis, doblamos a la izquierda en dirección al barrio francés. Abracé de nuevo a Lisa y conseguí darle una docena de besos hasta que se apartó. Al mirar por la ventanilla vi que nos encontrábamos entre las estrechas y claustrofóbicas calles donde se alza una hilera de viviendas tras otra, de camino hacia el centro del casco antiguo.

21

Cruzar el umbral

Cuando entramos en el despacho del hotel, Lisa estaba preciosa con el pelo suelto sobre los hombros, el sombrero torcido y el cuello de la camisa desabrochado, pero temblaba tanto que apenas podía sostener el bolígrafo.

Escribió Lisa Kelly con letra vacilante, como una anciana, y cuando discutí con ella sobre quién de nosotros iba a pagar con su tarjeta American Express, ella se puso nerviosa y se calló. Yo gané y saqué mi tarjeta.

El lugar elegido por Lisa resultaba perfecto, un chalet de estilo español que había sido renovado y se encontraba a dos manzanas de Jackson Square. Nos alojamos en la antigua casita de los sirvientes, que se hallaba en la parte posterior. Las losas moradas del suelo eran irregulares, como es habitual en los viejos patios de Nueva Orleans, y el enorme y frondoso jardín estaba conformado por húmedos y relucientes plátanos, adelfas rosas y jazmines que trepaban por los muros de piedra, todo ello iluminado con unas luces eléctricas que estaban distribuidas por el terreno a modo de linternas.

La ninfa de la fuente aparecía cubierta de musgo y sobre el agua flotaban unos lirios; resultaba encantador. Hasta el jardín llegaba la música de una máquina de discos, *Beat It*, de Michael Jackson, mezclada con el estrépito de platos y cacharros y el aroma a café, el cual me recordaba la vida que había dejado en California con mayor intensidad que cualquier otra cosa.

Cuando llegamos a la puerta Lisa temblaba de tal modo que la abracé durante unos instantes para tranquilizarla. Caía una lluvia fina que provocaba una sinfonía de sonidos acuáticos al contacto con las hojas de los plátanos, el techo y las plantas, mientras dos hermosos niños mulatos transportaban nuestro equipaje a la casita.

No sé si eran dos niños o dos niñas. Llevaban unos pantalones cortos de color caqui y unas camisetas blancas y tenían la piel reluciente y unos ojos oscuros y líquidos, como las princesas hindúes que aparecen en los cuadros. Se movían perezosamente, e hicieron varios viajes hasta que lograron dejar amontonadas todas las maletas y bolsas en el centro de la espaciosa habitación pintada de blanco.

El equipaje de Lisa era de color caramelo, con iniciales doradas, como el que utiliza la gente que acostumbra a viajar en aviones privados. El número de maletas era equiparable al que transportaban los viajeros que emprendían *La vuelta* al continente en 1888.

Ofrecí a los niños mulatos cinco dólares y me dieron las gracias en francés con una voz como sólo se oye en Nueva Orleans, suave y lírica, casi irreal. Luego se alejaron con paso cansino, como unos ancianos, no sin antes dedicarme una deslumbrante sonrisa.

Lisa contempló la habitación como si se tratara de una cueva llena de murciélagos.

—¿Quieres que te coja en brazos para cruzar el umbral? —pregunté.

Lisa me miró como si la hubiera interrumpido. Durante unos segundos me observó con una extraña expresión que no conseguí interpretar. Sentí de nuevo una intensa excitación. Sin esperar su respuesta, la cogí en brazos y entramos en la habitación.

Lisa se sonrojó y se echó a reír, intentando disimular la risa como si se sintiera turbada.

—¿Qué tiene de cómico? —pregunté mientras la depositaba en el suelo.

Sonreí y le guiñé el ojo, como había hecho con todas las mujeres que estaban en el pabellón del jardín de El Club. Sin embargo, esta vez el gesto era sincero.

Luego eché un vistazo a mi alrededor.

Incluso en la antigua casita de los sirvientes, los techos se alzaban a cuatro metros del suelo. El lecho de caoba era inmenso y estaba cubierto por un antiguo dosel de seda con querubines, rosas de té y unas manchas que parecían producto de las goteras. No se habría podido meter un lecho de esas dimensiones en ninguno de los apartamentos en los que yo había residido.

Había un espejo que se alzaba desde la repisa de mármol de la chimenea hasta el techo, y un par de mecedoras de nogal que estaban situadas sobre una raída alfombra persa, unos amplios y toscos paneles de madera de ciprés, el suelo enlosado como en el patio y una puerta de doble hoja igual que la de la habitación que ocupaba Lisa en El Club, completaban la estancia.

El baño y la cocina rompían un poco el encanto, ya que estaban decorados al estilo de cualquier motel de lujo; baldosines blancos, acero inoxidable, un horno microondas y una cafetera eléctrica. Cerré la puerta rápidamente.

No hacía mucho calor y el olor de la lluvia era delicioso, de modo que desconecté el aire acondicionado y salí para cerrar las grandes puertaventanas verdes a fin de que nadie pudiera vernos. Luego entré de nuevo en la casita, abrí todos los ventanales y dejé los postigos entornados. La habitación adquirió de inmediato un aire más cálido, íntimo y romántico. El ruido de la lluvia era muy fuerte. Por último, cerré la puerta principal.

Lisa estaba de pie, de espaldas a la lámpara, y me observaba fijamente.

Tenía la ropa húmeda y arrugada. La pintura de los labios se le había corrido, tenía la camisa desabrochada y se había quitado los zapatos. Presentaba un aspecto frágil y vulnerable.

Me dirigí hacia ella, apoyé un brazo en uno de los postes de la cama y la miré, dejando que la excitación fuera en aumento, duplicándose, triplicándose, hasta sentir que me ardía todo el cuerpo.

Estábamos solos en la habitación, sin instructores, cuidadores ni botones que pulsar para pedir ayuda. Sabía que ella también estaba pensando eso.

Pero ¿qué era lo que ella pretendía? ¿Qué pretendía yo? ¿Arrancarle la ropa? ¿Violarla? ¿Representar un pequeño acto de venganza por todas las barbaridades que me había hecho? Dicen que cuando un hombre está sexualmente excitado no «piensa». Bien, pues yo pensaba en cada uno de los momentos que había compartido con ella, en el recinto deportivo y los arneses y en lo que había sentido cuando ella me vendó los ojos, en las correas, en sus pechos desnudos y calientes y en lo que le había dicho en la limusina, que deseaba hacerla pedazos, penetrarla. Pero al decirle eso no me refería a violarla. ¿Acaso pretendía decepcionarla?

Deseaba decirle algo, pero no se me ocurrían las palabras adecuadas. Sentía aquel curioso deseo que me había embargado en su habitación en El Club, el deseo de hablar con ella, de sincerarme. Creo que deseaba invadirla, pero no de una forma violenta, cruel, sino con fuerza y con algo más vital, más importante, más íntimo.

Lisa hizo ademán de dirigirse hacia el lecho. Percibí de nuevo su calor, su excitación, abrasándole la piel y dilatándole las pupilas.

Me acerqué a ella, le cogí la cabeza con ambas manos y la besé, lentamente, introduciéndole la lengua en la boca, de la misma forma en que nos habíamos besado en su habitación. Ella se apoyó contra mí, y emitió un leve gemido; entonces comprendí que todo iba a ser perfecto.

Le quité la chaqueta, le abrí el chaleco y empecé a desabrocharle la camisa. Al inclinar la cabeza para soltarse el cinturón, el cabello le cayó sobre sus pechos desnudos. Aquel gesto de agachar la cabeza, sus manos desabrochando el cinturón para liberar el pantalón, actuó como un resorte que accionara mi mente. Le bajé los pantalones y se los quité, levantándola por las nalgas.

Me arrodillé delante de ella, sepulté el rostro en su sexo y empecé a besarlo y lamerlo.

—No puedo más —murmuró ella, arañándome el cuero cabelludo, oprimiéndome la cabeza contra su vientre—. Para, es demasiado intenso. Quiero sentirte dentro de mí. No puedo... es demasiado...

Me desnudé apresuradamente, la senté en el borde de la cama y le separé las piernas para contemplar su sexo, la forma cómo respiraba y se movía, el vello húmedo y reluciente, los labios rosados, íntimos, palpitantes.

—Quiero que me la metas —dijo ella.

La miré a la cara y durante unos segundos me pareció demasiado exquisita para ser humana, al igual que su sexo parecía demasiado salvaje, instintivo, demasiado diferente al resto de su cuerpo para ser humano. Nos tumbamos y empezamos a revolcarnos sobre la cama, besándonos, restregándonos el uno contra el otro.

Le separé de nuevo las piernas y hundí el rostro en su pubis. Esta vez no opuso resistencia.

Sin embargo, no podía estarse quieta, no dejaba de moverse mientras le lamía y besaba el sexo, aspirando su olor limpio, salado, a madera de encina, chupando su sedoso vello. Ella gemía enloquecida, arañándome y pidiéndome que la penetrara. Pero no podía dejar de besarla entre las piernas, de saborear su sexo y poseerla de esta forma.

Me volví e invertí mi posición; nuestros cuerpos formaron un sesenta y nueve. De inmediato sentí su boca sobre mi verga, lamiéndola y chupándola con fuerza, como se espera de un hombre, como si gozara haciéndolo. Luego me sujetó la base del miembro con la mano y empezó a chuparlo con más fuerza, oprimiendo el glande entre sus labios húmedos. Yo seguía sumergido en su sexo, explorándolo con la lengua, empapado en su flujo, saturado de él, mientras ella me pellizcaba la espalda y las nalgas, acariciando y arañando las marcas que me habían dejado los latigazos. Me aparté un poco para indicarle que iba a correrme, pero ella me abrazó aún con más fuerza y al eyacular noté que su exquisito coño se contraía al tiempo que movía las caderas de forma rítmica y todo su cuerpo se estremecía de placer. Yo continué, sintiendo cómo la diminuta boca de su vulva se dilataba y contraía bajo mis labios, mientras ella gritaba y gemía sin soltarme la polla. Al fin se corrió en una sucesión ininterrumpida de espasmos.

Permanecí tendido en el lecho, pensando en que jamás había hecho aquello con una mujer. Probablemente lo había hecho con unos quinientos sesenta y ocho hombres, pero jamás había follado en aquella postura con una mujer. Siempre había deseado hacerlo. Pero sobre todo pensaba en que la amaba, en que estaba realmente enamorado de ella.

La segunda vez lo hicimos más despacio, después de un rato.

Creo que dormí durante una media hora, tapado con la sábana. La lámpara seguía encendida, envolviendo la habitación en una luz tenue, y la lluvia, aunque había remitido, seguía produciendo la misma sinfonía sobre un centenar de superficies mientras el agua se deslizaba por los desagües y las alcantarillas.

Me levanté y apagué la luz. Luego me acosté de nuevo junto a ella, pero esta vez permanecí despierto. Observé cómo las gotas de lluvia brillaban sobre los postigos verdes a modo de lucecitas plateadas, y percibí los confusos sonidos del barrio francés: el bullicio de los clubes nocturnos de la calle Bourbon, a una manzana de distancia, el estrépito de los coches que circulaban por las estrechas callejuelas y la música profunda y sincopada de un *blues* que evocaba viejos recuerdos. El olor de Nueva Orleans. El olor de la tierra y las flores.

Volvimos a hacer el amor de una forma muy tierna. Nos besamos en las axilas, los pezones y el vientre, en la cara interna de los muslos y en la parte posterior de las rodillas.

Cuando la penetré ella echó la cabeza hacia atrás y gritó enloquecida: «¡Oh, Dios, Dios, Dios!», mientras me corría en su interior.

Cuando todo hubo terminado, supe que iba a dormir durante un millón de años. Me incorporé sobre un codo y la miré, estrechándola entre mis brazos.

—Te quiero —dije.

Ella tenía los ojos cerrados. Arrugó el ceño durante unos instantes y luego me atrajo hacia sí, murmurando: «Elliott», como si estuviera asustada, casi aterrada, y permaneció tendida debajo de mí, abrazada a mí.

Al cabo de un rato, mientras yacía amodorrado, se me ocurrió explicarle que jamás le había dicho eso a nadie, pero me pareció presuntuoso. ¿Qué tenía de particular? Lo único que significaba era que yo era un cretino. Me sentía demasiado soñoliento bajo el efecto del calor de su cuerpo acurrucado junto a mí, para ponerme a hablar. Ella no me había respondido, pero ¿por qué debía de hacerlo? O quizá, visto de otra forma, sí lo había hecho.

Tenía la piel suave como los pétalos de una flor, y su perfume y su flujo se mezclaban en un potente aroma que me hacía recordar el intenso placer que había experimentado.

Me desperté bruscamente dos horas más tarde. No quería seguir durmiendo, aunque estaba cansado.

Me levanté, abrí las maletas y empecé a recoger la ropa. Mis ojos se habían acostumbrado a la penumbra, y la luz que penetraba a través de los postigos era suficiente para permitirme ver lo que hacía. De pronto recordé que no sabía cuánto tiempo íbamos a permanecer allí. En aquellos momentos no podía pensar en regresar a El Club. ¿Qué había dicho Lisa, sobre que era muy pesado estarse desnudando y vistiendo continuamente?

Al volverme vi que se había incorporado en la cama y que, con sus brazos entrelazados alrededor de las rodillas, me observaba.

Me puse un jersey de cuello cisne, unos pantalones caqui y la única cazadora limpia que guardaba en la maleta. Era la mejor, una cazadora militar que había comprado en la tienda donde vendían material sobrante del Ejército, y no estaba demasiado arrugada. Le tenía mucho cariño. Cada vez que me la ponía recordaba algunos de los lugares que había visitado, como por ejemplo El Salvador. Pero no era un recuerdo alegre. Era mejor pensar en El Cairo, o Haití, y por supuesto en Beirut, Teherán, Estambul y muchos otros lugares lejanos.

Lisa abandonó el lecho, y al ver que empezaba a deshacer la maleta sentí un profundo alivio. No había incluido faldas ni botas de cuero. Colgó unos elegantes trajes de terciopelo y unos vestidos de noche muy escotados y semitransparentes, arrojó docenas de zapatos de tacón alto en el suelo del armario y lo cerró.

Luego se puso un vestido de seda azul oscuro con topos blancos que se ceñía suavemente a sus ángulos y curvas, de manga larga y con unos puños blancos que hacían que sus manos parecieran más largas y delicadas. Se colocó un cinturón de la misma tela que el vestido alrededor de la cintura, el cual hacía que el dobladillo quedara por encima de las rodillas y acentuaba el perfil puntiagudo de sus pechos; prescindió de ponerse medias y se calzó unos zapatos azul marino de piel con tacones de aguja.

—No, no te los pongas —dije—. Lo mejor de esta ciudad es que puedes ir andando a cualquier parte. Después de cenar daremos un paseo. Es una ciudad llana, sin desniveles. Podemos caminar por donde queramos. Ponte unos zapatos de tacón bajo para caminar con más comodidad.

Lisa accedió. Se calzó unas sandalias de piel marrón y tacón bajo. Se colocó las gafas sobre la cabeza para sujetarse el cabello, pues lo había dejado suelto, y trasladó todos los objetos personales que llevaba en un bolso de cuero negro a otro de cuero marrón.

—¿Adónde vamos? —preguntó.

Su pregunta me sorprendió. Creí que era ella quien controlaba la situación.

—A Manale's o a Napoleón —contesté—. Son las nueve, quizá tengamos que esperar un rato hasta que quede libre una mesa, pero podemos tomarnos unas ostras en el bar.

Lisa asintió, esbozó una tímida sonrisa muy atractiva, aunque breve.

—Espero que no le hayas dicho al chófer de la limusina que espere —dije, dirigiéndome hacia el teléfono—. Pediré un taxi.

22

La primera capa

En el taxi no nos dirijimos la palabra. Yo no sabía qué decirle. Me sentía feliz de estar con ella en Nueva Orleans, circulando bajo los robles de la avenida Saint Charles en dirección a la avenida Napoleón mientras pensaba en todas las cosas que podíamos hacer si ella accedía a que permaneciéramos allí. Se me ocurrió preguntarle si hacía esto con frecuencia, pero pensé que era prematuro. O quizás era preferible no preguntárselo nunca.

Hace años, cuando descubrí el restaurante Manale's, no había que esperar a que quedara una mesa libre, pero ahora todo el mundo lo conocía. El bar estaba tan atestado que teníamos que hablar a voces mientras atacábamos dos docenas de ostras acompañadas de un par de cervezas.

—¿Cuándo viniste por primera vez a Nueva Orleans? —me preguntó Lisa, apurando la cerveza casi de un trago y devorando las ostras. Se expresaba de forma natural, como si fuéramos una pareja en su primera cita—. Yo la descubrí durante mis primeras vacaciones de El Club —dijo—. Me enamoré de ella al instante. A partir de entonces, cada vez que tenía la oportunidad de tomarme un par de días libres venía aquí.

—Yo vine aquí por primera vez en unas vacaciones con mis padres —contesté—, durante los carnavales. —La cerveza y las ostras estaban de miedo—. Todos los años me sacaban de la escuela para venir a pasar la semana de Carnaval aquí.

Le conté que nos alojábamos en un hotelito de la avenida Saint Charles que había sido una mansión particular —Lisa dijo que lo conocía, que era estupendo—, y luego asistíamos a los festivales de las ostras y a los del quingombó en la tierra de los cajún.

—Yo también quiero visitar la tierra de los cajún —contestó Lisa—. Estuve a punto de hacerlo en varias ocasiones, pero estoy tan enamorada de esta ciudad...

—A mí también me encanta —dije, besándola en la mejilla—. He hecho muchos reportajes sobre Nueva Orleans.

Mi beso la había pillado por sorpresa. Cada vez que la besaba, sucedía lo mismo.

—Pagan muy poco —continué—. Por lo general salgo perdiendo dinero, pero soy incapaz de negarme. He hecho diez reportajes de esta ciudad en los últimos cinco años.

—¿De modo que te alegras de que estemos... de que hayamos venido aquí?

—¿Bromeas? —contesté, tratando de besarla de nuevo. Pero ella se volvió como si no se hubiera percatado de mi intención y bebió un trago de cerveza.

Me contó que en una ocasión había pasado seis semanas allí, sola, en un apartamento que se hallaba en el distrito Garden, junto a la avenida Washington, simplemente leyendo y dando paseos por las tardes. Sí, era una ciudad perfecta para recorrerla a pie.

Su actitud se había suavizado. No cesaba de sonreír y tenía las mejillas encendidas.

Imagino que en El Club era consciente de que la gente no dejaba de observarla, y probablemente con mayor atención que si hubiera sido una esclava. Ahora se sentía libre para decir y hacer lo que le apeteciera, sin estar pendiente de los demás. Engullía las ostras y la cerveza con la misma sensualidad con que hacía el amor, gozando de cada bocado y de cada sorbo.

Cuando dieron las diez me di cuenta de que estaba bastante bebido. Había agarrado la típica cogorza de quien ha ingerido varias cervezas tras un largo período de abstinencia.

Estábamos sentados en aquel comedor abarrotado e iluminado por una deslumbrante araña de cristal, donde todo el mundo hablaba en voz alta. Lisa untaba mantequilla en el pan mientras me hablaba sobre su importante viaje, sobre la plantación en el campo, cuando alquiló un coche y fue sola a visitar Saint Jaques Parish, aunque no sabía cómo había logrado llegar hasta allí.

Deseaba ver la vieja casa en ruinas y, como no tenía a nadie que la acompañara, había decidido ir sola. Me confesó que solía experimentar ese sentimiento de indefensión incluso en California, donde se había criado, esa sensación de no poder hacer nada a menos que tuviera a alguien a su lado, y que sin embargo en Nueva Orleans se sentía perfectamente capaz de hacer cosas sin la ayuda de nadie. Creo que el barullo que reinaba en el comedor nos estaba ayudando a los dos. Lisa estaba muy animada, movía el cuello y las manos con extraordinaria gracia, y la lámpara proyectaba un juego de luces y sombras muy seductor sobre su vestido.

Luego nos sirvieron unas gambas a la plancha fantásticas, y Lisa se lanzó sobre ellas sin pensárselo.

Creo que no podría amar a una mujer que no supiera comer estas gambas a la plancha. En realidad no están hechas a la plancha, sino en el horno, en una salsa que contiene mucha pimienta. Te sirven las gambas enteras, y tienes que quitarles la cabeza y pelarlas con los dedos. Es un plato que te convierte en un *gourmet*, un *gourmand* y un bárbaro, por este orden. Puede tomarse con vino blanco o tinto, puesto que la salsa es de pimienta, aunque lo mejor es la cerveza. Lisa era de mi mismo parecer y nos bebimos otras tres cervezas cada uno, mojando el pan en la salsa y rebañando los platos. Yo quería otra ración.

—Estoy muerto de hambre —dije—. No he comido nada decente desde que estoy en prisión. He visto lo que comían los socios de El Club. ¿Por qué dais a los esclavos esas porquerías?

Lisa soltó una carcajada y contestó:

—Para que os concentréis en el sexo. El sexo ha de ser vuestro único placer. No podéis estar pensando en los exquisitos manjares que os esperan mientras hacéis el amor con un nuevo socio en el bungalow número uno. Pero no lo llames una prisión. Se supone que es el paraíso.

—O el infierno —le contesté con una sonrisa—. Siempre me he preguntado cómo explicaríamos a los ángeles, los masoquistas que conseguimos salvarnos, que preferimos ser atormentados por un par de demonios. Es decir, si se supone que es el paraíso pero no hay demonios, aquello deberá de ser un infierno.

Lisa se echó a reír a carcajadas. Hacer reír a una mujer es casi tan estupendo como llevarla al orgasmo.

Pedí otra ración de gambas para los dos. El comedor se había ido vaciando. De hecho, éramos los únicos clientes que quedaban en el local. Yo no paraba de hablar de mis reportajes sobre Nueva Orleans y la mejor forma de retratar esta ciudad. Lisa me preguntó por qué había decidido dedicarme a la fotografía, dado que estaba licenciado en filología inglesa, y qué tenía que ver la filología inglesa con la fotografía.

Le contesté que nada. Estudié en el instituto durante varios años, a fin de obtener una educación lo más completa posible, y leí todas las grandes obras literarias tres veces. Al final me incliné por la fotografía, pues era lo que más me gustaba y lo que se me daba mejor.

Nos tomamos dos cafés antes de marcharnos y luego dimos un paseo por la avenida Napoleón en dirección a Saint Charles. Era una noche perfecta, no excesivamente calurosa, sin viento, y el aire estaba perfumado.

Repetí que no existía una ciudad en el mundo más agradable para caminar. En Puerto Príncipe, si intentas caminar por las calles te quedas atascado en el barro, las aceras son un desastre, los niños te asedian continuamente y tienes que dar una limosna a uno de ellos para que los demás te dejen en paz; en El Cairo, la arena se te mete en el pelo y en los ojos. En Nueva York suele hacer demasiado frío o calor, o te roban la cartera. En Roma corres el peligro de que te atropelle un coche o una moto. En San Francisco hay demasiadas cuestas, excepto la calle Market; la parte llana de Berkeley es muy fea. En Londres hace demasiado frío y, pese a lo que afirma la gente, París siempre me ha parecido un lugar muy inhóspito, gris y demasiado concurrido. Nueva Orleans es otra cosa: las aceras son cálidas, el aire acariciador y por doquier crecen unos árboles altos y acogedores que extienden sus ramas para que pasees o te sientes bajo ellas.

A lo largo de la avenida Saint Charles pudimos contemplar unas casas preciosas.

—¿Y Venecia? —preguntó Lisa—. ¿Existe una ciudad más bella que Venecia?

Luego me cogió del brazo y oprimió su cuerpo contra el mío. Yo me volví y la besé. Entonces ella murmuró que al cabo de unos días quizá podríamos viajar a Venecia, aunque de momento nos encontrábamos muy a gusto en Nueva Orleans.

—¿Lo dices en serio? —pregunté—. ¿Podemos quedarnos unos días aquí?

La besé y le rodeé los hombros con el brazo.

—Regresaremos cuando yo lo decida, a menos que desees volver de inmediato.

Le cogí la cara entre las manos y la besé. Ésa fue mi respuesta, y no era necesario añadir nada más. El mero hecho de pensar en quiénes éramos y de dónde veníamos hizo que me excitara. No deseaba encontrarme en ningún lugar del mundo donde no estuviera ella, pero el lugar del mundo donde más me apetecía estar con ella era Nueva Orleans.

Lisa siguió caminando a paso rápido, tirando de mí, con la mano derecha sobre mi pecho mientras se apoyaba ligeramente en mí. Nos encontrábamos en Saint Charles. Junto a nosotros pasó un tranvía a través de cuyas ventanillas se podía ver el interior iluminado y vacío. El techo estaba húmedo, lo cual me recordó que había llovido. Era probable que aún lloviera en el centro de la ciudad. Bueno ¿y qué importaba eso? La lluvia, en Nueva Orleans, era como todo lo demás; allí nada podía impedir que siguiéramos con nuestro paseo.

—De modo que empezaste a fotografiar los rostros de la gente de San Francisco —dijo Lisa—. Pero ¿cómo empezaste a trabajar para *Time-Life*?

Le dije que no era tan difícil como parecía. Si uno tenía buen ojo aprendía rápido, y yo tenía la ventaja de que no necesitaba el dinero para subsistir. Durante dos años me dediqué a cubrir los temas locales, los conciertos de rock y hacer reportajes sobre estrellas de cine y escritores para *People*, un trabajo muy aburrido, mientras perfeccionaba la técnica de la fotografía, me familiarizaba con diversos tipos de cámaras y yo mismo hacía los trabajos de laboratorio. Pero uno no hace los trabajos de laboratorio cuando trabaja para las grandes revistas: les envías los rollos, ellos eligen lo que les gusta y el resto puedes venderlo a otras publicaciones. No es tan interesante como parece.

Cuando llegamos a la avenida Louisiana, había conseguido que Lisa me hablara de sí misma. Me contó algunas cosas que me chocaron, como por ejemplo que no tenía ninguna vida social fuera de El Club y que durante los cuatro años que había estudiado en Berkeley había vivido en una especie de nube, realizando al mismo tiempo trabajos de sadomasoquismo en casa de Martin, en San Francisco.

La universidad había significado para ella lo mismo que para mí, la oportunidad de hallar un lugar tranquilo donde leer.

Curiosamente, me sentí un poco violento cuando Lisa me dijo que conocía La Casa en San Francisco, donde yo me había iniciado en las prácticas sadomasoquistas, y que no sólo conocía a Martin sino que eran amigos y había trabajado para él. Recordaba todas las estancias de la casa y estuvimos hablando durante un rato sobre ese tema, pero a mí me interesaban más los detalles sobre su vida, dónde residía en Berkeley y por qué habían decidido sus padres trasladarse allí. Advertí que cuando Lisa se refería a Martin lo hacía con respeto y admiración.

—Era incapaz de llevar una vida normal —confesó—. De niña, fui un desastre.

—Jamás se lo había oído decir a nadie —respondí sonriendo, abrazándola y besándola.

—No sabía qué demonios significaba la adolescencia. Empecé a tener unos extraños deseos sexuales de jovencita. Quería que me tocaran, me inventaba fantasías. Para ser sincera, pensaba que la adolescencia era un coñazo.

—¿Incluso en Berkeley, con el liberalismo reinante, la libertad de expresión y las inquietudes intelectuales?

—Yo no lo viví de ese modo —contestó Lisa—. Era en casa de Martin donde me sentía intelectualmente libre.

Seguimos caminando a paso rápido por la avenida, bajo las detalladas sombras de las hojas que se dibujaban a los pies de las farolas, admirando los amplios porches blancos, las puertas de hierro forjado y las verjas que rodeaban los jardines.

El padre de Lisa era un irlandés católico de la vieja guardia que tuvo que trabajar para pagarse los estudios en St. Louis y daba clases en los jesuitas en San Francisco. Su madre era una mujer de ideas anticuadas que se había contentado con quedarse en casa hasta que sus cuatro hijos fueron adultos, y luego se puso a trabajar en la biblioteca pública. Su familia se había mudado a las colinas de Berkeley cuando Lisa era una niña, porque les gustaba el calor de la bahía oriental y las colinas les parecían preciosas. Pero detestaban el resto de Berkeley.

Yo conocía su calle, y su casa, un enorme y destartalado edificio de color pardo que estaba situado en Mariposa, e incluso había visto a veces la luz encendida en la amplia biblioteca.

Ahí era donde su padre leía las obras de Teilhard de Chardin, Maritain, G. K. Chesterton y demás filósofos católicos. Prefería leer que conversar con la gente, y su rudeza y frialdad eran legendarias en su familia. En materia de sexo, su padre era agustino y paulino, según decía Lisa. Opinaba que la castidad era ideal, aunque fuera incapaz de practicarla. De otro modo, quizá se habría convertido en sacerdote. Cuando uno despojaba el sexo de toda retórica, resultaba repugnante. Los homosexuales debían abstenerse. Incluso besarse era pecado mortal.

La madre jamás llevaba la contraria a su marido; pertenecía a todas las organizaciones de la Iglesia, participaba en numerosos comités para recaudar fondos y todos los domingos preparaba una suculenta cena, tanto si sus hijos se encontraban en casa como si no. La hermana menor de Lisa había estado a punto de convertirse en conejita del mes de la revista *Playboy*, lo cual supuso una tragedia familiar. Si alguna de sus hijas abortaba o posaba desnuda para una revista, según decía el padre de Lisa, jamás volvería a dirigirle la palabra.

Su padre no sabía nada sobre El Club. Creía que Lisa trabajaba en una especie de balneario privado en el Caribe, donde los socios acudían para tomar las aguas y curar sus dolencias. Los dos nos echamos a reír cuando ella me lo explicó. Por lo visto, su padre quería que Lisa dejara de trabajar y regresara a casa. Su hermana mayor se había casado con un aburrido millonario que se dedicaba a los negocios inmobiliarios. Todos habían asistido siempre a escuelas católicas, salvo Lisa, que insistió en estudiar en la Universidad de California. Su padre se burlaba de los libros que ella leía y de los trabajos que redactaba. Según me contó, Lisa se había aficionado al sadomasoquismo a los dieciséis años, al acostarse con un compañero de Berkeley. Su primer orgasmo lo había experimentado a los ocho, y entonces pensó que era una especie de tarada.

—Éramos unos «emigrantes del interior», como solían llamar en Francia a los católicos en el siglo XIX. Si crees que los católicos son gente estúpida, unos campesinos que viven detrás de las catedrales de las grandes ciudades y se dedican a rezar el rosario delante de las estatuas, es que no conoces a mi padre. Todo cuanto dice deja traslucir un inmenso peso intelectual, un puritanismo constitucional, esa pasión por la muerte.

Era un hombre brillante, experto en arte, que quiso que su hija aprendiera también a amar la pintura y la música. Tenían un piano de cola en el salón, y en las paredes colgaban unos dibujos de Picasso y Chagall. Su padre había comprado años atrás obras de Mirandi y Miró. Todos los veranos, cuando la hermana menor de Lisa ya tuvo seis años, viajaban a Europa. Habían vivido en Roma durante un año. Su padre conocía tan bien el latín que escribía su diario en esa lengua. Lisa me dijo que si llegaba a enterarse de que ella trabajaba en El Club, se moriría del disgusto. Pero era impensable que llegara a averiguar el tipo de vida que hacía.

—Sin embargo debo reconocer, y estoy segura de que comprenderás a lo que me refiero, que mi padre es un hombre profundamente espiritual. No he conocido a muchas personas tan convencidas de sus creencias como él. Lo curioso es que yo también vivo de acuerdo con mis creencias. El Club viene a ser la expresión pura de lo que creo. Tengo mi propia filosofía sobre el sexo. A veces me gustaría hablar con mi padre sobre estos temas. Tiene varias tías y hermanas que son monjas, una pertenece a la orden trapense y otra a la carmelita; son monjas de clausura. Me gustaría decirle a mi padre que yo también soy una especie de monja, puesto que estoy saturada de lo que creo. ¿Me entiendes? Si lo piensas fríamente resulta bastante cómico, porque cuando Hamlet le dice a Ofelia, como supongo que sabes: «Vete a un convento», en realidad no se refiere a un convento, sino a un burdel.

Yo asentí. Estaba francamente impresionado.

Pero su historia me asustó, y mientras seguía hablando la abracé con ternura. Era una delicia contemplar su vivacidad, así como la naturalidad y sinceridad que expresaba su rostro. Me gustaba el modo en que describía los detalles sobre su primera comunión o cuando escuchaba ópera en la biblioteca con su padre, o cuando se escapaba a casa de Martin en San Francisco, el único lugar donde se sentía realmente viva.

Habría podido seguir charlando con ella toda la vida. Lisa me había contado de forma apresurada unas dieciséis cosas de todas las que yo deseaba que me explicara. Necesitábamos por lo menos un año para conocernos bien. Esto era un poco como pelar una cebolla, y sólo le habíamos quitado la primera capa.

No bien hubo terminado de contarme cosas de su vida y su familia cuando empecé a hablarle de mi padre, que era ateo y creía firmemente en la libertad sexual. Le conté que mi padre me había llevado a Las Vegas cuando yo era poco menos que un adolescente para que me acostara con una prostituta, que volvía loca a mi madre con su empeño de que nos bañáramos en playas de nudistas y que al fin mi madre se había divorciado de él, un pequeño desastre del que ninguno de nosotros nos llegamos a recuperar. Mi madre impartía clases de piano en Los Ángeles y trabajaba como acompañante de una profesora de canto. Discutía continuamente con mi padre sobre los míseros quinientos dólares mensuales que él le pasaba, pues no ganaba lo suficiente para vivir. Mi padre era rico, al igual que sus hijos, ya que nuestro abuelo nos había dejado en herencia una importante cantidad de dinero. Pero mi madre no tenía ni un centavo.

Como el tema empezaba a irritarme, decidí dejarlo correr. Antes de partir hacia El Club había entregado a mi madre un cheque de mil dólares y le había comprado una casa. Mi madre tenía varios amigos que me caían fatal, unos individuos que parecían peluqueros, y siempre tenía problemas económicos. Era una mujer que no creía en sí misma.

Mi padre se negaba a entregar a mi madre la parte de los bienes gananciales que le correspondían, por más que ella lo había llevado ya varias veces a los tribunales. Era un importante conservacionista en el norte de California, se ataba a las secoyas cuando amenazaban con talarlas, era dueño de un importante restaurante en Sausalito y de un par de pequeños hoteles en Mendocino y Elk, así como de varias hectáreas de terreno en Marin County que valían una fortuna. Trabajaba en pro del desarme nuclear. Poseía la mayor colección de pornografía que existe fuera del Vaticano, pero consideraba que el sadomasoquismo era una perversión.

Lisa y yo nos echamos a reír de nuevo.

Mi padre pensaba que eso era asqueroso, pervertido, infantil, largaba discursos sobre Eros y Tánatos y el deseo de muerte, y cuando le hablé de El Club, diciéndole que se encontraba en Oriente Medio

—cuando Lisa oyó eso lanzó una sonora carcajada— amenazó con hacer que me recluyeran en el manicomio estatal de Napa. Pero no había tiempo.

Poco antes de que me marchara mi padre contrajo matrimonio con una chica de veintiún años; era una idiota.

—Pero ¿por qué le hablaste de El Club? —preguntó Lisa, sin dejar de reírse—. ¿Le contaste los detalles sobre las cosas que habías hecho?

—¿Por qué no iba a hacerlo? El día que me acosté con la prostituta en Las Vegas mi padre permaneció junto a la puerta de la habitación del hotel, espiándonos. Se lo cuento siempre todo.

—Me pregunto qué habría sido de nosotros —dijo Lisa— si nuestros respectivos padres nos hubieran abandonado cuando éramos pequeños.

Al llegar a la avenida Washington atravesamos la calle Pyrthania para comprobar si el bar Commander's Palace estaba abierto. Entramos y nos bebimos otras dos cervezas mientras charlábamos de nuestros padres y las cosas que éstos nos habían contado sobre el sexo, así como de muchas otras cuestiones que nada tenían que ver con ello. Habíamos tenido los mismos profesores en Berkeley, habíamos leído los mismos libros y habíamos visto las mismas películas.

De no haber entrado a trabajar en El Club, Lisa no tenía ni idea de a qué se hubiera dedicado —la cuestión la ponía nerviosa—; quizás habría sido escritora, pero eso no era más que un sueño. Nunca había creado nada que no fuera un guión de sadomaso.

Su lista de libros favoritos me divertía, pero al mismo tiempo me inspiró una gran ternura. Estaba formada por obras tan importantes como *Fiesta*, de Ernest Hemingway, *Última salida para Brooklyn*, de Hubert Selby, o *City of the Night*, de Rechy. Pero también le gustaba *El corazón es un cazador solitario*, de Carson McCullers, y *Un tranvía llamado deseo*, de Tennessee Williams.

—Dicho de otro modo —dije yo—, te gustan los libros sobre los marginados sexuales, gente que no encuentra su lugar.

Lisa asintió, pero había algo más. Era una cuestión de energía y estilo. Cuando se sentía mal, según me contó, cogía *Última salida para Brooklyn* y leía en voz baja la historia titulada «TraLaLa» o «La reina ha muerto». Conocía cada uno de los fragmentos tan bien que prácticamente podía recitarlos de memoria.

—Te diré qué es lo que ha hecho que siempre me sintiera como un fenómeno de feria —dijo Lisa—, y no me refiero a tener un orgasmo a los ocho años o escuchar a hurtadillas a otras niñas cuando describían las azotainas que les propinaban sus padres, o largarme a San Francisco para que me azotaran en una habitación iluminada con velas. Se trata del hecho de que nadie haya logrado jamás convencerme de que existe algo sucio o pervertido en el sexo practicado voluntariamente entre dos adultos. Es como si me faltara un pedazo del cerebro. Nada me repugna. Todo me parece absolutamente inocente, relacionado con las sensaciones más profundas, y cuando la gente me dice que les ofende ciertas cosas, no sé a qué demonios se refieren.

Yo la escuchaba con gran atención. Bajo la luz del bar Lisa ofrecía un aspecto exótico; su rostro lleno de ángulos, su voz profunda y natural. Escucharla era como beber agua.

Antes de abandonar Nueva Orleans, según me informó Lisa, quería asistir a unos *show*s de transexuales en Bourbon, unos espectáculos de lo más tirado. Los tipos que actuaban allí se inyectaban hormonas y se operaban para convertirse en mujeres. A Lisa le encantaban esos espectáculos.

—¿Estás de broma? —contesté—. No quiero que me vean en esos tugurios.

—¿De qué estás hablando? —preguntó Lisa, furiosa—. Esas personas son consecuentes con su sexualidad, representan sus fantasías sobre el escenario. Aceptan el hecho de que son distintas.

—Pero son unos antros de mala muerte. Esos locales no tienen nada que ver con la elegancia de El Club.

—No importa —respondió Lisa—. La elegancia no es más que una forma de límite. A mí me gustan esos tugurios. Me siento como una transexual, como ellos, y me gusta contemplar el espectáculo.

Al decir esto, su actitud cambió de improviso. Advertí que temblaba ligeramente y le dije que estaba de acuerdo, que si quería iríamos a ver uno de esos espectáculos.

—Me siento confundido —dije. Noté que le lengua se me trababa. Me había tomado dos Heinekens en el bar—. Tú eres quien lleva la batuta. ¿Por qué no te limitas a decirme lo que quieres hacer?

—Es lo que he hecho, pero tú respondiste: «¿Estás de broma?». Además, no se trata de imponer mi voluntad.

—Salgamos de aquí —dije.

Atravesamos de nuevo la calle Pyrthania y nos quedamos junto a la puerta del cementerio Lafayette durante veinte minutos, discutiendo sobre si debíamos o no saltar la tapia y caminar entre las tumbas. Me encantan esos sepulcros con sus frontones y columnas griegas, sus desvencijadas puertas y sus oxidados ataúdes. Me sentí tentado a trepar por la verja, pero temí que nos arrestaran.

En vez de meternos en el cementerio, decidimos que era un buen momento para dar un paseo por el distrito Garden.

Recorrimos la zona desde Saint Charles hasta Magazine, deteniéndonos de vez en cuando para admirar alguna casa anterior a la Guerra Civil, unas blancas columnas iluminadas por la luna, una verja de hierro forjado, unos viejos robles tan inmensos que no alcanzaba a rodearlos con ambos brazos.

No existe ningún otro barrio en el mundo como éste, con sus gigantescas mansiones, reliquias de otros tiempos, elegantes y serenas tras sus inmaculados jardines. De vez en cuando percibíamos el murmullo del sistema de riego automático, el leve sonido del agua, en la densa y boscosa oscuridad. Las aceras resultaban muy decorativas, con ladrillos en espiga o cubiertas por losas moradas, y unos pequeños montículos de cemento que acogían las raíces de los gigantescos árboles.

Lisa tenía sus casas preferidas, que solía ir a contemplar cuando vivía en el apartamento y dedicaba todo su tiempo a leer y pasear. Cuando fuimos a verlas comprobamos que dos de ellas se encontraban en venta. Una de las casas nos cautivó. Era de estilo neoclásico, con la puerta a la izquierda de la fachada y unos ventanales en el porche. Estaba pintada de color rosa intenso, ribeteado de blanco. La fachada presentaba grandes desconchaduras, salvo en los lugares donde quedaba cubierta por la enredadera. Tenía unas columnas corintias y unos estilizados escalones en la entrada, y junto a la verja unos viejos magnolios.

Lisa y yo permanecimos largo rato apoyados en la verja contemplando la casa y besándonos, sin decir nada, hasta que sugerí que la compráramos. Viviríamos felices en ella, viajaríamos por todo el mundo y cuando regresáramos nos refugiaríamos en nuestro hogar. Era lo suficientemente grande para celebrar grandes fiestas, instalar un laboratorio fotográfico e invitar a cenar a nuestros familiares de California.

—Y cuando nos aburramos de Nueva Orleans —le dije—, nos iremos un par de semanas a Nueva York o visitaremos El Club.

Lisa presentaba un aspecto irresistible, sonriendo en la semioscuridad y con el brazo alrededor de mi cuello.

—Recuerda, ésta es nuestra casa —dije—. No podemos ocuparla hasta dentro de dos años, cuando finalice mi contrato con El Club. Pero no veo por qué no podemos dejar una paga y señal ahora mismo.

—No te pareces a ningún otro hombre de los que he conocido.

Echamos a caminar entre suaves y tiernos besos, ebrios de amor, sin prisas. Avanzábamos unos pasos y nos deteníamos, apoyándonos en un árbol para volver a besarnos. Lisa tenía el pelo alborotado y se le había corrido la pintura de los labios. Yo le metí la mano apresuradamente debajo de la falda, antes de que ella pudiera protestar, y le toqué la suave entrepierna de algodón, húmeda y caliente. Sentí deseos de follarla allí mismo.

Al fin conseguimos atravesar la avenida Jackson y nos dirigimos al Hotel Pontchartrain, cuyo bar estaba todavía abierto. Nos tomamos unas copas y al salir decidimos que aquella zona, bastante maltratada, no presentaba ningún interés, así que cogimos un taxi y regresamos al centro. Yo me sentía eufórico, dispuesto a disfrutar al máximo aquella noche mágica, y cada vez que me daba un arrebato me lanzaba sobre Lisa y la besaba apasionadamente.

Gracias a Dios, los repugnantes tugurios de Bourbon ya estaban cerrados.

Eran las tres y entramos en un lugar cómodo y acogedor que estaba decorado con unas lámparas de queroseno y unas mesas cuadradas de madera. Lisa y yo sostuvimos nuestra primera discusión. Yo sabía que estaba borracho. Debí mantener la boca cerrada. Fue una discusión tonta sobre una película titulada *La pequeña* cuya acción transcurría en Storyville, la zona de prostitución de Nueva Orleans, y que había sido dirigida por Louis Malle. A mí no me había gustado nada y Lisa dijo que se trataba de una gran película. Brooke Shields hacía el papel de una niña prostituta, Keith Carradine el de un fotógrafo, Belloc, y Susan Sarandon el de la madre de Brooke. Yo opinaba que la película carecía del menor interés.

—No me llames idiota sólo porque me gusta una película que tú no comprendes —dijo Lisa.

Yo empecé a balbucear en un intento de explicarle que no quise decir que fuera una idiota. Lisa dijo que yo había afirmado que cualquiera que mostrase interés por una basura como aquélla era un idiota. ¿Había dicho yo eso? No lo recordaba.

Me tomé otro escocés con agua y pensé que lo que yo decía era brillante, e insistí en que la película no era más que una gran mentira, carente de toda sustancia. Pero Lisa se puso a defender a aquellas prostitutas y la forma en que vivían, amaban y experimentaban la vida cotidiana, aunque fueran unos seres marginados.

Según Lisa, todo giraba en torno a la idea de unas flores que brotaban entre unas grietas, al hecho de que la vida era incapaz de aplastar a la vida. De pronto empecé a comprender el sentido de sus palabras. Ella sabía cómo se sentía Belloc, el fotógrafo enamorado de la niña prostituta que al final era abandonado por todo el mundo; pero la mejor escena era cuando la puta, cuyo papel protagonizaba Susan Sarandon, aparecía dando de mamar a la niña en la cocina del prostíbulo.

Lisa dijo que no se podía obligar a una persona a que callara y muriera sólo por el hecho de pertenecer al colectivo de los marginados sexuales, y que en eso precisamente consistía El Club aunque yo no lo entendiera así, porque lo único que veía era a gente rica sentada alrededor de la piscina. Uno debía tener dinero, ser joven y físicamente atractivo para entrar en El Club y poner en práctica sus fantasías sexuales.

Los esclavos no tenían por qué ser ricos, y si uno no era lo suficientemente atractivo para ser esclavo podía trabajar de cuidador o instructor. Lo único imprescindible era creer en la idea de El Club, participar en la fantasía. En El Club ocurrían muchas más cosas de lo que la gente imaginaba. Muchos socios confesaban en privado que querían ser dominados y castigados por los esclavos, de modo que muchos esclavos sabían asumir el papel dominante cuando se lo pedía un cliente. Todo era mucho más libre y relajado de lo que parecía. Los ojos de Lisa habían adquirido un tono sombrío, su rostro estaba tenso y hablaba atropelladamente. De pronto se echó a llorar cuando dije:

—Eso es justamente lo que hago en El Club, poner en práctica mis fantasías. Pero ¿qué tiene eso que ver con las putas de *La pequeña*? Esas mujeres no estaban representando sus fantasías, sino las de otros.

—De acuerdo, pero la película trataba sobre sus vidas, sus esperanzas y sus sueños, y captaba de forma genial los detalles de su vida cotidiana. El fotógrafo las veía en unas imágenes de libertad y por eso deseaba estar con ellas.

—Pero eso es una estupidez. Lo único que deseaba el personaje protagonizado por Susan Sarandon era casarse y salir del prostíbulo, y su hija era una cría y...

—No me digas que soy una estúpida. ¿Por qué no podéis los hombres discutir con una mujer sin llamarla estúpida?

—No he dicho que seas una estúpida, sino que es una estupidez.

El barman se inclinó hacia mí y, casi rozándome el rostro, me dijo que si bien era cierto que aquél era un bar que permanecía abierto toda la noche, lamentaba tener que pedirnos que nos fuéramos porque a aquella hora, entre las cuatro y las cinco, era cuando limpiaban el local. Si queríamos, podíamos ir a Michael's, que estaba a la vuelta de la esquina.

Michael's era un tugurio de mala muerte. No había serrín ni cuadros ni lámparas de queroseno, sólo una habitación rectangular llena de mesas de madera. Tampoco tenían Johnny Walker etiqueta negra. Lisa estaba a punto de echarse a llorar.

—¡Estás equivocado!

En Michael's estaba sucediendo algo muy interesante.

Las personas que acababan de entrar parecían haberse levantado de la cama hacía sólo unos minutos. No habían pasado toda la noche dando vueltas por la ciudad, como nosotros. Pero ¿qué clase de gente se levanta a las cinco de la mañana para meterse en Michael's y tomarse unas copas? Había dos travestis increíbles, con pelucas y muy maquillados, que hablaban con uno de esos jóvenes esqueléticos cuya vida parece haberse consumido entre alcohol y cigarrillos. Tenía el rostro enjuto y arrugado, y los ojos inyectados en sangre. Me hubiera gustado tener una cámara para fotografiarlo. Si íbamos a Venecia, tenía que comprarme una cámara.

Todos los clientes del bar se conocían, pero nadie reparó en nosotros.

—¿Significa todo eso que no sigues un guión escrito? —pregunté—. ¿Por qué no me dices de una puñetera vez qué es lo estás haciendo? ¿Intentas decirme que uno puede largarse tranquilamente de El Club y regresar cuando le apetezca? ¿Que puede llevarse a su esclavo sin que nadie se lo impida? ¿Es que no existen normas al respecto? Supón que decido largarme y dejarte plantada. Tengo todas mis pertenencias...

—¿Es eso lo que quieres hacer? —preguntó Lisa, frotándose los brazos. En aquel momento parecía una matrona italiana, con el pelo revuelto y aquellos grandes ojos que aumentaban de tamaño a medida que se iba emborrachando. Al hablar se le trababa un poco la lengua.

—No —contesté.

—Entonces ¿por qué lo has dicho?

Salimos del bar. La lluvia había cesado. No recordaba cuándo había empezado a llover. Entramos en el Café Du Monde, que se hallaba junto al río, frente a Jackson Square, iluminados por una intensa luz blanca. Las furgonetas de reparto empezaban a circular por la calle Decateur.

El café con leche estaba riquísimo, caliente, dulce y perfecto. Mientras engullía una docena de pequeños bizcochos cubiertos de azúcar, le hablé a Lisa sobre mis cámaras y la forma de retratar a personas y lograr que colaboren contigo.

—Sabes, podría quedarme aquí para siempre —dije—. Es un lugar un tanto decadante, pero real. California no es real. ¿Te parece que California es real?

—No —respondió Lisa.

Quería beberme otro whisky o unas cuantas cervezas más. Me levanté, me acerqué a ella, planté una silla junto a la suya y empecé a abrazarla y besarla. Al cabo de unos minutos la cogí en brazos, salimos del local y nos paramos en medio de la calle, sin recordar dónde se hallaba nuestro hotel.

Cuando llegamos a nuestra habitación, el teléfono estaba sonando. Lisa se puso furiosa.

—¿Es que has llamado a cada jodido hotel de Nueva Orleans hasta dar conmigo? —gritó a través del teléfono, paseándose descalza arriba y abajo—. ¡Son las seis de la mañana! ¿Qué vas a hacer? ¿Mandar que me detengan?

Tras colgar el auricular bruscamente, rompió todos los mensajes telefónicos que habían dejado clavados en la puerta de nuestra habitación.

—¿Eran ellos? —pregunté.

Lisa se frotó las sienes mientras gimoteaba como si estuviera a punto de sufrir una crisis nerviosa.

—¿Por qué están tan enfadados? —pregunté.

Lisa se apoyó en mi hombro y empezó a canturrear

muy bajito una estrofa de *I Can't Give You Anything but Love, Baby*; estuvimos un buen rato bailando sin mover los pies.

Era de día y yo estaba soltando un discurso.

El jardín aparecía húmedo y más hermoso y fragante que horas atrás. Todas las ventanas de la antigua casita de los sirvientes estaban abiertas y Lisa se hallaba sentada en el gigantesco lecho, vestida únicamente con un body de algodón.

En el aire se concentraba el intenso perfume de las adelfas rosas, los jazmines y las rosas silvestres. La llamé «pequeña», le dije que la amaba e inicié una larga disertación sobre el amor y la razón por la que aquello que sentía por ella era distinto a lo que había sentido por otras mujeres; tampoco dejé de recordarle que en El Club ya le habíamos quitado una capa a la cebolla, que ella sabía muchas cosas sobre mí y mis deseos más secretos, los cuales ninguna mujer había averiguado jamás, y que la amaba con delirio.

Le dije que me encantaba tal como era, menuda, con el cabello y los ojos oscuros, una persona intensa que creía fervientemente en lo que hacía, y que no representaba un misterio para mí como otras mujeres, pues la conocía perfectamente, sabía cosas sobre ella que ni ella misma me había contado, sabía que dentro ocultaba un lugar al que nadie podía acceder, pero que yo pretendía llegar a él. También le dije que no me importaba que *La pequeña* le pareciera una buena película, porque significada que proyectaba sobre ella toda su pureza y rebeldía.

Lisa estaba muy desconcertada. Pero era como si estuviera en una vitrina de cristal. Yo estaba demasiado borracho para detenerme.

Al fin, Lisa me quitó la ropa y nos tumbamos en la cama. Cuando el teléfono empezó a sonar de nuevo, alargué la mano de tal forma que casi cayó al suelo, y lo desenchufé violentamente. Lisa y yo empezamos a besarnos y acariciarnos y le dije que no me importaba que me hiciera daño, que era lógico, que me lo había ganado. En cualquier caso, merecía la pena amar a alguien como yo la amaba.

—Estoy muy borracho —dije—. Más tarde no recordaré nada de todo esto.

23

Espías y revelaciones

Sí, lo recordaba absolutamente todo.

A las diez me fui a desayunar solo porque no conseguí que Lisa se levantara, no había nada de comer en el hotel y me sentía desfallecido. Lisa me besó. Le dije que le dejaba una taza de café junto a la cama, que me iba al Court of Two Sisters y que la esperaba allí.

Me dirigí en primer lugar a un quiosco de prensa para comprar unas revistas y unos periódicos, y luego a una tienda de artículos fotográficos para comprar una cámara Canon AE1, sencilla, eficaz y no tan cara que lamentara regalársela a un niño cuando regresáramos a la isla. No estaba permitido tener una cámara en El Club, pues de otro modo habría metido un par de ellas en mis maletas.

Cuando llegué al Court of Two Sisters, en la calle Royal, había disparado un rollo entero y experimentaba una hermosa y psicodélica resaca. No me dolía la cabeza, sino que me sentía como si flotara, feliz, encantado de la vida.

Deseaba volver a emborracharme, pero no lo hice. No quería estropear los extraordinarios momentos que pasaría con Lisa. Me disponía a complacerla en todo, suponiendo que cuando regresara al hotel no me la encontrara haciendo el equipaje.

Dije al camarero que esperaba a una amiga y que cuando llegara la condujera a mi mesa. Luego devoré un par de huevos revueltos, dos raciones de jamón quemado, tres cervezas Miller, que era lo que mi resaca exigía de forma imperiosa, y me bebí varias tazas de café mientras ojeaba los últimos números de *Esquire*, *Playboy*, *Vanity Fair*, *Time* y *Newsweek*.

El mundo estaba sumido en el mismo caos en que lo dejé antes de marcharme, ya que aún no había transcurrido una semana y no era una situación que pudiera solucionarse en dos días.

Habían estrenado dos películas que quería ver. *Time* había utilizado tres fotografías mías en un artículo sobre escritores gay en San Francisco. Perfecto. En El Salvador seguían operando los escuadrones de la muerte, continuaba la guerra en Nicaragua, los marines aún no habían abandonado Beirut, etcétera.

Dejé a un lado las revistas y me bebí el café. En el jardín del Court of Two Sisters se respiraba una relativa tranquilidad y traté de analizar racionalmente lo que había sucedido la noche anterior. Pero fue imposible. Sólo sentía un amor irracional por Lisa, una profunda felicidad y una extraordinaria sensación de bienestar. Se me ocurrió telefonear a mi padre, en Sonoma, para decirle: «Sabes, papá, he conocido a la chica de mis sueños.» Jamás adivinarás dónde, ni lo divertido que es. Ni el chasco que puedo llevarme.

Había llegado el momento de afrontar la realidad.

Empecé a preguntarme qué significaba todo aquello para Lisa. ¿Y si de regreso en El Club oprimía el timbre de su mesa y al aparecer Daniel le decía: «Llévatelo, me he cansado de él»? O bien: «Ya os avisaré para que me lo enviéis dentro de dos semanas.» Nada le impedía hacerlo, quizás era lo que solía hacer después de llevarse a un esclavo de vacaciones.

Quizá para ella era como sacar un libro de la biblioteca, el cual una vez leído dejaba de interesarle.

No, no debía pensar en eso. Al fin y al cabo estábamos aquí, juntos. Como decía Lisa, ¿por qué pensar en Venecia cuando estamos en Nueva Orleans? Pero era preciso pensar en ello, y al hacerlo recordé los momentos lúcidos, cuando le dije que sabía que iba a lastimarme, pese a sentirme eufórico e increíblemente feliz.

De pronto sentí deseos de regresar junto a ella.

Pero había otra cosa que me preocupaba. La llamada que había recibido Lisa y lo que había dicho: «¿Qué vas a hacer? ¿Mandar que me detengan?» Estaba seguro que había dicho eso. ¿Qué significaba? Me dije que estaba bebida, que no tenía importancia. Pero ¿qué significaban aquellas palabras?

Existía otra posibilidad, no menos inquietante, de que al sacarme Lisa de El Club hubiera violado las normas y que nos estuvieran buscando.

Sin embargo era una posibilidad muy remota, demasiado romántica. Porque si ella había hecho eso... No. Era absurdo. Ella era la jefa. «Comprendo que resulta muy pesado tener que desnudarse y vestirse continuamente.» ¿Por qué se había enojado de esa forma siendo como era una científica del sexo?

Lisa también llevaba dentro un poeta, como todo científico que se precie, pero no dejaba de ser una mujer de ciencia y sabía muy bien lo que hacía. Seguramente había olvidado informar al club de que nos íbamos unos días de vacaciones. Pero ¿por qué la habían telefoneado a las seis de la mañana?

El tema empezaba a deprimirme, de modo que me bebí otra taza de café, entregué al camarero un billete de cinco dólares y le pedí que me trajera una cajetilla de Parliament 100. Recordé la expresión de felicidad de

Lisa mientras paseábamos la noche anterior por el distrito Garden abrazados, sin pensar en el club, sólo en nosotros mismos.

El camarero regresó con el tabaco, cuando de pronto vi algo que me sobresaltó. Junto a la puerta del jardín que daba a la calle Bourbon había un hombre cuyo rostro yo recordaba, observándome. No me quitaba ojo de encima, ni siquiera cuando le miré. De repente advertí que llevaba un pantalón y unas botas de cuero blanco, la vestimenta típica de los cuidadores de El Club. Sin duda se trataba de uno de ellos. Entonces lo reconocí. Era el joven rubio, con un bronceado de alta mar, que me había dado la bienvenida en San Francisco y me había dicho «adiós, Elliott» en la cubierta del yate el día que llegué a la isla.

Pero ahora no sonreía como en aquellas ocasiones, sino que me miraba fijamente, inmóvil, apoyado en el muro del jardín. Había algo siniestro en su silenciosa presencia en este lugar.

Al verlo sentí un escalofrío seguido de una profunda rabia. Domínate, me dije. Existían dos posibilidades: que fuera un trabajo de rutina y aquel tipo me estuviera vigilando como solían hacer cada vez que Lisa sacaba a un esclavo de El Club, o que ella hubiera violado las normas y él hubiera venido a por nosotros.

De inmediato me puse a la defensiva. «¿Qué vas a hacer? Mandar que me detengan?» Aplasté el cigarrillo en el cenicero, me levanté lentamente y me dirigí hacia él. Su rostro se demudó. Retrocedió unos pasos, estupefacto, y luego desapareció.

Cuando salí a la calle no pude encontrarlo. Permanecí de pie unos minutos mirando a mi alrededor y luego me dirigí al lavabo de hombres, que estaba junto a la puerta. Pero tampoco se encontraba allí. Parecía haberse esfumado.

Irritado, miré hacia el otro lado del jardín.

Lisa acababa de entrar y el camarero la conducía hacia mi mesa. Al ver que yo no estaba permaneció de pie unos instantes, mirando a su alrededor con aire preocupado.

Estaba tan guapa que lo olvidé todo al instante. Llevaba un vestido de algodón blanco en forma de trapecio, con unos volantes en el cuello y manga corta, y unas sandalias blancas. Sostenía en la mano un sombrero de paja con una cinta. Al verme, sonrió. Parecía una jovencita.

Se dirigió hacia mí, me abrazó como si no le importara que nos viera la gente y me besó.

Tenía el pelo aún húmedo de la ducha y olía a perfume. El vestido blanco le daba un aspecto fresco e inocente. La estreché con fuerza entre mis brazos, consciente de que no sería capaz de ocultarle mi preocupación.

Luego regresamos a la mesa cogidos de la mano.

—¿Qué hay de nuevo? —preguntó Lisa, apartando las revistas a un lado mientras observaba sorprendida la cámara.

—Ya lo sé, no puedo llevármela a la isla —respondí—. Se la regalaré a alguien que vea por la calle o a un estudiante en el aeropuerto.

Lisa sonrió y pidió al camarero un pomelo y café.

—¿Qué pasa? —preguntó—. Pareces disgustado.

—Nada. He visto a ese tío, al cuidador que enviaste para que me vigilara —dije, atento a su reacción—. Al principio me llevé un susto. Supuse que serían invisibles, o al menos algo más discretos.

—¿A qué tipo te refieres? —preguntó Lisa, ladeando la cabeza y observándome desconcertada—. ¿Acaso se trata de una broma? ¿De qué estás hablando?

—Uno de los cuidadores de El Club. Estaba ahí, vigilándome. Cuando me levanté para pedirle explicaciones se largó. Luego apareciste tú.

—¿Cómo sabes que era un cuidador? —preguntó Lisa con una voz casi inaudible. Se había sonrojado como si estuviera furiosa.

—Iba vestido como los tipos del club. Además, lo reconocí.

—¿Estás seguro?

—Pues claro. ¿A quién se le ocurriría pasearse con un pantalón y unas botas de cuero blanco, a menos que luciera también una camisa vaquera de lentejuelas? Lo recordaba del barco, cuando me llevaron a la isla. Era el mismo tipo, estoy completamente seguro.

El camarero depositó en la mesa dos mitades de pomelo dispuestos en unos platitos de plata rodeados de hielo. Lisa los miró distraídamente y luego me miró de nuevo.

—Estaba ahí mismo, sin quitarme la vista de encima. Quería que supiera que me estaba vigilando. Pero, sin duda...

—Los muy cabrones —murmuró Lisa. Acto seguido se levantó, llamó al camarero y le preguntó—: ¿Dónde hay un teléfono?

La seguí hasta el cubículo donde se encontraba el teléfono. Después de introducir un par de monedas de veinticinco centavos en la ranura, se volvió hacia mí y dijo:

—Regresa a la mesa.

Yo no me moví.

—Por favor —insistió Lisa—. Enseguida me reúno contigo.

Retrocedí hacia el jardín, sin dejar de observarla. Al cabo de unos instantes empezó a hablar por el auricular. Aunque no pude oír lo que decía, percibí el tono airado de su voz. Luego colgó y se dirigió hacia mí con tal prisa que casi se le cayó el bolso.

—Paga y vámonos —me dijo—. Nos mudaremos de hotel.

Echó a andar a través del jardín y yo la seguí. Cuando le di alcance, la sujeté por la muñeca y la atraje con suavidad hacia mí.

—¿A qué viene esto? ¿Por qué quieres que cambiemos de hotel?

Tenía una sensación extraña, que nada tenía que ver con la resaca. La besé en la mejilla y en la frente para tranquilizarla.

—Porque no quiero que esos cabrones nos vigilen —contestó, tratando de soltarse. Estaba muy alterada.

—¿Qué más da? —pregunté, rodeándole los hombros con un brazo para conducirla suavemente hacia la mesa—. Vamos a desayunar. No me gusta huir de nadie. ¿Qué pueden hacernos? ¿Qué pretenden? —pregunté, observándola atentamente—. No quiero abandonar ese hotelito tan encantador. Es nuestro nido de amor.

Lisa me miró y durante unos instantes sentí que todo era tal como lo había soñado. Pero era un sueño tan complejo que resultaba difícil de comprender. La besé de nuevo, vagamente consciente de que habían entrado unas personas en el jardín y que nos estaban mirando. Me pregunté si les complacía ver a una mujer tan joven y hermosa como Lisa y a un hombre besándola como si no le importara en el mundo nada más que ella.

Lisa se sentó, apoyó los codos en la mesa y la frente entre las manos. Yo encendí un cigarrillo y la observé durante unos minutos, sin dejar de echar de vez en cuando un vistazo alrededor del jardín para comprobar si había aparecido de nuevo el cuidador o cualquier otro empleado del club. Pero no vi a nadie sospechoso.

—¿Es normal que cuando te vas de vacaciones con un esclavo lo vigilen para que no se largue? —pregunté.

Sabía lo que me iba a responder. Ella no solía hacer esas cosas con un esclavo nuevo, sino con los que llevaban algún tiempo en El Club y conocían las reglas y podía fiarse de ellos. Conmigo había hecho una excepción.

Lisa alzó lentamente la vista y me miró con una leve expresión de ironía. Sus ojos parecían casi negros.

—No, no es normal —respondió con voz tan baja que apenas entendí lo que decía.

—¿Y por qué lo hacen?

—Porque lo que he hecho yo tampoco es normal. De hecho, nadie lo había hecho nunca.

Guardé silencio, reflexionando sobre lo que acaba-ba de decir. El corazón me latía de forma acelerada. Di una calada al cigarrillo y murmuré:

—Hummmm.

—Nadie había sacado jamás a un esclavo de El Club —repitió.

No dije nada.

Lisa se frotó los brazos como si tuviera frío. No me miró. Parecía inmersa en sus pensamientos.

—Nadie más lo habría intentado —dijo, sonriendo con amargura—. Nadie se habría atrevido a pedir que dispusieran el avión y que cargaran tus maletas en él, para después subirse contigo al aparato.

Eché la ceniza en el cenicero.

—No advirtieron nuestra ausencia hasta las tres de la madrugada. Te habían enviado a mi habitación. Yo no estaba. Nadie pudo encontrarte. Yo había partido en el avión acompañada de un hombre. ¿Quién era ese hombre? Había pedido que me enviaran tus cosas. Al cabo de unas horas lograron unir todas las piezas y em-pezaron a telefonear a todos los hoteles de Nueva Or-leans. Así, dieron con nosotros a las seis. Quizá no re-cuerdes la llamada.

—La recuerdo muy bien —respondí, y añadí que recordaba todo lo demás, sobre todo haberle repetido numerosas veces que la amaba.

Miré a Lisa. Se encontraba en un aprieto. No tem-blaba, pero era evidente. Observó las dos mitades de pomelo como si le horrorizaran. Luego contempló con la misma expresión de horror la mesa y las parras que trepaban por las columnas del porche.

—¿Por qué lo hiciste? —pregunté.

Lisa no respondió. Permaneció rígida, con la vista perdida en el infinito. Luego, sin hacer el menor ademán ni emitir el menor sonido, sus ojos se humede-cieron.

—Porque quise —contestó al fin con voz tembло-rosa. Luego cogió la servilleta y se limpió discretamen-te la nariz. Estaba llorando.

Me quedé pasmado, como si hubiera recibido un pu-ñetazo en el estómago. No estaba preparado para aque-lla escena.

Hasta hacía unos instantes había permanecido im-pasible como una estatua y de pronto se había venido abajo, incapaz de contener las lágrimas ni el temblor de sus labios.

—Vamos —dije—, regresemos al hotel para poder hablar a solas con tranquilidad.

Llamé al camarero y le pedí la cuenta.

—No, espera un minuto —contestó ella mientras se sonaba y ocultaba la servilleta en el regazo.

Yo aguardé. Sentí deseos de tocarla, de abrazarla, pero me contuve porque estábamos en público. Me sentía como un imbécil.

—Quiero que comprendas un par de cosas —dijo Lisa.

—No es necesario —contesté—. No me importa.

Pero no era cierto. Lo dije porque no quería verla en aquel estado. Estaba trastornada, profundamente dolida, aunque se mordía los labios para reprimir las lá-grimas.

Lo único que deseaba era abrazarla. Supuse que to-das las personas que nos rodeaban se estarían pregun-tando qué diablos le había hecho ese cabrón para dis-gustarla de esa forma.

Lisa se sonó otra vez y permaneció en silencio du-rante unos momentos. Lo estaba pasando muy mal. Lue-go dijo:

—No tienes por qué preocuparte. Saben que te en-gañé, que te hice creer que era algo normal. Al menos eso es lo que les he dicho; y cuando vuelva a hablar con ellos se lo repetiré. Son muy persistentes. Supongo que habrán vuelto a llamar al hotel. Lo importante es que saben que te saqué de allí, que eres la víctima de este asunto, que yo lo planeé todo. Que te secuestré.

No pude por menos que sonreír.

—¿Y qué piensas hacer? —pregunté—. ¿Cuáles serán las consecuencias?

—Naturalmente, quieren que te lleve de regreso a la isla. He violado las normas. He violado tu contrato. —Las lágrimas asomaron de nuevo a sus ojos, pero Lisa tragó saliva y trató de dominarse—. Es una falta muy grave.

Lisa me miró durante unos segundos y luego apartó la vista, como si temiera que fuera a reprocharle algo. Yo no tenía la menor intención de hacerlo. Era una idea absurda.

—Quieren que regrese al trabajo —dijo—. Han surgido un montón de problemas. Anteanoche despedimos a una menor, pero al parecer no fue culpa del instructor que nos la envió. La chica vino en lugar de su hermana mayor, la cual está casada con un tipo de la CBS. El asunto parece un montaje. Los de la CBS nos están presionando para que les concedamos una entrevista. Nunca hemos concedido ninguna entrevista de forma oficial. Todos están cabreados por lo que hice... —Lisa se detuvo como si de pronto se hubiera dado cuenta de lo que estaba diciendo, de que se había ido de la lengua. Me miró y luego bajó la vista—. No sé qué diablos me pasa —murmuró—. Nunca debí sacarte del club.

Me incliné hacia delante, le tomé las manos y, aunque ella se resistió un poco, las junté y le besé las yemas de los dedos.

—¿Por qué lo hiciste? —pregunté de nuevo—. ¿Sólo porque quisiste, según has dicho?

—¡No lo sé! —contestó Lisa sacudiendo la cabeza y echándose a llorar otra vez.

—Creo que sí lo sabes —insistí—. Dímelo. ¿Por qué lo hiciste? ¿Qué significa?

—No lo sé —repitió. Lloraba con tal desconsuelo que apenas podía articular las palabras. Estaba a punto de derrumbarse—. ¡No lo sé!

Dejé un par de billetes de veinte dólares sobre la mesa y la saqué de allí.

24

Lo real y lo simbólico

Cuando regresamos al hotel nos encontramos más mensajes telefónicos pegados en la puerta.

Lisa se había tranquilizado y no me pidió que abandonara la habitación mientras hacía una llamada.

Parecía derrotada y deprimida, aunque estaba muy guapa, y me entristeció ver aquella expresión en su rostro.

De hecho, me sentía nervioso, impotente.

Al cabo de unos minutos comprendí que Lisa estaba hablando con Richard, el jefe de los postulantes; se negaba a comunicarle la fecha exacta en que regresaríamos.

—No, no envíes todavía el avión a recogernos —le dijo dos veces.

Por sus respuestas, deduje que insistía en que nada malo había sucedido, que yo estaba con ella sano y salvo. Le dijo que volvería a llamarlo por la noche y entonces le informaría sobre nuestro regreso.

—De acuerdo —dijo Lisa—. No me moveré de aquí. Ya sabes dónde estamos y lo que hacemos. Lo único que te pido es un poco de tiempo.

Lisa estaba llorando de nuevo, pero su interlocutor no podía adivinarlo, pues procuraba tragarse las lágrimas y dominar su voz. Luego comentaron el asunto de la menor y la entrevista de la CBS, y comprendí que Lisa deseaba que saliera de la habitación. La oí decir:

—No puedo darte una respuesta en estos momentos. Me estás pidiendo que cree una filosofía pública, una declaración de principios pública. Eso lleva tiempo, hay que pensarlo.

A fin de entretenerme tomé unas fotografías del jardín, de la casita donde vivíamos.

Cuando Lisa salió al jardín, dejé la cámara y le sugerí:

—Vamos a dar un paseo por el barrio francés. Podemos visitar los museos y las casas antiguas y gastarnos unos dólares en las tiendas.

Lisa me miró perpleja. Mostraba una expresión perdida y distante, pero su rostro estaba más animado que antes. Se frotó los brazos nerviosamente y me observó como si no acabara de comprender lo que le decía.

—Después —dije—, podemos dar un paseo por el río en el vapor que zarpa a las dos y media. Es aburrido, pero no deja de ser el Mississippi. Nos tomaremos una copa a bordo. Además, para esta noche se me ha ocurrido una idea fantástica.

—¿Qué?

—Iremos a bailar. Has traído unos trajes de noche preciosos. Nunca he llevado a una mujer a bailar. Iremos al salón River Queen, en la azotea del Marriott, y bailaremos hasta que la orquesta deje de tocar, o hasta que caigamos rendidos.

Lisa me miró como si me hubiera vuelto loco. Al cabo de unos minutos preguntó:

—¿Lo dices en serio?

—Por supuesto. Bésame.

—Es una idea estupenda —dijo Lisa.

—Entonces, sonríe y deja que te haga una fotografía.

Ante mi asombro, no puso ningún inconveniente. Se colocó en la puerta, con la mano apoyada en el marco, y sonrió. Estaba guapísima con aquel vestido blanco y el sombrero en la mano.

Después del museo Cabildo visitamos todas las viejas casas restauradas que estaban abiertas al público, la Gallier House, la Herman Grima, Madame John's Legacy y Casa Hove, y entramos en todas las tiendas de antigüedades y galerías de arte que vimos.

Le rodeé los hombros con el brazo y ella se mostraba animada y feliz. Su rostro aparecía resplandeciente, como el de una jovencita vestida con un inmaculado traje blanco. Sólo le faltaba un lazo en el pelo.

Si nuestro amor no dura para siempre, pensé, si esto termina en un sórdido y estúpido desastre, de una cosa estoy seguro: jamás volveré a mirar a una mujer que lleve un vestido blanco.

A la una, mientras almorzábamos en el Desire Oyster Bar, nos pusimos a charlar como habíamos hecho la noche anterior. Parecía que el episodio del cuidador y las llamadas telefónicas no hubieran sucedido nunca.

Lisa me contó numerosos detalles sobre cómo se proyectó y construyó El Club, que había sido financiado por dos personas. Al cabo del primer año habían alcanzado tal éxito que no podían satisfacer la demanda de nuevas inscripciones y ya podían permitirse el lujo de elegir a los socios. También me habló sobre otros clubes que pretendían imitarlos, uno en una mansión de Holanda, otro en California y otro en Copenhague.

Lisa me dijo que había recibido varias ofertas de

otros clubes que estaban dispuestos a pagarle más, pero que entre su sueldo y la participación en los beneficios venía a ganar medio millón al año, del cual no tocaba un centavo salvo cuando se iba de vacaciones, así que tenía unos buenos ahorros.

Yo le conté lo de mi obsesión por los deportes, que por poco había destrozado un avión Ultralite en Texas y que había pasado dos inviernos esquiando en las montañas más peligrosas del mundo.

Era una parte de mí mismo que detestaba, y detestaba a la gente que conocía a través de esas actividades porque era como si todos estuviéramos representando un papel. Resultaba mucho más gratificante fotografiar a unos tipos que se arrojaban al mar desde un risco en México que arrojarse uno mismo. Le confesé que me había dedicado a la fotografía para liberarme de aquella absurda obsesión.

Pero no lo había logrado.

Aceptaba todos los trabajos como corresponsal de guerra que me ofrecía *Time-Life*. Trabajaba de forma independiente para dos periódicos en California. El libro sobre Beirut me había llevado nueve meses de trabajo día y noche después de haber realizado el reportaje. En Beirut no había sufrido ningún percance, pero en Nicaragua y en El Salvador había estado a punto de morir en un par de ocasiones. Fue el incidente en El Salvador lo que hizo que echara el freno y me replanteara la vida.

Me asombró que Lisa estuviera al corriente de lo que pasaba en esos lugares: no sólo se leía los titulares de la prensa, sino que conocía a fondo el problema de las facciones religiosas en Beirut y la historia del Gobierno. Pese a trabajar en un lugar como El Club, estaba más informada sobre la situación política mundial que la mayoría de la gente.

Eran las dos y tuvimos que apresurarnos para coger el barco que hacía un recorrido por el río. El día era espléndido. El cielo estaba despejado y las pequeñas nubes se deslizaban rápidamente —jamás las he visto deslizarse por el firmamento con tanta rapidez como en Louisiana—, aunque de vez en cuando se producían unos débiles y breves aguaceros. Dado que era un día laborable, no había mucha gente en el barco.

Lisa y yo nos apoyamos en la barandilla de la cubierta superior y contemplamos la ciudad, hasta que el panorama cambió para convertirse en un paisaje industrial y monótono. Entonces tomamos asiento en unas sillas de cubierta y nos tomamos unas copas mientras nos dejábamos mecer por el movimiento del barco y gozábamos de la brisa del río.

Detesto reconocerlo, pero me entusiasman esas excursiones en vapor, aunque parezcan demasiado turísticas y banales. Me encanta recorrer el Mississippi; no existe ningún otro río que amenace la admiración que siento por él, excepto el Nilo.

Lisa me explicó que había visitado Egipto hacía dos años, en Navidad. Atravesaba un período en el que no soportaba la presencia de su familia, de modo que había permanecido dos semanas, sola, en el Palacio de Invierno de Luxor. Comprendía perfectamente mi fascinación por esos ríos pues, según me dijo, cada vez que hacía la travesía no podía dejar de pensar: «Estoy sobre el Nilo.»

En su caso, siempre que cruzaba un río experimentaba una curiosa excitación, tanto si se trataba del Arno, el Támesis o el Tíber, algo parecido a estar tocando un pedazo de la historia.

—Quiero que me expliques —soltó Lisa de sopetón— cómo fue eso de que por poco te mataron en El Salvador, y por qué ese episodio te llevó a replantearte la vida.

Su rostro reflejaba la misma expresión intensa y casi inocente de la noche anterior, cuando charlábamos de nuestras cosas. Nos bebimos nuestras copas a lentos sorbos. Cuando hablaba, Lisa no encajaba en el concepto que tengo sobre las mujeres, lo cual significa que éste es bastante pobre. Me refiero a que parecía un ser asexuado, interesante, sin intención de seducirme. Podía haber sido cualquier persona, lo cual me parecía atractivo en extremo.

—No es una noticia que apareciese publicada en los periódicos —dije—. No fue nada importante. —Lo cierto era que no quería describir el episodio con todo lujo de detalles, revivirlo en todo su dramatismo—. Yo estaba con otro reportero en San Salvador y no hicimos caso del toque de queda. Nos detuvieron y casi nos matan de un tiro. Ambos sabíamos a lo que nos exponíamos.

Noté que me invadía la angustiosa sensación que me había acompañado durante las seis semanas siguientes a mi partida de El Salvador, una sensación de futilidad, de que nada importaba, una desesperación transitoria que puede acometerle a uno en el momento más inesperado.

—No sé dónde coño creíamos que estábamos, si en un café de la avenida Telegraph de Berkeley hablando sobre marxismo y el Gobierno, y todas esas chorradas, con otros liberales de raza blanca que pertenecen a la clase media alta de Berkeley como nosotros. Nos sentíamos seguros, nadie iba a hacernos daño en un país extranjero; no era nuestra guerra. Cuando regresábamos al hotel nos detuvieron dos tíos en la oscuridad, no sé si pertenecían a la guardia nacional, a un escuadrón de la muerte o qué. El tío que nos acompañaba, un salvadoreño con el que habíamos estado charlando y tomando copas toda la noche, estaba cagado de miedo. Después de mostrarles nuestras tarjetas de identidad, comprendí claramente que no iban a dejar que nos fuéramos. Uno de ellos, un chaval que sostenía un rifle M-16, retrocedió unos pasos y nos miró a los tres como si se dispusiera a matarnos.

No tenía el menor deseo de recrear la tensión de aquel momento, el olor del peligro, la sensación de impotencia, de no saber qué hacer ni qué decir, consciente de que el menor cambio en la expresión de nuestros rostros podía resultar mortal. Luego sentí rabia; la rabia se siente después de haber experimentado terror e impotencia.

—En fin —dije, sacando un cigarrillo y golpeándolo ligeramente sobre mi rodilla—, él y su compañero se pusieron a discutir mientras el chaval no dejaba de apuntarnos con el rifle. De pronto sucedió algo: llegó un camión para recogerlos, así que se quedaron mirándonos y nosotros no nos movimos ni dijimos una palabra, estábamos paralizados.

Encendí el cigarrillo y continué:

—Aquello duró un par de segundos. Sabíamos lo que esos tipos estaban pensando, y supusimos que iban a pegarnos un tiro. No sé si era eso lo que se proponían, ni por qué no lo hicieron. El caso es que se llevaron al salvadoreño después de obligarlo a subir al camión mientras nosotros contemplábamos la escena sin hacer nada, y eso que habíamos pasado toda la noche en casa de su madre, tomando unas copas y hablando de política. Pero no hicimos nada.

Lisa aspiró aire bruscamente, como si se ahogase, y preguntó:

—¿Lo mataron?

—Sí. Pero no nos enteramos hasta que regresamos a California.

Lisa murmuró algo que no alcancé a oír, una oración o tal vez una blasfemia.

—Exactamente —dije—. Como comprenderás, ni siquiera nos atrevimos a discutir con esos tipos.

Luego le expliqué que ése era el motivo por el que no me gustaba hablar de ello.

—No creerás que hubiera servido de algo... —dijo Lisa.

—No lo sé —respondí, al tiempo que sacudía la cabeza—. Si hubiera tenido un rifle en mis manos la situación habría sido muy distinta. —Di una calada al cigarrillo. Apenas sabía a nada, pues el humo se disipaba en el acto arrastrado por la brisa del río—. Después de eso, me largué rápidamente de El Salvador.

—Y entonces decidiste replantearte la vida.

—Durante la primera semana, no hacía más que contar esa historia a todo el mundo. No cesaba de hacer mil conjeturas, de pensar en lo que habría podido suceder si aquel chaval llega a disparar el rifle y nos mata. Supongo que el *New York Times* u otro periódico hubiera dedicado un par de líneas a la noticia. Total, otros dos reporteros americanos muertos en El Salvador. Estaba obsesionado. Era como si cada día reviviera la escena. No podía borrarlo de mi mente.

—Es natural —respondió Lisa.

—Al cabo de un tiempo comprendí con meridiana claridad que me había expuesto a una serie de riesgos absurdos. Me había estado paseando por esos países como si se tratara de una excursión a Disneylandia y pidiendo que me enviaran a lugares donde había guerra, sin tener la menor idea de lo que hacía. En el fondo, estaba utilizando a esa gente y sus guerras.

—¿A qué te refieres?

—Esa gente me importaba un carajo. Todo era pura cháchara liberal de un ex alumno de Berkeley. En realidad, esa guerra no representaba para mí más que un circo de tres pistas.

—¿No te importaban nada las... víctimas de *Beirut: Veinticuatro horas*?

—Sí, claro que me importaban —le contesté—. Lo que vi me impactó profundamente. Yo no era un cretino que se limitaba a fotografiar lo que veía sin que ello le afectara. De hecho, las fotografías lo congelan todo, le restan patetismo. No se puede plasmar todo el horror con una cámara, ni con un vídeo. Pero, en el fondo, todo aquello me importaba bien poco. No tenía la menor intención de hacer nada al respecto. Era una experiencia excitante, como subirte en una montaña rusa o bajar a toda velocidad por una peligrosa montaña nevada. En mi interior, celebraba que existiera la violencia y el dolor para poder experimentarlos. Ésa es la verdad.

Lisa me miró de hito en hito y luego asintió lentamente.

—Es como cuando estás en el circuito de Laguna Seca y piensas que si uno de esos bólidos ha de estrellarse, te gustaría que ocurriese delante de tus narices, para presenciar la escena en primera fila —dije—. ¿Comprendes lo que quiero decir?

—Sí —respondió Lisa.

—Pero eso no me bastaba —dije—. Quería participar en la acción. No porque me importara la causa o creyera que podía resolver algo, sino porque me daba una justificación legal para... hacer cosas que no podía hacer en otras circunstancias.

—Matar gente.

—Sí —contesté—. Eso era justamente lo que pensaba. Consideraba la guerra como un deporte. La causa me era indiferente, aunque prefería estar de lado de los buenos, ya sabes, los que llamamos liberales, aunque eso tampoco me importaba demasiado. Me daba lo mismo luchar en pro de los israelíes o en El Salvador. La causa era lo de menos.

Lisa asintió de nuevo con un lento movimiento de cabeza, como si estuviera reflexionando.

—Ahora bien, si un tipo de mi edad tiene que exponerse a que lo apunten con un rifle M-16 para experimentar lo que significa la muerte, es que está enfermo, es un loco peligroso.

Lisa me miró con aire pensativo.

—Tenía que meditar, replantearme mi vida. Debía averiguar por qué perseguía la muerte, la guerra, el sufrimiento y el hambre, recreándome en su realidad como si todo aquello fuera meramente simbólico, con el mismo placer que contemplamos una película.

—Pero el hecho de realizar un reportaje...

—Yo era un novato —contesté con un ademán que quería restarle importancia al asunto—. Hay muchos y muy buenos profesionales.

—¿Y qué conclusiones sacaste de todo ello?

—Que era un tipo bastante destructivo. Un caso perdido.

Hice una pausa para beber un trago de whisky.

—Que era un imbécil. Ésas son las conclusiones que saqué.

—¿Y las personas que combatían en esos lugares? No me refiero a los soldados profesionales ni a los mercenarios, sino a la gente que cree en esas guerras. ¿Acaso los considerabas unos idiotas? —preguntó Lisa suave y solícita, como si realmente le interesara mi opinión al respecto.

—No lo sé. El hecho de que fueran o no unos idiotas, no viene al caso. Lo cierto es que mi muerte no iba a cambiar nada. Habría sido gratuita, puramente personal, el precio de ese deporte que llaman guerra.

Lisa asintió con aire pensativo mientras observaba las lejanas orillas del río, los terrenos pantanosos rodeados de aguas turbias, el interesante panorama de las nubes que se deslizaban a toda velocidad por el firmamento.

—¿Eso sucedió después de que hicieras *Beirut: Veinticuatro horas*? —preguntó Lisa.

—Sí. Y no llegué a realizar *Veinticuatro horas en El Salvador*.

Cuando Lisa se volvió de nuevo hacia mí, me asombró la seriedad de su semblante.

—Pero después de lo que viste —dijo—, me refiero al dolor real, a la violencia real, que según dices te causaron un fuerte impacto, ¿cómo pudiste soportar los numeritos que se montaban en casa de Martin? ¿Cómo pudiste soportar los ritos de El Club? ¿Cómo conseguiste pasar de un extremo al otro?

—¿Te estás quedando conmigo? —le pregunté al tiempo que bebía otro trago de whisky—. ¿Y tú me lo preguntas?

Lisa me miró perpleja.

—Viste cómo atormentaban a las personas —dijo, midiendo bien las palabras—. Personas que, como tú mismo has dicho, estaban inmersas en una violencia real. ¿Cómo podías justificar lo que hacíamos después de contemplar aquello? ¿Cómo es que no te parecíamos obscenos, decadentes, una ofensa a las víctimas cuyo tormento habías presenciado, al joven salvadoreño que se llevaron en el camión...?

—Creí que había interpretado de forma correcta tu pregunta —respondí—. No obstante, me dejas asombrado.

Bebí otro trago de whisky mientras pensaba en cómo plantear la respuesta, si de forma directa o con un circunloquio.

—¿Crees que las personas que combaten en las guerras que estallan en todo el planeta son superiores a nosotros? —pregunté.

—No sé a qué te refieres.

—¿Crees que la gente que comete actos violentos reales, en defensa propia o de forma gratuita, son superiores a quienes cometemos esos mismos actos simbólicamente?

—No, pero algunas personas se ven envueltas sin remedio en el sufrimiento y...

—Lo sé. Se ven implicadas en algo que hoy es tan horrible y destructivo como lo era hace dos mil años, cuando luchaban con lanzas y espadas, y tampoco demasiado distinto a lo que ocurría hace cinco mil años, cuando se mataban a palos y a pedradas. ¿Por qué esos impulsos primitivos, horribles y reprobables, han de convertir lo que hagamos en El Club en algo obsceno?

Sé que Lisa comprendía mis argumentos, pero se resistía a dar su brazo a torcer.

—Yo diría que ha de ser todo lo contrario —proseguí—. He visto la guerra de cerca y te aseguro que es todo lo contrario. No hay nada obsceno en que dos personas adultas, refugiadas en la intimidad de una alcoba, traten de hallar en las prácticas sadomasoquistas la solución simbólica a su agresividad sexual. Lo obsceno es violar realmente, matar realmente, arrasar poblaciones enteras, hacer saltar por los aires un autocar lleno de víctimas inocentes y destruir de forma salvaje y sistemática.

Lisa seguía mirándome con aire pensativo. El cabello le caía sobre los hombros, contrastando con la blancura de su vestido. Parecía el velo de una monja, y recordé lo que había dicho la noche anterior acerca del juego de palabras entre convento y prostíbulo.

—Tú conoces la diferencia entre lo simbólico y lo real —dije—. Sabes que lo que hacemos en El Club es un juego. También sabes que los orígenes de esos juegos se hallan en lo más profundo de nosotros, en una mezcla de componentes químicos y cerebrales muy difícil de analizar.

Lisa asintió con un movimiento de cabeza.

—Tanto como los orígenes del impulso humano para generar guerras, por supuesto. Si dejamos de lado la política actual, el «quién fue el primero en provocar al otro» de toda crisis grande y pequeña, tenemos el mismo misterio, los mismos impulsos, la misma complejidad que caracteriza la agresividad sexual. Todo ello, al igual que los ritos que practicamos en El Club, se halla relacionado en la misma medida con el deseo sexual de dominar y/o someterse. En mi opinión, todo tiene que ver con la agresividad sexual.

Lisa no dijo nada. Su actitud dejaba bien claro su parecer.

—No, El Club no es algo obsceno si lo comparo

con lo que he visto —dije—. Tú, más que nadie, deberías saberlo.

Lisa contempló el río.

—Yo creo en ello —dijo al cabo de unos minutos—, pero no estaba segura de que alguien que ha estado en Beirut y en El Salvador también lo hiciera.

—Es posible que a una persona que ha padecido esas guerras, que ha sufrido lo indecible, nuestros ritos le repugnen. Han vivido una vida distinta de lo que tú y yo conocemos. Pero eso no significa que lo que les ha sucedido sea superior, ni en cuanto a su origen ni a su efecto. Si ello les convierte en santos, perfecto. Pero ¿crees que basta el horror de la guerra para convertir a alguien en un santo? No creo que nadie de este planeta crea que la guerra ennoblece, o que posea algún otro valor.

—¿Crees entonces que El Club ennoblece?

—No lo sé. Pero sí pienso que tiene valor.

La mirada de Lisa se animó un poco, pero sean cuales fueran sus sentimientos los guardaba para sí.

—De modo que fuiste al club para representar simbólicamente tu agresividad sexual —dijo.

—Naturalmente. Para explorar mis fantasías, para ponerlas en práctica sin que me volaran la cabeza o se la volara yo a alguien. Lo sabes de sobra. ¿Cómo hubieras podido crear ese complejo paraíso si no lo supieras?

—Ya te lo he dicho. Creo en ello, pero nunca he vivido de otra forma —declaró Lisa—. Mi vida ha sido una vocación creada por mí misma. A veces me pregunto si todo lo que he hecho ha sido por rebeldía.

—Eso no fue lo que dijiste anoche. ¿Recuerdas? Dijiste que nada de lo que hicieran dos adultos voluntariamente te parecía sucio o pervertido, que siempre habías visto cierta inocencia en ello. Sabes tan bien como yo que si conseguimos dar rienda suelta a nuestros sentimientos violentos entre las cuatro paredes del dormitorio, sin herir, asustar o forzar a nadie, es posible que logremos salvar el mundo.

—Salvar el mundo —repitió Lisa—. Eso son palabras mayores.

—Al menos, salvar nuestra alma. Hoy por hoy no existe ninguna otra forma de salvar el mundo que no sea crear un escenario ficticio donde poner en práctica simbólicamente nuestros impulsos destructivos. El sexo no va a desaparecer, ni tampoco los impulsos negativos que encierra. De modo que si existiera un club en cada esquina, si existieran un millón de lugares seguros donde la gente pudiera representar sus fantasías, por primitivas o repulsivas que éstas fueran, es posible que el mundo se convirtiera en un lugar muy distinto. Quizá la violencia real acabaría siendo considerada una vulgaridad, una obscenidad.

—Sí, ésa era la idea —dijo Lisa, arrugando el entrecejo.

Parecía preocupada, perdida. Sentí el intenso deseo de besarla.

—Y sigue siéndolo —contesté—. La gente sostiene que el sadomaso tiene que ver con las experiencias de la infancia, las batallas sobre el dominio y la sumisión que libramos de pequeños y que estamos condenados a reproducir de adultos. Sin embargo, no creo que sea tan sencillo. Una de las cosas que siempre me han fascinado de las fantasías sadomasoquistas, mucho antes de soñar con poder ponerlas en práctica, es la parafernalia que las rodea, algo que de niños ni siquiera alcanzamos a imaginar.

Bebí otro trago de whisky y proseguí:

—Ya sabes, el potro de tormento, los látigos, los arneses y las cadenas, guantes y corsés. ¿Te amenazaron alguna vez de niña con castigarte en el potro de tormento? ¿O con esposarte? A mí ni siquiera me dieron un bofetón. Esas cosas no provienen de la infancia, sino de nuestro pasado histórico, de nuestro pasado ancestral; el linaje que abarca la violencia desde tiempos inmemoriales. Constituyen los seductores y terribles símbolos de las atrocidades que se vinieron cometiendo de forma sistemática hasta el siglo dieciocho.

Lisa asintió. Parecía estar recordando algo. Se llevó la mano a la cintura y sus dedos acariciaron suavemente el tejido del vestido.

—La primera vez que me puse un corsé de cuero negro —dijo—, ya sabes...

—Sí...

—Recordé la época en que las mujeres se ponían cosas como ésas a diario...

—Por supuesto. Era algo rutinario. Toda esa parafernalia viene de antiguo. ¿Y qué ha sido de esa rutina? Sólo la hallamos en nuestros sueños, las novelas eróticas o los burdeles. No, los adeptos al sadomasoquismo operamos con algo mucho más volátil que las tensiones de nuestra infancia; operamos con nuestros deseos más primitivos de alcanzar la intimidad por medio de la violación, nuestros deseos más profundos de sufrir y hacer sufrir a otros, de poseer al otro.

—Poseer...

—Y si el potro de tormento, los látigos y los arneses podemos mantenerlos relegados al universo del sadomasoquismo, si conseguimos relegar la violación en todas sus formas a ese ámbito, es posible que podamos salvar el mundo.

Lisa se limitó a mirarme durante unos instantes. Luego asintió con un leve gesto, como si nada de lo que yo dijera pudiera escandalizarla o asombrarla.

—Quizá sea diferente en el caso de un hombre —dije yo—. Llama a la policía de San Francisco cualquier noche de la semana y pregunta quién comete los, robos y asaltos. Siempre son las personas con una elevada tasa de testosterona en la sangre.

Lisa esbozó una breve sonrisa y luego recuperó su seria expresión.

—El Club es la ola del mañana, guapa —dije—. Deberías sentirte orgullosa de ello. Nuestra sexualidad nos pertenece, no pueden esterilizarla ni legislar sobre ella. Lo único que podemos hacer es comprenderla y contenerla.

Lisa emitió un sonido de aprobación, comprimiendo los labios y entrecerrando levemente los ojos.

Apuré la copa y guardé silencio mientras observaba el movimiento de las nubes a través del firmamento.

Noté las vibraciones del barco a través de mi cuerpo, la potencia del motor e incluso el silencioso curso del río, o al menos eso me parecía. El viento empezó a soplar con más fuerza.

—En realidad no te sientes orgullosa de lo que has conseguido, ¿verdad? —pregunté—. A pesar de lo que dijiste anoche.

Lisa me miró con aire de preocupación. Estaba en extremo atractiva, con la falda del vestido un poco arremangada, sus rodillas desnudas a la vista y sus pantorrillas perfectamente torneadas. Noté que estaba pensativa, nerviosa. Me hubiera gustado que se abriera a mí, que me dijera lo que pensaba sobre este tema.

—Creo que eres fantástica —dije—. Te quiero. Ya te lo dije anoche.

Ella no respondió. Contemplaba fijamente el cielo que se extendía sobre la costa, inmersa en sus pensamientos.

Bien... ¿y qué?

Al cabo de un rato se volvió hacia mí y dijo:

—Siempre supiste lo que querías obtener del club. Era como si poseyera una cualidad terapéutica.

—¿Terapéutica? No me hagas reír —le contesté—. Soy de carne y hueso, y escucho mucho a la carne, quizá más que otras personas. —Le acaricié suavemente la mejilla y añadí—: Durante buena parte de mi vida he tenido la sensación de que poseía una sexualidad algo más acusada que la mayoría de la gente.

—Yo, también —dijo Lisa.

—Muy caliente —respondí. Lo dije absolutamente en serio.

—Sí —dijo ella—, a veces creía que iba a explotar si no me corría. De niña, mi cuerpo me hacía sentir como una especie de delincuente.

—Exactamente. Pero ¿por qué tenemos que sentirnos como unos delincuentes?

Me incliné hacia delante, le aparté el pelo de la cara y le rocé la mejilla con los labios.

—Digamos que después de la experiencia en El Salvador, me atrae la violencia simbólica —dije—. Me obsesionan las películas y los programas de televisión violentos, que antes no me interesaban en absoluto. Me obsesionan mis fantasías violentas, y cuando oí a alguien hablar de la casa de Martin por enésima vez, hice lo que jamás imaginé que haría. Le dije: «Háblame de ese lugar. ¿Dónde está? ¿Cómo puedo conseguir el número de teléfono?»

—Al principio, cuando me hablaron de él, me pareció increíble que existieran personas que frecuentaran ese lugar —contestó Lisa.

—Sí. Pero yo no fui por una cuestión terapéutica. Eso fue lo mejor. Durante una de nuestras primeras conversaciones, Martin dijo que jamás trataba de analizar los deseos sadomasoquistas de la gente. No le interesa por qué una persona tiene fantasías sobre látigos y cadenas mientras que otra jamás ha pensado en esas cosas. «Trabajaremos con lo que tenemos», dijo. Y eso fue lo que hicimos. Pelar la cebolla, quitarle las capas lentamente, profundizando en mis motivaciones. Jamás me había sentido tan asustado. Fue terrible y al mismo tiempo delicioso. La experiencia más alucinante que he vivido hasta la fecha.

—Una especie de odisea —apuntó Lisa, acariciándome la nuca. Sus dedos tenían un tacto cálido, comparado con la brisa del mar.

—Sí —contesté—. Cuando oí hablar de El Club, me pareció increíble que alguien hubiera tenido el valor de crear un lugar semejante. Tenía unas ganas locas de conocerlo. Estaba decidido a entrar en él a cualquier precio.

Cerré los ojos durante unos segundos mientras la besaba. Luego la atraje hacia mí y la besé de nuevo.

—Deberías sentirte orgullosa —murmuré.

—¿De qué?

—De El Club, cariño. Ten el valor de sentirte orgullosa de haberlo creado —dije.

Lisa me miró perpleja. Estaba un poco despeinada y la expresión de su mirada se había suavizado después de mis besos.

—Me siento incapaz de pensar en ello ahora mismo —contestó.

Miré sus labios, tensos, sensuales, y noté que se estaba poniendo cachonda.

—De acuerdo. Pero debes sentirte orgullosa de lo que has creado —insistí, besándola con más fuerza, obligándola a separar los labios.

—No hablemos más de ese tema —respondió Lisa mientras se inclinaba sobre mí y me abrazaba por la cintura.

Pese al viento que soplaba, sentí que el cuerpo me ardía. Cualquiera que hubiera aparecido en aquel momento se habría quemado.

—¿Cuánto tiempo tenemos que permanecer en esta bañera? —le pregunté al oído.

—No lo sé —contestó Lisa, cerrando los ojos y besándome la mejilla.

—Quiero estar a solas contigo —dije—. Quiero regresar al hotel.

—Bésame.

—Sí, señora.

25

La mujer de mi vida

De regreso al hotel nos detuvimos en una charcutería para comprar vino y unos fiambres, además de caviar, galletas saladas, manzanas, nata agria y ostras ahumadas. Yo compré un poco de canela, mantequilla y pan, unos yogures franceses, una botella fría de Dom Perignon (el mejor champán que tenían, a cincuenta dólares la botella) y unas copas para el vino.

Cuando llegamos a la habitación, pedí que nos llevaran un cubo de hielo, desconecté el aire acondicionado y dejé los postigos entreabiertos, como la primera vez.

Empezaba a oscurecer. Era un crepúsculo típico de Nueva Orleans, vívido y fragante. El cielo estaba teñido de rojo y las adelfas rosas exhalaban un suave perfume. En el aire flotaba una calidez aterciopelada, distinta al calor que hace en la costa, y la habitación estaba invadida de sombras polvorientas.

Lisa había arrojado todos los mensajes telefónicos a

la papelera. Se hallaba sentada en la cama, con el vestido blanco arremangado sobre sus muslos, descalza. Sostenía un frasco grande del perfume que se estaba aplicando en el cuello, las pantorrillas e incluso entre los dedos de los pies.

Junto con el cubo de hielo, el exquisito niño mulato nos trajo otros mensajes telefónicos.

—Tíralos a la papelera, por favor —me pidió Lisa, sin ni siquiera mirarlos.

Abrí la botella de champán y lo vertí en las dos copas, inclinándolas para contemplar el rosario de burbujas.

Luego me senté junto a Lisa y empecé a desabrocharle lenta y suavemente los botones del vestido. Esta vez el perfume no era Chanel, sino Calandre. Deliciosamente intenso. Le quité el frasco de las manos, lo deposité en la mesita y le entregué la copa de champán.

El perfume se mezclaba con la fragancia a sol de su cabello y su piel. Tenía los labios húmedos de champán.

—¿Echas de menos El Club? —me preguntó Lisa.

—No —respondí.

—¿No añoras las paletas, las correas y todo eso?

—No —repetí, besándola—. A menos que sientas un deseo irresistible de azotarme. En tal caso, estoy a tu disposición, como todo caballero que se precie. Pero se me ha ocurrido otra cosa, algo que siempre he deseado hacer.

—Pues hazlo —contestó ella.

Lisa se quitó el vestido. Su piel tostada contrastaba con la colcha blanca, y la luz de la mesita, aunque tenue, me permitía ver sus pezones rosas como fresas. Le acaricié la cara interna de los muslos y su sexo, y me detuve en su vello suave y secreto. Luego me dirigí con pasos silenciosos a la cocina.

Al cabo de unos minutos regresé con la mantequilla y la cajita de canela en polvo.

Acto seguido me desnudé. Lisa estaba tendida en la

cama, incorporada sobre los codos. Me detuve para admirar la forma de sus turgentes pechos, la delicada curva de su vientre y su delicioso monte de Venus. Estaba preciosa.

Tenía las mejillas ligeramente sonrojadas, lo cual le daba un aire de timidez.

—¿Qué vas a hacer? —preguntó, observando los objetos que yo sostenía en la mano.

—Lo que siempre he deseado hacer —le respondí mientras me tumbaba junto a ella y la besaba con ternura.

Extendí la mano derecha y cogí un poco de mantequilla, ya derretida a causa del calor, y le unté suavemente los pezones, estirándolos mientras los acariciaba. Lisa empezó a jadear, exhalando un intenso calor, invisible como su perfume. Me acerqué la cajita de canela a los labios y aspiré aquel delicioso aroma oriental, aquella fragancia prohibida, la más afrodisíaca que conozco, aparte del olor natural de un cuerpo masculino o femenino. Luego apliqué un poco de canela sobre sus pezones.

A continuación me tumbé sobre ella, procurando no aplastarla con el peso de mi cuerpo; restregué mi polla contra sus muslos y empecé a chupar y lamerle los pezones.

Noté que todos sus músculos se tensaban. De su sexo emanaba un calor increíble mientras ella no cesaba de gemir y me abrazaba con fuerza. Estaba muy excitada, pero al mismo tiempo ofrecía cierta resistencia, como si estuviera asustada.

—No puedo más —murmuró—, es demasiado...

Me incorporé y le aparté el pelo de la cara. Sentía un deseo puramente animal; sólo quería poseerla. Recordé lo que Lisa había dicho sobre que el hecho de tener los ojos vendados facilitaba las cosas. Cogí sus braguitas blancas de algodón, que yacían en el suelo, y se las até alrededor de la cabeza a modo de venda, aplasté el nudo para que no le molestara y le apoyé la cabeza de nuevo sobre la almohada.

Lisa emitió un lánguido suspiro. Besé sus suaves y sensuales labios entreabiertos y noté que su cuerpo se relajaba debajo del mío. Gimió, resistiéndose a abrazarme, pero al fin me rodeó el cuello con los brazos, separando las piernas, ofreciéndose a mí, y empezó a mover las caderas rítmicamente.

La oí murmurar unas palabras que no alcancé a comprender. Cuando le besé los pechos, succionando y mordisqueando sus pezones, ella gimió de placer y se estrechó contra mí. Me enloquecía hacerle aquello. Estaba tan excitado, que me alcé un poco para evitar que mi miembro rozara sus muslos y su húmedo sexo y me corriera. Lisa no cesaba de jadear y emitir unos gemidos que un niño o una monja hubieran interpretado como quejidos de dolor. Era como si le estuvieran arrebatando algo por la fuerza.

Cogí de nuevo un poco de mantequilla y le unté con ella el pubis y los labios vaginales. Luego le apliqué un poco de canela sobre el clítoris mientras ella separaba las piernas y se estremecía de placer, entregada por completo.

—Sí, hazlo, hazlo... —murmuró. Al menos creo que eso fue lo que dijo.

Yo estaba tan excitado que no podía contenerme más. Sepulté el rostro en su vientre, aspirando su aroma, su olor a limpio, y el aroma de la mantequilla y la canela.

Empecé a lamerle el clítoris, abriéndole la vulva con la lengua con movimientos ascendentes, y oprimiendo mi boca sobre sus labios vaginales para succionarlos con suavidad.

Lisa yacía con las piernas y los brazos abiertos como si estuviera atada a la cama y no pudiera moverse ni defenderse. Era completamente mía. La sentí estremecerse, mover las caderas, abandonarse. Lamí la mantequilla, la canela, saboreando ese extraordinario afrodisíaco, la especia mezclada con su flujo y el calor que emanaba de su cuerpo. Me pareció oírla llorar. Anunció que iba a correrse.

Me monté sobre ella y al penetrarla noté su vagina tan estrecha y caliente que exploté dentro de ella. Lisa se corrió al mismo tiempo que yo. Tenía el rostro enrojecido, la braguita de algodón blanco que le cubría los ojos relucía en la oscuridad. Sus labios se estremecieron y pronunció el nombre de Dios, no sé si en una blasfemia o una pequeña oración.

—Di mi nombre, Lisa.

—Elliott —dijo ella, repitiéndolo dos veces.

Sentí su sexo unido al mío y me estremecí de forma convulsiva, al igual que sus labios, mientras yacía con mi miembro dentro de ella.

Al cabo de un rato, me levanté y abrí el grifo de la ducha. Permanecí debajo del reconfortante chorro de agua caliente, dejando que el baño se inundara de vapor. Mientras me enjabonaba pensé en todo lo que habíamos hecho, tratando de sacudirme la sensación de modorra que sigue al coito.

Lisa apareció de repente en la puerta del baño y me sobresalté. Se metió debajo de la ducha y empecé a frotarle los hombros y los pechos con la toallita empapada en jabón, retirándole los restos de mantequilla del cuerpo. Empezó a excitarse y perdió el control.

Me besó las tetillas y las acarició con los dedos. Luego me abrazó con fuerza. Yo le besé el cuello mientras el chorro de agua caía sobre nosotros. Le acaricié el sexo con la toallita jabonosa, limpiándoselo con movimientos lentos y enérgicos.

—Córrete —murmuré—, córrete en mis brazos, quiero ver cómo te corres.

En realidad no quería volver a empezar tan pronto.

Supuse que uno tenía que estar muy en forma para correrse tres o cuatro veces al día, como hacía yo en El Club. Me sentía feliz. Me encantaba sentirla contra mi cuerpo, desnuda y resbaladiza, temblorosa mientras el agua le empapaba el pelo. Al alzarse de puntillas noté que su sexo se abría mientras me acariciaba la espalda y las nalgas, masajeándolas suavemente. Luego me introdujo dos dedos dentro del ano.

Experimenté una increíble sensación al sentir sus dedos dentro de mi ano, follándome por el culo. Los introdujo hasta lo más profundo, como había hecho con el falo durante la primera sesión en El Club, acariciándome con manos expertas, oprimiendo suavemente el glande.

Solté la toallita y la penetré. Ella se corrió de inmediato entre violentas sacudidas, sin despegar los labios de mi mejilla mientras emitía unos débiles quejidos. La aplasté contra los baldosines blancos de la ducha mientras ella seguía moviendo los dedos dentro de mi ano. Al cabo de unos instante se corrió de nuevo. Tenía los pechos tan encendidos como las mejillas, el rostro salpicado de gotas de agua, el cabello pegado al cuello y a los hombros.

—Iba en serio cuando te dije que te quiero —dije.

Ella no respondió. Permanecimos inmóviles, envueltos en el vapor de la ducha y el calor de nuestros cuerpos. Luego, Lisa alzó la cara y me besó en la mejilla y en el hombro. De momento me conformo con esto, guapa. Puedo esperar.

El River Queen Lounge estaba muy concurrido, pero Lisa era la mujer más bella del salón.

Llevaba un vestido negro de Saint Laurent, unas sandalias de tacón alto y el pelo hábilmente alborotado. El collar de brillantes que lucía proporcionaba a su cuello un aspecto más esbelto, exótico y apetecible. Supongo que tampoco yo tenía mala pinta con el esmoquin negro. Pero ése no era el motivo de que todo el mundo nos mirara.

Parecíamos una pareja en luna de miel, besuqueándonos mientras nos bebíamos nuestras copas, bailando pegados, ajenos a los maridos y las esposas de poliéster que nos rodeaban en la pista de baile.

El salón presentaba una suave iluminación en tonos pastel. La ciudad de Nueva Orleans refulgía a través de los amplios ventanales. La orquesta latinoamericana interpretaba una música rítmica y sensual, perfecta para bailar.

El champán se nos subió a la cabeza. Ofrecí a los músicos de la orquesta un par de billetes de cien dólares para que siguieran tocando sin interrupción. Bailamos rumbas, cha-cha-chás y toda clase de ritmos calientes que yo jamás había bailado antes. Lisa movía las caderas con maestría, mientras sus pechos se agitaban bajo la tenue seda de su vestido y sus pies no cesaban de moverse al ritmo de la música.

No parábamos de reírnos.

Regresamos a la mesa sin dejar de reír a carcajadas después de haber bailado un cha-cha-chá.

Ingerimos una serie de repugnantes y ridículos combinados creados para los turistas. Insistimos en probar todas las bebidas que llevaran piña, un sombrerito o una sombrilla de papel, sal, azúcar o cerezas y se llamaran Amanecer, Vudú o Sazarac. El momento más divertido fue cuando la orquesta empezó a tocar una bossa-nova. La cantante, una excelente imitadora de la Gilberto, desgranaba las palabras en portugués al ritmo caliente de la música, mientras Lisa y yo girábamos por la pista, deteniéndonos de vez en cuando para tomar un sorbo de nuestras bebidas sin sentarnos siquiera.

A las once, el cuerpo nos pedía una música mucho más estridente, de modo que decidimos marcharnos.

La transporté en brazos hasta el ascensor mientras ella no paraba de reírse histéricamente.

Bajamos hasta la calle Decateur y entramos en una de las nuevas discotecas, un tipo de local que nunca relaciono con Nueva Orleans, similar a las miles de discotecas que existen en todo el mundo. Estaba abarrotada de gente y de luces de colores; en la pista de baile no cabía un alfiler. La clientela era eminentemente juvenil, la música ensordecedora y en una gigantesca pantalla de vídeo se proyectaban las imágenes de Michael Jackson aullando *Wanna Be Startin'Something*. Lisa y yo nos lanzamos a la pista y empezamos a girar y agitar los brazos en medio de aquel mar de cuerpos hasta que, cansados del esfuerzo, nos abrazamos y besamos apasionadamente. No había ni una pareja vestida como nosotros. Todo el mundo nos miraba con curiosidad mientras nosotros nos lo pasábamos en grande.

En cuanto tomamos un trago de nuestras copas, regresamos a la pista atraídos por el sonido más lento de *Electric Avenue*, de Eddie Grant. Lisa y yo bailábamos a nuestro aire, sin fijarnos en lo que hacían los demás. Luego pusieron música de Police: *Every Breath You Take* y *King of Pain*. Acto seguido la pantalla se oscureció para seguir de telón de fondo a *L.A. Woman*, de The Doors. Aquello no era bailar, era la locura; moviendo el cuerpo espasmódicamente, empapados en sudor, girando, saltando, sosteniendo a Lisa en el aire.

No había hecho nada parecido desde que era estudiante, desde la última vez que había asistido a un concierto de rock en San Francisco. Lisa y yo apuramos nuestras copas, ebrios y mareados por las luces que no cesaban de parpadear, a punto de caernos del taburete. Lo importante era no dejar de bailar. Nos deslizamos por la pista al son de David Bowie, Joan Jett, Stevie Smith y Manhattan Transfer, y bailamos un lento abrazados, mejilla contra mejilla, mientras cantaban *La mujer de mi vida*.

Yo le susurré la letra al oído. Me sentía flotar, ajeno al resto de la raza humana. En aquellos momentos tenía todo cuanto deseaba. Lisa y yo formábamos un solo cuerpo, cálido, un satélite que se había separado de su órbita y se deslizaba a través de su propio sendero celestial.

—Compadécete del resto de la raza humana, que no conoce este paraíso —dije—; que no sabe cómo alcanzarlo.

A la una abandonamos la discoteca y echamos a andar por las estrechas callejuelas abrazados de la cintura. Los faros de los coches dibujaban un sendero de luz sobre los adoquines, las farolas, las viejas galerías españolas y los postigos verdes.

Lisa y yo estábamos agotados. Cuando llegamos a una farola que imitaba las antiguas de gas, que por cierto me encantan, abracé a Lisa y la besé como si fuera un marinero que acabara de ligarse a una chica. La besé con avidez, explorando con la lengua el interior de su boca, sintiendo sus pezones a través de la seda de su vestido negro.

—No quiero regresar al hotel —dijo Lisa. Estaba despeinada y más guapa que nunca—. Vayamos a otro sitio. Prefiero ir dando un paseo. Estoy bebida. Vayamos al Monteleone.

—¿Por qué no quieres regresar? —pregunté.

Sabía que debía telefonear a El Club y no lo había hecho. Había permanecido siempre a mi lado, salvo los breves momentos en que había ido al servicio.

—El teléfono no parará de sonar —respondió—. Vayamos a cualquier sitio, al Monteleone, a una habitación de hotel, como si acabáramos de conocernos. Por favor, Elliott —me suplicó muy agitada.

—De acuerdo, cariño —contesté.

Dimos media vuelta y nos dirigimos al Monteleone.

Nos dieron una habitación en el decimoquinto piso

que estaba tapizada en terciopelo gris perla, con una moqueta del mismo color y una pequeña cama doble, idéntica a un millón de habitaciones de hotel anticuadas y anónimas que existen en América. Apagué las luces, descorrí las cortinas y contemplé los tejados del barrio francés. Bebimos un tragos de whisky de la botella que habíamos comprado y luego nos tumbamos en la cama, vestidos, sobre la colcha.

—Quiero saber una cosa —le murmuré al oído al tiempo que le acariciaba el lóbulo. Yacía inmóvil junto a mí, envolviéndome en la dulzura y el calor que exhalaba.

—¿Qué? —preguntó. Estaba casi dormida.

—Si estuvieras enamorada de mí, si me hubieras traído aquí porque estabas enamorada de mí, si estuvieras tan loca por mí como yo por ti, si esto no fuera una simple aventura, una pequeña evasión, una crisis nerviosa o algo por el estilo, ¿me lo confesarías?

Lisa no contestó. Permaneció inmóvil como si se hubiera quedado dormida. Sus pestañas arrojaban una sombra oscura sobre sus mejillas, el vestido de Saint Laurent era suave como un camisón. Respiraba profundamente. Tenía la mano derecha apoyada en mi pecho, sujetándome la camisa como si tratara de atraerme hacia ella.

—Maldita seas, Lisa —dije.

Los faros de un coche iluminaron durante unos instantes el techo y la pared de la habitación.

—Sí —contestó Lisa con voz soñolienta. Pero ya estaba lejos de mí, en el país de los sueños.

26

Deseo bajo los robles

Al día siguiente fuimos a visitar las plantaciones. Éramos los únicos que vestíamos traje de noche. También en la cafetería que habíamos desayunado éramos los únicos con traje de noche.

La limusina privada nos condujo a Destrahan Manor, a la Plantación San Francisco y a Oak Alley, en Saint Jacques.

Lisa y yo nos sentamos muy juntos en el amplio asiento de terciopelo gris y hablamos sobre nuestra adolescencia, nuestros traumas y sueños. Era una experiencia sobrenatural circular a cien kilómetros por hora a través del paisaje llano de Louisiana. El malecón ocultaba el Mississippi; el firmamento aparecía con frecuencia cubierto de ramas y hojas verdes.

El aire acondicionado era silencioso, deliciosamente frío. Me sentía como si Lisa y yo nos halláramos en el túnel del tiempo, mientras atravesábamos la verde y frondosa tierra subtropical.

El pequeño frigorífico contenía varias botellas de vino y cerveza. Nos bebimos unas cervezas y comimos caviar con galletitas saladas. Luego encendimos el televisor y vimos unos concursos y culebrones.

Después hicimos el amor, maravillosamente ebrios, sin los ojos vendados ni nada por el estilo, estirados sobre el enorme asiento del coche.

En Oak Alley, una de las plantaciones más hermosas que existen en Louisiana, me puse melancólico, quizá debido a que mientras visitábamos la plantación tuve tiempo de sobra para pensar.

Oak Alley tiene una avenida de robles que conduce hasta la puerta principal, y al traspasarla te quedas maravillado ante la imagen de aquella mansión perfectamente equilibrada, con un amplio vestíbulo y una escalinata, que hace empalidecer a cualquier otra casa que has visto hasta ese momento. Pero no es sólo la grandeza de Oak Alley lo que llama la atención, sino el color que se filtra a través de los robles, la elevada hierba en la que te hundes mientras caminas alrededor de la casa, las vacas negras a lo lejos, observándote en silencio como fantasmas de un exótico pasado, las dimensiones de las columnas, los elevados porches, y sobre todo el silencio del lugar, que te produce la sensación de haberte asomado al mundo sobrenatural de Nueva Orleans, de hallarte en un lugar encantado.

Mientras recorríamos la casa me encerré en un obstinado mutismo porque tenía que poner en orden mis pensamientos.

Estaba enamorado de ella. Se lo había repetido tanto a ella como a mí mismo por lo menos tres veces. Ella representaba todo cuanto deseaba en una mujer, principalmente porque era sensual y seria, inteligente, sincera y honesta, lo cual probablemente era el motivo de que se mostrara tan silenciosa en esos momentos. Además de esas cualidades, era increíblemente hermosa, y tanto si hablaba sobre su padre como sobre las películas que le gustaban, o permanecía callada, tanto si bailaba como si se reía o contemplaba el paisaje a través de la ventana, era la primera mujer a la que yo encontraba tan interesante como un hombre.

Si Martin hubiera estado allí en esos momentos quizá habría dicho: «Ya te lo dije, Elliott. En el fondo, la estabas buscando a ella.»

Es posible, Martin. Es posible. Pero ¿cómo podías prever ni tú ni nadie que esto iba a suceder?

De acuerdo. Todo eso era maravilloso. Lisa lo había organizado todo para que nos largáramos del club de forma repentina, espontánea y romántica, tal como yo había soñado la primera noche que pasé con ella. Pero resultaba evidente que podían existir tres razones para ello tal como sugerí cuando traté de hablar con ella en la habitación del Monteleone y se quedó dormida: o estaba enamorada de mí, o atravesaba una crisis nerviosa, o se trataba simplemente de una aventura. Cuando alguien se queda a vivir durante seis años en un sitio como El Club, es porque le obsesiona poner en práctica sus fantasías. ¿O acaso no es así?

Sea cual fuere el motivo, ella no quería decírmelo.

Cuando le dije que la amaba me había mirado con expresión dulce y vulnerable, pero no había respondido. No quería comprometerse, no quería darme explicaciones, o no quería o no podía demostrarme sus sentimientos.

¿Qué podía hacer yo? Lo curioso es que mientras permanecía encerrado en mi mutismo, dándole vueltas al asunto, me sentía tan cargado de energía por mi amor hacia ella y lo disparatado de la situación como cuando charlábamos y hacíamos el amor en el coche. Mis sentimientos no se habían enfriado. ¿Cómo podía solucionar aquello?

Cuando abandonamos Oak Alley y la limusina enfiló la carretera del río, llegué a la conclusión de que nos encontrábamos en una situación que todos los hombres consideran ideal: sexo y diversión sin ningún compromiso, una aventura pasajera. En nuestro caso, Lisa era quien se comportaba como un hombre y yo como la mujer, deseoso de que ella me dijera lo que pensaba hacer al respecto.

Estaba seguro de que si la presionaba, si la agarraba por los brazos y le decía: «Tienes que decírmelo. No podemos seguir así ni un minuto más», tenía un cincuenta por ciento de posibilidades de que nuestra relación se destruyese, porque era posible que ella me dijera algo tan doloroso y al mismo tiempo simple que diera al traste con todo.

No merecía la pena arriesgarse, no mientras ella estuviera conmigo. No mientras se abrazara a mí y pudiera besarla y follarla y amarla y hablarle como en estos momentos, sin dejar de pensar en silencio que quizás ella estaba alterando el curso de mi vida.

De modo que decidí seguir amándola y no decir una palabra al respecto. Me sentía aproximadamente como la primera mañana que pasamos en Nueva Orleans, cuando estaba borracho y le dije que sabía que iba a hacerme daño pero no me importaba. Sin embargo, ahora estaba tan excitado e ilusionado por todo lo que me ocurría que podía verlo de esa forma tan sentimental.

Decidí ponerme en contacto con los agentes inmobiliarios para hablar sobre la casa que estaba en venta en el distrito Garden. También tenía que telefonear a mi padre para saber si estaba vivo o si ya había asesinado a mi madre, y comprarme otra cámara.

¿Qué significaba todo eso?

Decidí no preguntar a Lisa por qué no quería regresar al hotel, qué era lo que trataba de evitar y qué era lo que podían hacernos los de El Club.

Cuando abandonamos Oak Alley y Lisa indicó al chófer que se dirigiera a St. Martinsville, en plena tierra de las marismas, comprendí que nos habíamos «fugado de casa».

Nos detuvimos en uno de aquellos grandes y típicos comercios americanos donde todo se vende a precios rebajados y que se hallan junto a la carretera, y compramos cosméticos, cepillos de dientes y la ropa más barata que uno pueda encontrar en todo Estados Unidos.

Al llegar al motel de Saint Martinsville nos pusimos unos pantalones cortos de color caqui y unas camisetas blancas y fuimos a dar un paseo, cogidos del brazo como unos novios, por el húmedo, frondoso, silencioso y gigantesco parque estatal de Evangeline.

Parece también un lugar encantado, pues sus robles centenarios, cuyas gigantescas y hermosas ramas se apoyan en el suelo, constituyen una de las maravillas del mundo. La hierba es suave como el terciopelo, el firmamento brilla a través de las hojas de los árboles como fragmentos de porcelana pulida y el musgo cae en una cascada hasta el suelo, como la cabellera de las mujeres antiguas. Al igual que en Oak Alley, el mundo entero parece un lugar oscuro, silencioso, sembrado de plantas y árboles.

Hicimos el amor, esta vez sin recurrir a la mantequilla ni la canela, en la pequeña y destartalada habitación del motel, como lo habíamos hecho en la limusina. Las cervezas reposaban en la pila del lavabo, rodeadas de hielo, el aire acondicionado agitaba las pequeñas cortinas de volantes y nosotros nos encontrábamos en el séptimo cielo, rodeados por la luna y las estrellas.

Hicimos el amor sin prisas, a ratos con ternura y otros con una pasión desenfrenada, durante toda la tarde. Los besos, suspiros y murmullos quedaban suspendidos en el aire, entre los desvencijados muebles y la luz que se filtraba a través de las viejas y sucias persianas amarillas, bajo las cortinas de volantes, tornándose poco a poco más dorada hasta que oscureció.

Le describí a Lisa el tipo de mujer con la que siempre había deseado casarme: una mujer primitiva, extranjera, como aquélla con la que viví durante una corta temporada en Saigón, la cual satisfacía todos mis deseos y caprichos sin hacer jamás ninguna pregunta, la chica de las flores de Goethe, las tahitianas de Gaugin... Esas ideas me provocaban una gran tristeza, hostilidad, desesperación. Nunca he sido tan estúpido como para llamar a eso un sueño.

Lisa no contestó. Tenía un aspecto adorable con los pantalones cortos de color caqui, la camiseta blanca y las sandalias que habían comprado en la tienda de la carretera. Llevaba un perfume cuyo nombre era Chantilly, barato y dulzón, que también había comprado allí. Me hubiera gustado retratar su rostro tal como aparecía en aquellos momentos en la penumbra de la habitación, sus pronunciados pómulos, las sombras en sus mejillas, su boca roja y sensual.

Al cabo de un rato dije:

—Nunca pensé que me casaría. Nunca creí que me enamoraría de una mujer. Nunca creí...

Lisa estaba incorporada en la cama, mirándome impasible, y yo pensé: «No me da la gana repetírselo otra vez.»

Estaba desfallecido. Me apetecía comer algo típicamente cajún, como gambas y judías rojas, y escuchar una canción cajún, disparatada, estridente, nasal, y meternos en un pequeño bar donde pudiéramos bailar.

—He decidido comprar la casa que vimos en el distrito Garden —dije.

Lisa se espabiló de repente, como si alguien hubiera tirado de un hilo para hacerle mover la cabeza y los brazos.

—Costará un millón de dólares —dijo. Tenía los ojos vidriosos y la mirada extraña.

—¿Y qué? —respondí.

Nos duchamos juntos, nos pusimos otra vez los pantalones de color caqui y las camisetas blancas y nos dispusimos a salir.

De pronto sucedió algo estúpido e imprevisto.

En medio de la habitación apareció una de esas repugnantes y gigantescas cucarachas marrones de Louisiana. Lisa se subió a la cama de un salto y empezó a gritar como una posesa mientras la cucaracha se deslizaba sobre la moqueta de poliéster.

Según tengo entendido, en realidad se trata de unas chinches de agua. Pero todo el mundo que conozco en Louisiana las llama cucarachas, y no sé de nadie que al ver una de esas cucarachas en la habitación no se ponga a gritar como un energúmeno.

Personalmente, no tengo miedo a las cucarachas. Así pues, mientras Lisa gritaba como una histérica: «¡Mátala, Elliott! ¡Mátala! ¡Mátala!», decidí coger al bicho del suelo para arrojarlo a la calle. Era mejor que aplastarlo, porque esos bichos cuando los aplastas hacen un ruido muy desagradable, y una cucharacha despanzurrada tiene un aspecto más repugnante que una que corretea por una habitación. Esos bichos no me gustan, pero no me importa tocarlos.

El acto de coger la cucharacha del suelo con la mano derecha, como si fuera una polilla, provocó que Lisa se sumiera en un estado catatónico de silencio, tapándose la boca con ambas manos. Me miró pasmada, como si no pudiera creer lo que acaba de presenciar. Luego, pálida, sudorosa y temblando como una hoja, me espetó:

—¿Quién coño te crees que eres, un samurai o algo por el estilo? ¡A quién se le ocurre coger una cucaracha con la mano!

No sé exactamente lo que sentía Lisa en aquel momento. Quizás estaba todavía asustada o le impresionaba verme sostener una cucaracha en la mano.

En cualquier caso estaba furiosa, y yo, molesto por su comentario irónico y despectivo, respondí:

—¿Sabes qué voy a hacer, Lisa? Voy a meterte la cucaracha por el escote de la camisa.

Al oír esto se puso completamente histérica.

Echó a correr hacia el pequeño cuarto de baño, gritando como una posesa, y cerró la puerta con llave. A través de la puerta oí una sarta de insultos y palabrotas como jamás había oído, mezclada con violentos e histéricos sollozos.

Era evidente que el episodio no le parecía divertido, que estaba asustada y que me consideraba poco menos que un cerdo.

Me pasé una hora intentando convencerla de que saliera del baño. Le aseguré que después de arrojar la cucaracha a la calle la había aplastado. Estaba muerta y bien muerta. Ya no volvería a aterrorizar a tímidas jovencitas de la aséptica Berkeley, California, donde no existen cucarachas. Lo siento, le dije, no debí hacerlo, fue una tontería.

Pero cuando ya había conseguido que se calmara y me perdonase, no sin antes reconocer que me había portado como un cerdo, dije en tono de guasa:

—Naturalmente, jamás se me ocurriría meterte una enorme y asquerosa cucaracha por el escote de la camisa.

Sabía que no debía hacerlo, que era una broma cruel y sádica, pero la situación era tan divertida que no pude por menos de añadir:

—Soy incapaz de hacer eso, Lisa, ¿o acaso crees que trataría de hacer que vencieras el terror que te inspiran las cucarachas metiéndote una por la camisa, como cuando tú me vendaste los ojos e hiciste que me azotaran?

Al fin, desesperado, le supliqué que saliera.

—Lisa, sal del baño. Te juro que jamás le haría eso a nadie. Nunca lo he hecho ni nunca lo haré. ¡Te lo juro!

Pese a mis ruegos, ella se negó a abrir la puerta.

—Mira, Lisa, esto es Louisiana. ¿Qué vas a hacer cuando vuelva a colarse una cucaracha en la habitación? —imploré—. ¿Qué hiciste en otras ocasiones en que yo no estaba contigo? —imploré con energía—. Pero ahora estoy aquí y cada vez que aparezca un bicho de esos lo mataré, así que más vale que hagamos las paces —imploré con desesperación—. ¿Y si hubiera una cucaracha oculta en un rincón del baño?

—Te odio, Elliott —contestó Lisa con tono herido—. No lo comprendes. No imaginas lo que siento. Te juro que en estos momentos te odio. Te odio profundamente.

—Lo siento, Lisa. Son las siete. Es de noche. Estamos en esta mierda de población y tengo hambre. ¡Haz el favor de salir! Como no salgas, el samurai va a echar abajo la jodida puerta ahora mismo!

Pero Lisa se mantenía en sus trece.

Tal como le había advertido, eché la puerta abajo.

Resultó muy sencillo. Dado que los goznes estaban oxidados, cuando arremetí con una silla contra la puerta éstos saltaron y la puerta se vino abajo. Lisa, de pie sobre la tapa del retrete, con los brazos cruzados, miró desconcertada la puerta que yacía en el suelo, llena de arañazos y desconchones. El marco estaba hecho pedazos.

—Mira —dije, abriendo las manos—. No hay cucarachas, te lo juro.

Me quedé inmóvil ante ella, sonriendo e intentando convencerla de que abandonara aquella actitud. Hice un gesto como pidiéndole perdón, y al fin Lisa saltó del retrete y se arrojó en mis brazos.

—Quiero largarme de este asqueroso motel —dijo Lisa.

Yo la besé, le aparté el pelo de la cara y volví a pedirle perdón. De improviso, Lisa rompió a llorar suavemente.

Fue un momento mágico, maravilloso. Yo me sentía como un cerdo.

En aquel momento el gerente del motel empezó a aporrear la puerta, mientras que su esposa no cesaba de gritar.

Lisa y yo recogimos apresuradamente nuestras cosas. El conductor de la limusina nos esperaba junto a la puerta. Di al gerente un billete de cien dólares para cubrir los desperfectos y solté con tono imperioso y despectivo:

—¡Eso te enseñará a no alquilar habitaciones a estrellas del rock!

Lisa y yo nos metimos en el coche, muertos de risa.

—¡Malditos hippies! —gritó el gerente del motel.

Eso aumentó nuestra hilaridad.

A veinte kilómetros de la ciudad hallamos un restaurante junto a la carretera que estaba dotado de un excelente sistema de refrigeración, y pedimos todo lo que me apetecía: una enorme bandeja de mariscos, *jambalaya* (una especie de paella de Louisiana) y unas cervezas heladas, mientras la máquina de discos nos obsequiaba con la música más cacofónica que existe. Me puse como un cerdo.

Luego nos dirigimos hacia el norte.

Lisa y yo nos besamos y conversamos animadamente mientras iba oscureciendo, sin importarnos dónde estábamos ni lo que hacíamos. El movimiento del coche nos recordaba el vaivén del barco de vapor.

Cuando volví a sentirme hambriento —Lisa estaba asombrada de que aún pudiera tener hambre—, nos paramos en un autocine, dejamos que el chófer se acostara en el asiento trasero y nos pusimos a devorar unos perritos calientes y palomitas de maíz mientras veíamos *The Road Warrior*, una película australiana que estaba protagonizada por Mel Gibson y dirigida por George Miller, la cual, pese a los comentarios sarcásticos, despectivos y feministas de la señora que se sentaba junto a mí en el coche, me pareció estupenda.

Me bebí unas seis latas de cerveza. Justo cuando empezaba a quedarme dormido, después de la segunda película, Lisa arrancó y enfilamos de nuevo la carretera.

—¿Adónde vamos? —le pregunté. Apenas veía nada.

—Duerme un rato —contestó ella—. Partimos hacia la aventura.

«Partimos hacia la aventura.» Qué frase tan ingeniosa. Me acurruqué junto a ella, con las piernas estiradas sobre el asiento, dejando que el aire del ventilador me refrescara la cara, y cerré los ojos. La noche era un espejismo.

27

No volverás a tener frío

Cuando me desperté, el sol se reflejaba en el parabrisas y circulábamos a ciento sesenta kilómetros por hora, como mínimo. El chófer seguía dormido en el asiento trasero.

Eché un vistazo por la ventanilla y me di cuenta de que ya no estábamos en Louisiana. Al mirar hacia delante comprendí que aquella silueta urbana sólo podía pertenecer a una ciudad: Dallas, Texas. Hacía tanto calor que el asfalto casi despedía humo.

Sin mirarme a mí ni levantar el pie del acelerador, exhibiendo sus piernas desnudas y tostadas, Lisa cogió un termo plateado y me lo tendió, diciendo:

—Toma un poco de café, ojos azules.

Bebí un trago de café y fijé la vista en la carretera, sintiéndome empequeñecido por el firmamento tejano que se extendía ante nosotros, la increíble altura de las voluminosas nubes. Era como si alguien hubiera abierto el mundo entero. Las nubes alcanzaban la estratosfera, penetradas por el sol matutino que confería al terreno blanco y ondulante unas tonalidades rosáceas, amarillentas y doradas.

—¿Qué es exactamente lo que hacemos aquí, guapa? —pregunté al tiempo que me inclinaba para besar su suave mejilla.

Habíamos alcanzado la maraña de inmaculadas autopistas de Dallas, y circulábamos entre los gigantescos edificios de cristal y monolitos de acero. Por doquier se alzaban unos edificios de aspecto futurista, que estaban dotados de una pureza y grandiosidad casi egipcias y reflejaban en sus pulidos muros el panorama de las nubes.

Lisa maniobraba la limusina a través del tráfico como un piloto de carreras.

—¿Has oído hablar de un local llamado Billy Bob's Texas, en Fort Worth? —me preguntó—. ¿Quieres que vayamos a bailar allí esta noche?

—Buena chica —respondí, bebiendo otro trago de café—. Pero me he dejado las botas de piel de serpiente en Nueva Orleans.

—Te compraré unas nuevas —dijo Lisa.

—¿No te apetece desayunar? —pregunte, besándola de nuevo—. Este chico necesita un buen plato de cereales, huevos, jamón y tortitas.

—Sólo piensas en comer, Slater.

—No te pongas celosa, Kelly —contesté—. En estos momentos, tú eres la única cosa en el mundo que amo más que la comida.

Permanecimos en el espectacular Hyatt Regency el tiempo suficiente para hacer el amor en la ducha e instalar al chófer en su habitación, frente a una televisión en color, y nos fuimos a visitar Neiman's, Sakowitz y los elegantes centros comerciales con sus techos de cristal, fuentes, higueras y escaleras mecánicas plateadas, donde se vendían todo tipo de artículos, desde brillantes hasta comida basura.

Compré varios libros en B. Dalton, principalmente obras de mis autores favoritos que quería leer a Lisa en voz alta, si ella me lo permitía. Ella eligió para mí varias prendas en color azul, lavanda y morado: un jersey de cuello alto, chaquetas de terciopelo, camisas de vestir y trajes. Yo le compré unas sandalias de tacón alto muy seductoras, que yo mismo le ayudé a calzarse en la tienda, y le obligué a probarse todos los vestidos blancos y bonitos que veíamos.

Al atardecer fuimos a Cutter's Bill para adquirir lo que íbamos buscando: unas camisas vaqueras con botones de perla, unos decorativos cinturones, unos ceñidos tejanos Wrangler y unas botas Mercedes Río.

Cuando llegamos a Billy Bob's Texas había anochecido, y el lugar estaba abarrotado. Lisa y yo íbamos vestidos de idéntico modo, incluidos los sombreros. Parecíamos nativos, o eso creíamos. ¿Quién sabe qué aspecto presentábamos en realidad? ¿El de dos personas locamente enamoradas?

Al cabo de un momento me di cuenta de que habíamos entrado en un recinto que tenía las dimensiones de una manzana urbana, con tiendas de souvenirs, mesas de billar, restaurantes y bares —incluso había una pista de rodeo interior—, y miles de personas que comían, bebían y bailaban en la pista de baile mientras la monótona cadencia de la música country sofocaba cualquier otro sonido.

Lisa y yo bailamos durante la primera hora todas las piezas que interpretó la orquesta, rápidas y lentas, bebiendo cerveza a morro e imitando lo que hacían las otras parejas hasta cogerle el tranquillo. Nos deslizamos por la pista de baile abrazados, siguiendo el ritmo de la música, mejilla contra mejilla, besuqueándonos y acariciándonos. Me parecía absurdo que las mujeres llevaran vestidos, que una pareja de amantes no fueran siempre vestidos de idéntica forma. No podía dejar de palpar el hermoso trasero de Lisa enfundado en los ceñidos vaqueros, o admirar sus pechos bajo la ceñida camisa tejana. Su femenina melena, que le caía sobre los hombros como un oscuro y tupido velo, completaba el cuadro. Cuando Lisa se encasquetó el sombrero hasta los ojos y se apoyó en la barandilla de madera, con los tobillos cruzados y los pulgares metidos en los bolsillos, ofreciendo un aspecto más que apetecible, me puse tan cachondo que la agarré de inmediato para empezar a bailar de nuevo.

El rodeo que habían montado en la pista de arena interior no estaba nada mal. Me gustaba el olor y el sonido del espectáculo. Lisa se tapó la cara en un par de ocasiones, cuando los jinetes cayeron al suelo y estuvieron a punto de ser pisoteados por los cascos de los animales. Luego entramos en el restaurante y nos comimos unas jugosas hamburguesas con patatas fritas, y hacia las once descubrí que Lisa era una experta jugadora de billar.

—¿Por qué no me lo dijiste? —pregunté. Era el momento perfecto para echar unas partidas.

A medianoche Lisa había conseguido ganar tres billones de dólares. Yo le extendí un cheque.

Tenía los pies destrozados, pero seguía disfrutando de las tenues luces amarillas, la incesante música rock y la profunda, tierna y sentimental voz del barítono que interpretaba *Faithless Love*, un viejo tema compuesto por Linda Ronstadt. Un último baile.

—Estas botas están hechas para sadomasoquistas —comenté—. ¿Por qué no me echas el lazo y me llevas a rastras hasta el coche para que no tenga que caminar?

—Tienes razón —respondió Lisa—. Yo también tengo los pies hechos puré. Andando, vaquero. Ha llegado el momento del proverbial revolcón en el pajar.

A las ocho y cinco me encontraba haciendo unos largos en la piscina mientras cantaba *Faithless Love*. Entonces apareció Lisa, vestida de nuevo con unos vaqueros y unas botas a juego, y dijo que quería partir de inmediato hacia Canton, que no se pronuncia «cantón» como el de China, sino «cant'n».

—De acuerdo —contesté, saliendo de la piscina—. Pero antes de ponernos en marcha quiero unos huevos revueltos y unas cervezas.

También tenía ganas de cortarle sus Wrangler con unas tijeras y hacerle el amor antes de marcharnos. Al fin llegamos a un acuerdo.

(No teníamos unas tijeras.)

Canton era una población que se hallaba a una hora de Dallas, hacia el sur, donde cada primer lunes de mes, durante los últimos cien años, organizan un gigantesco mercado callejero que atrae a gente de todos los rincones de Estados Unidos. A las diez nos montamos en la limusina y pusimos rumbo al sur, Lisa sentada al volante y el chófer instalado en el asiento trasero, como antes.

—Quiero comprar una colcha —dijo Lisa—, las colchas típicas de los años treinta y cuarenta que se confeccionaban en Kansas, Texas y Oklahoma, donde las mujeres todavía se dedican a esas cosas.

Al apearnos del coche comprobamos que hacía una temperatura de 36 grados.

No obstante, desde las once hasta la una recorrimos los caminos de tierra del inmenso mercadillo, entre las innumerables mesas y casetas en las que se exhibían destartalados muebles, antigüedades típicas de las praderas, muñecas, cuadros, alfombras y baratijas. Lisa compró un montón de colchas a muy buen precio, que envolvieron en una funda de plástico verde y me toco transportar a hombros.

—¿Qué harías sin mí? —pregunté a Lisa.

—Caray, Elliott, no lo sé —contestó—. Párate y deja que te enjugue el sudor de la frente.

Lo cierto es que yo también me había enamorado de las colchas, y me interesé por el significado de los diversos dibujos: plato de Dresde, anillo de boda, cesta de flores, estrella solitaria y sello de correos. Me fascinaban los colores, la maestría de los bordados, el tacto de esos viejos objetos, su limpio olor a algodón y la amabilidad con que los vendedores regateaban con Lisa, que siempre acababa consiguiendo todo al precio que quería.

Después de comer unos perritos calientes que compramos en un puesto ambulante, nos echamos a dormir un rato bajo un árbol. Estábamos cubiertos de polvo y sudorosos, y nos divertimos observando a las familias que paseaban ante nosotros: unos tipos barrigudos con camisas de manga corta, las mujeres vestidas con pantalones cortos y blusas sin mangas, llevando de la mano a sus hijos.

—¿Te gusta estar aquí? —preguntó Lisa.

—Me encanta —contesté—. Es como otro país. Nadie lograría dar con nosotros en este lugar.

—Sí. Bonnie y Clyde —dijo Lisa—. Si supieran quiénes éramos, nos matarían.

—No lo creo —respondí—. Si se pusieran violentos procuraría calmarlos. —Me levanté, compré otras dos latas de cerveza y volví junto a Lisa—. ¿Qué vas a hacer con tantas colchas?

Lisa me miró con una expresión muy rara, como si hubiera visto a un fantasma.

—Tratar de abrigarme —contestó.

—No es una respuesta muy amable, Bonnie. ¿Acaso piensas que el pobre Clyde es incapaz de darte calor?

Lisa me dirigió una de sus deslumbrantes sonrisas.

—Quédate conmigo, Bonnie —dije—, y te juro que nunca más volverás a tener frío.

De regreso a Dallas hicimos el amor en el asiento trasero del coche, sobre las colchas.

Cuando llegamos al Hyatt colocamos las colchas sobre la cama, y la habitación adquirió un toque de distinción. Después nos dimos un chapuzón en la piscina, cenamos en nuestra habitación y luego le leí más historias en voz alta, mientras ella permanecía tumbada junto a mí en la cama.

La lectura consistió en un par de relatos cortos, un pasaje muy divertido de un *thriller* de James Bond y un clásico francés. Lisa me escuchaba con atención. Le dije que siempre había deseado conocer a una chica a quien pudiera leerle en voz alta.

Era medianoche. Nos vestimos, subimos en el ascensor al Top of the Dome y bailamos hasta que la orquesta se marchó a casa.

—Vamos a dar un paseo en coche —sugerí—. Vamos a contemplar las mansiones de Turtle Creek y Highland Park a la luz de la luna.

—De acuerdo, siempre y cuando conduzca el chófer para que yo pueda acurrucarme junto a ti en el asiento trasero.

Era como si Lisa y yo lleváramos juntos muchos años. Cada momento que pasaba con ella me llenaba de felicidad.

Nos quedamos en Dallas otras cuatro noches.

Comprábamos pollos asados, que comíamos delante del televisor mientras veíamos los partidos de baloncesto, y nos turnábamos para leer en voz alta los relatos cortos del *New Yorker* y capítulos de libros. Nadábamos en la piscina.

Por la noche acudíamos a los elegantes restaurantes, discotecas y clubes nocturnos de Dallas, y a veces dábamos largos paseos en coche por la limpia campiña, contemplando viejas granjas pintadas de blanco o viejos y abandonados cementerios donde reposaban los restos de soldados de la Confederación.

Recorríamos las pintorescas calles de pequeñas poblaciones al atardecer, cuando las chicharras cantaban en los árboles, y nos sentábamos en los bancos de la plaza del pueblo para contemplar, sin prisas y en silencio, el firmamento a medida que éste perdía su color y su luz.

Veíamos viejas películas en la televisión por cable a las dos de la mañana mientras nos arrebujábamos bajo las colchas, y hacíamos el amor todo el tiempo.

Nos amábamos en la nave espacial del American Hyatt Regency, donde todo es nuevo y nada es permanente, y las ventanas son imitaciones de ventanas y las paredes son imitaciones de paredes, y nuestra pasión era tan real como una tormenta, tanto si hacíamos el amor en el inmaculado lecho como en la inmaculada ducha o sobre el inmaculado, mullido y enmoquetado suelo.

Conversábamos con frecuencia. Hablábamos sobre las peores experiencias que habíamos tenido, de la escuela, los disgustos familiares y las cosas que nos parecían hermosas: pinturas, esculturas, música.

Pero poco a poco empezamos a dejar de hablar de nosotros mismos y a abordar otros temas. Quizá Lisa tenía miedo. Quizás yo no quería decir nada más hasta que ella hubiera dicho lo que yo deseaba oír. No lo sé. Seguíamos charlando con frecuencia, pero sobre otras cosas.

Discutíamos si Mozart era más genial que Bach, si Tolstoi era superior a Dostoievski, si la fotografía era un arte —Lisa aseguraba que sí, mientras que yo sostenía lo contrario— o si Hemingway era mejor escritor que Faulkner. Hablábamos como si nos conociéramos muy bien. Tuvimos una áspera discusión sobre Diane Arbus y Wagner. Estábamos de acuerdo en el talento de Carson McCullers, Fellini, Antonioni, Tennessee Williams y Jean Renoir.

Existía entre nosotros una tensión espléndida, mágica, como si en cualquier momento pudiera suceder algo imprevisto. Algo importante, que podía ser muy bueno o muy malo. Pero ¿quién iba a provocarlo? Si empezábamos a hablar de nuevo sobre nosotros tendríamos que profundizar, y ninguno de los dos estábamos dispuestos a hacerlo. Sin embargo, todos los ratos que pasábamos juntos eran extraordinariamente maravillosos, agradables y satisfactorios.

Siempre era así, salvo en una ocasión en que los Warriors perdieron ante los Celtics en un partido crucial, nos habíamos quedado sin cerveza y el camarero no nos subía lo que habíamos pedido, y yo me enfurecí. Lisa alzó la vista del periódico y dijo que jamás había oído a un hombre desgañitarse de aquel modo por un partido, y yo le contesté que eso era una representación simbólica de la violencia en todo su esplendor y que hiciera el favor de cerrar la boca.

—Quizá demasiado simbólico, ¿no crees? —comentó Lisa.

Acto seguido se encerró en el baño y se dio la ducha más larga de la historia. Supongo que para vengarse. Yo perdí el conocimiento.

Al tercer día, me desperté en plena noche y vi que me encontraba solo en la cama.

Lisa había descorrido las cortinas y se hallaba junto a la ventana, contemplando aquel inmenso paisaje de acero de Dallas en el que las luces no se apagan nunca.

La inmensa bóveda celeste que se extendía sobre ella estaba repleta de diminutas estrellas. Lisa parecía también muy menuda junto al amplio ventanal. Mantenía la cabeza agachada, como si canturreara algo en voz baja, aunque el murmullo era demasiado tenue para asegurarlo. Tanto como el perfume de Chanel que exhalaba.

Cuando me levanté, se volvió en silencio y se dirigió hacia mí. Nos abrazamos en medio de la habitación y permanecimos inmóviles durante unos instantes.

—Elliott —dijo Lisa, como si se dispusiera a revelarme un espantoso secreto. Entonces se limitó a apoyar la cabeza sobre mi hombro y yo le acaricié el pelo.

Luego, mientras hacíamos el amor bajo la colcha noté que tiritaba, como una jovencita asustada.

Más tarde, al despertarme, la vi sentada en un rincón de la habitación, con el televisor orientado hacia ella y sin sonido, para no molestarme. Tenía su vista fija en la pantalla mientras se tomaba un vaso de ginebra Bombay, sola, y se fumaba uno de mis cigarrillos Parliament.

A la tarde siguiente, el conductor de la limusina nos anunció que debía regresar a casa. Estaba satisfecho con el sueldo que ganaba, le gustaba viajar por el país y la comida era estupenda, pero su hermano iba a casarse en la iglesia redentorista de Nueva Orleans y él tenía que volver para asistir a la ceremonia.

Nosotros podíamos dejar que regresara en la limusina y después alquilar otro coche.

Ése no fue el motivo por el que decidimos regresar.

Lisa no dijo una palabra durante toda la cena y adoptó un aire trágico, es decir, de una maravillosa, exquisita, conmovedora y terrible tristeza.

—Vamos a regresar, ¿no es cierto? —pregunté.

Ella asintió. Observé que le temblaban las manos. Hallamos un pequeño bar en Cedar Springs y bailamos solos al ritmo de la música que sonaba en la máquina de discos. Pero Lisa estaba tensa, deprimida. Regresamos al hotel antes de las diez.

A las cuatro de la mañana nos despertamos, y la luz del sol ya brillaba sobre la ciudad de cristal. Nos pusimos la misma ropa que habíamos llevado la noche anterior y abandonamos el hotel. Lisa le dijo al chófer que ocupara el asiento trasero, pues deseaba conducir ella misma.

—Así puedes leerme algo en voz alta si quieres —me dijo.

Me pareció una idea genial. Todavía no había ojeado siquiera *En el camino*, de Kerouac, uno de mis libros preferidos, que, para mi asombro, Lisa no había leído nunca.

Presentaba un aspecto fantástico agarrada al volante. Llevaba la falda del vestido negro arremangada sobre los muslos, dejando a la vista sus hermosas piernas, dándole a los pedales con sus tacones de aguja. Conducía la inmensa limusina como la chica burguesa que había aprendido a conducir de jovencita, es decir, con más estilo y habilidad que la mayoría de los hombres; aparcaba en tres segundos cuando era necesario, sin cometer un fallo, utilizaba una sola mano, adelantaba a otros vehículos sin vacilar, pasaba los semáforos en ámbar cada vez que tenía ocasión de hacerlo, no dejaba que otro conductor la adelantara si no era imprescindible y a veces se saltaba alguna que otra señal de stop.

De hecho, Lisa conducía el coche con tal habilidad y rapidez que me puse un poco nervioso, y en más de una ocasión tuvo que decirme que me callara. Quería ir a más velocidad que el chófer, y al poco rato estábamos circulando a ciento cuarenta y cinco kilómetros por hora por la autopista que conducía a Nueva Orleans, aunque redujo la marcha a ciento quince en un tramo en el que había más tráfico. En cierto momento, al ver que el cuentakilómetros indicaba los ciento setenta y cinco, le dije que frenara o saltaría del coche.

Le sugerí que aquél era el momento ideal para leer *En el camino*. Lisa ni siquiera era capaz de sonreír, pero lo intentó. Estaba temblando. Cuando le dije que era un libro muy poético, asintió con un leve gesto de cabeza.

Le leí todos los pasajes que me gustaban más, los

párrafos más interesantes y originales, aunque todo el libro es muy interesante y original. Lisa disfrutaba escuchando lo que le leía, y no dejaba de sonreír y hacerme preguntas sobre Neal Cassady, Allen Ginsberg, Gregory Corso y todos los que habían inspirado el libro. Eran los mejores poetas y novelistas de la década de los cincuenta en San Francisco, eclipsados por los hippies de los años sesenta antes de que nosotros tuviéramos edad suficiente para darnos cuenta de lo que estaba pasando. Constituían el tema más delicado de la historia literaria reciente durante la época en que nosotros estudiábamos en el instituto, así que no me sorprendió constatar lo poco que Lisa sabía de ellos, ni tampoco lo que le entusiasmó la prosa de Kerouac.

Le leí un pasaje muy divertido en que Sal y Dean están en Denver y a Dean le da por robar un coche tras otro con tal rapidez que la policía se encuentra desconcertada, y luego un capítulo en que ambos se dirigen a Nueva York en una limusina y Dean le dice a Sal que imagine cómo se sentirían si fueran los dueños del coche que conducen, sugiriendo que podían tomar una carretera a través de México y Panamá y llegar hasta Sudamérica.

Luego me detuve.

Acabábamos de pasar por Shreveport, Louisiana, y nos dirigíamos al sur.

Lisa tenía los ojos clavados en la autopista y de pronto parpadeó como si tratara de ver a través de la niebla.

Me miró durante una fracción de segundo y luego volvió a fijar la vista en la carretera.

—Esa carretera todavía debe de existir —dije—. A través de México, Centroamérica, hasta Río... Podríamos alquilar un coche mejor que éste. O alquilar un avión, podríamos...

Se produjo un silencio.

Eso era lo que me había prometido a mí mismo que

no haría. Mi voz sonaba demasiado enojada. No daría resultado.

El cuentakilómetros volvía a indicar ciento sesenta kilómetros por hora. Lisa se limpió los ojos. Los tenía llenos de lágrimas. Redujo la marcha.

De pronto volvió a pisar el acelerador a fondo. Estaba pálida como la cera, con los labios temblorosos. Parecía a punto de echarse a gritar o sufrir un ataque nervioso. Luego se calmó, levantó el pie del acelerador y siguió conduciendo con expresión impávida.

Al cabo de un rato guardé el libro, destapé una botella de Johnny Walker que había comprado en Texas y bebí un trago. Era incapaz de seguir leyendo.

Después de atravesar Baton Rouge, Lisa me preguntó:

—¿Dónde está tu pasaporte? ¿Lo llevas encima?

—No, lo dejé en la habitación del hotel, en Nueva Orleans —contesté.

—Mierda.

—¿Y el tuyo? —pregunté.

—Lo tengo aquí —respondió Lisa.

—Bueno, podemos ir a recoger el mío —sugerí—. Luego podríamos ir al aeropuerto y coger el primer avión que saliera.

Lisa se volvió y clavó en mí sus enormes ojos castaños durante un buen rato, mientras yo sujetaba el volante para evitar que nos la pegáramos.

Poco antes del anochecer llegamos al barrio francés. Mientras circulábamos por sus estrechas calles, Lisa comunicó al chófer a través del intercomunicador que ya habíamos llegado.

Nos apeamos del coche, cansados, con la ropa arrugada y hambrientos, cargados con unas bolsas llenas de comida basura, y echamos a andar por el camino empedrado que conducía a la puerta principal del hotelito.

Antes de llegar al mostrador de recepción, Lisa se volvió hacia mí y preguntó:

—¿Quieres hacerlo?

—Sí —contesté.

Observé unos segundos su rostro pálido, el temor que expresaban sus ojos. Hubiese querido preguntarle: ¿De qué estamos huyendo? ¿Por qué tenemos que hacerlo así? Dime que me quieres, Lisa, por el amor de Dios. ¡Hablemos claramente de una vez por todas!

—Tiene varios mensajes telefónicos —dijo la recepcionista.

Yo quería decirle todo eso y más, pero no lo hice. Sabía que acabaría aceptando lo que ella decidiera.

—Ve a buscar tu pasaporte —murmuró Lisa, agarrándome el brazo con fuerza—. Te espero en el coche. No tardes.

—Y tienen visita —añadió la recepcionista, indicando la puerta de cristal que daba acceso al jardín—. Les esperan dos señores. Llevan aquí todo el día.

Lisa se volvió bruscamente.

Richard, el jefe de los postulantes, se hallaba de pie en el jardín, de espaldas a la antigua casita de los sirvientes, observándonos. Scott, el inolvidable maestro de instructores, se levantó apresuradamente y aplastó la colilla con la punta del zapato.

28

Las murallas de Jericó

Ambos vestían trajes oscuros, sombríos e inmaculados, y nos saludaron con amabilidad, por no decir efusivamente, mientras atravesábamos el jardín, entrábamos en la casita donde nos hospedábamos y encendíamos las luces.

Todo parecía normal y en orden, pero era evidente que habían estado antes en la casita, cuyas habitaciones apestaban a tabaco. Había algo siniestro en aquella situación, en el hecho de que aquellos dos tipos estuvieran allí con nosotros.

Richard, con sus pobladas cejas y la sonrisa en sus labios, parecía enorme, lo cual, para ser más precisos, significaba que seguía siendo bastante más alto que yo. Scott, más bajo y de movimientos más ágiles y airosos, presentaba un aspecto no menos imponente con aquel atuendo de Madison Avenue.

De forma disimulada, les di un buen repaso.

Lisa temblaba como una hoja. De improviso, atravesó la habitación y se situó junto a la pared. Fue como un gesto histérico. Yo también estaba bastante alterado. Me disculpé, y me llevé la bolsa de comida a la otra habitación.

En realidad quería comprobar si había alguien en el baño o en la cocina. Allí no había nadie.

Scott, que tenía un aspecto fantástico enfundado en su ceñido traje negro, entró con pasos lentos en la cocina —todos sus movimientos y gestos estaban calculados para hacerme sentir cómodo— y me dijo que deseaban hablar a solas con Lisa. Parecía preocupado. Al mirarle me pregunté si estaría pensando lo mismo que yo, en la última vez que nos habíamos visto y jugábamos a amo y esclavo ante un público compuesto por veinte instructores novatos en su clase.

En realidad, no quería pensar en eso en aquellos momentos. Pero lo percibía, del mismo modo que al abrir la puerta del horno se nota el calor. Scott era el tipo de hombre que vestido muestra un aspecto más sexual que desnudo.

—Queremos hablar con ella un rato a solas —repitió con voz profunda y acariciadora.

—Desde luego —respondí.

Scott me propinó una amistosa palmadita en el pescuezo y sonrió, dejando a la vista su impecable dentadura. Luego regresó a la habitación donde estaban los otros.

Salí al jardín y me senté en un banco de hierro forjado que se hallaba frente a la casita.

Sabía que Lisa podía verme. En el jardín había unas luces diseminadas entre las plantas y los bancos, las cuales se iban encendiendo a medida que anochecía, y yo estaba sentado junto a una de ellas. Apoyé el pie en el asiento del banco y encendí un cigarrillo, arrepentido de no haber cogido la botella de whisky.

De todos modos, era preferible que no bebiera. Observé a Lisa y a los dos hombres a través de los ventanales. Richard y Scott no paraban de hablar y de pasearse arriba y abajo de la habitación, gesticulando, mientras Lisa permanecía sentada en la mecedora con los brazos cruzados. Los tres, vestidos de negro, destacaban entre los muros empapelados en rosa, el enorme lecho con dosel y los sillones antiguos de nogal. La luz de la lámpara se reflejaba sobre el cabello castaño de Lisa.

No pude oír lo que decían debido al maldito aire acondicionado, pero observé que Lisa se estaba poniendo cada vez más nerviosa. Finalmente, se levantó y señaló a Richard con el dedo; éste levantó las manos como si le estuviera apuntando con una pistola. La perpetua sonrisa había desaparecido de sus labios, pero tenía una mirada risueña. Las personas con los ojos hundidos y las cejas pobladas suelen mostrar esa expresión.

De golpe, Lisa empezó a vociferar mientras las lágrimas le rodaban por las mejillas. Tenía las venas del cuello hinchadas, el rostro congestionado y las piernas, con los músculos tensos debido a los altísimos tacones, le temblaban. Parecía estar a punto de derrumbarse.

No soportaba verla en ese estado.

Aplasté el cigarrillo y me levanté. Lisa se paseaba de un lado a otro de la habitación, sacudiendo la cabeza y gritando. Aunque no alcanzaba a oír lo que decían, deduje que Scott le había indicado a Richard que dejara de atosigarla, y Lisa parecía haberse calmado. Scott se movía con su característica agilidad felina, gesticulando con las palmas de las manos hacia arriba. Lisa lo escuchaba con atención y asentía de vez en cuando. De pronto me vio a través del ventanal y nuestras miradas se encontraron.

Scott se volvió y me miró. Yo permanecí inmóvil, a la espera, resistiéndome a dar media vuelta o alejarme.

Scott se acercó al ventanal e, indicándome que tuviera paciencia, empezó a correr las cortinas.

Me dirigí a la puerta y la abrí.

—No, tío, lo siento —dije, sacudiendo la cabeza—. No puedes hacer eso.

—Sólo estamos hablando, Elliott —me respondió Scott—. Tu presencia distrae a Lisa. Es muy importante que tengamos esta conversación con ella en privado.

Lisa, que había permanecido sentada en la mecedora con las rodillas encogidas y se limpiaba la nariz con un pañuelo de hilo, me miró y dijo:

—No pasa nada, Elliott. Te lo aseguro. No pasa nada. Vete al bar y tómate una copa. No te preocupes.

—Pero antes de irme quiero aclarar algunas cosas —contesté—. No sé lo que está pasando, pero nadie va a forzar a nadie...

—Nosotros no hacemos esas cosas, Elliott —dijo Scott—. No forzamos a la gente a hacer nada. Ya nos conoces. —Parecía dolido y sincero. Tenía unos ojos muy expresivos, y sus labios esbozaron una sonrisa un tanto triste—. Pero hay algo en juego que es muy importante para nosotros. Tenemos que hablar de ello con Lisa.

—No te preocupes —dijo Lisa—. Te telefonearé al bar. Prefiero que te vayas. Te lo pido por favor.

Fueron los cuarenta y cinco minutos más largos de toda mi vida. Cada treinta segundos tenía que recordarme a mí mismo que no quería emborracharme. De no ser así, me habría bebido la botella entera de whisky. Los recuerdos de todos los momentos que había pasado con Lisa se agolpaban en mi mente. A través de la puerta abierta vi una guirnalda de rosas en hierro forjado en un balcón que se elevaba sobre la angosta acera, unas parejas que pasaban del brazo frente a la puerta de un restaurante, iluminadas por las lámparas de gas. Lo observaba todo como si encerrara algún significado: las contraventanas verdes, las luces que parpadeaban...

Al fin apareció Scott. La pantera humana, con su cabello negro y rizado, echó un rápido vistazo a su alrededor.

—Quiero charlar contigo, Elliott —dijo, apoyando sus sedosos dedos de nuevo en mi cogote. Todas las personas que trabajan en El Club tienen los dedos sedosos.

Me explicó que Richard nos esperaba en la habitación y que Lisa se encontraba en la cocina. Había llegado el momento de que charláramos tranquilamente. Las sandalias de Lisa, con sus vertiginosos tacones y las tiras adornadas con brillantitos, yacían sobre la moqueta, igual que aquella zapatilla que descubrí junto al sillón la primera vez que entré en su habitación. Un punzón de hielo me atravesaba la cabeza.

Tomé asiento en el sillón. Scott ocupó una silla junto al escritorio. Richard se apoyó en el poste de la cama, con las manos en los bolsillos.

—Quiero hacerte unas preguntas, Elliott —dijo Richard con amabilidad. Se parecía bastante a Martin, con los ojos hundidos y una sonrisa jovial, aunque un poco forzada.

Scott estaba inmerso en sus pensamientos.

—¿No te encontrabas a gusto en El Club? ¿Acaso te sentías defraudado?

—No quiero hablar de esto sin que esté Lisa presente —contesté.

Scott sacudió la cabeza como si se estuviera impacientando.

—No podemos resolver esto a menos que te sinceres con nosotros, Elliott. Tenemos que saber qué ocurre. Según nuestros informes —y tenemos unos jueces excelentes en El Club—, tu comportamiento era modélico. Todos estaban encantados contigo.

Entonces Scott hizo una pausa, a la espera de mi reacción.

—Cuando un esclavo llega a El Club, es decir, antes de que suceda nada, si un esclavo entra en el recinto de El Club significa que sabe perfectamente qué es el sadomasoquismo. Me refiero a que conoce su sexualidad y lo que desea. Uno no termina trabajando en El Club simplemente porque haya pasado un fin de semana en el distrito Castro de San Francisco con un amigo aficionado al sadomaso.

Yo asentí.

—Quiero decir que se trata de un tipo al que no sólo le interesa poner en práctica sus fantasías, sino que desea vivirlas de forma intensa durante un período prolongado.

Asentí de nuevo. ¿Dónde estaba Lisa? ¿En la otra habitación? No oí el menor sonido. Mi nerviosismo iba en aumento.

—¿Te importaría ir al grano? —pregunté educadamente.

—Un poco de paciencia —respondió Scott—. Lo que trato de decir es que la experiencia en El Club suele significar mucho para el esclavo, pues de otro modo no estaría allí... Nuestro establecimiento no es un sórdido burdel de...

—Estoy totalmente de acuerdo contigo, te lo aseguro —dije—. No es necesario que te extiendas en ello.

—De acuerdo. Lo que voy a decirte puede que suene duro, pero debes comprender por qué lo digo, y no quiero que me interrumpas hasta que haya terminado. Si no regresas con nosotros de forma voluntaria —te aseguro que nadie te pondrá la mano encima ni tratará de forzarte— jamás volverás a ser admitido en El Club. No volverás a poner los pies en él, ni como esclavo ni como socio.

Scott hizo una pausa y respiró hondo. Luego prosiguió con voz más sosegada, más despacio:

—Te negarán la entrada en todos los clubes con los que tenemos trato, así como en las casas de los instructores que nos venden material. Incluido Martin Halifax. Jamás volverá a dejar que pises su casa, porque si lo haces romperemos toda relación con él, lo cual no le interesa.

»Lo que esto significa, Elliott, es que durante el resto de tu vida recordarás esta intensa experiencia que has vivido, pero no volverás a experimentarla jamás. Te enterarás a través de la prensa que El Club ha ampliado sus instalaciones, que hemos inaugurado más locales, pero no podrás entrar en ellos. Te pido que recapacites.

No dije nada.

Scott continuó:

—Te pido que lo medites, que reflexiones sobre tu historia sexual, tus antecedentes, el motivo que te llevó hasta nosotros. Piensa en el período de adiestramiento al que tuviste que someterte a fin de incorporarte a nuestra organización. Quiero que pienses en lo que esperabas encontrar en El Club, antes de que Lisa te sacara de allí. No es preciso que contestes ahora mismo, pero piensa en todo lo que te he dicho.

—Creo que hay algo que no comprendes —contesté—. Si me permites hablar con Lisa...

—De momento olvídate de Lisa —terció Richard—. Esto sólo nos concierne a nosotros. Te ofrecemos la oportunidad de...

—Eso es lo que no comprendo —respondí, levantándome—. ¿Acaso estáis insinuando que Lisa ya no forma parte de El Club, que la habéis despedido? —pregunté con tono irritado, beligerante, aunque intentando contenerme.

—No, no la hemos despedido —contestó Richard—. Lisa es un personaje muy importante en El Club.

—Entonces ¿adónde queréis ir a parar? —pregunté.

De pronto comprendí que estaba furioso con ella. ¿Qué demonios les había contado? Yo estaba tratando de protegerla y ni siquiera sabía lo que les había dicho.

—Según me dijo Lisa —dije—, ella os explicó las circunstancias que rodearon mi marcha de El Club. Me estáis hablando como si me hubiera escapado de allí, y no dejáis que hable con ella para averiguar lo que os ha dicho. No comprendo a qué viene todo esto.

—Lisa no puede ayudarte, Elliott —dijo Scott.

—¿A qué te refieres?

—Lisa se ha derrumbado, Elliott —contestó Scott fríamente mientras se levantaba y avanzaba unos pasos hacia mí.

La palabra «derrumbado» me produjo el impacto de una patada en el vientre.

—En El Club la palabra «derrumbarse» tiene un significado particular —añadió Scott mirando a Richard, el cual le observaba con atención.

—No significa que se haya vuelto loca —prosiguió Scott—, que haya perdido los papeles, como se dice vulgarmente. Significa que ya no puede trabajar en nuestro establecimiento. Para ser sincero, es algo que no suele ocurrirles a nuestros directivos, sino más bien a los esclavos. No me refiero a una cierta resistencia, nerviosismo, angustia. Conocemos esos síntomas y sabemos detectarlos. Me refiero a que de vez en cuando un esclavo se derrumba y dice: «Lo siento, chicos. No puedo seguir haciendo esto.» Nosotros lo comprendemos, sabemos que es inútil...

Richard alzó la mano e hizo un pequeño y elocuente gesto para indicar a Scott que no había necesidad de entrar en detalles.

—Ya comprendo —contesté—. Eso forma parte del juego y cuando las cosas se ponen duras no decís a los esclavos...

—Exactamente —me interrumpió Scott—. Y eso es lo que nos ocupa en estos momentos. Cuando te presentas en El Club te advertimos que no hay escapatoria posible, que no vamos a liberarte, que no puedes dar marcha atrás. Forma parte del contrato que firmas al ofrecernos tus servicios en un ámbito muy particular de la conducta humana. Pero también constituye nuestra garantía con respecto a ti: no dejaremos que cambies de opinión, no permitiremos que te largues. Las razones son obvias, Elliott. Si no estás convencido de que tu encarcelamiento es total, no puedes relajarte y disfrutar del juego. Empezarás a pensar: «Me apasiona lo que hago, pero me siento como un estúpido. ¿Y si mi tía Margarita me viera con estos arneses y estas cadenas? Esto es genial, pero más vale que me largue de aquí. No tengo valor para seguir con esto.» Te invadirían los remordimientos, la sensación de culpabilidad, las naturales dudas a las que todos somos propensos. Pero si estás preso y sin posibilidad de huir, puedes experimentar y gozar del juego de dominio y sumisión que significa El Club. Es un imperativo absoluto el que los esclavos no puedan huir, ni siquiera soñar con esa idea. Y ésa es la razón por la que debes regresar a El Club.

Scott se detuvo y miró a Richard.

—Todos los cuidadores e instructores que trabajan en la isla saben que te has largado con Lisa —dijo Richard. Su voz sonaba algo más fatigada que la de Scott—. Saben que Lisa te sacó de allí antes de que pudiéramos darnos cuenta. Supongo que también deben de saberlo los esclavos. No podemos consentir esta situación, Elliott. Creo que te lo hemos explicado con suficiente claridad. No podemos permitir que nuestros empleados se larguen sin más, que rompan su contrato, que destruyan los principios fundamentales de El Club. El Club funciona como un reloj suizo, accionado por un complejo y preciso mecanismo.

Miré a aquellos dos hombres. Comprendía perfectamente lo que decían. Todo estaba clarísimo. Lo había comprendido antes de desembarcar del yate.

—De modo —dije, mirando de forma alternativa a Scott y Richard—, que Lisa no va a regresar a El Club.

—Se niega a regresar —respondió Scott.

Lo observé durante unos instantes y luego dije:

—Tengo que hablar con ella.

Eché a andar hacia la cocina, pero Scott se acercó con cautela y extendió la mano para detenerme.

—Piénsalo bien. No te precipites —dijo.

—Vale —respondí, tratando de empujarlo a un lado.

—Espera.

Nos miramos durante unos segundos.

—Resulta muy penoso que te excluyan de un grupo, Elliott —dijo Scott—. Piensa en quiénes somos, en quién eres tú. No te miento si te digo que jamás podrás volver a experimentar lo que experimentastes en El Club. No creas que no podemos impedir que todos te cierren sus puertas.

—Hay cosas que merecen ese sacrificio —comenté.

Richard se interpuso entre la puerta de la cocina y yo.

—Eso es arbitrario, Elliott —dijo—. El tejido ha sufrido un peligroso desgarrón, y es preciso repararlo.

—¿Quieres hacer el favor de dejarme pasar?

—Una cosa más —terció Scott, indicando a Richard que se retirara—. Es muy importante. Vamos a aclararlo de inmediato.

Tras estas palabras Scott apoyó la mano izquierda en mi espalda, ejerciendo una suave presión, como antes. Su mirada era serena. Luego prosiguió con una voz tan profunda y acariciadora como cuando me utilizó de cobaya en la clase de los instructores.

—Nadie va a hacerte daño, Elliott —dijo. El tono de su voz no revelaba la menor sorna ni ironía—. Nadie va a obligarte a hacer nada contra tu voluntad. Si es preciso volveremos a adiestrarte, sin prisas, tan despacio como lo requiera la situación. Te dejaremos descansar una semana, vivir como el resto de los huéspedes de la isla y gozar de sus mismos privilegios, aunque con discreción. Luego proseguiremos a tu propio ritmo.

Scott se acercó un poco más, hasta que nuestros cuerpos casi se rozaron, sin retirar la mano de mi espalda.

—Si quieres mi opinión, creo que cuando aterricemos en la isla darás un suspiro de alivio. Te sentirás feliz y satisfecho. Pero si no es así, procederemos lentamente, con cautela. Somos expertos en este tipo de situaciones. Te garantizo que todo irá bien. Yo mismo me ocuparé de ello.

Noté la electricidad que emanaba de él, la energía de sus palabras, la sinceridad de su expresión. Creo que en aquellos momentos se produjo una especie de complicidad entre nosotros, algo más profundo y simple que una sonrisa; un acuerdo silencioso, sin ironía ni humor, de que la frase que acababa de pronunciar tenía su atractivo. Sentí el poder de su personalidad, su talante seductor y confidencial.

—Eres muy valioso para nosotros, Elliott. Te lo digo en serio. Estamos hablando de negocios, lisa y llanamente, y tú ya sabes cuál es nuestro negocio.

—Lo importante —apostilló Richard—, es que regreses con nosotros ahora mismo.

—He captado tu mensaje —le contesté—. Ahora, apártate de mi camino y déjame pasar.

Pero antes de que ninguno de nosotros pudiera dar un paso se abrió la puerta de la cocina y apareció Lisa, iluminada por la luz del dormitorio mientras apoyaba la mano en el pomo de la puerta. Uno de los tirantes del vestido se había deslizado sobre su hombro. El cabello alborotado le caía sin vida por la espalda, como si su condición dependiera del estado de su alma. Iba descalza y parecía rota, hundida. Tenía el rostro enrojecido, hinchado y se le había corrido el rímel, pero en esos momentos no lloraba.

—Quiero que regreses con ellos, Elliott —dijo Lisa—. Tienen razón en todo lo que han dicho. Lo importante es que regreses a la isla en el acto.

La miré durante unos minutos y luego me volví hacia los dos hombres. Más que un nudo en la garganta, tenía la impresión de haberme tragado una piedra.

—Esperad fuera —dije.

Tras unos momentos de vacilación, Scott indicó a Richard que le siguiera y ambos salieron al jardín.

Corrí las cortinas y me volví furioso hacia ella, que seguía de pie junto a la puerta.

Permanecí de espaldas a la puerta que daba al jardín, para impedir que Scott y Richard entraran de nuevo, y la miré fijamente.

Me sentía tan disgustado —o rabioso o herido o confuso— que no conseguí articular palabra.

—¿Acaso estás diciendo que quieres que regrese a la isla? —le pregunté al cabo de unos minutos.

Lisa parecía asombrosamente tranquila, como si mi rabia la calmara. No obstante, se mordió los labios como si fuera a romper a llorar.

—¡Contesta, Lisa! —dije—. ¿Quieres que regrese? —grité.

Ella no se movió, pero pareció como si se encogiera. Luego dio un paso adelante, parpadeando como si el volumen de mi voz la hubiera lastimado.

Yo traté de calmarme, sin conseguirlo.

—¿Eso es lo que quieres? —insistí—. ¿Deseas realmente que regrese al club?

—Sí —me contestó Lisa con la voz temblorosa—. Creo que es absolutamente necesario que tú regreses —añadió mirándome a los ojos—. Rompí un contrato contigo, Elliott. —Su voz se hizo más débil, como si le costara hablar—. Lo he estropeado todo por ti. Ahora quiero que regreses a El Club y ofrezcas a Scott y a Richard la oportunidad de subsanar mi error.

—No te creo —murmuré—. ¿Qué es lo que es tan importante? —grité de nuevo, dirigiéndome hacia ella sin atreverme a tocarla—. ¡Eso no es lo que tú quieres, lo que tú sientes! ¡No me hagas eso, Lisa! ¡No lo hagas!

—Es exactamente lo que deseo y lo que siento —replicó ella. Observé que le temblaban los labios como si estuviera a punto de perder el control.

—No llores —dije—, no quiero verte llorar, Lisa.

Más que palabras, lo que brotaba de mis labios eran unos sonidos ininteligibles. Yo también temía perder el control y emprenderla a puñetazos contra alguien. Me detuve a escasos centímetros de ella y la miré a los ojos. Lo que quería decirle no debía oírlo nadie más.

—¿Cuántas veces te he repetido que te quiero? He sido sincero contigo desde el principio. Te quiero, Lisa. ¿Me escuchas? Jamás se lo he dicho a ninguna otra mujer ni a ningún hombre en mi vida. Mírame a los ojos y háblame. ¡Y no me digas que quieres que regrese a El Club! ¡A la mierda con El Club!

Era como mirar a una estatua, la estatua de una mujer con aire desvalido, descalza, que me miraba fijamente con los ojos manchados de rímel y los labios entreabiertos.

—¿Qué ha significado esto para ti, Lisa? —pregunté en tono implorante. Estaba tan tenso que me dolían los músculos de las mandíbulas—. Sé sincera conmigo, Lisa. Dime que te derrumbaste, que yo formaba parte de ello, que representaba tan sólo una vía de escape. ¡Dilo si eres capaz!

No podía continuar. Era incapaz de seguir hablando. Recordé la noche que me emborraché en Nueva Orleans, cuando le dije que sabía que iba a hacerme daño, y comprendí que eso era justamente lo que estaba sucediendo.

—¡Dios! —balbuceé.

Empecé a dar vueltas por la habitación. De pronto, cuando Lisa retrocedió hacia la cocina me precipité sobre ella y la sujeté por los brazos.

—¡Di que no me quieres! —grité—. Si no puedes decirme que me quieres, di al menos que no me quieres. ¡Dilo! ¡Dilo!

La atraje hacia mí pero ella se resistió con todas sus fuerzas. El cabello le caía sobre la cara. Cerró los ojos y empezó a sollozar y a jadear como si la tuviera sujeta por el cuello, aunque sólo la agarraba por los brazos.

—¡Scott! —gritó de pronto, apartándose bruscamente de mí—. ¡Scotty! ¡Scotty!

Luego se dejó caer en una de las sillas de la cocina entre sollozos histéricos.

Scott y Richard entraron apresuradamente. Richard se acercó a Lisa y le preguntó si estaba bien.

Al verlo inclinado sobre ella, al oír el solícito tono de su voz, me volví loco.

No hice nada. Me limité a dar media vuelta y salir de la habitación. Estaba tan ciego de ira, que habría sido capaz de derribar un muro de un puñetazo. Me dolía profundamente que Lisa hubiera llamado a ese tipo, que hubiera pedido socorro como si yo la estuviera matando.

Me senté en un banco del jardín, encendí un cigarrillo y me quedé contemplando la oscura y reluciente maraña de plantas. La sangre me golpeaba las sienes. No podía oír nada. Traté de memorizar la fuente, el destartalado querubín que la adornaba, la caracola, el agua turbia y la tela de araña que cubría los ojos del querubín. No sé si me estaban hablando o no.

Transcurrieron unos veinte minutos hasta que logré calmarme, pero me sentía tan deprimido que creí que iba a derrumbarme.

Temía emprenderla a golpes contra alguien y lastimarle. Por ejemplo, contra uno de esos genios del dolor, esos inteligentes y sofisticados amos de El Club. ¡Cabrones! ¡Hijos de puta! Tragué saliva hasta que logré serenarme. Entonces oí que alguien salía de la habitación, y al alzar la vista vi a Scott, el ángel custodio.

—Entra —dijo con un tono fúnebre. Sentí deseos de abalanzarme sobre él y asesinarlo—. Lisa quiere hablar contigo. Tiene algo que decirte.

Lisa estaba sentada en la mecedora y sostenía un pañuelo de hilo entre sus manos. Por alguna extraña razón, se había vuelto a calzar. Richard se hallaba detrás de ella, como otro ángel custodio, mientras Scott me observaba inquieto, como si temiera que le asestara un puñetazo. Ganas no me faltaban.

—Comprendo que estés furioso, Elliott —me dijo Lisa.

—Ahórrate tu compasión, guapa —respondí—. No digas nada.

Lisa me miró dolida, como si le hubiera pegado un bofetón, y agachó la cabeza. No soportaba verla así. Luego me miró de nuevo con los ojos llenos de lágrimas.

—Te suplico que regreses, Elliott —dijo con voz temblorosa—. Te suplico que regreses a El Club y me esperes allí.

Por sus mejillas rodaron unos gruesos lagrimones.

—Te suplico que regreses —insistió— y me esperes un par de días, hasta que... hasta que pueda ir.

No me esperaba eso. Miré a Richard, un modelo de candor y piedad; y a Scott, que se había ido a situar detrás de mí y observaba a Lisa con la cabeza ladeada y expresión de tristeza.

—Ellos no te obligarán a hacer nada, Elliott —continuó Lisa—. No te forzarán a... nada.

—Así es —dijo Scott en voz baja.

—Sólo queremos que todos te vean bajar del avión —intervino Richard—. A partir de allí, puedes hacer lo que quieras.

—Te prometo volver —dijo Lisa, mordiéndose el labio inferior—. Necesito un par de días para reflexionar, para averiguar por qué me derrumbé, por qué me he comportado de este modo. Pero te prometo que regresaré a la isla. Cuando nos reunamos podrás echarme en cara lo que quieras, y si entonces quieres abandonar El Club serás libre de hacerlo.

Miré a Richard y él asintió.

—Sólo te pedimos que colabores con nosotros —dijo Scott.

—Te lo ruego —me dijo Lisa—. ¿Quieres hacerlo por mí?

Tardé unos minutos en contestar. Me parecía crucial aplazar unos instantes mi respuesta mientras miraba a los ojos a esa mujer de aire triste y desvalido que permanecía sentada en el borde de la silla con el vestido arrugado, las rodillas desnudas a la vista y las tiras con brillantitos de sus sandalias caídas.

—¿Estás completamente segura que quieres que me vaya y te deje aquí? —pregunté.

—Créeme, Elliott —contestó Lisa con voz trémula y los ojos anegados en lágrimas—. Es lo único que deseo.

Sus palabras me hicieron tanto daño que me quedé perplejo. El dolor era como una máscara que me oprimía el rostro. No miré hacia los dos hombres, pero sabía que Richard me estaba observando y que Scott había agachado respetuosamente la cabeza y se había situado junto a la puerta.

Lisa me miró con expresión de inocencia, con sus hermosos ojos muy abiertos y manchados de rímel.

Sentí que la máscara de dolor me oprimía cada vez más las sienes y la garganta. Poco a poco cedió y experimenté una inmensa sensación de alivio.

—Es como todo lo que has dicho y hecho hasta ahora —dije, dirigiéndome a Lisa—. Tus palabras pueden encerrar varios significados.

Ambos nos miramos de hito en hito. Habría jurado que en aquel momento sucedió algo entre los dos, algo íntimo y secreto. Su mirada se suavizó como si por una fracción de segundo nos encontráramos solos en la habitación, o puede que mis palabras la pillaran desprevenida.

Al cabo de unos minutos, Lisa murmuró despacio, mientras los ojos se le llenaban de lágrimas:

—Mi vida está destrozada, Elliott. Se está derrumbando como las murallas de Jericó. Necesito que regreses y esperes a que me reúna contigo.

Richard y Scott se miraron satisfechos. Mientras Richard se inclinaba para besar a Lisa en la mejilla, Scott me condujo suavemente hacia la puerta.

Abandoné la habitación un tanto desconcertado y me quedé inmóvil en medio del jardín, sin ver nada, sin pensar nada, oyendo la voz de Richard mientras le decía a Lisa en tono frío y distante:

—¿Estás segura de que...?

—Estoy bien —contestó ella con voz cansada y monótona—. Te lo prometo. No saldré del hotel. No desconectaré el teléfono. No me moveré de aquí. Puedes apostar a uno de tus gorilas junto a la puerta, pero que yo no lo vea. Sólo te pido que me concedas lo que necesito en estos momentos.

—Muy bien, querida. Puedes llamarnos cuando quieras, de día o de noche.

Contemplé distraídamente la puerta de cristal que daba acceso al vestíbulo del hotel. El canto de las chicharras resonaba en el suave calor de la noche. La luz morada del firmamento se proyectaba sobre la elevada tapia del jardín.

—No te preocupes, todo irá bien —dijo Scott. Tenía una expresión triste.

—¿Crees que hago bien en dejarla aquí, sola? —le pregunté.

—Uno de nuestros hombres se quedará para vigilarla. No le ocurrirá nada malo.

—¿Estás seguro? —insistí.

—Ella misma lo ha decidido —respondió Scott—. No le pasará nada, la conozco bien.

No me cabe duda, pensé.

Me alejé unos pasos y encendí otro cigarrillo en una especie de acto privado, agachando la cabeza y rodeando la llama con la mano. Luego la apagué con rabia, como si con aquel gesto quisiera fulminarlos a todos.

De pronto apareció Richard, se volvió para observar furtivamente a Lisa y murmuró:

—Has hecho lo que debías hacer.

—Vete a la mierda, capullo.

—¿Tanto quieres a esa mujer? —preguntó mientras

me miraba con atención. Su voz era tan fría como el hielo—. ¿Estás dispuesto a estropearlo todo por ella? No regresará a El Club a menos que tú la estés esperando allí.

—Trata de colaborar con nosotros, Elliott —dijo Scott—, por el bien de Lisa.

—Lo tenéis todo perfectamente planeado, ¿verdad?

Me volví y miré a Lisa. Ésta se levantó y se dirigió hacia el ventanal con pasos torpes y con los brazos cruzados. Parecía totalmente hundida, destrozada.

Aplasté el cigarrillo y la apunté con un dedo, diciendo:

—Dentro de un par de días.

Ella asintió.

—Te doy mi palabra —respondió.

Sentí deseos de decirle con la máxima frialdad y serenidad que me importaba un carajo que regresara o no regresara a El Club, de insultarla y ponerla de puta para arriba. Pero no era una puta. Era Lisa. La mañana que estuvimos en el Court of Two Sisters confesó que me había dicho una mentira. Sólo una. A partir de entonces no había vuelto a mentirme, ni a prometerme nada.

Tuve la sensación de que algo vital y precioso se había roto para siempre, algo extraordinario y crucial. Me sentía incapaz de mirarla a los ojos. Era como si de pronto se hubiera abierto una puerta y contemplara el horror que se había ocultado siempre tras ella, lo que siempre había temido.

29

Visita a la iglesia

«Lo único que te pedimos es que nos lo expliques para que podamos comprenderlo. ¿Cómo pudiste hacerlo?»

Era un tugurio, un sórdido antro para turistas en forma de callejón, con un banco en un extremo para que se sentaran los clientes y un escenario que consistía en un espacio iluminado con profusión que se hallaba detrás de la barra.

Un hombre que parecía una mujer gigantesca bailaba, mejor dicho, se contoneaba de un lado a otro calzado con unas zapatillas de raso mientras los focos iluminaban su traje de satén blanco, las mejillas embadurnadas de colorete, la peluca blanca semejante a algodón de azúcar y los ojos vidriosos. Se miraba en el espejo mientras evolucionaba al ritmo de la música y movía los labios como si cantara la canción del disco, con una boa plateada enroscada alrededor de sus musculosos brazos. Su aspecto resultaba tan insólito y decididamente sensual como artificial, tan bello como horripilante.

Al menos, eso pensaba yo. Todos sois unos ángeles. Lo habéis trascendido todo en ese puro teatro de vosotros mismos. Os adoro.

«Tú eres la artífice, el ángel custodio de este sistema. ¿Cómo no voy a hacerte preguntas?»

Permanecí en mi asiento, con la espalda apoyada en la pared mientras observaba fascinada sus torpes y pesados movimientos sobre el escenario, la boca pintarrajeada de rosa caramelo, la mirada inexpresiva enmarcada por unas pestañas falsas. El pequeño lavabo que se hallaba junto al cochambroso telón de terciopelo rojo apestaba a orina. Percibí el hedor de la alfombra sucia, húmeda y enmohecida que cubría el estrecho suelo; el leve olor dulzón a maquillaje y ropa sudada de teatro. Acudió a mi mente la imagen de aquellos gigantescos ángeles de mármol de las iglesias que sostienen una concha de agua bendita para que nos humedezcamos los dedos. Unas criaturas sin duda perfectas, más grandes e imponentes que la vida misma.

Llevaba varias horas allí sentada.

«¿Cómo pudiste hacerle eso? ¿Por qué jugaste con él? ¿Cómo se te ocurrió manipularlo de esa forma, aprovecharte de él? Tú misma nos enseñaste que no debemos subestimar jamás la dinamita psicológica con la que tratamos.»

Dos billetes de cien dólares para mantener abierto este local. Diez, once, doce botellines de cerveza barata a un precio astronómico, la calle Bourbon casi desierta, y la única persona que había en El Club —no me refiero a mi club sino a ese tugurio, a ese antro, ese callejón, esa capilla de la perversión, esas catacumbas— era un tipo esmirriado que se hallaba en un extremo de la barra tomándose una copa, vestido con una chaqueta a cuadros. «¿Cómo pudiste hacerlo?»

De vez en cuando entraba el vigilante del local para echar un vistazo. Nadie se metió conmigo.

Una sucesión de hembras/varones se iban deslizando a través del escenario, por encima de las hileras de botellas débilmente iluminadas, con los hombros desnudos, los brazos sonrosados y depilados, el canalillo asomando bajo el sucio vestido de raso y lentejuelas, los zapatos viejos y desgastados, la piel satinada a causa de los estrógenos artificiales.

«¿Qué va a hacer ahora ese desgraciado? Cuando se disponía a vivir la experiencia sensual de su vida te lo llevas de allí. Decides, sin consultarlo, poner fin a su estancia en El Club. Quiero mostrarme comprensivo, pero ¿cómo hubieras reaccionado si yo me hubiera comportado como tú, si me hubiera llevado a Diana o a Kitty Kantwell de vacaciones? ¿Acaso te habrías molestado en desplazarte hasta Nueva Orleans para hablar conmigo, doña Perfeccionista?»

No estaba segura de poder regresar andando al hotel. Traté de concentrarme y repasar el mapa que me había trazado en la cabeza: dos manzanas a la derecha, y luego a la izquierda. ¿Qué haría el energúmeno que tenía encargo de vigilarme, si me caía de bruces en la calle? «No se trata del gasto, ni tampoco de los chismorreos que circulan por la isla. Piensa en ese tipo y en cómo le has perjudicado. ¿Qué coño vamos a decirle a Martin? Fue Martin quien nos lo envió.»

Me levanté con la idea de comprobar si podía sostenerme en pie, salí del local y pregunté al vigilante dónde había un teléfono. De pronto miré hacia abajo y vi que llevaba puestas las horribles sandalias de tiras que habíamos comprado en la tienda junto a la carretera. Elliott estaba estupendo con el pantalón corto color caqui, la camiseta y las zapatillas deportivas blancas.

«Lo que queremos saber es por qué lo hiciste. Lo que te pedimos es que vuelvas de inmediato, que cojas el avión y nos ayudes a recuperarlo, que hables con él...»

Eché a caminar con aquellas horribles sandalias. Llevaba puesta una especie de chubasquero, tipo poncho, de color vino que recordaba vagamente haber comprado en San Francisco, en una tienda de la calle Castro que se llamaba All American Boy, mientras mi hermana no paraba de quejarse: «Me da lo mismo, esos tipos me ponen nerviosa.» Se refería a los homosexuales. Debería de ver a estos ángeles, mis ángeles. El chubasquero era demasiado grueso para Nueva Orleans, incluso en esta noche de primavera en que no hacía calor. Elliott dijo que le parecía sublime, y de golpe recordé por qué me lo había puesto. No llevaba nada debajo.

Cuando empecé a vomitar, me había quitado el maravilloso vestido, mi vestido favorito. Era el vestido que llevaba la noche que fuimos a bailar, cuando hicimos el amor en el asiento trasero del coche, cuando nos quedamos dormidos sobre la colcha en el hotel Monteleone, y cuando regresamos en coche a Nueva Orleans.

El vestido yacía roto y sucio en el suelo del baño, hecho una pena. Cuando me levanté de la cama se me ocurrió ponerme el poncho. Era perfecto. Sólo llevaba puesta una braguita de algodón.

La sensación de pasearme semidesnuda, de sentir cada poro y orificio de mi cuerpo abierto y palpitante de amor, era fantástica.

«Se lo debes a Elliott. Súbete en el avión con él. Es lo menos que puedes hacer. Regresa con nosotros.»

Me quedé plantada en medio de la calle Bourbon, borracha, vestida con un poncho de color vino y una braguita. Llevaba bastante dinero en el bolsillo, demasiado: unos billetes de cien dólares y algunas monedas. Había entregado los billetes de cien dólares como hacía Elliott, con disimulo, el billete doblado en sentido longitudinal acompañado de una sonrisa. Y una de esas chicas/chicos, una imponente morena con un vozarrón que sonaba como un órgano eléctrico de juguete, se había sentado junto a mí, llamándome tesoro y charlando animadamente conmigo. Toda sonrosada y reluciente, como un ángel o una ballena gigante, según cómo se mire...

«...¿Es que todo te importa un bledo? ¿Te das cuenta de lo que te juegas si no regresas con nosotros?»

Todas esas chicas se habían operado. Se operaban por etapas. La morena me dijo que todavía conservaba los testículos y el pene en algún lugar de su cuerpo, ocultos de forma que no se notaran cuando se quitaba la ropa y se quedaba en tanga. Tenía pechos y le habían puesto unas inyecciones de estrógenos.

Sabía que era guapa, que parecía una hermosa mejicana consciente de que es más guapa e inteligente que sus hermanas y hermanos, que obtiene el puesto de camarera en un restaurante junto a la carretera, luciendo un vestido negro escotado y enseñando las tetas cuando entrega la carta a los clientes, mientras que los otros trabajan de cocineros y pinches, una belleza, la Miss Universo de los fogones. «Procuramos mostrarnos comprensivos, pero no nos ayudas.» ¿Castrarse para esto?

—¿Pero vas a dejar que te corten las pelotas?

—Tesoro, quedan un poco raro en una mujer.

El vigilante dijo: «Ahí hay un teléfono.»

—¿Qué ha dicho?

—El teléfono, tesoro. Tesoro —había dicho en tono confidencial, como si acabáramos de enamorarnos, la muy puerca—, ¿puedes avisar a alguien para que venga a recogerte?

«¿Acaso no crees que has abusado? Te aprovechaste de él, de tu posición y tu poder. ¿Quieres saber lo que pienso? Que te comportaste como la típica mujer egoísta e histérica.»

—¿Qué hora es?

—Las dos —contesta el vigilante consultando su reloj barato.

Las dos de la mañana. Hace exactamente siete horas que Elliott se marchó. En estos momentos podíamos estar en México. De camino a Panamá. Sin pasar por El Salvador.

«¿Qué crees que pensará en estos momentos? Se

ausenta dos años de su negocio, su carrera, su vida, y la jefa decide llevárselo cinco días a Nueva Orleans.»

—Tesoro, vamos a cerrar.

Y a mí qué narices me importa que cerréis el Dreamgirls Club. La estridente música seguía sonando aunque el escenario que se hallaba detrás de las botellas estaba vacío. A las chicas/chicos les habían crecido unas alas de raso blanco con lentejuelas y habían salido volando por la puerta trasera hacia el oscuro y húmedo cielo que se extiende sobre los tejados de Nueva Orleans, abandonando así la sórdida capilla para siempre. (A lo lejos y bajo el manto de la noche los mortales las confunden con unas cucarachas gigantes). En los espejos se reflejaban las hileras vacías de bancos y mesas donde había permanecido sentada hasta el final del espectáculo, sin que nadie me importunara. La calle estaba llena de basura, enormes y relucientes bolsas de plástico verdes de basura. Cucarachas. No pienses en las cucarachas.

Apestaba a comida china. Vi a una pareja caminando del brazo, la chica vestida con un pantalón corto blanco y un *top*, el hombre con una camisa de manga corta, bebiendo cerveza de unos envases de cartón como los de leche. Grandes cantidades de cerveza. Compra unas botellas de cerveza, te sentará bien; a ser posible de la marca Miller. Elliott dice que la mejor cerveza americana es la Miller, la mejor extranjera la Heineken y la mejor cerveza del mundo la haitiana. Despierta a Elliott para ir a dar un paseo y por la mañana estaremos en México. Lástima que olvidara coger el pasaporte. En estos momentos podríamos estar en Nueva York, esperando un vuelo para Roma. Jamás nos hubieran atrapado.

«Lo que no comprendo es tu falta de consideración, tu deslealtad, tu total desprecio hacia el delicado mecanismo, el grado de vulnerabilidad, el...» ¡BASTA!

De Roma podríamos partir hacia Venecia. No existe ninguna ciudad en el mundo para caminar como Venecia. Y las cucarachas son relativamente pequeñas.

—¿Dónde hay un teléfono? ¿Puede decirme dónde puedo encontrar un teléfono?

El bar de la esquina todavía está abierto. No es el mismo bar. Sí, es el mismo bar. Es el bar donde discutimos sobre *La pequeña*. El bar donde bebimos unos whiskies y unas ginebras antes de ir a Michael's y Elliott dijo... todo lo que dijo Elliott.

El sabor de Elliott, el tacto de su jersey de cuello alto ciñéndole el pecho. La boca de Elliott, los ojos risueños de Elliott, azules, su cabello empapado de lluvia, la sonrisa de Elliott. Los besos de Elliott.

—Ahí tienes un teléfono, tesoro.

«Está como una cuba.» «Qué va, está perfectamente.» ¡Nooooo, estoy fatal!

Introduzco en el teléfono todas las monedas de veinticinco centavos, una tras otra. En realidad no creo que sea necesario meter tantas monedas de veinticinco centavos de golpe. Ha sido un repentino lapso de memoria. A ver... Lo que debía haber hecho es meter una moneda de veinticinco centavos y esperar a que me contestara la telefonista. La verdad es que no he utilizado un teléfono público desde hace... ¿tres días? No sé si al cabo de siete años seguirá siendo el mismo número, pero por qué no iba a serlo; nada ha cambiado, nada se ha movido. El teléfono está sonando en San Francisco. Aquí son las dos de la mañana, así que allí deben de ser las doce. Y a las doce Martin Halifax no duerme.

Un hombre que viste con un espantoso traje de poliéster sale del bar. Lleva un sombrero de paja, una camisa blanca transparente que apenas oculta la camiseta, el señor Shriner que acaba de asistir a un congreso en Atlanta. ¡Las cosas que nos inventamos sobre la gente que va vestida de forma que no nos gusta! Aunque debo reconocer que va muy limpio y planchado para tratarse de un nativo.

Ahí está el gorila del club, junto a la farola. ¿Que cómo lo sé? Es el único tipo que hay en la calle Bourbon a las dos de la mañana con un bronceado de un millón de dólares, una dentadura perfectamente cuidada, unos tejanos de diseño y unas zapatillas deportivas rosas. Nosotros no contratamos a desgraciados.

El teléfono sigue sonando en San Francisco. No contratamos a gente que se pasea por el mundo con un poncho, unas sandalias de tiras y una sucinta braga de algodón.

—¿Diga?

—¡Martin!

—Sí, soy Martin. ¿Quién habla?

—¿Puedes oírme? Martin, tienes que ayudarme. Te necesito, Martin.

«Tendremos que informar a Martin sobre lo sucedido. Martin lo envió aquí. ¿Qué demonios vamos a decirle? ¿Que secuestraste a Elliott Slater?»

—Me encuentro en un apuro, Martin, te necesito, tengo que hablar contigo.

—¿Eres Lisa? ¿Dónde estás?

—En Nueva Orleans, en la calle Bourbon. Llevo un poncho y unas sandalias. Son las dos de la mañana. Martin, te suplico que me ayudes. Por favor, ven. Coge un avión y ven de inmediato. Sé que te pido un gran favor, Martin. Te pido que lo dejes todo y acudas a Nueva Orleans para sacarme de este lío. No puedo resolverlo sola, Martin. ¿Puedes venir?

—¿Tienes una habitación en Nueva Orleans, Lisa? ¿Puedes decirme exactamente dónde estás?

—En el Marie Laveau, calle Saint Anne, todos los taxistas lo conocen. Me hospedo en la antigua casita de los sirvientes, bajo el nombre de señora de Elliott Slater. ¿Vendrás?

—¿Señora de Elliott Slater?

—He hecho algo terrible, Martin. Se lo he hecho a Elliott Slater. He traicionado todos los principios en los

— 380 —

que creemos, Martin. Necesito que me ayudes. Te lo ruego.

—Iré en cuanto pueda, Lisa. Llamaré al aeropuerto ahora mismo. Pero quiero que regreses al hotel ahora mismo. ¿Puedes conseguir un taxi? Puedo hacer que vayan a recogerte...

—No es necesario, Martin, iré andando. La semana pasada hice este mismo recorrido a pie, supongo que podré volver a hacerlo.

Ahí está el gorila, ese musculoso y reluciente gorila con la dentadura blanca, la camisa desabrochada hasta el ombligo, los vaqueros ceñidos y la verga colocada de forma que parezca que la tiene tiesa. Vaya, se me ha caído todo el dinero que llevaba en el monedero. No es verdad. No llevo monedero. Sólo se me han caído unas monedas de veinticinco centavos. El tipo se ha agachado para recogerlas. Es un joven muy atractivo.

—Regresa al hotel y acuéstate. Iré en cuanto sea posible, te lo prometo. Procuraré estar allí antes de que despiertes.

—He hecho algo terrible, Martin. Se lo he hecho a Elliott Slater. No sé por qué lo hice.

—Saldré de inmediato, Lisa.

El tipo del traje de poliéster está junto a la puerta de la cabina telefónica. El gorila se ha puesto a contar las monedas. Debe ser un empleado de El Club. ¿Qué tipo vestido con unos vaqueros caros le robaría unas monedas de veinticinco centavos a una mujer?

—Eres muy guapa, ¿sabes? Eres la chica más guapa que he visto esta noche.

Un tipo simpático el del traje de poliéster, como el que les vende a tus padres una aspiradora o un seguro.

Podría sentarme en una mesa del bar. No, no entres en el bar. Vete directamente a casa. Dobla la esquina. Hay cervezas en el frigorífico. No, me las he bebido todas. La ropa de Elliott. No, se la han llevado.

—¿Te apetece que nos tomemos una copa, guapa?

El gorila se dirige hacia nosotros. Me guiña un ojo.

—Buenas noches, Lisa.

Te he pillado.

—Es una lástima que una chica tan guapa como tú esté sola. ¿Por qué no vienes a tomar una copa conmigo?

—Gracias. Es usted muy amable.

El gorila se aproxima.

—Pertenezco a una religión muy severa y las mujeres estamos vigiladas día y noche por unos jóvenes. Éste es uno de ellos. No nos permiten hablar con extraños.

—¿Quieres que te acompañe al hotel, Lisa?

—Si no me consigues un *pack* de seis cervezas Miller antes de que lleguemos al hotel, olvídate de mí.

—Buenas noches, tesoro.

—Vamos, Lisa.

Buenas noches, ángeles.

30

Amor e ideales

¿Por qué no empiezas por el principio?

Estábamos sentados en un rincón del pequeño restaurante italiano. Martin ofrecía un aspecto sereno, tranquilizador. Tenía las sienes plateadas y algunas canas en las cejas, las cuales reforzaban la curiosidad y sinceridad de su mirada. Pero aparte de eso seguía siendo el mismo Martin. Sostenía mi mano entre las suyas como si no estuviera dispuesto a soltarla hasta que todo se hubiera resuelto.

—¿No se pusieron en contacto contigo cuando nos estaban buscando? —dije.

—No —contestó Martin.

—Eso te demuestra la magnitud del asunto. No querían que supieras lo que yo había hecho. Tú instruiste a Elliott y nos lo enviaste. Probablemente no querían que nadie supiera lo que había ocurrido. Es absurdo pensar que iban a llamarte.

Bebí un sorbo de vino blanco, tratando de controlar las náuseas que sentía debido a la cantidad de alcohol que había ingerido la noche anterior y al largo trayecto hasta el aeropuerto —me puse en camino hacia el aeropuerto en cuanto Martin me confirmó que llegaría en el próximo vuelo—, procurando que la comida y el vino surtieran un efecto benéfico. Elliott y yo no habíamos descubierto este restaurante, aunque estaba muy cerca del hotel. A Elliott le habría gustado mucho, pues servían una carne estupenda.

Martin se bebió el café.

—Ah, Nueva Orleans —dijo, sacudiendo la cabeza y sonriendo—. Café y achicoria —añadió al tiempo que esbozaba una mueca.

—Pediré al camarero que te traiga una taza de buen café —dije.

—No, déjalo. A los masoquistas nos encanta esta bazofia —contestó Martin, apretándome la mano—. Háblame de Elliott. Cuéntamelo todo.

—No sé cómo sucedió. No sé cómo las cosas llegaron tan lejos. Fue algo que no pude controlar, perdí el control. Traicioné todos los principios en los que siempre he creído y que había inculcado en los demás.

—Cuéntamelo despacio, desde el principio.

—Me lo llevé de El Club, Martin. Hice que enviaran sus cosas a mi habitación, le dije que se vistiera y me lo llevé en el avión. Le hice creer que era una cosa habitual, que los instructores podíamos llevarnos a un esclavo de vacaciones cuando nos diera la gana. Vinimos a Nueva Orleans y durante cinco días... no sé... puede que fueran más... hicimos muchas cosas y disfrutamos juntos. Fuimos a bailar, hicimos el amor, pasamos unas horas en Dallas y... Queríamos hacer tantas cosas... —me detuve bruscamente.

La emoción que me embargaba me hacía perder el hilo.

—Hice algo terrible —continué—. Rompí el contrato. Traicioné a Elliott, a El Club y a ti, Martin.

Martin me observaba fijamente y en silencio, un gesto muy de agradecer. Martin siempre escuchaba con gran atención, como si realmente le interesara lo que le estabas contando, y una expresión invariablemente plácida y tolerante.

—¿Dónde está Elliott? —preguntó.

—En El Club. Vinieron a buscarlo y lo obligaron a regresar. Fue increíble. Richard y Scott se comportaron como unos policías. Cualquiera diría que trabajaban para el FBI. Los miembros del consejo de administración pusieron el grito en el cielo. Por supuesto, nadie se ha atrevido a echarme. El señor Cross dijo que si había una persona que era indispensable en El Club, ésa era Lisa. Quieren que vuelva. ¡Dios sabe lo que Elliott pensará de mí!

De pronto dejé de hablar. Mi voz se quebró, como si alguien me sujetara del cuello y me estuviera estrangulando. No miré a Martin, sino que clavé la vista en el plato decorado con un ribete plateado que tenía ante mí. Quería beber un trago de vino, pero ni siquiera era capaz de alargar la mano para coger la copa.

—¿Por qué te has detenido? —preguntó Martin, mirándome a los ojos. Sus dedos, cálidos y secos, tenían un tacto agradable.

—Ayúdame, Martin —murmuré.

—No soy médico, Lisa. Pero sabes que me gusta escuchar a la gente. Quiero que empieces por el principio y me lo cuentes todo, hasta el último detalle.

Yo asentí. Pero lo que me pedía era demasiado doloroso, me sentía incapaz de revivir aquellos cinco días, de hacerle comprender lo que había sucedido. Al fin rompí a llorar. Había llorado en el Court of Two Sisters, en el motel, ahora aquí. En esos pocos días había llorado más que en los últimos diez años.

—Antes quiero que me digas algo, Martin —contesté, estrechando su mano entre las mías—. Necesito saberlo.

Martin me miró preocupado, pero no asustado como lo había estado Elliott al verme llorar en el Court of Two Sisters. Elliott se había puesto pálido y por un momento temí que fuera a desmayarse.

—¿Es admisible lo que hacemos, Martin? ¿O es perverso? ¿Somos tan buenos como queremos pensar que somos, gente sana y normal, o unos seres perversos y depravados?

Martin me miró unos instantes, intentando disimular el asombro que le había causado mi pregunta. Si le había ofendido, también supo disimularlo.

—No entiendo a qué viene esa pregunta, Lisa —respondió lentamente—. La primera noche que acudiste a La Casa, en San Francisco, te expliqué lo que opinaba al respecto.

—Quiero volver a oírlo. Por favor, Martin, contesta a mi pregunta.

—Creo que La Casa demuestra claramente que no soy una mala persona, que no deseo que me tomen por una mala persona ni me siento una mala persona debido al tipo de sexo que me gusta y practico.

—Pero ¿lo que hacemos es admisible o inadmisible? —insistí.

—Hemos sacado la búsqueda del sexo exótico de los bares y las calles, de los hoteluchos sórdidos, de las prostitutas baratas y los chaperos, lejos de todos los que anteriormente nos tachaban de delincuentes y depravados. ¿No te parece algo bueno? Cuando viniste a La Casa ya lo sabías, y nada ha cambiado desde entonces. El Club es una obra maestra que se halla cimentada sobre estos principios y está dotada de unos eficaces sistemas de control. Nadie que haya traspasado sus puertas ha quedado decepcionado.

—Excepto Elliott Slater —repliqué.

—Hummm, yo no estaría tan seguro. ¿Qué es lo que ha pasado para que de pronto hayas dejado de creer en lo que hacemos?

—No lo sé. Te juro que no me lo explico. De repente, todo se vino abajo. Dejé de creer en lo que siempre había creído, no sabía quién era ni comprendía lo que estaba pasando.

Martin me observó en silencio, esperando pacientemente. Pero yo no hacía más que repetir la misma cantilena. Ni siquiera sabía por dónde empezar.

—Lisa —dijo Martin al cabo de unos minutos—, hace años que no conversábamos de esta manera, desde la primera noche en que bajamos al sótano de La Casa y te expliqué su funcionamiento. Recuerdo que lo asumiste a la perfección. Eras una joven muy atractiva, aunque no tanto como ahora. Tenías una expresión tan inteligente, casi seráfica, que aquella noche hablé contigo como lo he hecho con muy pocas personas a lo largo de mi vida.

—Recuerdo muy bien aquella noche —contesté.

Deseaba evocarla: la sorpresa que sentí, la sensación de haber descubierto algo maravilloso, la tranquilidad de saber que existía algo que respondía a mis esperanzas y aspiraciones.

—Te hablé sobre el amor y los ideales —dijo Martin—, y sobre mi deseo de que algún día el sexo aberrante, según lo denominan, dejara de estar en manos de gentuza y de la policía.

Yo asentí con un movimiento de cabeza.

—Recuerdo que te pregunté si serías capaz de amar a la gente que acudía a mi casa —prosiguió Martin—. ¿Recuerdas lo que respondiste? Dijiste que amabas a todos los aventureros sexuales siempre y cuando no lastimaran a nadie, que no podías por menos que amarlos. Que sentías amor y compasión hacia el viejo exhibicionista del parque que se abre la gabardina, el tipo del autobús que se restrega contra una chica bonita, sin atreverse a dirigirle la palabra. Que amabas a los travestidos y a los transexuales. Dijiste que tú eras ellos y ellos eran tú, que siempre habías pensado de esa forma.

Martin apartó la taza de café y se inclinó hacia mí.

—Cuando me dijiste eso —continuó—, pensé: «He aquí una chica tan romántica como yo, y cincuenta veces más inocente de lo que yo lo he sido jamás, y posiblemente un poco chiflada.» Intuí que poseías una fuerte sexualidad, la cual quizás incluso te había amargado la vida. Sin embargo, habías conseguido dotarla de una extraordinaria espiritualidad. Casi no podía creer que fueras de carne y hueso.

Unas palabras muy hermosas. Pero yo lo interpretaba más bien tal como se lo había descrito a Elliott: parecía como si me faltara algo, un mensaje respecto al sexo que no había conseguido alcanzar su objetivo en mi mente.

—Dos años más tarde —prosiguió Martin—, cuando habías estado trabajando en La Casa todos los fines de semana, cuando conocías a los «huéspedes» tan bien como yo, comprendí que habías sido completamente sincera. No sólo eras capaz de poner en práctica unos juegos de dominio y sumisión con total convencimiento, sino que te apasionaba. Ningún aspecto de la sexualidad te alarmaba, repugnaba o confundía. Tus únicos enemigos, al igual que los míos, eran la violencia, el dolor, la destrucción del cuerpo humano. Eras exactamente como me dijiste que eras. Pero es absolutamente concebible que un amor así no pueda durar eternamente.

—No es eso —repliqué—. No es que ellos cambiaran ni que cambiara yo, sino que sucedió algo totalmente inexplicable.

Martin bebió un trago de vino, el cual ni siquiera habíamos probado durante la comida, y volvió a llenar su copa.

—De acuerdo —dijo—. Empieza a explicarme lo que sentiste al principio, cuando notaste que las cosas no iban bien. Te escucharé con la paciencia y atención con que he escuchado mil historias.

Apoyé las manos en las sienes, me incliné hacia delante y cerré los ojos.

—Creo que todo comenzó cuando estaba de vacaciones —respondí—. Cuando me dirigía a casa, me alojé en un hotel de lujo en Dallas contemplé una película muy interesante en vídeo. Trataba sobre los gitanos en Nueva York. Se llamaba *Angelo, My Love*. Esos gitanos eran unos personajes vivos, sanos, pese a que se dedicaban a robar y eran unos mentirosos y unos tramposos. Vivían en una sociedad increíblemente cerrada, su vida tenía una maravillosa continuidad. Admiraba su independencia, su resistencia a formar parte del rebaño.

—Como tú en El Club.

—En condiciones normales habría pensado que el mundo de esa gente era muy distinto del mío. Pero no fue eso lo que entonces pensé. Se me ocurrió que ellos poseían algo que yo jamás había tenido. Era como cuando de jovencita anhelaba disfrutar de esta vida, ya sabes, de nuestra vida secreta, y temía no llegar a conseguirlo nunca y tener que contentarme con mis fantasías. Me sentía frustrada y desesperada.

—Lo comprendo.

—El caso es que estaba en ese hotel de Dallas, impaciente por regresar a El Club. Debía volver a El Club. Luego vi la foto de Elliott en su expediente. Por supuesto, eso no tenía nada que ver con la película sobre los gitanos, pero al verla sentí como si se hubiera disparado un resorte en mi cabeza.

—Continúa.

—Sabes, siempre he convenido en que las mujeres no nos sentimos tan estimuladas visualmente como los hombres. Es un tema muy antiguo, pero cuando vi su fotografía...

31

Muerte de un viajante

Empezaba a oscurecer, y Martin y yo seguíamos hablando.

Tras detenernos varias veces para tomar una copa aquí, un café allá, regresamos andando hacia el hotel. La ciudad refulgía bajo los últimos rayos de sol, un espectáculo que sólo puede contemplarse en Nueva Orleans. Es posible que en Italia la luz posea ese tono, pero en aquellos momentos no lo recordaba. «¿Por qué pensar en Venecia cuando estamos en Nueva Orleans?» Admiré los veteados muros de los viejos edificios, la pintura de color verde mar de los postigos, las losas moradas rodeadas de musgo.

Martin no había dejado de escucharme con atención, formulándome de vez en cuando alguna pregunta curiosa, como por ejemplo: «¿Qué canciones tocaban en el Marriott?», o «¿Qué juegos practicaban en la película *Mad Max 2*?» ¿Cómo demonios iba a saber yo qué juegos practicaban? «¿Qué pasaje del libro te leyó

Elliott junto a la piscina?», o «¿Qué sentías cuando te sonreía?»

Cada vez que me disgustaba y me echaba a llorar, Martin aguardaba pacientemente a que me calmara.

Al fin logré serenarme. Evocar los días que habíamos pasado juntos resultó una experiencia agotadora y terrible.

Al llegar al hotel entramos en el bar largo y oscuro que se hallaba en la planta baja. Tras pedir unas bebidas —Martin una copa de vino blanco y yo una ginebra Bombay con hielo—, salimos al pequeño jardín y nos sentamos ante una de las mesas de hierro forjado. El jardín estaba desierto.

—No sé cómo pude hacerlo —dije—. Conozco mejor que nadie la razón de las normas que rigen en El Club. Yo misma las establecí. Yo ideé todo el sistema. Pero eso no es lo peor. Lo peor es que si regreso y compruebo que Elliott ha vuelto a integrarse, a adaptarse a ese lugar me volveré loca. No lo soportaría, ni un solo aspecto de aquel ambiente. Ésa es la razón por la que no alcanzo a comprender. Es por eso por lo que no puedo regresar, no puedo sentarme a hablar con él, tal como Richard y Scott insisten que haga, para tratar de convencerlo. Sé que me volveré loca si vuelvo a ver a Elliott o piso ese lugar. Loca de remate. Estoy segura.

Miré a Martin. Se hallaba cómodamente instalado en la silla de hierro forjado, con la mano derecha apoyada en el mentón, observándome atentamente pero con benevolencia, como si estuviera dispuesto a dedicarme todo el tiempo que hiciera falta.

—Era muy curioso, daba la impresión de que Elliott era capaz de hacer lo que se propusiera —dije—. Era un hombre sensual en extremo, hasta cuando comía. Era como si inhalara la comida, como si le hiciera el amor. Cuando bailábamos, las otras parejas se paraban para mirarnos. Yo no sabía lo que hacíamos, ni me importaba. Jamás había bailado de esa forma con un hombre. En cuanto al sexo, era como si Elliott pudiera adoptar el registro que quisiera. Era capaz de crear un escenario sadomaso increíble, pero de pronto hacíamos el amor de forma normal y era como si recibiera una descarga de electricidad estática. Sin embargo, al mismo tiempo era tan...

—¿Qué? —preguntó Martin.

—Tan afectuoso. A veces permanecíamos abrazados en la oscuridad, medio dormidos, y era como si... no sé cómo describirlo... como si...

—¿Qué sentías tú? —preguntó Martin con suavidad—. Me refiero a cuando hacíais el amor de forma normal, sin los rituales y la parafernalia sadomaso.

Yo guardé silencio, quizá porque durante toda la tarde había temido que me hiciera esa pregunta.

—¿Quieres saber algo curioso? —pregunté—. ¿Tan curioso como todo lo demás? Fue la primera vez que hice el amor de esa manera. —Miré a Martin mientras me preguntaba si alcanzaba a comprender la importancia que tenía lo que acababa de confesarle—. No diré que no había tenido fantasías al respecto, que no había imaginado cómo me sentiría al hacerlo así. Creo que siempre existirá un vínculo entre el placer y el dolor que no puede romperse. Pero hubo momentos, en ocasiones más breves y en otras más prolongadas, en los que en aquella cama sólo existíamos Elliott y yo. Jamás había experimentado nada parecido.

Bajé la vista. Era como si el silencio que me rodeaba se formara cada vez más sonoro. Bebí un trago de ginebra helada, que me abrasó la garganta e hizo que me lloraran los ojos. Sentí una punzada de dolor, como si Elliott estuviera allí, como si estuviéramos juntos; la angustia de la impotencia.

Martin me observaba en silencio, sin hacerme más preguntas.

Seguíamos solos en el pequeño jardín, percibiendo los remotos sonidos del bar mientras anochecía como suele hacerlo en el sur, sin que refresque, entre el canto de las cigarras y el bermellón de los muros de ladrillo cada vez más intenso. El fragmento de cielo que divisábamos entre los árboles estaba teñido de rojo y oro, y las nubes se deslizaban sobre el río.

En poco rato se produciría el momento de auténtica oscuridad, ése en que las hojas de los árboles se afilarían y contraerían y la luz a nuestras espaldas se tornaría blanca, permitiéndonos ver con claridad durante unos segundos la silueta de todos los objetos. Luego, las sombrías formas se tornarían más espesas y se confundirían entre sí. De pronto no pude soportar tanta belleza y me eché a llorar. Mis ataques de llanto se estaban convirtiendo en una costumbre.

Tras beber un trago de vino, Martin se instaló de nuevo cómodamente en la silla, estiró sus largas piernas, cruzó los tobillos y preguntó en voz baja, como si no quisiera romper el silencio de la noche:

—¿Es posible que no sepas realmente lo que sucedió?

—Te lo he repetido una y otra vez —contesté—. No comprendo nada. Sólo sé que me derrumbé, como si de repente descubriera que nunca había sido nadie, como si los muros fueran de cartón piedra y todo falso, un fraude. Me subí al avión con Elliott como quien se arroja a un precipicio. Sin embargo, no me cambiaría por nadie. A lo largo de mi vida he conseguido algunas victorias extraordinarias.

Martin me miró unos instantes y luego asintió.

Parecía inmerso en sus pensamientos. Abrió la boca como si fuera a decir algo, pero guardó silencio mientras saboreaba su copa de vino.

Al cabo de un rato depositó la copa en la mesa, se volvió hacia mí y me acarició suavemente el dorso de la mano.

—De acuerdo —dijo, como si de pronto hubiera tomado una decisión—. No te impacientes por lo que voy a decirte, pero durante toda la tarde, mientras escuchaba tu relato, he recordado otra historia. Una historia breve que leí hace algún tiempo. Estaba maravillosamente escrita por un genio de la prosa, una autora llamada Eudora Welty. Aunque no poseo el talento narrativo de su autora, trataré de contártela con la máxima fidelidad posible.

—Adelante —me apresuré a contestar.

—De acuerdo —repitió Martin. Luego hizo una pausa para concentrarse y dijo—: Se titula *Muerte de un viajante*. Si la memoria no me falla, el viajante había reanudado su trabajo tras sufrir una grave enfermedad durante la cual había sido atendido en la habitación de un hotel por unos extraños. Se encontraba en medio del campo, bajo un calor sofocante, cuando de pronto su coche se atascó en un risco. El viajante se dirigió a una casa solitaria en busca de ayuda. Le abrió la puerta una mujer, y al cabo de unos minutos apareció un hombre. Aunque el hombre consiguió arrancar el coche del viajante, éste deseaba quedarse a cenar en la pequeña casa de campo.

»Pero casi desde el momento en que había llegado, el hombre intuyó que había algo misterioso en aquella casa, algo que no alcanzaba a descifrar. Cada detalle del lugar le afectaba profundamente, llegándole casi a provocar alucinaciones. Hasta las palabras que pronunciaban el hombre o la mujer parecían encerrar un importante significado. En cierto momento, el viajante llegó incluso a percibir la presencia de un peligro.

»Antes de que amaneciera, el viajante descubrió el misterio que rodeaba esa casa. Se trataba sencillamente de que el hombre y la mujer estaban casados e iban a tener un hijo. Era el amor entre esas dos personas que iban a ser padres lo que había impresionado de tal modo al viajante, lo que le había producido una sensación extraña y terrorífica. Llevaba tanto tiempo recorriendo los caminos, alejado de la intimidad de la vida cotidiana, que no se había dado cuenta de lo que tenía ante las narices.

»Pues bien, creo que te ha sucedido algo parecido con Elliott Slater. Sencillamente, te has enamorado, Lisa. Pese a una serie de razones complejas, personales e irreducibles, te has enamorado.

»En Elliott reconociste algo que significa todo lo que puede representar el amor, y al sentirte embargada por ese amor fuiste con él de un modo instintivo, exactamente adónde creías que debías ir. Y para tu asombro, ese amor no murió. Floreció, se hizo más intenso, hasta que comprendiste que no tenías la menor posibilidad de escapar de él.

»Comprendo la angustia que sentiste. El amor constituye la base sobre la cual las vidas de las personas sufren un cambio radical y los corazones se rompen. Muchos jamás llegar a conocerlo. Sin embargo, no puedo creer que tú, que has dedicado todos tus esfuerzos a explorar el amor bajo todos sus nombres y formas, seas incapaz de reconocer el amor auténtico y normal. Tú lo sabes. Siempre lo has sabido.

Traté de concentrarme en las palabras que brotaban de sus labios, pero durante una fracción de segundo no alcancé a comprender su significado. Luego acudieron a mi mente una serie de imágenes que tenía que ver sólo con Elliott. Elliott diciendo «te quiero» la primera noche, borracho perdido y yo sentada en la cama, muda, como si no pudiera despegar los labios, como si hubiera ingerido una droga que me había convertido en una especie de estatua.

Durante un instante creí que iba a reventar. No podía articular palabra. No era capaz de hablar. Deseaba hacerlo, pero era imposible. Cuando por fin oí el sonido de mi voz, fue como si ésta brotara de unas catacumbas.

—Estoy tratando de conservar la calma, Martin, de no perder el control. No puedo amar a un hombre de este modo. Es imposible. Me siento como si me disolviera, como si me derrumbara, como si fuera un mecanismo conformado por mil engranajes y muelles que de golpe se rompe y cada pieza empieza a girar a una velocidad distinta, sin control. No puedo amar a una persona normal.

—Pero es justamente lo que has hecho —respondió Martin— cada una de las horas que pasaste con Elliott. Lo que me has descrito es un amor normal. No hay vuelta de hoja. Sabes que tengo razón.

Traté de negarlo. Era importante hacerlo, llegar a las complejas y escurridizas razones por las que lo que decía Martin resultaba tan sencillo.

Martin se inclinó hacia mí. Su rostro estaba en penumbra, iluminado por la escasa luz que se reflejaba en la puerta de cristal del bar. Noté la presión de sus dedos sobre mi brazo, en un intento de consolarme y tranquilizarme.

—No es necesario que yo te diga eso. Lo sabes de sobra. Pero hay algo que no encaja.

—Sí...

—De algún modo crees que este amor desautoriza tu vida secreta, la vida de El Club, que ambas cosas son incompatibles. Piensas que si lo que hay entre Elliott y tú es amor auténtico, todo lo que has hecho hasta ahora era malo. Pero eso no es cierto. Lisa. No debes juzgarte de ese modo.

Me tapé los ojos con la mano y volví la cabeza. Sentí que nos estábamos aproximando al núcleo de la cuestión y no estaba preparada para ello. No creí que nuestra conversación nos llevaría tan lejos.

—No trates de huir, Lisa —dijo Martin—. No lo cuestiones y no huyas de ello. Regresa a El Club y dile a Elliott exactamente lo que me has contado a mí, lo que él deseaba oír cuando te dijo que te quería.

—Es imposible, Martin —contesté. Era absolutamente esencial que detuviera esa desintegración, esta horrible sensación de desmoronamiento.

Al mismo tiempo, me hacía unas preguntas muy extrañas: ¿Y si nuestra historia pudiera convertirse en realidad? ¿Y si Martin tuviera razón y Elliott y yo pudiéramos estar juntos? ¿Qué importaba si duraba una década o un año? Merecía la pena dejar atrás todo lo anterior, ¿no? Pero ése era justamente el problema.

—Tú me conoces —dije, implorando a Martin que tratara de comprenderlo—. Conoces la trayectoria de mi vida.

—¿Es que no lo entiendes? —preguntó—. Elliott también la conoce. Lisa, este amor nació en El Club. Nació en el mismo centro de tu vida secreta. ¿Crees que podría haber sucedido en otro lugar? En cuanto a Elliott, ¿crees que le había pasado esto otras veces?

—No lo sé.

—Yo sí lo sé. Elliott te quiere, tal como eres y sabiendo cómo has vivido, y tú le quieres a él conociendo perfectamente cómo es. No se trata de una situación en que el amor normal y el amor exótico entren en conflicto. Has encontrado lo que todos los hombres y mujeres desean hallar: un amante al que no le tienes que ocultar nada.

Alcé la mano para indicar a Martin que se detuviera. No podía digerir todo lo que me decía.

—Entonces ¿por qué me siento incapaz de regresar allí? —pregunté—. ¿Por qué me aterra volver a poner los pies en ese lugar?

—¿Por qué quisiste llevarte a Elliott de allí?

—Porque la persona que soy en El Club no podía llegar a conocerlo de la forma en que lo conocí aquí. No podía mezclar ambas cosas. Otras personas sí pueden, como Scott y Richard, como tú. Podéis acostaros con vuestros amantes, charlar con ellos y después seguir tranquilamente con vuestra vida...

—Pero los ritos servían para protegerte precisamente de eso.

—¡Sí!

Me tapé la boca con la mano. Martin y yo nos miramos durante unos instantes. Estaba asombrada ante lo que acababa de decir. Tenía la sensación de haber caído en una trampa, las cosas no eran tan sencillas, y sin embargo me asombraba la violenta simplicidad de lo que acababa de decir.

—No puedo razonar —dije con voz temblorosa. Me enfurecía mi propia incapacidad para reprimir las emociones, las lágrimas—. No puedo creer que una persona que ha hecho las cosas que he hecho yo sea capaz de amar.

Oí la reacción de Martin, aunque no la expresó por medio de palabras, sino de un murmullo de perplejidad.

Saqué un pañuelo del bolso y oculté el rostro entre las manos. Por primera vez en aquel día deseaba estar a solas.

—Es como si hubiera tomado esa decisión hacía tiempo, como si...

—Pero no tenías ningún motivo para tomarla —me replicó Martin. Iba a añadir algo más, pero se detuvo. Luego dijo con suavidad—: No imaginé que te sintieras culpable de tu vida secreta. No sabía que te afectara tanto.

—No me afecta cuando estoy haciendo las cosas que debo hacer en El Club —contesté—. Entonces no siento la menor sensación de culpabilidad. Creo en lo que hago. El Club viene a ser la exteriorización de lo que creo. El Club es mi vocación.

De nuevo me detuve, atónita ante lo que acababa de decir. Sin embargo, había utilizado esas mismas palabras en innumerables ocasiones a lo largo de los años, cuando hablaba con otros y también para mí misma. El club era mi convento. «Pero los ritos servían para protegerte precisamente de eso.»

Me volví para mirar a Martin, asombrada ante la perspicacia y serenidad que expresaba su rostro; su infinito optimismo.

—Esa vocación exige mucho sacrificio, ¿no es así? —preguntó.

—Jamás lo había pensado —le respondí. Me sentía aplastada, por completo y a la vez curiosamente excitada.

—Quizá se trate de un problema moral —apuntó Martin.

Yo asentí.

—Quizá no fuera tu vocación, sino que lo hacías en aras de la libertad y, según hemos repetido mil veces, en aras del amor.

Sacudí la cabeza en sentido negativo e hice de nuevo un pequeño gesto con la mano para imponer silencio.

—Todo ha sucedido con demasiada rapidez —dije—. Necesito tiempo para reflexionar.

Pero no era cierto. Cuando estaba sola era incapaz de pensar, de razonar. Por eso había pedido a Martin que viniera a Nueva Orleans. Cogí su mano y se la apreté con fuerza para demostrarle lo mucho que agradecía su presencia y su ayuda.

—Mucha gente, en un determinado momento de su vida, rompe con todo para sentirse libre. Es una característica de nuestros tiempos. Pero la mayoría de nosotros no alcanzamos jamás nuestra meta. Nos quedamos atrapados a medio camino entre la maraña de mitos y moralidad que hemos dejado atrás y la utopía que pretendemos alcanzar. Eso es lo que te ocurre a ti, Lisa, estás atrapada entre la siniestra y represiva moral católica de la que procedes y la visión de un mundo en el que ninguna forma de amor es pecado. Has conquistado muchas victorias espectaculares, pero si te crees incapaz de amar a Elliott, significa que has pagado un precio muy alto por ello.

No respondí. Pero cada sílaba que había pronunciado Martin me había calado hasta lo más hondo.

Durante unos minutos permanecí inmóvil, sin tratar siquiera de analizar sus palabras, debatiéndome entre una profunda tristeza y una extraña sensación de euforia.

Los momentos transcurrían en silencio.

La fragante noche subtropical nos envolvía y las escasas luces que salpicaban el jardín se habían encendido bajo las temblorosas ramas de los helechos y las lánguidas frondas de los plátanos. El firmamento aparecía cubierto por un manto negro, sin estrellas.

Martin me acarició la mano con suavidad.

—Quiero pedirte un favor —dijo.

—¿De qué se trata?

—Cuando me llamaste, acudí enseguida. Ahora te pido un favor.

—Me estás asustando.

—Regresa a El Club. Ve a telefonear a Richard y dile que quieres regresar y que envíe el avión a recogerte. Cuando llegues allí, quiero que hagas dos cosas: aclara tu situación con El Club para tener contento al señor Cross y luego ve a hablar con Elliott. Dile todas las cosas que me has contado a mí. Explícale por qué no le expresaste tus sentimientos, por qué temías comprometerte, por qué lo estropeaste todo.

—Me quitaría un peso de encima si pudiera hablar con él y explicárselo todo.

Rompí a llorar de nuevo, sollozando de forma escandalosa. Era horrible, pero no podía remediarlo. Me tapé los ojos con la mano y dije:

—¡Ojalá estuviera aquí conmigo!

—No está muy lejos, y sospecho que comprenderá la situación, incluso mejor que tú misma —contestó Martin, apretándome la mano de forma afectuosa—. Si viviéramos en un mundo ideal, no tendrías que tomar una decisión tan drástica. Podríais seguir como hasta ahora. Habla con él, cuéntaselo todo. Estoy seguro de que te comprenderá y te aceptará tal como eres.

—Ése es el *quid* de la cuestión —contesté con una

voz casi inaudible—. Aunque no el único. Cada vez que pienso en ello me desespero. ¿Y si Elliott no quiere renunciar a El Club? ¿Y si quiere continuar como antes de que yo lo estropeara todo?

—En tal caso, te lo dirá abiertamente. Entonces debes retirarte y dejar que vuelvan a adoctrinarlo. Pero no creo que Elliott desee eso. Si lo que deseara es El Club, te lo habría demostrado de mil maneras. Las cosas no habrían sucedido de esta forma. No habríais llegado hasta aquí.

—¿Lo crees de veras?

—Piensa en la historia tal como me la has contado. A Elliott sólo le interesaba estar contigo. Sospecho que por lo que respecta a El Club, se da por satisfecho con la experiencia que ha vivido.

—Dios... —murmuré, apretando la mano de Martin—. Ojalá tengas razón.

—Pero en cualquier caso, tendrás que verificarlo con el propio Elliott.

No respondí.

—Lisa, no vas a resolver nada hasta que regreses y hables con Elliott.

Martin aguardó en silencio unos instantes.

—Ánimo —dijo—. Recuerda que Elliott sabe más sobre ti que ningún otro hombre. Tú misma me lo has dicho.

—Sí, no puedo negarlo —contesté con voz fatigada y asustada—. Pero ¿y si... fuera demasiado tarde?

No quería ni pensar en ello, en las oportunidades desaprovechadas, en los últimos momentos, en las cosas que no le había dicho.

—No creo que sea demasiado tarde —respondió Martin con suavidad—. Elliott, y supongo que le encantaría oírme decir esto, es un joven muy fuerte. Creo que te está esperando. Probablemente se siente herido, e incluso furioso, pero te está esperando. Al fin y al cabo, le prometiste regresar. Ve a telefonear a Richard y dile que te envíe el avión.

—Concédeme un minuto.

—El minuto ya ha pasado.

—Temo cometer un terrible error.

—No lo averiguarás hasta que regreses a El Club y hables con Elliott. Lo demás ya lo sabes. Aquí no hay nada nuevo.

—¡No me presiones! —protesté.

—No te presiono. Simplemente, hago lo que debo: ayudar a la gente a realizar sus fantasías. Te has pasado toda la tarde contándome tu fantasía. Ahora quiero ayudarte a hacerla realidad.

Pese al miedo y a la angustia que sentía, no pude por menos que sonreír.

—¿Acaso no me pediste que viniera para eso? —preguntó Martin—. Ve a llamar a Richard. Yo iré contigo. Te ayudaré. No es que me apetezca pasar unas pequeñas vacaciones en el Caribe rodeado de dos docenas de jóvenes desnudos peleándose por complacerme, pero me resignaré.

Martin se inclinó y me besó en la mejilla.

—Anda, ve a llamar.

Encendí la luz y me senté junto a la mesita de noche, donde estaba el teléfono. Según mi reloj de pulsera y el despertador, eran las seis. Descolgué el auricular y marqué el número de El Club.

Transcurrieron tres minutos y cuarenta y seis segundos antes de que se hicieran las inevitables conexiones.

Luego oí la voz de Richard.

—Soy Lisa —le dije—. Estoy dispuesta a regresar. ¿Quieres enviarme el avión aquí, o prefieres que lo coja en Miami?

—Te lo enviaremos inmediatamente.

—Quiero reunirme con la junta y con el señor Cross. Quiero limpiar mi mesa de trabajo y hablar sobre una excedencia. Es decir, si no habéis decidido despedirme.

—Danos un respiro. Haremos lo que tú quieras. Creo que lo de la excedencia es una idea excelente. El señor Cross aceptará cualquier condición que impongas con tal de que regreses.

—¿Cómo está Elliott?

—Tienes mejor voz. Parece que ya estás recuperada.

—¿Cómo está Elliott? —repetí.

—Siempre esa impaciencia, ese tono autoritario.

—Corta el rollo, Richard, y contesta a mi pregunta. ¿Cómo está Elliott? Quiero un informe completo.

—Qué chica tan encantadora —respondió Richard con un suspiro de resignación—. Elliott está perfectamente. Te lo aseguro, aunque todavía no ha comenzado el programa de reorientación. Para ser más precisos, en estos momentos se halla a bordo de un yate, pescando en alta mar. Cuando no está pescando juega al tenis con un ímpetu como para decapitar a su adversario, y cuando no juega al tenis se dedica a hacer unos cuantos largos en la piscina; también puedes encontrarlo en el salón bailando con dos o tres esclavas a la vez. Se niega a beber Chivas Regal. Sólo quiere whisky de una sola malta o Johnny Walker. Nos ha facilitado una lista de unas veinte películas de vídeo y se queja de que la carne no está tierna. Quiere que mandemos pedir los filetes a un rancho especial en California. La biblioteca no le gusta. Dice que debemos reformarla. La gente no quiere follar, nadar y comer de forma permanente; de vez en cuando quiere entretenerse leyendo un buen libro. Ha ideado un nuevo juego para el recinto deportivo que se denomina «Caza en el laberinto». Scott va a ponerlo a punto. Él y Elliott se han convertido en grandes amigos.

—¿Estás insinuando que Elliott se está follando a Scott?

—Los amigos no follan —contestó Richard—. Los amigos juegan al póquer, se toman unas cervezas y hablan con la boca llena de comida. Lo que pretendo decirte es que el señor Slater sabe que nos tiene cogidos por las pelotas y Scott, su amiguete, nos ha recomendado que modifiquemos el estatus del señor Slater de esclavo a socio sin cargo alguno.

Tapé con la mano el auricular. No sabía si reír o llorar.

—Entonces ¿está bien?

—¿Que si está bien? Se lo ha montado de miedo. En cuanto a los rumores que circulan por la isla...

—Sí...

—Los hemos acallado haciendo correr la voz de que el señor Slater forma parte de la plantilla y estaba poniendo a prueba los sistemas de El Club.

—¡Brillante!

—Sí, a Elliott también le pareció una idea genial cuando se lo propusimos, y también muy factible. Sería un estupendo directivo. Tiene un talento especial para mangonear a la gente. A propósito, me ha dado un mensaje para ti. Me hizo jurarle que te lo transmitiría en cuanto llamaras.

—¿Por qué coño no lo dijiste antes? ¿De qué mensaje se trata? —pregunté con impaciencia.

—Elliott insiste en que sabes de qué va.

—Venga, dímelo de una vez.

—Dice que debió meterte la cucaracha por el escote de la camisa.

Se produjo un silencio.

—¿Sabes qué significa? Parece que es algo muy importante para él.

—Sí —respondí. Significa que todavía me quiere—. Quiero regresar ahora mismo.

32

Último informe presentado ante la junta

El avión no llegó a Nueva Orleans hasta las tres de la madrugada. Aterrizó en El Club a las ocho de la mañana y me puse de inmediato a trabajar.

Cuando llegué a mi despacho, me encontré al señor Cross, Richard y Scott esperándome. Mientras nos tomábamos unos Bloody Mary para desayunar comenzamos a hablar con objeto de aclarar las cosas.

Sí, aceptaremos durante un período de prueba a quince esclavos-poneys de los establos en Suiza. Los utilizaremos exclusivamente como bestias de carga, y serán alojados, alimentados y castigados de acuerdo con su especialidad. Todos los términos del contrato son aceptables. Scott y Dana redactarán una lista de condiciones.

Sí, estamos dispuestos a volver a hacer negocios con Ari Hassler de Nueva York, dado que ha quedado suficientemente demostrado que la adolescente que habíamos echado de El Club era la hermana menor de una esclava que Ari había adiestrado y recomendado de buena fe. Aconsejo que se apliquen unos controles más rigurosos a bordo del yate en el que se transporta la mercancía, aunque no es necesario tomar las huellas dactilares de los esclavos. Es un trámite que es comprensible que no les guste.

Sí al proyecto de la nueva piscina de agua salada y a la construcción de unos apartamentos frente al mar, en el extremo sur de la isla.

Un cortés pero rotundo no a la entrevista «oficial» solicitada por unos reporteros de la CBS. Denegado el permiso a la CBS para adentrarse en nuestras aguas jurisdiccionales.

Todos los miembros de la junta, sin embargo, coincidimos en que no podemos negarnos siempre a conceder entrevistas a los medios. Es preferible publicar un detallado folleto sobre nuestra organización que soportar la constante presión de los medios informativos. Consultar o contratar a Martin Halifax, quien casualmente se halla en la isla, para que se encargue de preparar dicho folleto.

Sí a la reivindicación de las esclavas femeninas a participar en las pruebas que se desarrollan en el recinto deportivo. Pero utilizar sólo a las esclavas que lo soliciten expresamente. ¡Ojo! Todas las mujeres deben trabajar sirviendo bebidas en el recinto para familiarizarse con el ambiente exclusivamente masculino antes de participar en las pruebas. Analizar el ambiente después de incluir a las mujeres para comprobar si su presencia beneficia o perjudica a los hombres. Sí a un nuevo juego realizado sobre patines de ruedas, y al desarrollo y construcción de un laberinto selvático, contiguo al recinto deportivo, para la caza del esclavo.

Sí a la excedencia solicitada por Lisa Kelly, cobrando el sueldo íntegro, aunque ella no ha exigido que se le pague. Los directivos del Club podrán localizarla telefónicamente en cualquier momento a lo largo de las veinticuatro horas del día. (Nota personal del señor Cross: Procurar no molestar a Lisa Kelly durante el período de excedencia a menos que sea absolutamente imprescindible.)

Sí a que el avión de El Club traslade a Lisa Kelly, sola o acompañada, a Venecia, tan pronto como ella esté lista para partir. Reservar una suite frente a la laguna en el Royal Danieli Excelsior.

Antes de abandonar la isla hablaré con Diana, la esclava que me ha atendido durante cuatro años, para explicárselo todo. La espero en mis habitaciones dentro de una hora.

Elliott Slater será aceptado como socio de El Club. Las investigaciones realizadas hasta la fecha sobre su persona son más que satisfactorias. No se le cobrará ninguna cuota durante el primer año. A partir de estos momentos el señor Slater deja de ser un esclavo.

Considerar la posibilidad de ofrecer un cargo al señor Elliott Slater, como consultor a tiempo parcial, etcétera. La idea del laberinto selvático y los bocetos del mismo presentados a la junta son fruto de una conversación entre Elliott Slater y Scott.

¿Localización actual de Slater?

Desconocida.

¿Desconocida?

33

En la salud y en la enfermedad

—Se marchó una hora antes de que llegaras.

—¿Le dijiste que estaba de camino?

—Sí —contestó Scott, mirando a Richard.

Sentí deseos de abofetearlos.

—Mierda. ¿Por qué no me dijisteis nada? Yo creía que estaba aquí.

—¿Y qué ibas a hacer, Lisa? ¿Perseguirlo hasta Puerto Príncipe? En cuanto llegaste te dirigiste directamente a la sala de juntas. No tuve oportunidad de decírtelo. Elliott estaba tan impaciente por largarse de la isla que ni siquiera esperó al Cessna. Mandó que el helicóptero le trasladara a Haití, desde allí se dirigió a Miami y luego a la Costa Oeste.

—Pero ¿por qué se fue? ¿No dejó un mensaje para mí? —Scott y Richard volvieron a intercambiar una mirada de complicidad.

—Te juro que no le hicimos nada —respondió Scott—. Esta mañana entré en su habitación y le dije que habías salido de Nueva Orleans. Elliott se había pasado la noche bebiendo. Estaba viendo la película *Mad Max 2*. Esa película le chifla. Apagó el televisor y empezó a pasearse de un lado al otro de la habitación. De pronto dijo: «Tengo que salir de aquí. Quiero largarme.» Traté de convencerlo de que se quedara al menos una hora, pero fue inútil. Llamó a la oficina de *Time-Life* y le encargaron un trabajo en Hong Kong. Elliott les aseguró que llegaría allí pasado mañana, pues tenía que ir a casa a recoger su equipo fotográfico. Luego telefoneó a un tipo para que le llevara el coche al aeropuerto de San Francisco y abriera y ventilara su casa.

—La casa de Berkeley.

Pulsé el intercomunicador y dije:

—Envía a Diana a mi habitación ahora mismo. Cambia el pasaje de avión a San Francisco y mándame el expediente de Elliott Slater. Quiero la dirección de su casa en Berkeley.

—Está aquí —dijo Scott—. Me lo dejó por si alguien quería localizarlo.

—¿Por qué coño no lo dijiste? —le espeté, arrebatándole el expediente de las manos.

—Lo siento, Lisa.

—Y una mierda —contesté, dirigiéndome hacia la puerta—. A la mierda todos vosotros y El Club.

—Lisa...

—¿Qué?

—Suerte.

La limusina alcanzó la autopista de Bayshore quince minutos después de que hubiéramos aterrizado y enfiló hacia el norte a través de la ligera bruma nocturna, en dirección a San Francisco y Bay Bridge.

No pensé en la locura que estaba cometiendo hasta que divisé la suciedad urbana de la avenida University y comprendí que me hallaba de vuelta en mi ciudad natal.

La pequeña persecución que había comenzado en otra galaxia me había conducido de regreso a las colinas de Berkeley, donde me había criado.

Has tenido suerte, Elliott.

La limusina empezó a trepar, dando algún que otro bandazo, por las empinadas y tortuosas calles de la ciudad. El espectáculo de los jardines abandonados, las casas rodeadas de viejos y retorcidos robles y cipreses de Monterrey, me puso de mal humor. Este lugar no sólo era mi casa, sino que constituía el paisaje de mi identidad, un período de mi vida ligado a un dolor y una angustia constantes.

De pronto temí que alguien me viera a pesar de los cristales tintados del coche y me reconociera. No había ido allí para asistir a una boda o un funeral, ni para pasar una semana de vacaciones. Yo era sir Richard Burton que entraba furtivamente en la ciudad de La Meca, y si me atrapaban me matarían.

Consulté el reloj. Elliott me llevaba dos horas de ventaja. Quizá no había llegado todavía.

En un instante de pura perversidad, pedí al chófer que diera media vuelta y tomara mi calle. No sé por qué lo hice. Sólo sé que quería detenerme un momento para contemplar mi casa. Bajamos despacio por la calle y cuando vi las luces encendidas en la biblioteca de mi padre le dije al chófer que se detuviera.

Bajo la acacia negra se respiraba un ambiente de serenidad. El único sonido que se percibía era el del sistema de riego mecánico, que rociaba el oscuro y reluciente césped. Mi hermano pequeño tenía el televisor encendido en su habitación. Frente a las persianas de la biblioteca pasó una sombra.

Mi temor dio paso a la melancolía, una profunda tristeza que siempre me invade cuando contemplo ese rincón del mundo cubierto de matojos, con los muros desconchados y la débil luz de las lámparas, que representa mi hogar.

Nadie me vería. Nadie sabría jamás que había estado allí. No cesaba de pensar en las cosas que me había dicho Martin. No eres mala persona, Lisa, sólo diferente, y quizás un día esa persona tenga el valor que ha demostrado mi padre no sólo de vivir de acuerdo con sus creencias, sino de hablar abiertamente de ellas, de reconocer su forma de ser y pensar, de plantarle cara al mundo. Quizás entonces el dolor dejaría de atormentarme, por motivos que nunca llegaría a comprender del todo.

En esos momentos me conformaba con librarme del temor y la tristeza que me invadía para que esta nueva despedida resultara lo menos traumática posible.

Elliott se hallaba a cinco minutos de distancia.

Era el tipo de casa que había imaginado. Una casita de piedra con la puerta redondeada y una torre que le confería el aspecto de un diminuto castillo, ubicada en el borde de un risco. El jardín presentaba un estado lamentable; el cinamomo prácticamente bloqueaba el acceso a la puerta de entrada; el camino empedrado que atravesaba el jardín estaba sembrado de margaritas blancas.

Más allá de la casa divisé las aguas negras de la bahía y los lejanos rascacielos de San Francisco que se alzaban entre una bruma rosácea, los dos puentes tendidos sobre la oscuridad, y a la derecha la vaga silueta de las colinas de Marin.

Todo me resultaba familiar, salvo el mismo hecho de encontrarme allí en aquellos momentos. El Porsche en forma de bañera al revés estaba aparcado en el angosto camino de entrada y había unas luces encendidas en la casa, lo cual significaba que Elliott ya había llegado.

Al tocar el pomo de la puerta, ésta cedió unos centímetros.

Suelos de piedra, un techo bajo de vigas vistas, una enorme chimenea en un rincón, en la que ardía unos troncos, y unas lámparas que iluminaban tenuemente la habitación.

Un lugar agradable, encantador. Aspiré el aroma de la madera que ardía en la chimenea. Los muros estaban repletos de libros. Elliott se encontraba sentado a la mesa en el pequeño comedor, con un cigarrillo entre los labios, hablando por teléfono.

Abrí la puerta un poco más.

Oí a Elliott decir algo sobre Katmandú; que probablemente partiría de Hong Kong antes del fin de semana y quería permanecer tres días en Katmandú.

—Puede que luego vaya a Tokio, no lo sé seguro.

Llevaba puesta su vieja cazadora y un jersey de cuello alto. Estaba muy bronceado y tenía unas mechas blancas en el pelo, como si hubiera dedicado todo el tiempo que habíamos permanecido separados a nadar y tomar el sol. Casi me parecía percibir la fragancia a sol que exhalaba su piel. Parecía un tanto fuera de lugar en aquellas sombrías habitaciones invernales.

—Si me encargáis el trabajo, estupendo —dijo—. Pero iré de todos modos. Llámame. Ya sabes dónde localizarme.

Mientras hablaba por teléfono, sosteniendo el auricular entre el cuello y el hombro, intentaba cargar la cámara.

De pronto me vio. No tuvo tiempo de disimular su expresión de asombro.

Noté que el brazo me temblaba y apreté con fuerza el pomo de la puerta.

—De acuerdo, llámame —dijo Elliott. Luego colgó el teléfono, se puso de pie y dijo con suavidad—: De modo que has venido.

Yo temblaba violentamente y las rodillas apenas me sostenían. De pronto sentí frío.

—¿Puedo pasar? —pregunté.

—Por supuesto —contestó Elliott.

No salía de su asombro. Ni siquiera pretendía hacerse el duro o soltar un comentario hiriente. Al fin y al cabo, le había seguido desde el Caribe hasta Berkeley. Permaneció de pie, observándome fijamente, con la cámara colgada alrededor del cuello mientras yo cerraba la puerta.

—Esta casa huele a humedad —dijo—. Ha estado cerrada durante un par de semanas. La calefacción no funciona. Está un poco...

—¿Por qué no me esperaste en El Club? —le pregunté.

—¿Por qué no hablaste conmigo cuando llamaste? —contestó irritado—. ¿Por qué hablaste con Richard en vez de hablar conmigo? Luego aparece Scott y me anuncia que has llamado para decir que vas a regresar.

Estaba rojo de ira.

—Me sentía como un eunuco esperándote allí con los brazos cruzados. Ni siquiera sabía lo que esperaba.

Mis temblores empezaron a disiparse.

—Además, no quería saber nada más de El Club —dijo Elliott.

Se produjo un silencio.

—¿No vas a sentarte? —preguntó Elliott.

—Prefiero estar de pie —respondí.

—Bueno, pasa.

Avancé unos pasos. A mi derecha vi una amplia escalera de hierro forjado que debía de conducir a la habitación que se hallaba en la torre. Percibí un aroma a incienso que se mezclaba con el olor de la madera, y el olor de los libros.

Observé el intenso resplandor de las lejanas luces de San Francisco a través de los cristales emplomados.

—Quiero decirte un par de cosas —dije.

Elliott sacó un cigarrillo del bolsillo y vi con satisfacción que tenía cierta dificultad para encenderlo. Luego me dirigió una mirada que me sentó como un puñetazo. Sus ojos parecían más azules en contraste con el intenso bronceado de su piel. Era sin duda uno de los hombres más guapos que había visto en mi vida. Hasta la boca la tenía perfecta.

Respiré hondo para serenarme.

—Continúa —dijo Elliott, mirándome a los ojos y sosteniendo la mirada.

Su voz sonaba gélida.

—He venido... para... —Párate y vuelve a respirar hondo—. He venido para decirte que...

De nuevo se produjo un silencio.

—Sigue, te escucho.

—... que te quiero.

Elliott me miró impasible, sin mover un músculo, y se llevó lentamente el cigarrillo a los labios.

—Te quiero —repetí—. Me enamoré de ti el mismo momento en que me dijiste que me amabas. Pero no podía confesártelo. Tenía miedo.

Silencio.

—Me enamoré de ti y perdí la cabeza. Me fugué contigo y lo estropeé todo porque no sabía qué hacer.

Silencio.

Su rostro se demudó ligeramente. Su expresión se tornó más suave, o quizá fueran imaginaciones mías. Ladeó un poco la cabeza. La irritación y la frialdad empezaron a desvanecerse lentamente.

El fuego hacía que me escocieran los ojos, como si la habitación estuviera invadida de humo. Pero ¿qué más daba que estuviera enfadado conmigo?

De todos modos, yo iba a soltar lo que había ido a decirle, fuera cual fuere su reacción. Tenía que decírselo. Había obrado de forma sensata al venir allí, pese al miedo, pese al dolor, para confesárselo todo. De pronto sentí una extraña euforia, como si me hubiera quitado un enorme peso de encima.

Miré la esplendorosa silueta del Golden Gate, las centelleantes luces de la ciudad.

—Te quiero —repetí—. Te quiero tanto que estaba dispuesta a ponerme en ridículo al venir aquí. No quiero separarme de ti. Si es preciso te seguiré hasta Hong Kong o hasta Katmandú.

Silencio.

Las luces brillaban en la curva que dibujaba el puente, en los rascacielos que trepaban como gigantescas escaleras hasta las estrellas.

—Yo... te debo una disculpa —dije—, por lo que hice, por haberte sacado de El Club.

—A la mierda con El Club —contestó Elliott.

Lo miré lentamente, con cautela, pero la luz oscilante del fuego y las sombras me impedían ver su expresión. Lo único que vi con claridad fue que tenía a Elliott ante mí y que estaba un poco más cerca que hacía un momento. Los ojos me escocían tanto que tuve que sacar el pañuelo por enésima vez para enjugármelos.

—Quiero decir que otra persona habría llevado este asunto de otra forma —dije—. Pero no sabía qué decir, ni qué hacer. Sólo sabía que no podía permanecer en El Club contigo estando enamorada de ti. No podía amarte y ser la persona que yo era allí. Sé que debí decírtelo en Nueva Orleans, pero temía que desearas regresar a El Club. Sabía que no podía seguir representando aquellos absurdos papeles. Temí des... desilusionarte. Empeorar la situación. Hacer que me despreciaras.

Silencio.

—No puedo hacerlo. Es como si se hubiera disparado un resorte en mi cabeza impidiéndome hacer esas cosas contigo. Ni creo que pueda volver a hacerlas con nadie. Se ha convertido en algo artificial. En una trampa.

Cerré los ojos durante unos segundos. Cuando volví a abrirlos vi que Elliott me observaba fijamente.

—Pero nunca representaste una vía de escape. Fuiste tú, tú y yo, quien hizo que aquel mundo se derrumbara.

Elliot seguía mirándome fijamente, pero su expresión se había suavizado, como si se sintiera conmovido por mis palabras.

—Si no me quieres como soy ahora —dije—, como era durante los días que pasamos juntos, lo comprenderé. Quiero decir que no acudiste a El Club para eso, ¿verdad? Comprendo que no quieras responder. Comprendo que desees insultarme. Pero eso fue lo que ocurrió. Te quiero. Estoy enamorada de ti y jamás se lo había dicho a nadie.

Tras estas palabras, me soné y me sequé de nuevo los ojos.

Luego clavé la vista en el suelo, pensando: «Ya está. Pase lo que pase, ya está hecho. Lo peor ha pasado.» Sentí un profundo alivio. Ahora podíamos empezar de nuevo, si él quería. No existía ningún impedimento.

Esperé a que Elliott estallara de ira.

Silencio.

—Eso es lo que quería confesarte —dije—. Que te quiero y que lamento lo que hice.

Otro torrente de lágrimas.

—Es espantoso —dije—, cada cuatro horas sufro un ataque de llanto. Es como un tic nervioso, como un nuevo juego sadomasoquista.

La habitación parecía desvanecerse, como si se hubieran apagado las luces. De pronto empezó a iluminarse de nuevo. Elliott avanzó unos pasos y se detuvo ante mí, tapando un poco la chimenea con su cuerpo. Por encima de su hombro avisté el resplandor de las llamas mientras aspiraba el perfume de su colonia y el olor a sal marina que emanaba de su piel y su cabello.

Sentí como si me desintegrara. Estaba tan loca por él como le había confesado a Martin. Deseaba abrazarlo, besarlo. Pero ambos permanecimos inmóviles, sin tocarnos. No me atrevía a dar el primer paso.

—He reservado plaza en el avión para Venecia —dije—. Se me ocurrió que podíamos ir allí. Esta vez todo será distinto. Podemos pasear por Venecia y charlar tranquilamente. Si es que deseas que hagamos las paces, si es que... no me odias.

Silencio.

—¿Recuerdas que dijiste que aparte de Nueva Orleans no existía otra ciudad en el mundo para caminar como Venecia?

Silencio.

—Fuiste tú quien lo dijo —respondió Elliott al cabo de unos instantes.

—¿Ah, sí? Bien, ya sabes lo buena que es la comida en Venecia, la pasta y el vino —dije, encogiéndome de hombros—. Creí que te gustaría ir —añadí, mirándolo a los ojos—. Haría cualquier cosa con tal de recuperarte.

—¿Cualquier cosa? —preguntó Elliott.

—Sí, cualquier cosa, salvo... hacer el papel de *la Perfeccionista*. No me pidas eso.

—¿Como casarte conmigo? ¿Ser mi esposa?

—¿Casarme contigo?

—Eso es lo que he dicho.

Durante unos segundos me quedé tan estupefacta que no pude reaccionar. Elliott estaba completamente serio y me miraba con aquellos ojos que me enloquecían.

—¡Casarme contigo! —repetí.

—Sí, casarte conmigo, Lisa —dijo Elliott sonriendo—. Tendrás que llevarme a tu casa para presentarme a tu padre. Luego iremos a Sonoma y te presentaré al mío. Podíamos celebrar la ceremonia de la boda en la tierra del vino, con la asistencia de tu familia y la mía...

—¡Un momento! —le interrumpí.

—¿No has dicho que me quieres? ¿Que querías estar siempre junto a mí? ¿Que harías cualquier cosa para que volviera contigo? Te amo, Lisa, te lo he repetido tantas veces que debes de estar cansada de oírlo. Y deseo casarme contigo. Eso es lo que significa para mí estar siempre juntos. Eso es lo que significa el amor —dijo Elliott, con tono enérgico y decidido—. Se acabó eso de hacer el amor en el asiento trasero de un coche. Quiero que nos casemos, en una ceremonia como Dios manda, con anillos y todo lo demás.

—No hace falta que me grites —protesté, al tiempo que retrocedía unos pasos.

Me sentía como si me hubieran pegado un bofetón. Llevarlo a mi casa y presentarle a mi padre. Casarme con él. ¡Dios!

—No te grito —respondió Elliott.

Después de dar una última calada al cigarrillo, lo aplastó en el cenicero que había sobre la mesa, como si se dispusiera a pelearse conmigo.

—Si te grito es porque te comportas como una estúpida —dijo—. No te conoces, no sabes quién eres. Fui un estúpido al no decirte en Nueva Orleans que no quería que regresáramos a El Club para seguir con aquellos jueguecitos. Dejé que aquellos genios del sexo me convencieran de que te dejara tirada, lo cual fue una putada. No me gusta avergonzarme de mí mismo. Quiero casarme contigo. Eso lo que deseo.

—Estoy tan enamorada de ti, Elliott, que creo que voy a enloquecer —respondí—. Estoy dispuesta a renunciar a todo lo que he conseguido desde que cumplí los dieciocho años. A mi vida, mi carrera, todo. Para casarme contigo, en una ceremonia tradicional, con anillos y jurándonos amor eterno...

—Estás equivocada, no lo comprendes —me dijo Elliott—. No se trata de casarnos porque sí, para cumplir con los imperativos de la sociedad, sino porque nos queremos. —Sacó otro cigarrillo y tras varios intentos consiguió encenderlo—. ¿Quién te ha pedido que renuncies a tu carrera?

—¿Qué insinúas?

—Que deseo casarme contigo, con la persona que tú eres. No sólo con tu cuerpo, sino con tu cerebro. El

Club forma parte de la mujer que tengo ante mí, la mujer con la que fui a Nueva Orleans. Tú eres quien se avergüenza de lo que haces y lo que eres. No te he pedido que renuncies a ello. Ni lo haré nunca.

—¿Pretendes que me case contigo y siga trabajando en El Club? Estás loco.

—No. A ninguno de los dos nos importa un bledo El Club. Hemos conseguido lo que queríamos. Eso está claro. Pero sé que llegará el momento en que echarás de menos El Club.

—No.

—Sí —insistió Elliott—. No puedes crear algo tan complejo y que ha tenido tanto éxito y no sentirte orgullosa de tu obra, no sentir que formas parte de ella.

—¿Y tú? —pregunté—. ¿No llegará también un momento en que echarás de menos los jueguecitos y el ambiente de El Club? Quizás ya hayas empezado a añorarlo.

—No —respondió Elliott—. Pero para ser sincero, no sé lo que puede pasar dentro de un tiempo. Ahora mismo me parece imposible regresar allí. Te quiero. Pase lo que pase, quiero que estemos unidos por un vínculo, un contrato, si lo prefieres, que nos convierta en un pequeño club formado por dos socios. Ese vínculo nos dará fuerzas para luchar juntos. Estoy hablando de la fidelidad, pero también de la honestidad.

—Dejemos las cosas como están, Elliott. Podríamos simplemente...

—No, Lisa.

Clavé la vista en el fuego, sin dejar de observar a Elliott por el rabillo del ojo.

—Ambos hemos hecho demasiados experimentos arriesgados. Una simple aventura entre nosotros no duraría. Un día empezarías a echar de menos El Club y yo pensaría que te había perdido. Todo se estropearía. Pero el matrimonio es distinto. Tendremos nuestros rituales y nuestro contrato, y dedicaremos todos nuestros esfuerzos a que nuestra unión sea un éxito. Es la única forma de que sobreviva.

Me volví y le miré a los ojos. No creo que me fijara en todos los maravillosos detalles físicos, los ojos azules, la suave línea de su boca. No temía que me tocara o me besara, lo cual sólo habría hecho que me sintiera más confundida. Sólo vi a alguien que conocía bien y con quien me sentía totalmente compenetrada. A pesar de la tensión que se había producido entre nosotros, me sentía segura.

—¿Estás seguro de que funcionará? —pregunté.

—Desde luego —contestó Elliott—. Si has sido capaz de crear algo como El Club, eres capaz de conseguir lo que te propongas.

—Lo dices para halagarme.

—No, lo digo porque es verdad —replicó Elliott mirándome con aire desafiante—. Déjame amarte. Después de todos los riesgos que has corrido, creo que puedes fiarte de mí.

Elliott se acercó a mí y me abrazó, pero yo me aparté de nuevo.

—De acuerdo —dijo enojado, alzando las manos y retrocediendo—. Piénsalo. Puedes quedarte aquí y meditarlo. En el frigorífico encontrarás unos filetes. La leña está junto a la chimenea. ¡La casa es tuya! Me marcho a Hong Kong. Si decides casarte conmigo, llámame y regresaré de inmediato.

Tras estas palabras se dirigió hacia la mesa, aplastó el segundo cigarrillo como si lo estuviera asesinando y cogió el teléfono. Estaba rojo como un tomate.

—Espera un minuto —dije.

—No, tengo que salir hacia Hong Kong —contestó Elliott—. Estoy harto de los caprichos de la jefa, que siempre tiene que salirse con la suya.

Elliott empezó a marcar un número de teléfono.

—No es justo —protesté.

—Me da lo mismo.

—¿Te gustaría viajar a Hong Kong en un lujoso avión particular?

Elliott se detuvo.

—¿Visitar Katmandú y hacer una escala en Tokio?

Elliott se volvió para mirarme.

—Robaremos el avión —dije—. Iremos a Venecia y... Se me acaba de ocurrir una idea estupenda. ¡Iremos al festival cinematográfico de Cannes!

—Todas las habitaciones del Carlton están ocupadas. Vayamos a Hong Kong.

—¿Quién necesita el Carlton? El Club dispone de un yate que está anclado en la bahía. Iremos primero a Cannes, luego robaremos el avión e iremos a Hong Kong. Se pondrán furiosos al ver que hemos robado el avión.

—Y nos casaremos en Cannes. En una pequeña ermita francesa.

—¡Dios! ¡En una ermita!

—Basta, Lisa —contestó Elliott, colgando el auricular tan bruscamente que por poco lo rompe.

—Martin tenía razón —dije—. Eres un romántico. Estás loco.

—Te equivocas —replicó Elliott—. Me gusta la aventura, el peligro. ¿Comprendes?

Durante unos instantes me miró con el ceño fruncido y los labios apretados, lo cual le daba un aire un tanto violento.

Luego sonrió de aquella forma tan irresistible.

—Como hacer parapente —dije.

—Por ejemplo —respondió Elliot.

—O volar en un aeroplano Ultralite...

—También.

—Y pasearte por El Salvador y Beirut como corresponsal de guerra...

—Menos...

—Y hacer de esclavo durante dos años en un lugar como El Club...

—Sí —contestó Elliot, echándose a reír como si se tratara de un secreto, de una broma que yo no alcanzaba a comprender.

Luego se acercó y me abrazó con fuerza, antes de que yo tuviera ocasión de apartarme.

—No hagas eso —dije—. Estoy tratando de pensar.

Elliott me besó como sólo él sabía hacerlo. Aspiré su perfume, noté el sabor de sus labios, de su piel.

—Sabes que merece la pena —dijo.

—Basta —protesté con suavidad. No veía nada. Sus besos me dejaban paralizada—. No sé por qué me molesto en luchar.

—Hummmm. Yo también me lo pregunto —contestó Elliott—. No sabes cómo te echaba de menos. ¿Te has puesto este vestido y este sombrero blancos para provocarme?

—Estáte quieto hasta que nos subamos al avión.

—¿Qué avión? —preguntó Elliott mientras desabrochaba la cremallera del vestido y me metía la mano debajo de las bragas.

—Basta, me vas a romper el vestido. Está bien, acepto. Ahora, estáte quieto. Espera a que nos encontremos cómodamente instalados en el avión.

—¿Qué es lo que aceptas? —preguntó Elliott, quitándome el sombrero y deshaciéndome el peinado con rapidez.

—¡Casarme contigo, idiota! —respondí al tiempo que yo fingía darle una bofetada y él la esquivaba.

—¿Te casarás conmigo?

—Eso es lo que trataba de decir mientras intentabas arrancarme la ropa.

—¿Me lo prometes? ¿Lo juras? ¡Dios mío, Lisa, estoy aterrado!

—Maldito seas, Elliott —contesté, tratando de golpearlo con el bolso mientras él se reía a carcajadas y se defendía como podía.

—Vamos —dijo, sujetándome por la muñeca—.

Larguémonos de aquí. Vámonos a Cannes, a Hong Kong, a Venecia. ¡Adónde tú quieras!

Acto seguido me arrastró hacia la puerta.

—¡Vas a hacer que me rompa el tobillo! —protesté.

Mientras Elliott y el chófer cargaban las maletas en el coche me subí la cremallera del vestido y me alisé el pelo. Luego, Elliott entró de nuevo en la casa para apagar las luces y cerrar la puerta.

Había anochecido. La vista de San Francisco resplandecía como un mar de luces. Cuando la casa quedó a oscuras, la única fuente de luz consistía en el paisaje iluminado de la ciudad.

El corazón me latía de forma violenta, como la primera vez que atravesé el puente de la ciudad con Barry, aquel chico sin rostro al que jamás llegué a conocer, o como el día en que Jean Paul me llevó a la mansión del amo en Hillsborough, o cuando fui a ver Martin a La Casa.

Pero esta vez la emoción y el nerviosismo se mezclaban con otro sentimiento, tan intenso y exquisito que sólo podía ser amor.

Elliott se dirigió hacia mí mientras el chófer ponía el motor en marcha. Levanté la vista, sujetándome el sombrero, y contemplé las estrellas como había hecho mil veces sobre esa colina desde que era niña.

—Vamos, señora Slater —dijo Elliott.

A continuación me cogió en brazos, tal como había hecho en Nueva Orleans, y me depositó sobre el asiento del coche.

Yo me abracé a él mientras la limusina descendía por la estrecha y serpenteante carretera.

—Dime otra vez que me quieres —dijo Elliott.

—Te quiero —contesté.

ÍNDICE

1. Lisa 9
2. La nueva temporada 11
3. El viaje de ida 27
4. Amor a primera vista 57
5. Un paseo por el lado oscuro de la vida 75
6. Una jornada como otra cualquiera 87
7. Juicio en el salón de recepción 97
8. Lo que tú desees, amo 115
9. Un visitante en las sombras 133
10. Miss Quinceañera de América 141
11. Bienvenida a la casa 153
12. Algodón blanco 165
13. Cuero y perfume 181
14. El recinto deportivo 191
15. El poste de flagelación 207
16. Separados por un muro 217
17. Obsesión: Veinticuatro horas 223
18. Recordando a Lisa 235
19. ¡Vístete! 239
20. Libres 253
21. Cruzar el umbral 257
22. La primera capa 267

23. Espías y revelaciones 289
24. Lo real y lo simbólico 301
25. La mujer de mi vida 319
26. Deseo bajo los robles 329
27. No volverás a tener frío 341
28. Las murallas de Jericó 355
29. Visita a la iglesia 373
30. Amor e ideales 383
31. Muerte de un viajante 391
32. Último informe presentado ante la junta 407
33. En la salud y en la enfermedad 411